Éprise de son rival

Une seconde chance aux Fidji

JOSS WOOD

Éprise de son rival

Traduction française de
MADELEINE POULAIN

PASSIONS

HARLEQUIN

Collection : PASSIONS

Titre original :
HOW TO HANDLE A HEARTBREAKER

HARPERCOLLINS FRANCE
83-85, boulevard Vincent-Auriol, 75646 PARIS CEDEX 13
Service Lectrices — Tél. : 01 45 82 47 47 - www.harlequin.fr
ISBN 978-2-2804-7388-0 — ISSN 1950-2761

Composé et édité par HarperCollins France.
Imprimé en juin 2022 par CPI Black Print (Barcelone)
en utilisant 100% d'électricité renouvelable.
Dépôt légal : juillet 2022.

FSC www.fsc.org
MIXTE
Papier issu de sources responsables
FSC® C159065

Pour limiter l'empreinte environnementale de ses livres, HarperCollins France s'engage à n'utiliser que du papier fabriqué à partir de bois provenant de forêts gérées durablement et de manière responsable.

- 1 -

Il est arrivé.

Hayley Lopez fit la grimace en lisant le SMS qu'elle venait de recevoir. Le message émanait de Bubba Connor, son client, et elle savait très bien qui était désigné par ce « il » : Jackson Michaels, insupportable magnat de l'immobilier, l'un des milliardaires les plus en vue de Royal.

Cet odieux personnage s'était mis en tête de construire un complexe immobilier sur les rives de Stone Lake. La propriété de Bubba se trouvant juste au milieu de la zone qu'il avait choisi d'exploiter, Michaels le harcelait depuis un mois pour tenter de la lui acheter. Hayley aidait Bubba à faire valoir ses droits sur son terrain et à résister à l'envahisseur.

En réalité, elle lui servait de conseil judiciaire gratuit, même si elle n'en avait pas encore le droit techniquement. Il lui restait encore un an à l'université avant d'obtenir son diplôme d'avocate. Elle n'aurait donc pas dû prendre de clients, tout gratuits qu'ils étaient, mais elle ne refusait jamais son aide aux gens de Royal qui n'avaient pas les moyens de s'offrir un avocat.

Si quelqu'un lui posait des questions, elle pourrait toujours dire qu'elle voyait Bubba en sa qualité de policière. Rendre visite aux personnes âgées seules faisait partie de ses devoirs, après tout. Malheureusement, elle avait trop de travail pour aller chez Bubba aujourd'hui et elle le regrettait. Elle aurait pu ordonner à ce Michaels de laisser son client tranquille.

Bubba était un vieux monsieur adorable et réservé qui ne voulait jamais blesser personne. Si elle avait pu assister à leur rencontre, elle aurait dit sa façon de penser au milliardaire, et pas seulement à propos de Bubba. Elle aurait pu lui expliquer pourquoi son idée de complexe immobilier était ridicule. Stone Lake était un coin de nature tranquille où tous les habitants de Royal aimaient passer leurs week-ends. Les gens venaient pêcher, camper, les jeunes et les moins jeunes s'y embrassaient derrière les buissons.

Personne dans la région ne souhaitait ce projet immobilier. Michaels le savait, mais il n'avait pas l'air de vouloir y renoncer pour autant.

Quant à Hayley, elle était particulièrement attachée à l'endroit où elle avait passé tous ses étés d'enfant. Ses grands-parents possédaient alors une maison tout près de celle de Bubba. Elle se souvenait de tous les moments joyeux qu'elle avait passés au bord du lac, des après-midi entiers à nager ou à faire du canoë. Et maintenant, ce malotru viendrait défigurer une zone naturelle et paisible avec son hôtel trop grand et son lotissement insipide ?

Ah non, alors !

Sa décision était prise. Hayley se glissa au volant de sa voiture et mit le contact, sans oublier d'enfiler ses lunettes de soleil – un modèle luxueux que son frère lui avait offert. Jamais elle n'aurait pu se les permettre avec son salaire de policière.

Tu n'aurais qu'à retourner chez papa et maman…

Hayley leva les yeux au ciel, agacée par ses propres pensées. Pour rien au monde elle n'aurait consenti à retourner vivre chez ses parents. Son père, Juan Lopez, magnat du pétrole à la fortune titanesque, aurait pourtant adoré que sa fille revienne dans le giron familial. Ce maniaque du contrôle aurait préféré qu'elle obéisse à ses règles comme ses trois frères aînés. Il pouvait toujours attendre.

Tout comme son père, Hayley préférait faire les choses à sa manière – la manière difficile, aurait dit sa mère. Elle avait peut-être raison sur ce point, mais si la liberté avait un prix, Hayley était prête à le payer.

« Tu es trop ambitieuse... Trop franche... Trop indépendante... »

Ces mots-là, elle les avait entendus toute sa vie. Ses parents et ses frères ne manquaient jamais une occasion de les lui répéter.

« Tu finiras vieille fille avec un caractère pareil. »

Hayley secoua la tête avec mépris. Ses frères, eux, n'avaient jamais eu droit à cette phrase. Si son aîné avait fondé une famille, les deux plus jeunes étaient encore célibataires, et leurs parents les encourageaient à profiter de la vie et à papillonner. Elle ne s'en étonnait plus. En termes d'éducation, il y avait toujours eu deux poids, deux mesures entre ses frères et elle.

Le droit de conduire une voiture, de sortir le soir, les tâches ménagères... Les règles n'avaient jamais été les mêmes pour eux que pour elle. Leurs parents avaient encouragé les garçons à faire les études de leur choix, à se montrer ambitieux et entreprenants. Quant à Hayley, ils auraient préféré qu'elle se marie et qu'elle leur fasse des petits-enfants le plus tôt possible. Qu'elle soit protégée par un mari, plutôt que de protéger les autres.

Ils peuvent rêver, songea-t-elle en tapotant affectueusement la crosse du Glock passé à sa ceinture.

Tant pis pour les espoirs de ses parents. Elle refusait de regarder sa vie défiler en attendant qu'un homme la rende heureuse. Elle était déjà heureuse, ou du moins satisfaite, ou plutôt... Pour être honnête, elle était surtout terriblement occupée, mais elle l'avait choisi. Elle était la seule maîtresse de son destin.

Hayley tourna dans l'allée qui conduisait à la maison de Bubba, slalomant entre les nids-de-poule qui constellaient la route. Son cœur loupa un battement lorsqu'elle aperçut la voiture garée au bout du chemin. Rutilant à côté de la vieille jeep de Bubba, un pick-up Ford 150 édition limitée brillait de tous ses feux. La voiture de ses rêves...

Elle n'était pas attirée par les choses matérielles en général, mais s'il y avait une exception à cette règle, c'était bien pour les voitures. Hayley adorait les véhicules de luxe. Son père le savait bien, puisqu'il lui avait promis de lui offrir n'importe lequel de son choix si elle rentrait à la maison. Elle avait décliné l'offre sans regret. Sa liberté valait bien plus qu'une nouvelle voiture.

Tout de même, ce n'est pas interdit de regarder, songea-t-elle en sortant de son véhicule de patrouille pour aller inspecter la Ford de plus près.

Elle se percha sur la pointe des pieds pour mieux admirer l'intérieur de l'habitacle. Toute à sa contemplation, elle sursauta lorsqu'une voix grave et profonde déclara tout près de son oreille :

— Elle a des sièges chauffants, un écran tactile de huit pouces et un point d'accès Wifi.

Hayley fronça les sourcils. La voix lui plaisait, peut-être même un peu trop, mais son propriétaire semblait supposer qu'elle ne s'intéressait qu'aux accessoires de sa voiture.

Sans se retourner, elle répliqua vertement :

— Je suis plutôt attirée par le moteur quatre cent

cinquante chevaux et la transmission automatique à dix vitesses.

— Une fille qui apprécie les voitures ? Je suis impressionné.

Une *fille* ? D'accord, elle n'avait pas encore vingt-quatre ans, mais elle n'était tout de même plus une adolescente ! Pour qui ce malotru se prenait-il ? Elle pivota vivement sur ses talons, prête à lui décocher une réplique bien sentie du genre « ce sera agent Lopez pour vous », mais les mots s'étranglèrent dans sa gorge lorsqu'elle aperçut enfin Jackson Michaels.

Jamais de sa vie elle n'avait vu un homme aussi naturellement séduisant. Sa tenue pourtant simple, un pull-over noir assorti d'un pantalon gris décontracté et de baskets, dénotait un luxe discret. Ses cheveux blond foncé étaient coupés à la perfection et donnaient envie d'y passer la main. Quant à ses yeux... Une personne dépourvue d'imagination aurait pu les qualifier de « bleus », mais Hayley y décelait une multitude de nuances, du bleu marine au violet. Ils lui rappelaient la couleur des myrtilles sur le point d'être cueillies. Ombré par une frange de cils noirs et épais, son regard en était d'autant plus fascinant.

Reprenant peu à peu ses esprits, Hayley remarqua au passage son nez légèrement busqué, ses lèvres pleines et sa barbe de trois jours. Jackson Michaels était décidément sexy. Elle réussit enfin à détourner le regard de sa silhouette délicieusement athlétique et, par-dessus son épaule musclée, aperçut Bubba qui fronçait les sourcils.

Ah, oui... Elle était là pour une raison. Pas pour baver sur l'ennemi numéro 1.

— Monsieur Michaels, je suis l'officier de police Lopez, déclara-t-elle de sa voix la plus glaciale.

— Ah, c'est donc vous. Bubba m'a averti qu'il allait vous appeler pour violation de propriété.

L'air tout à fait décontracté, il demanda, sans la quitter du regard :

— Allez-vous porter plainte contre moi, Bubba ?

Hayley se sentit presque gênée sous son regard inquisiteur. Elle résista à l'envie de porter une main à ses cheveux pour vérifier s'ils étaient toujours bien serrés dans le chignon sévère qu'elle avait fait un peu plus tôt. Cela dit, elle se serait bien imaginée dans une chambre, sous ce même regard, en train de se déshabiller…

Calme-toi, Lopez, s'ordonna-t-elle.

La canne de Bubba se mit à résonner contre les planches de sa terrasse, accompagnant les paroles du vieil homme.

— Non, je ne vais pas porter plainte, mais j'aimerais que vous cessiez de venir ici. Je ne vous vendrai pas mon terrain.

— M. Connor ne souhaite pas vendre sa propriété, répéta Hayley à l'adresse de Michaels. Je vous demanderai donc de cesser de le harceler.

— De le harceler ? Il me semble que c'est un terme un peu fort, officier Lopez.

— Vous avez fait une offre, il l'a refusée. Vous pouvez vous en aller maintenant.

Jackson Michaels lui décocha un sourire en coin, et Hayley comprit qu'il n'avait aucune intention de partir.

— Le taux de criminalité à Royal a dû baisser de façon spectaculaire, commenta-t-il d'un ton moqueur. Autrement, le shérif n'enverrait pas une policière pour régler un désaccord civil.

Hayley fit la grimace. Que pouvait-elle répondre sans se mettre dans l'embarras ? Techniquement, elle n'aurait pas dû se trouver ici en tant que policière, et le shérif Battle lui ferait passer un sale quart d'heure s'il l'apprenait. Elle avait bien d'autres dossiers plus urgents sur lesquels elle était censée travailler.

Avant qu'elle ait eu le temps de trouver une explication, Bubba lui coupa l'herbe sous le pied en disant :

— Mlle Lopez est mon avocate.

Voilà qui n'était pas beaucoup mieux. Elle n'était pas encore diplômée et elle n'avait pas le droit de conseiller qui que ce soit, mais lorsque les citoyens moins fortunés de Royal avaient besoin d'aide, elle ne pouvait pas refuser. C'était même la raison pour laquelle elle avait décidé d'étudier le droit.

— Policière et avocate, commenta Jackson d'un air amusé. Voilà un drôle de mélange. Comment trouvez-vous le temps de tout faire ? Je suis sûr que vous cachez la cape de Wonder Woman dans votre coffre.

— Je n'ai pas encore passé l'examen du barreau. Je ne donne pas de conseils légaux, et encore moins d'une manière officielle.

Se remémorant le conseil que son père donnait à ses frères – aie toujours l'air sûr de toi –, Hayley prit soin de ne pas détourner le regard de son visage. Non qu'elle en ait eu envie, cela dit.

— J'en ai une bonne pour vous, reprit Michaels avec un petit sourire. Que se passe-t-il lorsqu'un avocat n'est pas cru ? Son client est cuit.

La blague était si mauvaise qu'elle faillit éclater de rire, mais elle se força à garder une expression impassible.

— Monsieur Michaels, avez-vous remarqué la taille de mon arme ?

— D'accord, ma blague n'était pas très drôle, mais je ne mérite tout de même pas une telle violence.

— Personne ne parle de violence. Je vous demandais

seulement si vous aviez vu que je porte une arme, qu'elle est grosse, et qu'elle peut faire de gros trous.

Du coin de l'œil, Hayley aperçut Bubba qui rentrait discrètement dans sa maison tandis que Michaels éclatait de rire. Décidément, il ne comptait pas la prendre au sérieux.

— Le « H » sur votre badge, c'est pour quoi ? Henriette ? Hyacinthe ? Honorine ?

— Je n'ai pas le temps de me disputer avec vous, monsieur Michaels. Bubba ne souhaite pas vous vendre son terrain et il n'y a rien à ajouter. Je vous suggère de trouver un autre endroit à défigurer.

— Je commence à croire que vous ne m'appréciez guère, officier Hermine Lopez.

Au contraire, elle commençait à l'apprécier un peu trop. Elle aimait le regarder, du moins, ce qui n'était pas tout à fait la même chose. Si seulement il avait pu se taire et la laisser l'embrasser…

Hayley, file d'ici en vitesse.

Les épaules bien droites, le menton redressé, elle le toisa d'un regard qu'elle espérait intimidant.

— Je vous le demande courtoisement et pour la dernière fois : laissez Bubba tranquille. Il vous a fait part de sa décision le plus clairement du monde, et vous n'avez plus rien à faire ici. Ne m'obligez pas à revenir.

— Oh ! mais cela risque d'arriver, chère officier Huguette. Il m'arrive de m'ennuyer et vous êtes plutôt divertissante.

— *Divertissante* ? répéta Hayley, hors d'elle. Êtes-vous toujours aussi paternaliste et insupportable ?

Elle entendit la colère qui commençait à percer dans sa voix et fit de son mieux pour se contrôler. Elle savait qu'elle aurait des ennuis avec le shérif Battle si elle provoquait un incident, mais ce type la faisait sortir de ses gonds.

— Avez-vous la moindre idée du temps que vous me faites perdre, monsieur Michaels ? Savez-vous à quel point je suis occupée ? demanda-t-elle entre ses dents.

— À quel point êtes-vous occupée, Hildegarde ?

Elle lui décocha un regard furieux, désespérant d'effacer de son visage ce petit sourire satisfait qui l'exaspérait.

— Avez-vous entendu parler de l'affaire du bébé abandonné ? Cet enfant qu'on a laissé sur le capot de la voiture de Cammie Wentworth, sur le parking de l'hôpital Royal Memorial ?

— Bien sûr, je suis au courant. Cammie est une de mes amies proches.

Une amie proche… Se pouvait-il qu'il entretienne une liaison avec Cammie ? Après tout, ce ne serait pas improbable. Cammie était la fille de Tobias Wentworth, rancher milliardaire et membre du Texas Cattleman's Club. Le père de Jackson avait été le meilleur ami de Wentworth. Lorsque le fils de ce dernier, Rafael, avait quitté Royal suite à une dispute avec son père, Jackson était presque devenu un fils dans le cœur de Tobias.

Hayley n'aurait donc pas été étonnée d'apprendre que Jackson et Cammie s'étaient rapprochés. Pourtant, ne l'avait-elle pas aperçue en compagnie de Drake récemment ? Les ragots de Royal devenaient trop difficiles à suivre.

Agacée, jalouse et agacée d'être jalouse, elle planta les mains sur ses hanches et reprit d'un ton sec :

— Je passe des journées entières à chercher les parents de Bébé Surprise, comme le surnomme Cammie, et savez-vous où j'en suis ?

— Où donc ?

— Nulle part ! J'ai épluché tous les registres de naissance, lu des centaines d'avis de recherche, interrogé tous les policiers du coin. Je ne sais plus quoi faire.

Jackson eut l'air de vouloir parler, mais elle le fit taire d'un regard.

— Je n'ai pas dormi correctement depuis des semaines. Si mes parents essaient encore une fois de me présenter un futur mari, je vais faire un massacre.

— Euh…

— J'ai une montagne de révisions et de dissertations en retard. Je ne suis pas du genre à prendre du retard, monsieur Michaels.

— Je n'en doute…

— Malgré tout cela, je suis obligée d'aller à ce stupide gala du TCC la semaine prochaine.

— Ce n'est pas votre tasse de thé ?

— Oh que non. Je déteste tous ces chichis. Qui plus est, je n'ai rien à me mettre, alors je vais devoir dégager du temps pour trouver une robe.

— Dans ce cas, n'y allez pas, fit Jackson avec un petit haussement d'épaules.

— Si seulement ! Je ne suis pas un chef d'entreprise libre et indépendant qui peut faire ce qu'il veut, monsieur Michaels. Je ne suis qu'une policière sous-payée qui doit obéir aux ordres de sa hiérarchie.

— C'est le shérif Battle qui vous envoie au gala ? S'attend-il à ce que les membres du club se battent au milieu de la piste de danse ?

— Très drôle.

Hayley leva les yeux au ciel, exaspérée d'avance par la perspective de cette soirée. Le shérif avait été très clair : si elle ne venait pas, à l'heure et sur son trente et un, elle serait de corvée de paperasse pour le restant de ses jours. Hayley ne savait pas laquelle des deux options l'horripilait davantage.

Ceci dit, elle savait bien pourquoi le shérif tenait à avoir toute son équipe sur place. Le Texas Cattleman's Club avait décidé, le soir du gala, d'offrir le statut de membre honoraire à tous les citoyens de Royal qui avaient œuvré pour le bien de la communauté pendant la tornade de 2013 puis la pandémie de COVID-19.

Les soignants, les pompiers et les policiers seraient donc à l'honneur ce soir-là et Hayley n'avait pas d'autre choix que de se rendre à ce gala de malheur.

Comme s'il lisait dans ses pensées, Michaels demanda :

— Faites-vous partie des policiers qui seront cités en exemple lors du gala ?

Elle fit la grimace et, mal à l'aise, se mit à fixer le bout de ses chaussures.

— Je ne sais pas qui a eu cette idée, mais c'est complètement stupide. J'ai simplement fait mon travail pendant la pandémie. Je ne vois pas pourquoi je devrais recevoir quoi que ce soit.

Hayley poussa un profond soupir et s'obligea à lever les yeux pour le regarder.

— En tout cas, j'espère que vous comprenez pourquoi je n'ai pas de temps à perdre, monsieur Michaels. Ne me forcez pas à revenir, d'accord ? Je ne serai peut-être pas aussi gentille la prochaine fois.

Jackson éclata de rire. Son visage ouvert, souriant, la petite fossette dans sa joue et le bleu profond de ses yeux… Hayley eut envie de le toucher, de presser ses lèvres contre les siennes et de se blottir contre son torse musclé.

Arrête ça tout de suite, idiote.

— Si je comprends bien, reprit Jackson quand il eut fini de rire, *ça*, c'est une version gentille de vous ?

Il leva la main et, l'espace d'une seconde, Hayley crut qu'il allait la toucher. Elle retint son souffle. Chaque cellule de son corps se tendait vers lui, impatiente, pleine de désir – mais la main de Jackson retomba et, à la place, il la gratifia d'un regard brûlant.

— Vous devriez retourner au travail, Harper Lopez. Il vous faut retrouver la maman de ce bébé mystère.

Rien qu'à y penser, Hayley sentit une vague de lassitude et de découragement l'envahir.

— Je ne sais pas si je vais y arriver.

Pourquoi avait-elle laissé échapper cet aveu de faiblesse ? Cela ne lui arrivait presque jamais, et encore moins avec des hommes sûrs d'eux et arrogants qu'elle connaissait depuis un quart d'heure à peine.

Jackson s'éclaircit la gorge et elle s'obligea à le regarder. Ses yeux ne recelaient plus la moindre trace d'amusement.

— Bien sûr que vous allez y arriver. J'en suis certain.

Elle lui répondit d'un hochement de tête, mais elle se sentait déjà plus confiante.

— Au revoir, officier Lopez. C'était… intéressant de faire votre connaissance.

Elle attendit qu'il soit de nouveau au volant de son pick-up pour tapoter la vitre du côté passager. Jackson appuya sur un bouton et le panneau de verre coulissa.

— Monsieur Michaels, ai-je votre parole ? Laisserez-vous Bubba tranquille à partir de maintenant ?

— Pas la moindre chance, Hortense.

Hortense ? Sérieusement ?

Désarmée par son sourire, elle soupira et répondit :

— Je m'appelle Hayley.

Elle le regarda froncer les sourcils, puis parvenir à l'inévitable conclusion.

— Vous êtes la fille de Juan Lopez. Celle qu'il désespère de marier à un bon parti.

Hayley n'était pas surprise qu'il connaisse son histoire. Rien ne restait secret à Royal, et puisque les racines de sa famille s'y trouvaient, la dispute entre son père et elle devait être connue de tous.

Jackson la scrutait intensément, son expression indéchiffrable.

— Eh bien, ceci explique cela, lâcha-t-il avant de démarrer le moteur – un son merveilleux aux oreilles de Hayley.

Les mains sur les hanches, elle regarda le pick-up s'éloigner dans l'allée.

Ceci expliquait cela ? Et puis quoi, encore ?

Hayley Lopez…

Jackson avait entendu parler d'elle, bien sûr. Tout le monde connaissait son histoire dans les cercles fortunés de Royal. La plus jeune fille de Juan Lopez, têtue et indépendante, avait rejeté la fortune familiale pour faire carrière dans le droit. En revanche, il ne savait pas jusqu'alors qu'elle était aussi policière et terriblement belle…

Et jeune. Très jeune.

Sur la route de Royal, Jackson dut mettre une main en visière pour se protéger de la lumière aveuglante de midi. Il avait encore perdu ses lunettes de soleil, pour la troisième fois ce mois-ci. Comment s'y prenait-il pour perdre ses affaires aussi souvent ? À croire qu'il avait soixante-trois ans plutôt que trente-six.

Trente-six ans. Le temps passait bien trop vite.

Quel âge Hayley Lopez pouvait-elle avoir ? Vingt-trois, peut-être vingt-quatre ans, décida-t-il. En tout cas, il y avait une bonne douzaine d'années entre eux, ce qui rendait ses pensées totalement inappropriées. Il aurait tout de même bien voulu voir ce qui se cachait sous son uniforme, savoir si ses cheveux dénoués effleureraient le bas de son dos…

Bref, il l'avait trouvée magnifique.

Son regard presque noir qui lançait des éclairs était ombré par les cils les plus longs qu'il avait jamais vus. Ses cheveux bruns semblaient très longs et, malgré leur coiffure stricte, légèrement bouclés. Hayley avait aussi des pommettes ciselées, un nez fin et droit, des lèvres merveilleusement sensuelles. Quant à son corps… Elle était grande et très mince, avec des jambes qui semblaient s'étirer à l'infini et des courbes parfaites.

Décidément, il n'arrivait pas à chasser son image de ses pensées.

Il se remémorait surtout la façon dont elle lui avait parlé. Ce mélange d'assurance et d'agacement l'amusait beaucoup. La plupart des femmes qu'il rencontrait, qu'elles soient célibataires ou non, essayaient tout de suite de flirter avec lui. Hayley avait fait tout le contraire. Probablement parce qu'elle avait trois frères et un père particulièrement machos, elle n'avait pas paru le moins du monde impressionnée par lui. Il ne savait pas s'il en était vexé ou charmé.

La sonnerie de son téléphone, connecté au système Bluetooth de sa voiture, le tira soudain de ses pensées. Il pressa un bouton sur le volant pour répondre à l'appel.

— Michaels à l'appareil.

— Jackson, mon chou, c'est Thea Bowen-Hardy.

Voilà qui lui apprendrait à ne pas vérifier l'appelant avant de décrocher.

— Je suis déjà en ligne, Thea, je ne peux pas parler longtemps, prétendit-il.

— Je voulais juste te demander si tu voudrais m'accompagner au gala du TCC la semaine prochaine, fit Thea d'une voix sucrée.

Aucun doute, il préférait le ton franc d'une femme comme Hayley Lopez.

— J'apprécie que tu aies pensé à moi – *non, pas du tout* - mais j'ai déjà une cavalière.

— Oh ! pas de problème. J'imagine qu'on se verra pendant la soirée.

Pas si je peux l'éviter, songea-t-il avant de raccrocher.

Pourquoi avait-il raconté à Thea qu'il viendrait accompagné au gala ? Il n'avait fourni aucune excuse de ce genre aux femmes qui l'avaient invité auparavant. D'habitude, il se rendait seul à la plupart des fêtes et autres événements, trouvant inutile d'attirer les ragots plus que nécessaire. La grande nouvelle devait donc être en train de faire le tour de Royal. D'ici au lendemain matin, il serait probablement marié dans l'imagination collective.

Décidément, il s'était piégé tout seul. Une bonne partie des invitées allait lui en vouloir s'il ne venait pas accompagné à cette soirée. Pas le choix, il devait trouver une cavalière, et vite.

Jackson ordonna à sa voiture d'appeler sa meilleure amie. À peine eut-elle décroché qu'il demanda :

— Pourquoi ne sommes-nous pas attirés l'un par l'autre ?

— Bonjour à toi aussi, Jackson, répliqua Cammie. On peut savoir ce que tu racontes ?

— C'est simple. Si nous étions attirés l'un par l'autre, nous serions déjà ensemble, et je n'aurais pas à chercher une fichue cavalière pour ce fichu gala.

Cammie éclata de rire.

— Tu m'en vois désolée, mais je ne peux pas t'aider.

Drake n'apprécierait pas que je le laisse en plan pour y aller avec toi.

La voix de Cammie respirait le bonheur, et Jackson sourit, heureux qu'elle soit heureuse. Elle avait récemment renoué avec son premier amour. Drake Rhodes semblait aussi amoureux de Cammie qu'elle l'était de lui, mais s'il lui faisait du mal à nouveau, Jackson serait le premier à le lui faire regretter. Personne n'avait le droit de blesser ceux qu'il aimait.

— J'ai raconté à Thea que j'avais déjà une cavalière pour le gala, expliqua-t-il.

— Tu es stupide.

— Je sais.

— Elle va le raconter à tout le monde.

— Je sais.

— Tu sais, tu sais… Tu sais ce que tu devrais faire ? Vas-y avec la prochaine femme qui t'invitera, quelle qu'elle soit.

— Merci, mais je ne suis pas si désespéré que ça, marmonna Jackson en faisant la grimace.

Cammie laissa passer un silence avant de changer de sujet.

— Es-tu retourné chez Bubba ce matin ? Est-ce qu'il refuse toujours de vendre ?

— Oui, et Hayley Lopez lui donne des conseils juridiques pour l'encourager à ne pas céder. Comme si elle était diplômée et qu'elle avait le droit de le faire.

Jackson ralentit et se gara sur le parking de Michaels International. La plupart de ses collègues se demandaient pourquoi une multinationale de l'immobilier gardait son siège dans une petite ville comme Royal, mais c'était là que son père avait fondé l'entreprise quarante ans auparavant, et il avait d'autres bureaux un peu partout dans le monde.

— Je ne peux pas mener à bien le projet de Stone Lake sans le terrain de Bubba, reprit-il. S'il refuse de vendre sa propriété, tout tombera à l'eau.

— Les gens d'ici sont de plus en plus opposés à ton projet, l'avertit Cammie.

Jackson haussa une épaule. S'il s'était arrêté aux opinions des riverains chaque fois qu'il avait commencé un nouveau projet, il n'aurait jamais rien construit. Ignorer les râleurs faisait partie intégrante de son métier.

— Jackson, tu es toujours là ?

— Bien sûr.

— As-tu appelé Rafe comme je te l'avais demandé, pour le persuader de venir au gala ? Qu'a-t-il répondu ? Est-ce qu'il va venir ?

Il soupira et passa une main dans ses cheveux, incertain sur la réponse à donner. Bien sûr, il avait appelé Rafe, mais la conversation avait été si tendue qu'il avait repoussé le moment d'en parler à Cammie. Toute cette histoire était si compliquée…

Du fait de l'amitié entre leurs pères respectifs, Rafael et lui avaient pratiquement grandi ensemble. Il avait vu la relation entre Rafe et son père se détériorer de jour en jour. Tobias se montrait dur et exigeant envers son fils ; quant à Rafael, fier et ambitieux, il ne supportait pas de se sentir étranger à sa propre famille.

Il était le fruit d'une liaison illégitime entre Tobias et l'une de ses nombreuses maîtresses. Lorsque celle-ci était morte, son père l'avait reconnu officiellement et accueilli sous son toit. Malheureusement, sa belle-mère, la mère de Cammie, le détestait. Elle lui en voulait de prendre une part de l'héritage de sa fille et s'ingéniait à faire de sa vie un enfer. Jackson ne pouvait en vouloir à Rafe d'avoir quitté Royal, mais il aurait voulu trouver un moyen de le réconcilier avec son Tobias.

Lui-même aurait donné n'importe quoi pour passer quelques heures de plus avec le sien. Par contre, avec sa mère, pas vraiment…

Jackson mit de côté ses réflexions sur sa famille pour se concentrer sur celle des Wentworth. Depuis quelques mois, Tobias semblait changer peu à peu. La mort de Danaé, sa troisième femme, l'avait affecté et son caractère se faisait moins vindicatif. Jackson lui avait même découvert une générosité insoupçonnée.

Quelques semaines plus tôt, il les avait réunis, Cammie et lui, pour leur apprendre une nouvelle surprenante. Tobias avait décidé de faire un geste solidaire lors du prochain gala du TCC. Il y annoncerait qu'il prendrait en charge les frais universitaires des enfants de tous les membres du personnel d'urgence qui seraient cités ce soir-là.

Jackson n'avait jamais vu cet aspect de sa personnalité jusqu'alors. Si même un homme têtu et fier comme Tobias pouvait changer, peut-être y avait-il de l'espoir. En découvrant cette nouvelle version de son père, Rafael accepterait-il de renouer avec lui ? Cammie aurait-elle une chance de passer du temps avec son grand frère ?

Au vu de sa réponse lorsqu'il lui avait demandé par téléphone, la veille, s'il voudrait bien se rendre au gala, Jackson en doutait fortement. Rafael avait laissé passer un long silence avant de répliquer sèchement :

« Mon père t'a déjà comme second fils. Il n'a pas besoin que je sois là. »

Ne voulant pas donner de faux espoirs à Cammie, Jackson lui répondit :

— Je pense qu'il ne viendra pas, ma belle. Je suis désolé.

Il entendit un soupir déçu à l'autre bout du fil et détourna aussitôt la conversation, espérant lui changer les idées.

— Au fait, comment va Bébé Surprise ? Toute la ville en parlait lorsque je suis rentré à Royal l'autre jour.

Depuis que le bébé avait été abandonné sur sa voiture, Cammie s'en occupait en attendant que les autorités – en l'occurrence Hayley – retrouvent sa famille.

— Il va bien et il est adorable. C'est le bébé le plus facile que j'aie jamais vu. Hayley t'a-t-elle dit si elle avait des pistes concernant sa mère ?

— Pas vraiment. Elle m'a juste dit qu'elle y travaillait.

Il repensa à sa conversation avec la jolie brune aux yeux de flamme, ses lèvres qu'il avait eu envie d'embrasser, son corps qu'il imaginait contre le sien…

Trop jeune pour toi, Michaels. Essaie de t'en souvenir.

Il sortit de sa voiture et son téléphone se mit à vibrer de nouveau.

— Je dois te laisser, Cammie, j'ai un double appel.

— Encore une prétendante qui veut t'inviter au gala, plaisanta-t-elle avant de raccrocher.

À son grand désespoir, Cammie ne s'était pas trompée.

- 2 -

— Salut, maman.

Hayley sortit de chez elle en bâillant, son téléphone coincé contre l'oreille. Il n'y avait que sa mère pour l'appeler dès les premières lueurs de l'aube. Seule Inez Lopez était assez courageuse pour parler à sa fille avant qu'elle ait bu son premier café de la journée.

— Hayley Sofia, pourquoi ne m'as-tu pas rappelée hier comme convenu ? Comment suis-je censée deviner que tu n'es pas tombée morte quelque part ?

Hayley se glissa au volant de sa voiture de patrouille, résistant à l'envie de rappeler à sa mère que s'il lui arrivait quelque chose, le shérif Battle les mettrait aussitôt au courant. Il était bien trop tôt pour une dispute. Elle manquait de caféine, et de toute manière, certaines batailles ne pouvaient jamais être gagnées.

Comme cette maison, songea-t-elle alors qu'elle faisait marche arrière dans l'allée.

Elle adressa une grimace à la façade du cottage victorien qu'elle louait, peinte dans des tons violets et roses qu'elle détestait et qui n'allaient pas du tout avec l'image de policière intraitable qu'elle aimait projeter. Sa propriétaire, une gentille vieille dame, refusait catégoriquement de rénover la maison.

Hayley n'osait pas insister davantage. Elle avait déjà accepté de baisser son loyer en échange de quelques services, comme faire les courses pour elle ou promener Peppermint, son dogue anglais. Mais tout de même… Une maison violette, sérieusement ?

Hayley enfila ses lunettes de soleil et tourna à droite en direction du centre-ville.

— Comment vas-tu, maman ?

— Je vais très bien. Ton père va bien, tes frères aussi, mais toi – toi ! Tu n'as toujours pas de cavalier pour le gala du TCC la semaine prochaine !

Ça faisait longtemps, songea Hayley en accélérant dans la rue principale de Royal.

Elle avait besoin d'un café de toute urgence. Voire deux. Peut-être le serveur du Royal Diner la laisserait-elle emporter la cafetière.

— Papa et toi ne comptez pas venir au gala, si ? demanda-t-elle à sa mère pour détourner la conversation. Je croyais que vous deviez partir en Europe la semaine prochaine.

— C'est le cas, mais Luis et Miguel seront là pour assister à la remise de ta médaille.

— Je vois. Est-ce que Luis et Miguel viendront accompagnés ?

— Eh bien, je ne crois pas.

Deux poids, deux mesures, comme toujours… Hayley commençait à bouillir intérieurement. Pourquoi sa mère n'avait-elle aucun problème avec l'idée que ses fils n'aient aucune relation sérieuse, tandis que pour sa fille, c'était une catastrophe ? Elle serait toujours une source de déception constante pour ses parents, mais tant pis. Jamais elle n'accepterait de sacrifier son indépendance.

Cette liberté d'esprit, cette obstination qui faisaient partie intégrante de sa personnalité ne l'aideraient probablement pas à trouver un homme qui l'aimerait.

Hayley ne se faisait pas d'illusions. Qui pourrait accepter de partager sa vie avec une Latina absolue comme elle, forte, puissante et libre ?

Cette pensée la rendait parfois triste malgré elle. Elle aurait aimé par moments avoir une épaule sur laquelle se reposer, des bras solides pour la réconforter et un esprit aussi affûté que le sien pour échanger des idées – mais la plupart du temps, elle adorait être célibataire. Elle pouvait faire ce qu'elle voulait quand elle le voulait et n'avait de comptes à rendre à personne. Si trouver l'amour signifiait renoncer à elle-même, elle préférait s'en passer.

— Écoute, *chiquita*... reprit sa mère à l'autre bout du fil.

Là aussi se trouvait une partie du problème. Sa mère la voyait toujours comme une *chiquita*, une petite fille.

Elle l'écouta débiter une histoire à propos d'une tante qui allait subir une réduction mammaire – pourquoi au juste était-ce important, Hayley n'en savait rien – tout en se concentrant sur la route. L'artère principale de Royal était déserte à l'exception de quelques cyclistes et coureurs matinaux. Le Royal Diner n'était pas encore ouvert, mais les lumières étaient allumées, ce qui signifiait qu'elle trouverait bien quelqu'un pour lui servir une tasse de café.

Hayley dit au revoir à sa mère et coupa la communication. Elle s'apprêtait à se garer sur le parking du *diner* lorsqu'elle aperçut, quelques centaines de mètres plus loin, une splendide Bugatti Chiron qui faisait un demi-tour parfaitement illégal en plein milieu de la route.

Elle hésita un instant, maudit sa conscience professionnelle et se lança à la poursuite du délinquant.

Si le conducteur accélérait, elle n'aurait aucune chance de le rattraper, mais ce ne serait pas très malin de sa part. Elle aurait vite fait de chercher qui possédait une Bugatti dans la région et de retrouver sa trace. Elle se ferait alors une joie de le verbaliser.

Je suis vraiment mauvaise quand j'ai besoin de café, songea-t-elle en appuyant sur l'accélérateur.

Aussitôt qu'elle eut fait un appel de phares, elle vit la Bugatti ralentir avant de se garer sur le parking le plus proche, celui du Royal Steakhouse. Le conducteur n'était visiblement pas un idiot.

Elle gara sa voiture de patrouille à côté de la sienne, sortit et attendit qu'il baisse la vitre du côté conducteur. La Bugatti était encore plus belle de près. C'était un vrai bijou de mécanique et elle ne pouvait s'empêcher d'être un peu jalouse de quiconque avait eu les moyens de se l'offrir. Elle aurait adoré faire un tour dans ce bolide, le pousser jusqu'aux quatre cents kilomètres/heure de son moteur hyper puissant. Enfin, si elle avait le cran d'aller aussi vite.

Le regard fixé sur les mains du conducteur – grandes, masculines et soignées –, Hayley annonça au standard qu'elle verbalisait un excès de vitesse, donna sa position et demanda au conducteur :

— Permis de conduire et pièce d'identité, s'il vous plaît.

— Bonjour, officier Lopez. Quelle joie de vous voir de si bon matin.

Hayley se pencha et découvrit une paire d'yeux bleu foncé qui ne pouvaient appartenir qu'à une seule personne. Jackson Michaels. Comme par hasard…

— Monsieur Michaels, vous venez de faire un demi-tour très dangereux.

— Je me suis rendu compte que j'avais oublié des papiers chez moi et il n'y avait pas une seule voiture sur la route.

— Si je recevais une prime chaque fois que j'entends cette excuse, je serais riche.

Ce fut alors que Hayley remarqua le thermos géant qu'il tenait entre ses genoux. Une délicieuse odeur de café s'échappait de l'habitacle, et elle se souvint avec déception qu'elle n'avait pas le droit de s'approprier les boissons des autres, même s'ils commettaient des infractions.

Jackson sortit de sa voiture et elle ne sut plus ce qu'elle devait admirer, entre sa Bugatti ridiculement chère et sa silhouette musclée dans un costume sur mesure gris charbon. Elle se prit à regretter de ne pas porter autre chose que son uniforme de police. Pour une fois, elle aurait aimé que ses cheveux ne soient pas entassés dans son chignon habituel, ou au moins qu'elle ait pensé à mettre un peu de mascara avant de partir.

Elle appréciait d'habitude l'autorité que lui donnait son uniforme, mais pour une raison probablement stupide, elle aurait aimé que Jackson Michaels la voie comme une femme et non comme une représentante de l'ordre. Elle l'était pourtant, et le resterait jusqu'à ce qu'elle ait enfin son diplôme de droit…

Jackson claqua des doigts devant ses yeux et elle se demanda depuis combien de temps elle avait perdu le fil. Lui avait-elle au moins demandé ses papiers ?

— Vous avez l'air de dormir debout, Hayley.

Elle aurait dû lui ordonner de l'appeler « officier Lopez », mais elle n'avait pas assez d'énergie pour une dispute.

— J'ai révisé jusqu'à 2 heures du matin, et comme je n'ai pas eu le temps de faire les courses, il n'y a plus de café chez moi. Je ne suis pas au top de ma forme.

— Prenez-en un peu, proposa-t-il en lui tendant son mug.

Elle n'aurait pas dû accepter, mais son manque de caféine prit le pas sur sa conscience professionnelle.

— Vous n'échapperez pas à l'amende en me fournissant ma drogue préférée, vous savez.

Le rire chaleureux de Jackson réveilla instantanément certaines parties de son corps.

— Je n'y aurais pas songé, finit-il par répondre.

Mais Hayley ne l'écoutait déjà plus. Les yeux fermés, elle savoura une première gorgée de café et poussa un soupir lorsque l'arôme délicieux effleura ses papilles. Elle avait l'habitude de boire son café sucré avec de la crème. Celui-ci était noir, mais elle n'en avait jamais bu d'aussi bon.

— Où avez-vous trouvé ce café ? Il est extraordinaire.

— Je l'achète directement chez le producteur. Les grains poussent sur les pentes du Kilimandjaro, expliqua-t-il en s'adossant contre la portière de sa voiture.

Les bras croisés, un petit sourire aux lèvres, il avait l'air tout à la fois détendu, drôle, viril et sexy. Lorsqu'il fit un geste pour récupérer son thermos, Hayley secoua la tête et serra la tasse contre elle. Les lois de la propriété étaient moins évidentes qu'on ne pouvait le penser après tout.

Elle finit par lui rendre le thermos à contrecœur, non sans avoir bu une dernière gorgée de café. Elle retint son souffle lorsque les lèvres de Jackson se posèrent à leur tour sur le rebord de la tasse. Comme elle aurait aimé qu'il l'embrasse…

Je suis sûre qu'il embrasse bien. Et qu'il serait doué au lit. Et partout ailleurs.

— J'adorerais savoir à quoi vous pensez.

Mortifiée, Hayley sentit le rouge lui monter aux joues et reprit brusquement le thermos pour se donner une contenance.

— Au fait, reprit Jackson devant son silence, comment se passe votre shopping ? Avez-vous trouvé la perle rare ?

— De quoi diable parlez-vous ?

— Mais de votre robe pour le gala, bien sûr. Vous devriez porter du rouge, ou peut-être du bleu saphir. Quelque chose qui mettrait en valeur votre joli teint.

Le compliment était prononcé d'un ton clairement séducteur et Hayley se sentit à la fois belle, désirée et terriblement mal à l'aise. Elle ne savait jamais comment réagir aux compliments qui ne concernaient pas son travail. Pour échapper à la gêne, elle décida de jouer la carte de l'ironie et répliqua :

— Merci beaucoup, Coco Chanel.

Malgré le peu d'envie qu'elle en avait, Jackson avait raison. Il allait tout de même falloir qu'elle s'occupe de cette histoire de robe. Le gala n'était plus que dans six jours. Peut-être passerait-elle voir son amie Natalie Valentine, qui tenait un magasin de robes de soirée.

— Je n'ai pas encore eu le temps d'y aller, reprit-elle, mais j'espère que Natalie aura une robe à me louer.

— Pardon ? s'exclama Jackson, l'air horrifié. Vous avez l'intention de louer une robe ?

— C'est ce que font les gens qui n'ont pas les moyens d'en acheter une.

— Je ne comprends pas. Vous êtes la fille de Juan Lopez.

— Je suis indépendante financièrement depuis l'âge de dix-huit ans, monsieur Michaels.

— J'avais entendu dire que vous aviez quitté le giron familial, mais je pensais que vos parents vous donnaient toujours de l'argent.

— Eh bien, vous vous êtes trompé, comme la plupart

des gens d'ailleurs. Je n'accepte pas un centime de mes parents.

— Pourquoi ?

Hayley parlait très rarement de ses différends avec sa famille. Pourtant, Jackson avait l'air sincèrement curieux, sans jugement, et elle décida de lui faire confiance.

— Je suis partie de la maison après une énième dispute avec mon père. Celle-là était plus violente que les autres. En résumé, je lui ai dit où il pouvait mettre son argent et j'ai décidé de tout faire pour être indépendante. Je suis arrivée à Royal et j'ai été engagée au commissariat. Au début, je n'étais que standardiste, mais j'allais à l'université publique et j'ai réussi à mettre suffisamment de côté pour suivre une formation de policière. J'ai commencé mes études de droit quelques mois après la fin de cette formation.

— Sans aucune aide ?

— Sans aucune aide. J'ai mangé des nouilles instantanées, dormi sur un matelas gonflable et failli appeler mon père bien des fois. Aujourd'hui, au bout de six ans, je m'en sors plutôt bien et j'ai de quoi subvenir à mes besoins – mais pas m'acheter des robes de couturiers.

Hayley soupira et rejeta la tête en arrière, le regard perdu dans le ciel hivernal.

— Si Natalie n'a rien à me proposer, je demanderai au shérif si je peux venir en uniforme.

— Et s'il refuse ?

— S'il refuse, je ne sais pas ce que je ferai. Pas encore. On finit toujours par trouver une solution. Et vous, au fait, est-ce que vous allez au gala ?

— Oui, j'y serai.

— Avec Cammie Wentworth ?

La question lui avait échappé et elle le regrettait déjà.

Après tout, la vie privée de Jackson ne la regardait pas. Comment expliquer alors la jalousie qu'elle ressentait chaque fois qu'elle y pensait ?

— Cammie sort avec Drake Rhodes, répondit Jackson. De toute façon, nous n'avons jamais été plus que des amis.

— Vraiment ?

— Eh oui, vraiment.

Jackson fit un petit sourire en coin et agita la main de haut en bas, attirant le regard de Hayley sur sa silhouette athlétique.

— Je sais ce que vous vous demandez. Qui pourrait résister à tout ça ?

Le second degré était si évident qu'elle ne put s'empêcher de sourire.

— Votre grande carcasse avachie est tout à fait résistible, monsieur Michaels.

Quelle menteuse elle faisait ! Pour se rattraper, elle ajouta :

— Je dois cependant admettre que vous avez un goût exceptionnel en matière de voitures et de café.

— Oh ! mais je le sais.

Hayley se remit à penser au gala et fit la grimace. Sa mère allait probablement lui envoyer d'autres suggestions de cavaliers qu'elle devrait inviter.

— Je suis curieuse, monsieur Michaels. Combien de femmes vous ont déjà invité à les accompagner au gala ?

— Huit ? Dix ? fit-il en haussant une épaule. Je n'ai pas tenu le compte.

— Pourquoi n'avez-vous pas accepté ? Il doit bien y en avoir au moins une dont vous pouvez tolérer la compagnie l'espace d'une soirée.

— Probablement, mais je ne veux pas risquer de donner de faux espoirs à une femme. Cette soirée ne pourrait mener à rien d'autre. Je ne veux pas de relation avec qui que ce soit.

Hayley eut un pincement au cœur lorsqu'il prononça cette dernière phrase. Pourquoi devenait-elle soudain si sentimentale ? Probablement était-ce dû à la fatigue, malgré ses incursions régulières dans le mug de Jackson.

— Pourquoi ne voulez-vous sortir avec personne ?

— Ma mère, une femme très exigeante et compliquée, a quitté mon père quand j'avais dix ans. Il n'a plus jamais été le même après cela. Je refuse de me montrer aussi vulnérable avec quelqu'un d'autre, d'aimer quelqu'un au point d'en être détruit.

L'espace d'une seconde, il parut presque bouleversé, mais son expression se détendit aussitôt.

— Qui plus est, je ne vois pas comment je pourrais faire tenir une relation dans mon emploi du temps. Je suis trop occupé. Je ne pourrais pas accorder suffisamment de temps à un couple, et je n'arriverais pas à m'y investir autant que dans ma carrière.

Cette fois, Hayley se reconnut dans ses paroles. Elle non plus n'avait pas le temps de sortir avec quelqu'un. Elle devait passer son examen de droit, remplir ses devoirs de policière et aider ceux qui avaient besoin d'elle. Un homme n'aurait fait que la ralentir et la distraire de ses priorités.

— Et vous ? demanda Jackson. Comptez-vous aller seule au gala ?

— J'aimerais bien, mais ma mère m'a déjà envoyé une liste interminable de jeunes hommes qui seraient ravis, d'après elle, de m'y inviter. Je ne serais pas surprise d'en trouver une demi-douzaine devant ma porte le jour J. Ma mère peut être terriblement efficace quand elle le décide.

Jackson la contempla un long moment et elle fronça les sourcils, se demandant à quoi il pouvait bien penser.

— Et si nous y allions ensemble ?

Elle faillit en lâcher sa tasse de café.

— Je vous demande pardon ?

— Mais oui, c'est la meilleure solution possible. Vous avez besoin d'être accompagnée, j'ai besoin d'être accompagné, mais aucun de nous n'a vraiment envie d'être accompagné. Nous ne voulons pas accompagner quelqu'un qui aura des attentes par rapport à cet… accompagnement.

— Je n'ai jamais entendu autant de déclinaisons du verbe « accompagner » dans la même phrase.

— Voyons, Hayley, vous comprenez ce que je veux dire. Ce serait un arrangement entre nous. Sans pression, sans attentes.

Et je n'aurais plus ma mère sur le dos, songea Hayley.

Elle se donna une seconde de réflexion, ne trouva rien à redire au plan qu'il lui proposait et répondit simplement :

— D'accord.

— Parfait, approuva Jackson.

Il lui ôta son café des mains et ouvrit la portière de sa voiture. Alors qu'il s'apprêtait à s'asseoir au volant, elle plaça une main sur la sienne, l'obligeant à se retourner.

Sa main était au moins deux fois plus grande que la sienne.

— J'adorerais rester là à discutailler, mais j'ai un rendez-vous à Dallas, fit-il en souriant paresseusement.

— Vous irez à Dallas quand je vous aurai donné votre amende.

Il écarquilla les yeux et Hayley dut se retenir pour ne pas éclater de rire. Visiblement, il pensait qu'elle avait oublié son virage sur les chapeaux de roues. C'était mal la connaître.

— Mais… Mais je vous ai donné du café !

— Ah, donc vous essayiez bien de me corrompre ?

— Oui, enfin non, enfin… Oh ! et puis zut ! Pourriez-vous faire vite, officier Lopez ? Je suis pressé.

— Cela prendra le temps que cela prendra.

Elle prit son carnet de contraventions et inscrivit les données personnelles de Jackson, appréciant tout particulièrement l'odeur de son eau de Cologne dans l'air frais du matin. Lorsqu'elle lui tendit son amende, elle faillit encore éclater de rire. Il avait l'air aussi ébahi que grognon.

— Et voilà, vous êtes libre. Tâchez de ne pas vous faire arrêter pour excès de vitesse.

Jackson glissa le papier dans la poche de sa veste et appuya sur le bouton de démarrage de la voiture. Le rugissement du moteur lui procura un léger frisson le long de l'épine dorsale. Cette voiture l'excitait…

Et son propriétaire aussi.

Mon Dieu, que vais-je devenir ?

— Vous pouvez passer me prendre vers sept heures et demie samedi soir. J'habite dans Elm Street, la maison colorée.

— La maison colorée ? Pourrais-je avoir un peu plus de précisions, si ce n'est pas trop demander ?

— Je vous garantis que vous la reconnaîtrez.

— On pourrait peut-être se tutoyer, non ? Cela semblerait plus naturel si nous allons au bal ensemble.

— Très bien.

Soudain, Hayley plissa les yeux et fixa un point juste derrière Jackson, les sourcils froncés. Comme elle s'y attendait, il se retourna aussitôt pour regarder dans la même direction, et elle en profita pour lui arracher son thermos des mains.

— Merci beaucoup, fit-elle avec un petit sourire moqueur. Je te rendrai ton mug samedi.

— Ah, non alors ! rugit-il. D'abord une amende, et maintenant mon café ? Je ne suis pas d'accord, Lopez !

Elle lui tourna le dos, s'installa au volant de sa voiture de patrouille et ferma les yeux, savourant son café avec délectation. Lorsqu'elle aurait terminé ce merveilleux breuvage, elle serait peut-être enfin prête à affronter sa journée.

Jackson avait prévu de rentrer à Royal le mardi après-midi. Il fut obligé de changer ses plans : des complications apparurent dans l'un de ses projets sur la côte Est et il s'y rendit par le premier vol pour arbitrer une dispute entre son fournisseur et son architecte, l'un cherchant des solutions fonctionnelles, l'autre des solutions esthétiques.

Trouver un juste milieu lui prit plus de temps que prévu. Enfin, il leur conseilla de passer la vitesse supérieure pour respecter les délais du projet et retourna à Dallas. Il s'arrêta devant un magasin luxueux et y récupéra une dizaine de housses à vêtements qu'il étala soigneusement sur le siège arrière de sa Chiron. Il reprit aussitôt la route en direction de Royal.

Elm Street était une petite rue bien arborée et peuplée de charmants cottages. Il était 9 heures du soir passées, mais même en pleine nuit, Jackson ne crut pas discerner de maisons particulièrement repérables. Il poursuivit son chemin, croisa une autre rue et là, dans la lumière de ses phares, aperçut un éclair de couleur violette.

Il tourna la tête à droite et ne put s'empêcher de sourire. Qu'est-ce que c'était que cette maison ? Du sol au plafond, la façade était mauve, du parme au violet foncé. Il ne pouvait s'agir que de la maison que Hayley lui avait décrite.

D'un autre côté, elle ne lui allait pas du tout. Il n'arrivait pas à imaginer Hayley vivant dans ce mignon cottage qui semblait sortir d'un conte de fées. La maison ne collait pas à son image de policière dure à cuire, de cette jeune femme indépendante et décidée qui commençait à lui plaire.

Souriant toujours, il jeta un coup d'œil à la pile de vêtements qui jonchaient la banquette arrière. Cette idée serait peut-être la meilleure qu'il avait jamais eue... Sauf si elle la détestait – et c'était précisément pour cela qu'il appréciait Hayley. On ne pouvait jamais prévoir ses réactions. Avec elle, rien n'était attendu.

Certes, elle avait treize ans de moins que lui, mais elle possédait un courage sans faille et une maturité qui l'impressionnaient. Son indépendance et sa volonté de se faire une place dans le monde par elle-même lui plaisaient également. Lui-même n'avait pas eu le choix.

Alors qu'il avait dix-huit ans, son père était mort d'une crise cardiaque, lui laissant en héritage son empire immobilier. Il était alors à peine adulte. Bien sûr, il aurait pu revendre l'entreprise et vivre confortablement toute sa vie sans même avoir à travailler, mais il avait relevé ses manches et poursuivi le travail de son père.

Pas une seule fois il n'avait regretté sa décision. Michaels International représentait un lien avec son père, une façon de se souvenir de lui par-delà la mort. Il avait le sentiment d'honorer son travail et s'efforçait de faire les choses d'une manière qu'il aurait approuvée. En outre, il adorait son travail, du moins quand tout se passait bien...

Ce qui n'était pas le cas du projet de Stone Lake.

Son idée de complexe immobilier risquait de faire long feu si ce vieil homme obstiné refusait toujours de lui vendre son terrain. Il comptait bien revenir à la charge dès que le gala serait passé. Cela signifiait probablement qu'il devrait se disputer à nouveau avec l'officier Lopez, ce dont il se réjouissait.

En attendant, il avait une mission. Il devait déjouer l'orgueil démesuré de Hayley.

Heureusement, Bubba lui avait donné son numéro accompagné du traditionnel « appelez donc mon avocate ». Il sortit donc son téléphone et lui envoya rapidement un SMS.

As-tu trouvé une robe ?

Sa réponse ne tarda pas à arriver.

Pas encore. J'ai été trop occupée. Arrête de me harceler.

Décidément, c'était un terme qu'elle employait à tort et à travers. Il ne lui avait envoyé qu'un message et elle parlait déjà de harcèlement. En revanche, le fait qu'elle n'ait pas encore trouvé de tenue lui faciliterait peut-être la tâche.

Je suis devant chez toi. Tu peux m'ouvrir ?

Jackson sortit de sa voiture, entassa les housses à vêtements sur son bras et remonta l'allée qui conduisait à la petite maison. La porte d'entrée s'ouvrit en grand et Hayley apparut sur le seuil. Aussitôt qu'elle aperçut son chargement, elle fronça les sourcils.

— J'espère que ce n'est pas ce que je crois.

Pour toute réponse, il l'écarta doucement et entra dans la maison, résistant à l'envie de déposer un baiser sur sa joue. Il fut soulagé de constater que son intérieur ne recelait pas la moindre trace de violet. Les murs étaient peints en blanc cassé et les fauteuils du salon tendus de bleu marine.

— Pourquoi diable vis-tu dans une maison violette ?

Elle se contenta de claquer la porte derrière lui, les yeux fixés sur la pile de tissu qui recouvrait à présent un bras du canapé. Jackson en profita pour la regarder – la regarder *vraiment* – pour la première fois.

Ses cheveux, presque noirs mais pas tout à fait, cascadaient en boucles légères jusqu'en bas de son dos. Elle portait un pull-over ample qui dégageait une de ses épaules délicates et découvrait l'une des bretelles, rose vif, de son soutien-gorge. Le tissu drapé sur ses seins ronds et hauts s'arrêtait à la lisière de ses leggings, mettant en valeur son ventre plat et ses jambes interminables.

Cet uniforme de police devrait finir dans la cheminée, songea Jackson.

Hayley était belle, séduisante, intensément sexy…

Et beaucoup trop jeune pour toi, imbécile.

Quand elle était née, il était probablement occupé à embrasser une fille de sa classe derrière les gradins du stade, se demandant comment faire pour glisser une main sous son T-shirt. Il se sentait soudain très vieux.

— Qu'est-ce que tu fais ici, Jackson ?

— Je suis simplement venu te voir. Aurais-tu du whisky, par hasard ?

Il jeta un coup d'œil en direction de la cuisine ouverte sur le salon, mais Hayley leva les yeux au ciel.

— Non, je n'ai pas de whisky. Je peux te proposer une bière. En la buvant, je t'aiderai à choisir quelle robe tu aimerais porter pour le gala.

— Quelle robe *j'aimerais* porter ?

Elle lui décocha un sourire carnassier.

— Bien sûr. C'est la seule raison pour laquelle tu pourrais débarquer chez moi avec une douzaine de robes de soirée, n'est-ce pas ? Puisque tu sais déjà que je n'accepte pas d'aide de mes parents, tu es aussi au courant que je ne risque pas d'en accepter de ta part.

Cette femme était décidément belliqueuse, et légèrement épuisante sur les bords.

Jackson se laissa tomber sur le canapé et passa une main dans ses cheveux avec lassitude.

— Je n'ai pas envie de me disputer, Lopez. Va me chercher cette bière et nous discuterons.

Il aperçut l'orage dans ses yeux et corrigea aussitôt son erreur.

— S'il te plaît, pourrais-tu boire un verre avec moi et me laisser m'expliquer ?

— *Voy a sarcale la sopa*, marmonna-t-elle en s'éloignant.

Alors qu'elle sortait deux bouteilles de bière du réfrigérateur, Jackson contempla ses jolies fesses moulées dans ses leggings et ne put s'empêcher de sourire. Il ne parlait pas très bien espagnol, mais assez pour comprendre qu'elle lui avait promis de « lui tirer les vers du nez ».

— Veux-tu un verre ? lui demanda-t-elle en ouvrant un placard.

Ses meubles étaient tous anciens, remarqua Jackson. Usés, mais bien assortis. Sa décoratrice aurait employé un terme comme « rustique chic ».

— Non merci, finit-il par répondre.

Il ne pouvait détacher le regard de sa silhouette fine et voluptueuse. Il rêvait de l'attirer contre lui, de glisser une main sous son pull-over, de savoir si sa peau était aussi douce et chaude qu'il se l'imaginait.

Il avait envie d'elle. Beaucoup trop.

Hayley lui donna un petit coup avec sa bouteille de bière. Il sursauta et marmonna un « merci » avant de prendre une longue gorgée, espérant que le liquide glacé l'aiderait à calmer son imagination. Cela ne fonctionna pas aussi bien que prévu.

Pour éviter que Hayley remarque le désir dans son regard – ou dans son pantalon –, il se pencha et jeta un coup d'œil aux livres grands ouverts sur la table basse. En retournant l'un d'eux, il vit qu'il s'agissait d'un épais manuel de droit. Lui-même avait détesté ses cours de droit à l'université. Il se sentait d'autant plus admiratif de la détermination qu'avait Hayley à obtenir son diplôme.

C'était la première fois qu'il rencontrait une femme aussi ambitieuse que lui, quoique d'une manière très différente.

— Comment se passent tes études ?

— Laborieusement, répondit-elle en s'installant dans un fauteuil en face de lui. J'ai une dissertation à rendre lundi et je ne l'ai pas encore commencée.

— C'est pour ça que tu n'as pas eu le temps de chercher une robe ?

— J'aimerais bien qu'il n'y ait que cette raison, soupira-t-elle. À vrai dire, j'ai surtout passé beaucoup de temps à chercher la famille de Bébé Surprise.

En effet, Jackson n'entendait parler que de cette histoire en ville, répétée et déformée par les « Royal Reporters ». C'était le nom que son ami Brett Harston donnait aux pires commères de Royal. Entre le gala du TCC et l'aventure du bébé abandonné, elles s'en donnaient à cœur joie.

Jackson s'apprêtait à interroger Hayley sur les derniers développements de l'affaire lorsqu'elle désigna, d'un regard mécontent, la pile de robes posée dans le fauteuil.

— J'espère bien que tu n'as pas acheté ces robes, Michaels. Je n'accepte la charité de personne. Ton paternalisme m'agace déjà, mais si en plus tu as dépensé de l'argent, je te promets que je vais te casser la figure.

Elle pouvait promettre tout ce qu'elle voulait, songea Jackson. Non seulement il était bien plus grand et plus lourd qu'elle d'une bonne quarantaine de kilos, mais en plus, il avait une ceinture noire de judo. Il n'avait donc pas trop de souci à se faire quant à ses capacités d'autodéfense.

— Je ne les ai pas achetées. Elles sont simplement...

Un coup énergique frappé à la porte vint interrompre ses explications. Il jeta un coup d'œil interrogateur à Hayley, qui avait l'air aussi perplexe qu'ennuyée.

— C'est pire que l'aéroport de New York ici. Je n'ai jamais de visiteurs, et voilà qu'il m'en arrive deux le même soir.

Elle se leva d'un bond et ouvrit grand la porte d'entrée sans même jeter un coup d'œil au judas. Trop imprudente, pensa Jackson. Elle était tout de même policière. Que se passerait-il si un délinquant trouvait son adresse, ou un drogué qu'elle avait arrêté, ou... ?

— Salut, Hayley. Je suis désolée de te déranger si tard, mais j'ai du nouveau.

Jackson se leva et, par-dessus l'épaule de Hayley, jeta un coup d'œil à la femme qui venait d'entrer. Petite et mince, avec la peau claire, de longs cheveux blonds et des yeux verts, elle ressemblait exactement au genre de femmes qu'il avait l'habitude de draguer. Mais elle avait l'air presque trop commune à côté du charme volcanique de Hayley.

À ce point de ses observations, la petite blonde se tourna de son côté et écarquilla les yeux.

— Mais... Vous êtes Jackson Michaels !

Jusque-là, j'étais au courant.

— Sierra Morgan, enchantée. Je suis journaliste en

free-lance. Je travaille sur un reportage pour la *Gazette* de Royal et le magazine *America*.

— Tu travailles surtout à me faire tourner en bourrique, commenta Hayley, le sourire aux lèvres.

Sierra éclata de rire.

— Hayley et moi sommes les meilleures ennemies du monde. Je la déteste quand elle a des informations qu'elle ne me communique pas, et elle me déteste quand je sais quelque chose avant elle.

Hayley cessa aussitôt de sourire.

— Qu'est-ce que tu sais de nouveau, Sierra ?

— Je te le dirai si tu m'offres une bière.

— Décidément, tout le monde me prend pour un bar, marmonna Hayley.

Elle revint pourtant de la cuisine quelques secondes plus tard avec une nouvelle bouteille de bière. Fronçant les sourcils en direction de la pile de robes sur le bras du fauteuil, elle fit signe à Sierra de s'y asseoir et lui redemanda aussitôt :

— Je t'écoute. Que s'est-il passé ?

— Est-ce que tu lui fais confiance ? demanda Sierra en tournant la tête vers Jackson.

Hayley l'observa un long moment en silence, visiblement indécise.

— Je ne répéterai pas un mot de cette conversation à qui que ce soit, Hayley. Je connais les enjeux.

— De toute façon, tu ne partiras pas d'ici tant que nous n'aurons pas réglé la question de ces stupides robes. Si j'entends le moindre mot de cette histoire en ville, je te décapite avec un couteau à beurre, c'est clair ?

Fougueuse, coriace et merveilleuse. Jackson ne savait plus comment faire taire ses fantasmes. Il passa une main désespérée dans ses cheveux, tentant de se rappeler qu'il était là pour lui apporter des vêtements, pour tenter de lui faciliter la vie si elle le laissait faire, et non pour se frayer un chemin jusqu'à son lit.

Il en rêvait, mais il ne le ferait pas.

Hayley lui décocha un autre regard incendiaire et il s'efforça de ne pas sourire. Si elle croyait qu'il allait se laisser gouverner, elle se trompait lourdement. Jamais personne ne lui avait dicté sa conduite. Il faisait ce qu'il voulait, quand il le voulait, mais pour le moment, il se contenterait d'écouter.

— J'ai des nouvelles qui devraient t'intéresser, disait justement Sierra.

Le regard de la jeune femme fit des allers-retours entre Hayley et lui, et Jackson y décela une bonne dose de malice.

— Si j'interromps quelque chose, je peux revenir plus tard.

— Oui, tu interromps… commença Hayley.

Sierra haussa les sourcils et elle s'empressa de corriger, avec un léger rougissement que Jackson trouva adorable :

— Je veux dire, tu interromps mes révisions. Jackson aussi d'ailleurs. Mais puisque tu es là, raconte-moi tout.

Sierra extirpa un dossier de son énorme sac en toile et défit les élastiques qui en retenaient la couverture.

— J'ai avec moi les rapports médicaux de Mme X, l'inconnue de l'hôpital, qui est toujours inconsciente.

— Comment as-tu obtenu ces documents ?

— Passons à la question suivante, si tu veux bien.

— Sérieusement, Sierra…

— Écoute, je suis journaliste. Les gens me disent des choses qu'ils ne racontent pas à la police. À cheval donné, on ne regarde pas la bride, tu ne crois pas ?

Jackson observa Hayley, visiblement prise dans un

débat intérieur entre sa conscience et son envie d'avancer sur le dossier. Il était presque certain que sa curiosité et sa détermination à rendre Bébé Surprise à sa famille finiraient par l'emporter. Lorsqu'elle leva les yeux au ciel et invita Sierra à continuer, il sut qu'il avait deviné juste.

Hayley avait un sens moral strict, mais elle était prête à se montrer flexible selon les circonstances. Bon à savoir.

— Mme X a été admise à l'hôpital le jour où Cammie Wentworth a trouvé Bébé Surprise, commença Sierra. Voici la liste des effets personnels qui se trouvaient sur la patiente au moment de son admission.

Sierra tendit un document à Hayley. Après avoir lu quelques lignes, son visage se tendit.

— Ils ont trouvé un grand mouchoir à carreaux bleus et blancs dans sa poche, murmura-t-elle.

Sierra fixait Hayley d'un air entendu, comme si elle attendait qu'elle fasse le lien avec quelque chose, ce qui ne lui prit pas longtemps.

— C'est probablement son chiffon d'allaitement.

— Qu'est-ce que c'est que ça ?

— C'est un morceau de tissu que les jeunes mamans mettent sur leur épaule pour protéger leurs vêtements, surtout après que le bébé a terminé de boire son lait.

— D'accord, je vois. Mais en quoi est-ce significatif ?

Hayley tendit la main pour attraper son téléphone sur la table basse. Elle se mit à faire défiler sa galerie de photos, jusqu'à en trouver une qu'elle montra à Jackson. On y voyait le bébé endormi, vêtu d'un pyjama et d'un bonnet assortis, coupés dans un tissu à carreaux bleus et blancs.

— C'est exactement le même tissu que le mouchoir qu'ils ont trouvé, dit Sierra.

Cela, Jackson l'avait déjà compris, mais ce détail pouvait

signifier une myriade de choses. Perplexe, il se tourna vers Hayley qui fixait la liste de Sierra avec concentration.

— Nous avons tout de suite écarté Mme X comme mère potentielle de Bébé Surprise, puisque les médecins ont déclaré qu'elle n'avait pas accouché récemment. Mais alors, pourquoi était-elle avec lui ? Qui est sa mère biologique ?

— Elle l'a peut-être kidnappé, adopté, recueilli... Il y a trop de possibilités, soupira Sierra. J'irai faire un tour en ville demain matin avec la photo de Mme X. Quelqu'un la reconnaîtra peut-être.

— Du calme, miss fouineuse, l'interpella Hayley. C'est mon travail d'enquêter.

— C'est aussi le mien puisque je suis journaliste d'investigation, au cas où tu l'aurais oublié.

Hayley ferma les yeux, secoua la tête et poussa un long soupir. Elle avait l'air complètement épuisée. Jackson ressentit un immense élan protecteur envers elle. De toute évidence, Hayley avait besoin d'une bonne nuit de sommeil, sans parler de sortir ou de se détendre un peu. Mais il commençait à comprendre que dans son langage, se détendre signifiait tirer au flanc.

Lorsqu'elle rouvrit les yeux pour regarder Sierra, Jackson y lut de la résignation.

— Si tu trouves quoi que ce soit, tiens-moi au courant.

— Et toi aussi.

— Ce n'est pas comme ça que...

Hayley s'interrompit lorsque la journaliste se leva vivement de son fauteuil. Sierra déposa un baiser sur sa joue et elle y porta la main, l'air sincèrement ahuri.

— Qu'est-ce que j'ai fait pour mériter ça ?

— Tu es plus précieuse que tu ne le penses, Miss dure à

cuire. Rends-moi quand même mon dossier. Et... Hayley ? Essaie de dormir un peu. Tu as une tête de déterrée.

— Merci beaucoup.

Sierra leva les yeux au ciel, enfila son manteau et prit congé. Jackson ne pouvait qu'être d'accord avec elle. Hayley n'avait pas « une tête de déterrée » et il doutait que ce pût être le cas, mais dormir ne lui ferait pas de mal. Et dans ses bras, tant qu'à faire.

Pour l'allergique aux relations qu'il était, cette idée commençait à lui faire peur. Il était temps qu'il s'en aille.

Il se leva et Hayley l'imita aussitôt, le regard circonspect.

— Où crois-tu aller comme ça ?

— Je crois que ton amie a raison. Je vais te laisser dormir.

— Comme je l'ai déjà dit, tu n'iras nulle part tant que tu n'auras pas expliqué ce que font ces robes dans mon salon, l'informa-t-elle, les mains posées sur ses hanches voluptueuses.

Ah oui, les robes... Il les avait presque oubliées.

— Quant à dormir, j'y penserai une fois que j'aurai prêté le serment des avocats. Je t'écoute, Michaels. Plaide ta cause.

Elle vida d'un trait le reste de sa bière avant d'ajouter :

— Tu as intérêt à être convaincant.

- 3 -

Hayley se sentait à la limite de l'épuisement. Elle avait la famille d'un bébé à trouver, une dissertation à rédiger et accessoirement, une bonne douche à prendre. Mais elle devait d'abord gérer la présence d'un demi-dieu au milieu de son salon.

Jackson se laissa nonchalamment tomber sur le canapé, l'air tout à fait à l'aise chez elle. On aurait plutôt dit qu'il faisait partie de son espace. Ses bras musclés étendus le long du dossier, ses jambes croisées, son regard sombre, mystérieux et attirant… Elle aurait voulu s'asseoir à califourchon sur ses cuisses, presser son érection contre elle et prendre le plaisir dont elle rêvait.

À en juger par le tissu légèrement déformé de son pantalon, les pensées de Jackson ne devaient pas être très éloignées des siennes. Il n'était pourtant pas son genre. Du moins, pas complètement.

Bien sûr, elle se sentait attirée par lui physiquement et elle rêvait de passer de longues heures à explorer son corps, mais Jackson n'était pas fait pour une relation à long terme. Il le lui avait dit lui-même. De son côté, elle n'était pas du genre à coucher avec quelqu'un simplement pour satisfaire un désir. Elle préférait compter sur elle-même dans ce genre de cas.

Si elle invitait quelqu'un dans son lit, c'était uniquement lorsqu'elle était certaine qu'il y avait davantage qu'une attirance, si la personne en question pouvait devenir importante pour elle. Malheureusement, les choses ne se passaient pas toujours comme elle le prévoyait. Elle en avait fait les frais avec son second petit ami.

Alors qu'elle pensait à l'éternité, lui ne cherchait qu'à accéder au compte en banque de son père.

Avec Jackson, ce genre de problèmes ne risquait pas de se poser. Il n'avait pas besoin d'elle pour avancer dans la vie. Plus important encore, il n'avait pas besoin de sa famille, ni financièrement ni socialement. Tout ce qu'il semblait vouloir, c'était elle, Hayley. Rien d'autre.

Un désir impétueux se répandit en elle, parcourant tout son corps jusqu'à son point le plus sensible, juste entre ses cuisses. Ses seins lui paraissaient tendus au point d'en être presque douloureux. S'il faisait le moindre geste vers elle, la moindre suggestion, elle l'emmènerait dans son lit et tant pis pour les conséquences.

Ils pourraient se disputer au sujet des robes plus tard. D'abord, elle voulait qu'il l'emmène au paradis.

Soudain, Jackson marmonna un juron qui la fit sursauter. Interdite, elle le regarda prendre ses livres de cours un par un et les refermer violemment. Que diable fabriquait-il ?

— Euh… Jackson ? Pourrais-je savoir…

— Je ne vais pas coucher avec toi et tu ne vas pas non plus rédiger cette dissertation, l'interrompit-il. Tout ce que tu vas faire ce soir, c'est dormir. Seule.

Waouh. Et quoi d'autre ?

— Il faut que tu dormes, et il faut que je sorte de cette maison avant de faire quelque chose de stupide.

Jackson enfonça les mains dans ses poches. La mâchoire serrée, les poings fermés, il avait l'air aussi frustré que mécontent. Hayley avait l'impression de se trouver sur un radeau au milieu d'un tsunami émotionnel. Enfin, lorsqu'elle le vit rassembler ses livres et ses cahiers pour les empiler furieusement sur la table, elle retrouva l'usage de la parole.

— Arrête de maltraiter mes affaires, Michaels. Explique-moi pourquoi tu te comportes comme un cinglé.

Jackson recula d'un pas et tendit ses doigts en avant, laissant un espace minuscule entre le pouce et l'index.

— Je suis à ça de perdre le contrôle, Hayley, alors ne me fais pas sortir de mes gonds.

Ne pas le… ? Non mais, cette fois, c'était la meilleure !

— Tu es dans ma maison, tu balances sur mon canapé des robes que je n'ai pas demandées, tu écoutes mes conversations avec mes amies, tu déranges mes affaires. Et c'est moi qui te fais sortir de tes gonds ?

— Non, c'est toi qui me fais prendre des douches froides tous les jours. Et elles ne servent à rien du tout.

Des douches froides ? Que diable voulait-il…

Oh. D'accord.

Jackson passa les deux mains dans ses cheveux et se mit à tirer dessus.

— La bretelle de ton soutien-gorge me rend fou. Je n'arrête pas d'imaginer tes seins sous ce tissu soyeux. Je n'arrête pas de penser à tes jambes parfaites autour de mes hanches.

Ces mots, prononcés d'une voix rauque et profonde, suffirent à attiser encore son désir. Elle *devait* être dans ses bras, elle avait besoin de ses lèvres contre les siennes, et elle ne pouvait plus attendre. Elle voulait goûter à sa bouche sensuelle et savoir enfin si elle était aussi douce que dans son imagination.

Jackson recula encore et leva la main comme pour l'arrêter.

— Je vais y aller.

Quoi ? Non ! Pas maintenant !

— J'aurais préféré que tu m'embrasses, murmura Hayley avec une déception dans la voix qu'elle aurait aimé cacher.

— J'aurais préféré aussi, marmonna Jackson, le visage dans les mains.

— Alors quel est le problème ?

— Tu… Tu es…

Si elle ne s'était pas sentie aussi frustrée, Hayley aurait éclaté de rire. Jackson cherchant ses mots, lui qui était si sûr de lui d'habitude, n'était pas un spectacle qu'on voyait tous les jours.

— Je suis… ?

— Tu es trop jeune ! prononça Jackson avec une réticence évidente. Enfin, Hayley, j'ai treize ans de plus que toi. Tu es à peine plus qu'une gamine.

Une gamine ?

Comment pouvait-il être aussi stupide ?

— J'ai l'âge de boire, de voter, de viser le centre d'une cible à trente mètres de distance. J'ai l'âge de contribuer activement à la société et d'être un membre apprécié de ma communauté. J'ai l'âge d'aider les gens tous les jours de mon existence. J'ai l'âge de gérer ma vie sans l'aide de personne.

Hayley entendait sa voix monter à chaque syllabe, mais elle n'en avait cure. Jackson venait de dire exactement ce qu'il ne fallait pas. Elle travaillait d'arrache-pied tous les jours pour obtenir le respect des autres, pour qu'on la voie comme quelqu'un de capable, et il la traitait de gamine ?

En colère au-delà de toute expression – à la fois contre lui et contre elle-même de se sentir rejetée –, elle se planta devant lui et désigna la porte.

— Dehors.

— Hayley…

— Je te jure que si tu ne sors pas de chez moi dans la minute, j'appelle des renforts.

Jackson passa une main sur son front et marcha lentement vers la porte avant de lui faire face à nouveau, son expression indéchiffrable.

— Je ne voulais pas te manquer de respect. Le fait est que je suis au milieu de la trentaine et que tu n'as pas encore vingt-cinq ans. Tu termines tes études alors que j'ai déjà une carrière bien établie. Quant à ton expérience au lit, je ne peux qu'imaginer qu'elle est moins étendue que la mienne. Bien sûr, tu m'attires énormément et tu es une femme magnifique…

Paroles, paroles et paroles…

—… mais tu dois bien reconnaître que nous sommes à des moments différents de nos vies, Hayley. J'aurais peur de profiter de toi.

Profiter d'elle ? Mais que s'imaginait-il ? Il parlait comme si elle n'avait aucun contrôle sur ce qu'elle faisait, comme si quelqu'un d'autre décidait de sa vie sexuelle. Décidément, cette conversation allait de mal en pis.

Personne ne profitait d'elle. Jamais. Elle prenait ses décisions seule et en assumait les conséquences, contre la volonté de son père, contre les souhaits de sa mère. Sa vie n'appartenait qu'à elle-même. Elle en était fière, et les commentaires de Jackson ne l'en exaspéraient que davantage.

Elle lui décocha un regard volontairement blessant et ouvrit grand la porte d'entrée.

— Je le répète, sors de chez moi, et ne t'embête surtout pas à passer me prendre samedi soir. Je suis une grande fille, contrairement à ce que tu sembles penser. Je peux tout à fait aller au gala du TCC sans un homme important et vaniteux à mon bras.

— Hayley…

Cette fois, elle en avait fini. Elle se sentait épuisée et au bord des larmes. Jackson ne devait pas la voir pleurer. Personne n'en avait jamais eu le droit, pas même son père et ses frères, et il n'était après tout qu'un quasi-inconnu.

D'autres problèmes bien plus importants requéraient son énergie, des devoirs à rendre, la famille d'un bébé à retrouver. Jackson Michaels n'était pas un problème important.

— Bonne nuit, Michaels. Ne reviens plus jamais chez moi sans y être invité.

Elle se détourna, entendit la porte claquer derrière elle et s'obligea à rouvrir ses yeux brûlants de larmes et de fatigue. La pile de robes dans le fauteuil semblait la narguer. Elle se demanda si elle avait le temps de courir jusqu'à sa voiture pour les lui rendre, mais une seconde plus tard, elle entendit le moteur démarrer. Ce n'était peut-être pas plus mal.

La prochaine fois qu'elle le verrait, elle serait froide, inatteignable et autoritaire, avec son badge épinglé à la poitrine et son Colt à la ceinture.

Trop jeune. Et puis quoi, encore ?

— Hayley, attends-moi !

Plantée sur le porche d'une énième maison où elle cherchait une trace de Bébé Surprise, Hayley entendit une voix familière l'appeler. Elle se retourna et découvrit une Sierra essoufflée qui remontait l'allée jusqu'au porche. Ses cheveux blonds étaient relevés en chignon désordonné, retenus par ce qui ressemblait à des baguettes chinoises.

— Je crois que tu as confondu tes cheveux avec des

nouilles sautées, dit-elle en riant lorsque Sierra arriva à sa hauteur.

— J'étais pressée, je ne trouvais pas d'élastique et ces trucs-là fonctionnent.

Elle lui jeta un coup d'œil inquisiteur et fit la grimace.

— Seigneur, Hayley. Tu as l'air d'être encore plus fatiguée qu'hier soir.

— J'ai déjà une mère pour ce genre de commentaires, merci bien.

— Alors, est-ce qu'il est aussi bon au lit qu'il en avait l'air ? demanda Sierra avec un petit sourire en coin.

Hayley lui décocha un regard par-dessus ses lunettes de soleil.

— De qui parles-tu ?

— Mais de Jackson Michaels, évidemment. Il y avait des étincelles entre vous hier soir. Heureusement que je suis partie vite. Alors, qui a sauté sur qui en premier ?

— Tu es trop curieuse pour ton bien, marmonna-t-elle en sentant un début de migraine lui vriller les tempes.

— Je suis journaliste, c'est mon métier d'être curieuse. Raconte-moi tout. Est-ce qu'il t'a empêchée de dormir ?

— Non, et je n'en dirai pas plus.

— C'est dommage. Vous iriez bien ensemble tous les deux.

Quand il gèlera en enfer, pensa Hayley en frappant à la porte d'entrée.

Jamais elle ne sortirait avec un homme qui la paternait à ce point. Son propre père n'avait pas réussi à lui dicter comment elle devait vivre sa vie, alors les autres pouvaient toujours essayer. Elle toisa Sierra avec l'air de dire « n'en parlons plus », et Dieu merci, son amie changea de sujet.

— Qu'est-ce que tu fais par ici ?

— Je vais dans toutes les maisons pour poser des questions aux gens. Nous avons déjà fait la tournée des hôtels et autres chambres d'hôtes il y a deux semaines, mais il doit bien y avoir quelqu'un, quelque part, qui a vu Mme X ou Bébé Surprise avant son abandon. Ce n'est pas possible autrement. D'ailleurs, pourquoi Mme Kay n'ouvre-t-elle pas ? Elle est toujours chez elle d'habitude.

Hayley fut rassurée lorsqu'elle entendit quelque chose bouger dans la maison, et se tourna de nouveau vers Sierra.

— Et toi, que fais-tu là ?

— J'ai aussi interrogé les gens du quartier. Quelqu'un m'a dit que Mme Kay avait loué une chambre à une jeune femme récemment, alors je me suis dit que c'était peut-être une piste.

Hayley ne put s'empêcher d'admirer la persévérance de Sierra. Au-delà de son article, elle sentait qu'elle prenait réellement à cœur le sort de Bébé Surprise. Elle ne pouvait que respecter son empathie. Peut-être même réussiraient-elles à travailler de concert, tant que Sierra ne gênait pas l'enquête de police.

La porte s'ouvrit enfin et Hayley fit un grand sourire à Mme Kay. Avec ses cheveux blancs comme neige et les rides profondes qui sillonnaient son visage, elle était le parfait modèle de la grand-mère idéale.

— Hayley Lopez, comme tu es gentille de passer me voir ! Et tu as même amené une de tes amies, s'exclama la vieille dame. Entrez donc prendre un café et une part de tarte.

Hayley se mit à saliver. La tarte aux noix de pécan de Mme Kay remportait le premier prix au concours de pâtisserie de Royal depuis dix ans. C'était le paradis dans un dessert. Malheureusement, elle avait trop à faire aujourd'hui pour en profiter.

— Je suis ici dans mes fonctions de policière, madame Kay. C'est très gentil de proposer, mais nous n'aurons pas le temps de prendre un café avec vous. Au fait, je vous présente Sierra Morgan, mon amie.

Sierra et elles entrèrent dans le hall à la décoration surchargée. Les deux mains crispées sur le pommeau de sa canne, Mme Kay l'observa un moment, le regard troublé.

— En fait, Hayley, j'avais l'intention de vous appeler bientôt.

— Vraiment ? Rien de grave, j'espère. Est-ce que Joseph-John a encore fait des siennes ?

Le chat de Mme Kay avait une fâcheuse tendance à disparaître, et chaque fois, la vieille dame appelait la police. Hayley ne disait jamais non à ces missions d'investigation poussée. Joseph-John se cachait toujours au même endroit, sous le porche, et Mme Kay la remerciait toujours de son aide avec une bonne part de dessert tout juste sorti du four.

Eh oui, le métier de policière dans une petite ville comportait certains avantages.

— Non, ce n'est pas cela, répondit Mme Kay. Je voulais simplement savoir au bout de combien de temps on pouvait signaler la disparition d'une personne.

— Qui a disparu, madame Kay ?

— Non, non, fit la petite dame en secouant la tête d'un air obstiné. Dites-moi d'abord pourquoi vous êtes là.

Hayley hocha la tête, mais se promit de lui reposer la question plus tard si besoin.

— Il y a une femme inconsciente à l'hôpital depuis deux semaines et nous essayons de l'identifier. D'un autre côté, nous essayons aussi de trouver la mère du bébé qui a été abandonné dans son couffin sur la voiture de Cammie Wentworth.

— J'en ai entendu parler. C'est une bien triste histoire.

— Sierra est ici car elle a entendu dire que vous aviez hébergé une jeune femme chez vous récemment.

Hayley sortit son téléphone et montra une photo de la patiente inconnue, prise sur son lit d'hôpital, à Mme Kay. Un éclair de reconnaissance traversa son regard. À côté d'elle, Sierra se tendit et elle sut qu'elle aussi l'avait remarqué. Elles touchaient enfin au but.

— Est-ce que j'aurai des ennuis si je vous parle d'elle ? demanda Mme Kay, l'air confus. N'existe-t-il pas des lois sur la vie privée des personnes ?

— Nous essayons de l'aider, dit Hayley de sa voix la plus douce. Si vous lui voulez du bien, dites-nous ce que vous savez.

— Eh bien, la disparition de personne que je voulais vous signaler… C'était pour elle. Elle m'a payé trois mois de loyer dès son arrivée, mais elle est partie sans prévenir et je ne l'ai pas vue depuis un bon moment. Toutes ses affaires sont encore dans sa chambre.

Hayley échangea un bref regard avec Sierra. Elle sut aussitôt qu'elles pensaient à la même chose.

— Comment s'appelle-t-elle, madame Kay ?

— Son nom est Eve Martin. Elle m'a dit qu'elle venait de Miami. Elle était avec un bébé, un adorable petit garçon.

Oui ! Enfin, du progrès !

— Mais je n'en sais pas plus, reprit Mme Kay. C'est une fille adorable, mais elle n'est pas très bavarde.

Quant à Mme Kay, veuve depuis des années et souvent seule, elle appréciait la compagnie et ne perdait jamais une occasion de discuter avec quelqu'un. Hayley se promit d'aller voir l'assistante sociale de Royal dans les prochains jours. Elle lui demanderait si la vieille dame avait droit à des services à domicile, ou peut-être à des activités pour rencontrer d'autres seniors.

— Pourrions-nous voir sa chambre, s'il vous plaît ? demanda alors Sierra.

Mme Kay secoua la tête.

— Alors là, je ne sais pas. Je ne crois pas que ce soit une bonne chose à faire.

Hayley prit la main de la vieille dame entre les siennes.

— Vous me connaissez, madame Kay. Vous savez bien que j'essaie d'aider cette jeune femme.

— Bon… C'est bien parce que c'est toi, Hayley. Je te fais confiance. Donne-moi une minute, je vais chercher la clé.

Après avoir inspecté la chambre, Hayley et Sierra retournèrent à Elm Street, le coffre chargé de quelques effets personnels d'Eve qu'elles avaient jugés intéressants.

Hayley fit entrer son amie dans le salon et leva les yeux au ciel en apercevant la pile de robes qui s'y trouvait encore. Il allait pourtant falloir qu'elle les rapporte à Jackson. Mais non, d'ailleurs ! Il les avait déposées chez elle sans qu'elle ait demandé quoi que ce soit. C'était à lui de revenir les chercher.

Elle offrit un siège à Sierra, déposa les quelques affaires personnelles d'Eve dûment étiquetées sur la table basse et sortit son téléphone de sa poche, cherchant le numéro de Jackson pour lui envoyer rapidement un message.

Je suis rentrée chez moi. Passe chercher les robes, s'il te plaît.

Sa réponse arriva une poignée de secondes plus tard.

As-tu trouvé une tenue pour le gala ? Bien sûr que non, alors choisis une robe ! Je ne les ai pas achetées, si c'est ce qui te retient. J'ai une amie qui tient une boutique à Dallas et elle me les a prêtées.

N'étant pas une « gamine », je suis capable de trouver mes vêtements moi-même. Débrouille-toi pour venir les chercher avant 17 heures. Autrement, je les donnerai à Emmaüs.

Hayley jeta son portable dans un fauteuil et leva les yeux au ciel.

— Ces hommes, quelle fatigue ! Je ne peux ni les supporter, ni leur tirer dessus. Quel dommage que ce soit interdit.

— Laisse-moi deviner. Jackson Michaels ?

— Qui d'autre ? Et, non, je ne veux pas en parler, ajouta-t-elle d'un ton plus sec qu'elle ne l'aurait voulu.

Elle lança un regard piteux à Sierra.

— Désolée, tu n'y es pour rien. Veux-tu un café ?

— Non, je te remercie. Je veux regarder les affaires d'Eve le plus rapidement possible.

Mal à l'aise, Hayley contempla les sachets étiquetés sur la table basse.

— Nous ne devrions pas fouiller dans ses affaires, murmura-t-elle. Après tout, je vais aller les lui rendre demain à l'hôpital.

— On peut quand même jeter un petit coup d'œil, non ?

— Je vais regarder rapidement, et seulement pour essayer de comprendre qui elle est. Ce n'est que du rassemblement d'indices.

Hayley ouvrit un premier sachet et en sortit la carte d'identité d'Eve Martin. Elle ne lui apprit pas grand-chose, si ce n'était que la jeune femme avait vingt-huit ans et venait de Miami. Pourquoi fallait-il qu'elle vive dans une ville d'un demi-million d'habitants ? Il y avait tant de villages perdus au milieu des champs qui auraient rendu son enquête bien plus facile…

Sierra, quant à elle, venait d'exhumer un carnet recouvert de cuir marron clair. Elle l'ouvrit et Hayley aperçut quelques lignes d'une écriture visiblement féminine. S'agissait-il d'un journal intime ? Si c'était le cas, la victoire était assurée. On y trouvait souvent une foule d'informations utiles.

Elle-même n'avait pas le droit de le lire, mais Sierra pourrait le faire. Après tout, personne ne parlait de crime dans cette histoire. Ce journal n'était donc pas une pièce à conviction.

— Alors, qu'est-ce qu'Eve a écrit ? demanda-t-elle à Sierra. Parle-t-elle du bébé ?

Sierra secoua la tête et continua de tourner les pages. Elle finit par lever la tête, l'air déconcerté.

— Je crois que ce n'est pas le journal d'Eve, mais celui de sa sœur. Elle parle d'Eve à la troisième personne, et… Mon Dieu, Hayley.

— Quoi ? Qu'y a-t-il ?

— Le bébé s'appelle Micah. C'est le fils de sa sœur.

Hayley resta silencieuse une minute, digérant l'information.

— As-tu trouvé la raison pour laquelle Eve s'est retrouvée avec le bébé ?

— Non, elle n'en parle pas. Je n'ai rien trouvé au premier coup d'œil, en tout cas.

— Et le nom du père ?

— Non plus. As-tu l'intention de rendre Micah à son père ? demanda Sierra, les sourcils froncés.

— Je n'en sais rien pour l'instant. Je voudrais au moins

essayer de le contacter. Il est peut-être fou d'inquiétude depuis deux semaines, à se demander où est son fils.

— Ou alors, il ne sait même pas qu'il a un enfant.

— C'est possible. Je vais retourner au poste de police et appeler les commissariats dans la région de Miami. Si quelqu'un a signalé la disparition d'Eve ou de Micah, ils pourront me le dire. Je vais aussi essayer de trouver des détails sur sa sœur.

Sierra lui tendit le journal intime, ouvert à la page de garde. Quelques mots se trouvaient inscrits en haut à droite :

Arielle Martin, Miami, 2020.

Un nom et un lieu, voilà qui lui faciliterait la tâche, se dit-elle en se levant du canapé.

Sierra retira ses baskets d'un geste rapide et se lova contre les coussins, plongée dans le journal d'Arielle. Hayley se sentait quelque peu mal à l'aise. N'était-ce pas intrusif de lire ainsi les pensées intimes d'une inconnue ? Cela dit, elles avaient besoin d'en savoir plus et la conscience de Sierra semblait tranquille, alors elle lui laissait volontiers cette partie du travail.

— Je file, Sierra. Fais comme chez toi et sers-toi dans la cuisine, lui dit-elle en attrapant sa veste. Appelle-moi si tu trouves quelque chose d'intéressant.

— J'ai trouvé quelque chose d'intéressant, lança Sierra alors qu'elle s'apprêtait à sortir.

Elle retourna aussitôt dans le salon.

— Arielle mentionne le père de Micah. Une seule fois.

— Alors, qui est-ce ?

— Il n'y a pas de nom.

— Bien sûr, ce serait trop facile…

— Mais elle écrit qu'il vient de Royal, et figure-toi que… Attention, roulement de tambour…

— Sierra, pas de devinettes, s'il te plaît.

— Pardon. Elle écrit que le père de Micah est membre du Texas Cattleman's Club.

— Super, fit Hayley en levant les yeux au ciel. Ce n'est pas comme si les membres du TCC étaient les hommes les plus célèbres, riches et puissants de la région.

— L'histoire n'en est que plus intéressante, contra Sierra avec un sourire ravi. J'adore mettre les pieds dans le plat.

— Ah bon ? Je n'avais jamais remarqué.

Ignorant son commentaire, Sierra poursuivait sa lecture. Elle fronça soudain les sourcils et tendit le journal à Hayley. Sur une page presque vide s'étalait, entouré d'une multitude de petites étoiles, le nom de Rafael Wentworth.

Rafael ? Le frère de Cammie ? Se pouvait-il qu'il soit le père de Micah ?

— Je vais recommencer le journal depuis le début, prendre des notes au fur et à mesure, déclara Sierra.

Elle posa le carnet sur un coussin et jeta un regard curieux sur la pile de housses à vêtements qui n'avait pas bougé depuis la veille.

— Comme tu le sais, je suis une incorrigible fouineuse. Je peux regarder ?

— Si tu veux, fit Hayley en haussant une épaule. C'est Jackson Michaels qui les a apportées. Il voulait probablement s'assurer que je ne lui ferais pas honte au gala du TCC.

— Tu vas au gala avec lui ?

— J'allais au gala avec lui. Maintenant, je préférerais y aller avec un crapaud.

Sierra baissa la fermeture d'une housse et en extirpa une robe de soirée gris clair. Jolie, mais pas exceptionnelle.

— Pourquoi ? Qu'est-ce qu'il t'a fait ?

Hayley avait peu d'amis proches, et sans qu'elle puisse s'expliquer pourquoi, elle avait besoin de raconter la débâcle de la veille à quelqu'un.

— Jackson et moi avons cette étrange attirance l'un pour l'autre. J'ai envie de lui sauter dessus dès que je le vois. Je sais que lui aussi, mais…

Sierra ouvrit une autre housse, qu'elle referma aussitôt en apercevant la masse de tulle rose qu'elle contenait. Bon réflexe, songea Hayley. Jamais elle n'accepterait de paraître en public dans une telle couleur.

— Mais ? répéta Sierra.

— Je lui ai plus ou moins suggéré de m'embrasser, et il m'a répondu que j'étais trop jeune pour lui.

— Trop jeune pour lui ? répéta Sierra, les sourcils froncés. Je ne comprends pas. Tu as vingt-huit ou vingt-neuf ans, non ?

Hayley ne s'étonna pas de sa méprise. Du fait de sa taille, les gens la croyaient souvent plus âgée qu'elle n'était.

— J'aurai vingt-quatre ans dans quelques mois.

— Tu n'as que vingt-trois ans ? Jamais je ne l'aurais cru. Tu as l'air si mature et tu gères tellement de choses. Tiens, j'aime bien celle-ci, ajouta-t-elle en étalant une robe rouge sur le canapé.

— Je ne porterai aucune de ces robes. Elles vont retourner chez Jackson aussi vite que possible. La charité, non merci.

— Mature, hyper active et obstinée, commenta Sierra. Et jeune, c'est vrai.

— Je ne peux pas changer mon âge, Sierra.

— Bien sûr que non, mais il a tout de même treize ans

de plus que toi. Que préfères-tu ? Un homme qui saute sur la moindre occasion sans se soucier de la différence d'âge et de situation entre vous, ou bien quelqu'un qui réfléchit aux conséquences possibles ?

Dit comme ça...

— C'est mon corps, marmonna Hayley. Je suis capable de décider si j'ai envie de coucher avec quelqu'un ou non. Je ne lui ai pas demandé de m'épouser, que je sache.

— Je le sais bien, ma belle. Mais en tant qu'amie, et j'espère être en train de devenir ton amie, je suis contente de savoir que Jackson ne se précipite pas et qu'il ne va pas profiter de toi.

— Il ne profiterait pas de moi, puisque je veux coucher avec lui !

— C'est bon à savoir, dit soudain une voix familière.

Oh non...

Hayley se retourna lentement, priant pour avoir mal entendu, ou pour avoir eu une hallucination. N'importe quoi aurait été préférable au fait de se trouver en face de Jackson Michaels après une pareille déclaration.

Sierra s'effondra sur le canapé, en proie à une crise de fou rire visiblement incontrôlable. Elle lui jeta un regard mauvais. Pour toute réponse, Sierra se mit à rire encore plus fort, des larmes coulant le long de ses joues.

— Tu te souviens de ce que tu viens de me dire à propos de notre amitié ? Eh bien, tu peux l'oublier, grommela Hayley.

— Pas de danger, répliqua Sierra entre deux hoquets.

Elle tendit une robe argentée devant elle et, l'espace d'un instant, Hayley oublia tout le reste. Elle sentait pourtant l'eau de Cologne de Jackson qui s'approchait d'elle, la chaleur de son corps, mais toute son attention était captivée par la merveille de soie couleur argent que lui tendait son amie.

Le décolleté en V s'arrêterait juste à la naissance de sa poitrine. Quant aux bretelles fines, elles mettraient ses épaules en valeur, et le dos moulerait ses fesses comme il le fallait. Les pièces de tissu flottant drapées sur les côtés ajoutaient un côté aérien à l'ensemble.

Oui, décidément, elle se voyait bien dans cette robe.

Hayley se redressa et prit son air le plus digne, espérant que ses joues avaient retrouvé leur couleur habituelle.

— Je retourne au commissariat. Continue de lire le journal et appelle-moi si tu trouves d'autres informations.

Elle se tourna ensuite vers Jackson et le regarda dans les yeux. Elle lut une certaine dose d'amusement dans son regard bleu-violet, mais aussi du remords. Lorsqu'il ouvrit la bouche pour parler, elle l'interrompit aussitôt.

— Débarrasse-moi de tout ce bazar, mais tu peux laisser la robe argentée. Je la porterai peut-être, ou peut-être pas. Donne-moi aussi le numéro de ton amie à Dallas. Je vais lui demander si je peux acheter cette robe.

Il fit à nouveau mine de parler, et Hayley comprit qu'il allait lui proposer de lui offrir le vêtement. Elle lui décocha un regard d'avertissement, et Jackson comprit qu'il ferait mieux de se taire.

— Tu peux passer me prendre samedi soir, à moins que…

Elle attendit délibérément qu'il la relance.

— À moins que ?

— À moins que je ne sois trop jeune pour un vieil homme comme toi.

Jackson écarquilla les yeux. Était-il surpris par l'insulte liée à son âge ou par le défi qu'elle lui lançait, Hayley n'en savait rien et ne s'en souciait guère. Il était déconcerté et elle avait atteint son but. Cet homme avait trop d'assurance pour son propre bien.

Samedi soir, elle comptait bien mettre au placard toutes ses idées sur leur différence d'âge. On verrait bien qui craquerait le premier.

Une chose était sûre : ce ne serait pas elle qui réclamerait un baiser à la fin de la soirée.

- 4 -

Hayley vivait à Royal depuis des années et Jackson ne l'avait jamais remarquée. Pourtant, ce vendredi matin, il la voyait partout.

Peu avant 7 heures, sa voiture de patrouille était passée sous les fenêtres de son bureau. Il l'avait ensuite vue discuter avec le shérif Nate Battle sur les marches du tribunal. À présent, voilà qu'elle venait interrompre son déjeuner avec ses vieux amis Brett Harston et Clint Rockwell.

Enfin, pour être honnête, Hayley ne faisait pas exprès d'interrompre son repas. Elle était simplement en train de commander son déjeuner à emporter tandis qu'il mangeait à une table un peu plus loin. Seulement, il avait complètement perdu le fil de la conversation depuis qu'elle était entrée.

Dès qu'elle était près de lui, il ne pouvait penser à rien d'autre qu'à elle. Ce n'était d'ailleurs pas beaucoup mieux le reste du temps. Voilà pourquoi cette folie devait absolument s'arrêter.

Il y avait trop de raisons pour lesquelles il n'aurait pas dû penser à Hayley. Entre autres parce qu'elle était trop jeune, trop têtue et que passer du temps avec elle n'était pas de tout repos.

Il n'avait ni le temps, ni l'énergie, ni même l'envie de s'engager avec une femme quelle qu'elle soit. Ce n'était pas seulement à cause de ce que sa mère avait fait subir à son père. Au-delà de son histoire familiale, il n'avait tout simplement pas le temps d'être en couple.

Diriger une entreprise multimilliardaire était un mode de vie autant qu'un métier. Il avait sans cesse des contrats à négocier, des problèmes à régler, de nouveaux projets à bâtir. Michaels International lui prenait tout son temps. Il devait à son père de faire preuve d'autant de dévotion que lui-même l'avait fait.

Après le lendemain soir, Hayley et lui redeviendraient des inconnus. Il passerait la prendre bien à l'heure, se montrerait courtois pendant la soirée, la ramènerait chez elle et…

Rentrerait chez lui aussitôt.

« Il ne profiterait pas de moi, puisque je veux coucher avec lui ! »

Les mots qu'elle avait prononcés revinrent une fois de plus le hanter et il soupira, se répétant pour la millième fois qu'il ne pouvait pas répondre à son désir, que ce serait la pire idée du monde. Trop jeune, trop têtue, mais surtout trop inoubliable…

Brett claqua des doigts devant son visage et Jackson sursauta, revenant brusquement à la réalité. Il reporta à regret son attention sur ses amis. Quel dommage, alors que les fesses de Hayley étaient bien plus intéressantes à regarder.

— Voilà qui ne me surprend pas, commenta Brett en haussant comiquement les sourcils. J'avais entendu dire que tu emmenais Hayley Lopez au gala.

— Et alors ? C'est juste un arrangement entre nous. Ses parents la harcelaient pour qu'elle choisisse un cavalier, et moi, j'avais toute la population féminine entre Royal et Dallas à mes trousses.

— Sans aucune exagération, bien sûr, commenta Clint.

Jackson leva discrètement le majeur dans sa direction.

— Tu sais très bien ce que je veux dire. En tout cas, il n'y a rien du tout entre Hayley et moi.

— Rien du tout, vraiment ? demanda Brett avec un petit sourire. Il me semble que je ne t'ai jamais vu rapporter une douzaine de robes de Dallas pour « rien du tout ».

Jackson laissa échapper un juron.

— Où as-tu entendu ça ?

— Voyons, Jack, tu sais bien que les Royal Reporters sont déchaînés en ce moment. Rien ne passe inaperçu avec eux. En plus, tu as toujours été leur sujet de conversation favori.

— Il n'y a donc aucun moyen de les faire taire ? demanda-t-il sans grand espoir.

— Tu pourrais toujours te marier, suggéra Clint.

— Très drôle.

— Je suis sérieux. La tranquillité du bonheur conjugal n'intéresse pas les commères. C'est le meilleur moyen de te mettre à l'abri des ragots.

Jackson leva les yeux au ciel, mais au fond, il devait reconnaître que les paroles de son ami recelaient une part de vérité. Depuis qu'ils s'étaient mariés, on n'entendait plus jamais parler de Brett ni de Clint. Mais que lui importaient les commérages ? Il était assez riche et influent pour se passer de la bonne opinion du monde. En fait, il se fichait royalement de ce que les gens pensaient de lui.

Toi peut-être, mais pas Hayley…

La petite voix dans sa tête avait malheureusement raison. Hayley exerçait une fonction publique. Elle avait besoin de la confiance de sa communauté pour pouvoir travailler efficacement.

Jackson passa nerveusement la main dans ses cheveux,

conscient qu'il aurait dû réfléchir à tout cela avant d'inviter Hayley au gala, avant surtout de rapporter ces fichues robes de Dallas. Il fit signe à la serveuse pour qu'elle vienne remplir leurs tasses de café et se pencha vers ses amis, les coudes sur la table, bien décidé à s'expliquer.

— Hayley, ou plutôt l'officier Lopez, est débordée de travail en ce moment. Elle doit retrouver la famille de ce bébé qui a été abandonné. Elle n'avait absolument pas le temps de faire les boutiques, alors quand je lui ai dit que j'allais à Dallas, elle m'a demandé de lui rapporter des robes à essayer. De toute façon, si elle avait le choix, elle irait au gala en uniforme.

Jackson s'interrompit pour laisser la serveuse remplir sa tasse de café.

— Je l'accompagnerai demain soir, mais après cela, nous irons chacun notre chemin. Nous ne sortons pas ensemble et nous ne sortirons pas ensemble. C'est comme ça. Merci, Cathy, dit-il à la serveuse qui s'éloignait.

Brett hocha la tête d'un air faussement impressionné.

— Belle façon de faire taire les rumeurs, Jack. Tes paroles seront connues de tout Royal dans moins de deux heures, et tellement déformées qu'on ne les reconnaîtra plus.

Jackson se tourna vers Hayley et caressa du regard son dos mince et droit.

— Elle n'a pourtant pas besoin qu'on parle d'elle.

— Dans ce cas, je te suggère d'arrêter de la fixer… Et de t'essuyer la bouche, parce que tu baves, suggéra Clint.

Lorsqu'il porta la main à ses lèvres, Jackson se rendit aussitôt compte que son ami se moquait de lui. Il lui jeta un regard mauvais tandis que Clint et Brett s'esclaffaient en chœur.

— Mon cher Clint, reprit Brett quand il eut fini de

rire, crois-tu notre ami Jack ici présent lorsqu'il prétend qu'il ne se passe rien entre Hayley et lui ?

— Pas le moins du monde.

Jackson posa quelques billets sur la table et termina son café d'un trait.

— Je ne cherche pas à me caser. De toute manière, elle est bien trop jeune pour moi.

— Sarabeth a dix ans de plus que moi et ça n'a jamais posé problème, fit remarquer Brett. Et puis, Hayley n'a rien d'une adolescente en manque d'attention. Elle est mature, intelligente et elle a le sens du devoir.

— Je n'aurais pas dit mieux, renchérit Clint, le nez dans son mug.

— Vous autres hommes mariés êtes insupportables. Je ne comprends pas pourquoi vous cherchez toujours à amener vos amis devant monsieur le curé.

Clint haussa une épaule en souriant.

— Nous avons trouvé la personne que nous voulons faire tourner en bourrique pour le restant de nos jours. C'est tout naturel de te le souhaiter aussi.

Jackson leva les yeux au ciel, enfila sa veste et sortit du restaurant sous les rires de ses amis. Il remarqua aussitôt la voiture de patrouille garée de l'autre côté de la rue. Il n'aurait pas dû y aller. Il savait qu'il allait donner encore plus de prise aux ragots, mais c'était plus fort que lui. Ses pieds ne lui obéissaient plus.

Il traversa la rue et vit Hayley assise au volant, en train de dévorer consciencieusement une énorme salade de pâtes.

— Affamée ? demanda-t-il en se penchant vers la vitre côté passager.

Hayley poussa un cri aigu et sursauta, faisant atterrir des morceaux de pâtes sur sa chemise d'uniforme. Elle se mit à les nettoyer avec une serviette en papier tout en le maudissant à voix haute.

— Ne t'approche pas comme ça sans prévenir, Michaels.

— Tu devrais faire plus attention à ton environnement. Et si j'étais un voleur à la tire ? Ou un cinglé sous amphétamines ?

— C'est vrai qu'on en voit beaucoup à Royal, marmonna Hayley en levant les yeux au ciel.

Elle replaça le couvercle de sa boîte-repas et se tourna de nouveau vers lui, une légère froideur dans le regard.

— Bon, qu'est-ce que tu veux ?

Tes jambes nues autour de ma taille, ma bouche contre tes seins...

Seigneur, il fallait vraiment qu'il se reprenne.

— Sept heures et demie demain soir ?

— Nous en avons déjà décidé, contra-t-elle.

Il resta muet l'espace d'une seconde, émerveillé par sa capacité à le remettre à sa place.

— Oui, c'est vrai.

— Dans ce cas, pourquoi as-tu traversé la route ?

— Je n'en sais rien. Tu me rends fou. Tu le sais, n'est-ce pas ?

Le sourire qu'elle lui décocha était inattendu, et aussi beau qu'un rayon de soleil.

— Je le sais d'autant mieux que tu me rends folle, toi aussi. Heureusement que nous ne nous verrons plus beaucoup après demain soir.

Heureusement, oui. Il ne pouvait pas lui donner tort. Mais alors, comment expliquer le serrement de cœur qu'il ressentait ?

Son regard accrocha le sien, brun contre bleu, et il eut l'impression de tomber en chute libre. Il tendit la main pour agripper le rebord de la vitre. Ses yeux étaient ceux qu'il avait toujours rêvé de rencontrer. Son visage était celui qu'il avait envie de voir chaque matin au réveil.

Il la voulait, dans son lit et dans sa vie. Il la voulait autant qu'il aurait voulu ne pas se soucier d'elle.

— Je devrais y aller, dit Hayley, la voix plus douce qu'à l'accoutumée.

Elle avait même l'air confus, ce qui le surprit. Peut-être était-ce simplement de la fatigue.

— Il faut que j'aille à l'hôpital.

Une vague d'inquiétude l'envahit aussitôt.

— À l'hôpital ? Pourquoi ? Tu ne vas pas bien ? Est-ce que quelqu'un de ta famille est malade ?

Elle lui décocha un sourire moqueur.

— Pourquoi toutes ces questions ? As-tu peur de te retrouver seul demain soir ?

— Trêve de plaisanteries. Je veux des explications, Lopez.

— Cela ne te regarde en rien, mais je vais interroger Mme X. Elle s'est réveillée de son coma ce matin.

Jackson lut une certaine angoisse sur ses traits et il sentit son cœur se serrer. Il aurait eu envie de débarquer dans sa vie, cape sur les épaules et épée au poing, prêt à détruire la moindre personne ou la moindre chose qui lui causerait ne fût-ce qu'une minute de stress.

Oui, peut-être était-il au bord de l'exagération.

Hayley lui aurait ri au nez si elle avait pu lire dans ses pensées. C'était la dernière femme qui rêvait d'un chevalier servant pour venir la secourir. Mettant son instinct protecteur de côté, il ouvrit la portière de sa voiture et s'assit au bord du siège, décidé à comprendre s'il pouvait l'aider d'une manière plus rationnelle.

— Est-ce que tu peux m'en dire plus ?

— Ce sont des informations confidentielles.

— Je m'en doutais.

— Mais… commença Hayley alors qu'il se relevait.

Jackson se rassit aussitôt.

— Pour une raison que j'ignore, je te fais suffisamment confiance pour croire que tu ne diras rien. Je ne devrais pas, mais c'est le cas, et j'ai besoin de…

Elle s'interrompit et il dut se retenir pour ne pas la presser de questions. De quoi avait-elle besoin ? Comment pouvait-il l'aider ? Il se sentait prêt à faire n'importe quoi.

— Je connais son nom, reprit Hayley. Son vrai nom. Elle s'appelle Eve Martin. D'après mes dernières recherches, elle vient de Miami et elle est soupçonnée dans une affaire criminelle là-bas.

— Quel genre d'affaires ?

— Elle aurait peut-être détourné une grosse somme d'argent dans la banque d'investissement pour laquelle elle travaillait.

— Alors, tu vas à l'hôpital pour l'arrêter ?

Hayley secoua la tête.

— La police de Miami n'a pas terminé son enquête. Pour l'instant, elle n'est visée par aucun mandat d'arrestation. Je vais juste essayer de parler avec elle.

Jackson posa prudemment une main sur la sienne.

— Dans ce cas, ça ne me semble pas trop compliqué. Pourquoi t'inquiètes-tu autant ?

Hayley haussa lentement les épaules.

— C'est juste que j'ai ce… cette impression… Oh ! oublie.

— Non, dis-moi.

— Tu vas trouver ça complètement stupide.

— Laisse-moi en juger, ma belle.

L'espace d'un instant, elle contempla sa main en silence, les sourcils froncés. Jackson se demanda pour laquelle des deux raisons elle allait le disputer – la manière dont il l'avait appelée ou le contact physique. Hayley reposa alors la tête contre le dossier de son siège et poussa un long soupir.

— Mon *abuela*, c'est-à-dire la mère de ma maman, pas celle qui était la voisine de Bubba…

— Attends une minute. Ta grand-mère paternelle possédait une maison à Stone Lake ?

— Tu ne savais pas que l'empire des Lopez avait été fondé à Royal ?

— Non, je l'ignorais.

— J'adorais la maison de ma grand-mère. J'y ai passé des étés merveilleux quand j'étais petite.

Voilà qui expliquait en partie pourquoi Hayley était si farouchement opposée à son projet de construction. Elle avait des souvenirs à Stone Lake, un attachement émotionnel. Ce n'était pas la première fois qu'il rencontrait de la résistance chez ce genre de personnes.

Pourtant, il tenait à son projet. Il avait de bonnes raisons de s'y accrocher. Construire quelque chose à Royal permettrait de créer de l'emploi, de nouveaux logements, de stimuler l'économie locale de sa ville d'origine – toutes choses que son père aurait approuvées.

Mais ce n'était pas le moment de plaider sa cause.

— Tu allais m'expliquer pourquoi tu te sentais inquiète, rappela-t-il à Hayley.

— Oui, excuse-moi. Si je t'ai parlé de mon *abuela*, c'était pour une bonne raison. Elle avait une capacité presque surnaturelle à prévoir le futur. Lorsque quelque chose d'inhabituel allait lui arriver, elle le savait toujours à l'avance. Elle disait qu'elle avait l'impression de se tenir au bord d'un précipice en attendant la chute.

— C'est ce que tu ressens en ce moment ?

— Plus ou moins. J'ai l'impression d'avoir mis en marche quelque chose d'inexorable, quelque chose qui aura des conséquences sur ma vie.

— Parles-tu de ta vie professionnelle ou privée ?

— Je n'en sais rien. Peut-être les deux. Tu sais, Jackson, il ne se passe jamais rien de spécial dans ma vie. Je travaille, j'étudie et c'est tout. En ce moment, entre Bébé Surprise, Eve Martin, le fait d'être honorée demain soir et cette ridicule attirance que j'ai pour toi, je me sens…

— Oui ? Comment te sens-tu ?

— Submergée, avoua-t-elle. Je déteste ça. D'habitude, c'est moi qui contrôle mes sentiments, pas l'inverse.

— Hayley, respire. Tu n'es pas obligée de tout contrôler en permanence. Concentre-toi sur ce qui se trouve juste devant toi, gère le problème, et passe à la tâche suivante. Une chose à la fois. Le reste suivra tout seul.

— Vraiment ?

— Vraiment.

Il se leva et lui offrit un sourire qu'il espérait réconfortant.

— Va travailler, officier Lopez.

Il lut une certaine hésitation dans ses yeux et lui assura :

— Tu n'as pas à t'inquiéter. Tout ce que tu me dis reste confidentiel, Hayley.

— Si ce n'est pas le cas, je me ferai un plaisir de t'arrêter pour entrave à l'exercice de la justice.

— Content de voir que tu es redevenue toi-même, répliqua-t-il avec un large sourire. À demain soir, alors.

— Toutes ces courbettes et ces sourires hypocrites, grommela-t-elle en fronçant le nez. Je n'ai pas hâte du tout.

Elle démarra le moteur et s'engagea dans la circulation. Jackson suivit sa voiture du regard jusqu'à ce qu'elle disparaisse. Dieu merci, son ego était plutôt solide, autrement Hayley aurait détruit sa confiance en lui un peu plus à chacune de leurs conversations.

Hayley entra dans l'enceinte du Royal Memorial et se dirigea aussitôt vers les ascenseurs. Tout en pressant le bouton d'appel, elle prit une gorgée de sa bouteille d'eau, l'esprit encore plein de sa conversation avec Jackson.

Certes, on aurait pu le prendre pour un homme d'affaires impitoyable et autoritaire, ce qu'il était probablement. Elle lui faisait pourtant confiance sans parvenir à comprendre pourquoi. Elle, Hayley Lopez, qui avait d'habitude tant de mal à s'ouvrir aux autres.

En entrant dans l'ascenseur, elle s'adossa contre la paroi, soulagée de ces quelques instants de répit. Peut-être trouvait-elle facile de s'adresser à Jackson parce qu'il n'avait rien à voir avec sa vie quotidienne. Elle ne pouvait pas se permettre de parler de ses difficultés au travail, ni de montrer ses émotions. Elle était l'une des rares femmes dans la police du secteur et elle devait se montrer deux fois plus compétente, plus forte que ses collègues masculins pour leur prouver qu'elle était à sa place.

Elle ne risquait pas non plus de s'ouvrir à sa famille. Si elle évoquait la moindre insatisfaction concernant sa vie, privée ou professionnelle, ils ne manqueraient pas de retourner ses paroles contre elle et d'insister pour qu'elle rentre à la maison.

Jackson était, avec Sierra, l'une des rares personnes qui ne semblaient pas prendre ombrage de sa repartie ni de son esprit indépendant. Elle se sentait en sécurité avec lui. Enfin, elle avait l'impression de pouvoir être elle-même.

Mais pourquoi lui ? Pourquoi maintenant ?

Certes, il était plus âgé qu'elle, mais cela ne l'effrayait

pas. Elle savait qu'elle pouvait lui tenir tête. Du moins tant qu'ils étaient habillés…

Au lit, elle en était sûre, Jackson prendrait le contrôle. Il la pousserait à explorer sa sexualité. Sans doute lui ferait-il découvrir de nouvelles positions, de nouvelles façons de faire l'amour, de sortir de sa zone de confort.

Mais quelle zone de confort ? Pour en avoir une, il aurait déjà fallu qu'elle ait une vie sexuelle !

Hayley aurait voulu pouvoir dire le contraire, mais elle n'avait rien d'une aventurière du sexe. Elle n'avait eu que deux partenaires dans toute sa vie. Le premier s'était trouvé là au bon moment lorsqu'elle avait eu envie de satisfaire sa curiosité quant au sexe, et quelle déception ! Toute l'histoire avait été une catastrophe retentissante.

Avec son deuxième amant, un cow-boy, les choses s'étaient mieux passées, sans être exceptionnelles pour autant. Il avait été son premier et unique petit ami sérieux. Elle l'avait présenté à ses parents et invité à emménager chez elle.

Un beau matin, après s'être endormie sur l'épaule de l'homme qu'elle aimait, elle s'était retrouvée dans un appartement vide. Seul un post-it l'attendait sur la table de chevet. Son petit ami lui écrivait que, puisque son père refusait d'investir dans son bar à thème « cow-boy », il la quittait… Pour retourner avec sa femme.

Sa femme. *Dios mío*.

Après cette débâcle, et de nombreuses nuits sans sommeil à se demander si elle allait être citée dans un jugement de divorce comme « l'autre femme », Hayley avait décidé de mettre l'amour au placard et de se concentrer sur ses études. Jackson Michaels était le premier homme qu'elle imaginait sans ses vêtements depuis plusieurs années. Elle brûlait de savoir quel goût aurait sa peau sous sa langue, d'embrasser chaque centimètre carré de son corps depuis ses lèvres jusqu'à…

Bref, elle avait envie de lui. Et la situation ne semblait pas se calmer avec le temps.

— Euh… Madame ?

Hayley cligna des yeux et s'aperçut qu'elle était arrivée à son étage. Un petit groupe de personnes attendait qu'elle descende pour pouvoir monter dans l'ascenseur. Elle s'excusa piteusement et fila jusqu'au comptoir d'accueil.

Une infirmière l'accompagna jusqu'à la chambre d'Eve Martin. Avec sa peau ambrée, ses pommettes hautes et ses longs cheveux bruns, visiblement hérités d'une descendance caribéenne, la jeune femme endormie semblait presque trop belle pour être une criminelle.

Ne te laisse pas attendrir, se morigéna Hayley.

Elle savait que le crime n'avait pas de visage. C'était son travail de rester objective et froide pour découvrir la vérité.

L'infirmière réveilla doucement Eve, l'aida à s'asseoir et prit rapidement ses constantes.

— L'officier Lopez ici présente voudrait vous parler.

Eve tourna brusquement la tête vers elle. Ses yeux bruns rencontrèrent les siens, écarquillés et pleins d'angoisse.

— Êtes-vous ici pour m'arrêter ? Où est Micah ?

Elle repoussa le drap qui la recouvrait et tenta d'arracher sa perfusion pour sortir du lit. Aussitôt, l'infirmière posa une main sur la sienne.

— Micah est en sécurité, s'empressa de dire Hayley.

— Madame Martin, vous sortez tout juste d'un coma qui a duré plus de deux semaines. Je vous garantis que vous n'irez nulle part, ajouta l'infirmière d'un ton sans appel.

Eve ne quittait pas Hayley des yeux.

— Vous êtes sûre qu'il va bien ?

— J'en suis certaine. Ce sont des gens de confiance qui s'occupent de lui, Cammie Wentworth et son fiancé Drake Rhodes. Ils ne connaissaient pas son nom, alors ils l'ont appelé Bébé Surprise.

— Est-ce que je peux le voir ?

Il y avait un espoir déchirant dans sa voix et Hayley fit de son mieux pour s'endurcir. Sortant un carnet de son sac, elle s'assit sur une chaise au chevet de la patiente.

— Commençons par mener cet interrogatoire à bien. Ensuite, nous pourrons discuter de vos droits de visite.

— Que voulez-vous savoir ?

Il y avait tant de questions à poser que Hayley ne savait pas par où commencer. Convaincue malgré tout qu'on n'attrapait pas les mouches avec du vinaigre, elle adopta une posture détendue et demanda :

— Parlez-moi un peu de vous, d'où vous venez, quelle est votre profession.

— Mon nom est Eve Martin, mais j'imagine que vous le savez déjà.

Hayley attendit la suite et faillit s'impatienter lorsque la jeune femme prit un verre d'eau posé à côté d'elle, en but lentement une gorgée, puis encore une autre. Elle s'apprêtait à continuer lorsqu'un coup frappé à la porte l'interrompit.

Le visage de Sierra apparut dans l'encadrement.

— Bonjour, je peux entrer ?

— J'essaie de mener un interrogatoire, Morgan, grommela Hayley.

Ignorant sa réponse, son amie se dirigea vers le chevet du lit, le visage empreint de compassion.

— Bonjour, Eve. Je m'appelle Sierra. Je suis journaliste d'investigation et je m'intéresse à votre histoire. Comment vous sentez-vous aujourd'hui ?

La jeune femme se contenta de hausser une épaule.

— Vous nous avez fait très peur, dit Sierra en s'asseyant au bord du lit.

— Je me suis fait peur à moi aussi.

— Alors, que vous est-il arrivé ?

Hayley aussi voulait la réponse à cette question, et elle décida d'attendre un moment pour mettre Sierra dehors.

— C'est une longue histoire, soupira Eve, l'air épuisé.

— Nous avons tout le temps du monde. Je ne vous l'ai pas précisé, mais j'aide Hayley dans son enquête.

— Pour la énième fois, Morgan, les journalistes n'aident pas la police. Madame Martin, si vous voulez que vos propos restent confidentiels, je peux demander à Sierra de partir.

— Je n'ai rien à cacher, alors elle peut rester. Et, s'il vous plaît, appelez-moi Eve.

— Entendu.

Sierra se leva, approcha une deuxième chaise du lit et s'y installa confortablement.

— Nous sommes tout ouïe.

Eve se tourna vers Hayley.

— J'imagine que vous êtes déjà au courant, mais je fais l'objet d'une enquête pour détournement de fonds.

Hayley se contenta d'un hochement de tête.

— Je suis surprise que vous ne m'ayez pas encore passé les menottes.

— La police de Miami n'a rien trouvé de concluant pour le moment, et vous n'êtes pas en état d'arrestation.

— Pas encore, soupira Eve en repoussant quelques mèches de son front. Pour tout vous dire, quelqu'un m'a tendu un piège. Je ne suis pas coupable.

C'est ce qu'ils disent tous, songea Hayley.

— J'ai un certain talent pour les chiffres et la finance,

expliqua Eve. Sans vouloir me vanter, je pense pouvoir dire que j'excelle dans ce domaine. Je travaillais dans une banque d'investissement à Miami en tant qu'analyste financière. Mon patron était un vrai fainéant, et comme il a vu que je me débrouillais bien, il m'a donné les codes secrets et les accès aux comptes.

Voilà qui expliquait le « comment ». Mais qu'en était-il du « pourquoi » ?

— Cette année, reprit Eve, l'un des analystes devait recevoir une promotion. Il ne restait plus qu'une collègue et moi en lice, et je suis à peu près sûre qu'elle m'a piégée pour me mettre hors-jeu. C'est bien son genre de planter un couteau dans le dos à une autre pour avancer dans sa carrière. En tout cas, elle a réussi à convaincre les autorités que j'étais la voleuse. La banque a porté plainte et réussi à faire bloquer mes comptes bancaires par le tribunal.

Eh bien, ils n'ont pas fait les choses à moitié, pensa Hayley qui prenait des notes à toute vitesse.

Eve marqua une pause et se mit à fixer le mur derrière Sierra, comme perdue dans ses pensées.

— Toute ma vie s'est effondrée en un claquement de doigts. Quelques jours avant de recevoir la notification d'enquête de la police, j'avais appris que ma sœur était morte. J'étais complètement sous le choc. Arielle m'avait laissé la garde de son fils unique, Micah, ce qui ne m'a pas surprise. Je suis – non, j'étais – sa seule famille. J'étais là le jour de la naissance de Micah, et à présent, c'est moi qui dois l'élever.

Eve laissa échapper un sanglot étouffé.

— Savez-vous la quantité de choses dont un bébé a besoin ? Pouvez-vous imaginer à quel point il m'était difficile d'acheter toutes ces choses, alors que la plupart de mon argent se trouvaient sur des comptes bloqués ?

— La plupart ? releva Hayley.

— J'avais un peu d'argent à la maison, admit Eve. Avant sa mort, ma grand-mère m'avait remis dix mille dollars en liquide en me faisant promettre de ne pas les placer. Elle avait horreur des banques.

— De quoi votre sœur est-elle morte ? demanda doucement Sierra.

— Elle a eu une crise cardiaque.

Eve plongea le visage dans ses mains. Lorsqu'elle releva la tête, Hayley lut tant de détresse, tant de chagrin dans son regard qu'elle ne la crut pas capable de mentir.

Cette femme avait perdu toutes ses ressources et presque toute sa famille. Hayley se plaignait parfois de la sienne, mais au moins, tout le monde était en bonne santé et prospère. Elle aurait peut-être dû s'en montrer plus reconnaissante.

— Je suis allée chercher Micah et j'ai pris rendez-vous avec un avocat, poursuivit Eve. Il m'a dit que les preuves contre moi étaient suffisantes, que les choses risquaient de mal tourner. J'étais terrorisée. J'ai pris une minute pour y réfléchir et j'ai décidé de m'enfuir.

— Mais pourquoi ? demanda Sierra. Les gens qui prennent la fuite ont toujours l'air d'être coupables.

— Je risquais d'être arrêtée d'un moment à l'autre, et je savais ce que cela signifiait pour Micah. Il aurait été envoyé dans un orphelinat. Je ne pouvais pas le supporter. J'ai préparé un sac à dos pour ses affaires, un autre pour les miennes et j'ai sauté dans un bus en direction de Royal.

— Pourquoi Royal ? demanda Hayley.

Eve baissa les yeux et se mit à mordiller sa lèvre inférieure.

— Dans les affaires de Micah, ma sœur avait laissé son journal intime. Je l'ai lu parce que je voulais en savoir plus sur le père du bébé. Je ne comprends toujours pas pourquoi elle ne m'en a jamais parlé. Ma sœur me disait tout, s'exclama-t-elle, les larmes aux yeux.

Hayley échangea un bref regard avec Sierra.

— Continuez, Eve.

— Oui, vous vous en sortez très bien, renchérit Sierra.

Gentille journaliste, méchante policière, songea Hayley.

— Arielle ne cite pas de nom dans son journal. J'ai seulement déduit que le père de Micah vivait à Royal et qu'il avait un lien avec le Texas Cattleman's Club.

— Je vois. Que faisait votre sœur dans la vie ? demanda Sierra.

— Elle était reporter photo, et je peux vous dire qu'elle était douée, répondit Eve avec fierté. Avant d'avoir Micah, elle a voyagé un peu partout et exercé des petits boulots pour trouver de bonnes histoires à raconter. Ce qu'elle préférait, c'étaient les ragots dans les petites villes.

— Cela ne m'étonne pas. Elle parle beaucoup de Royal dans son journal, et notamment d'une histoire vieille de cent dix ans, liée au TCC, répondit Sierra en jetant un coup d'œil à son carnet de notes.

Hayley lui décocha un regard interrogateur.

— Je te jure que j'allais t'en parler. Eve, j'espère que vous ne m'en voudrez pas, mais j'ai également lu le journal d'Arielle. Je voulais simplement en savoir plus sur vous et sur Micah. Finalement, c'est le mystère dont parle votre sœur qui m'a poussée à continuer ma lecture.

— Oui, j'ai été tout aussi captivée lorsqu'elle m'en a parlé, répondit la patiente avec un faible sourire.

— Je serais ravie de savoir de quoi vous parlez, intervint Hayley, trop lasse pour utiliser sa voix de policière fâchée.

Eve se tourna alors vers Sierra.

— Je commence à fatiguer. Pourriez-vous jouer les conteuses ?

Sierra se leva et commença à faire les cent pas dans la chambre.

— Arielle a travaillé pendant quelques mois à la maison de retraite de Royal. L'un des résidents, Harmon Wentworth, lui a raconté l'histoire de sa vie et elle a été fascinée.

— Appartient-il à la famille de Tobias Wentworth ? demanda Hayley.

— Ils sont cousins au second degré. Harmon avait cent ans lorsqu'il a rencontré Arielle, et il lui a raconté un secret qu'il avait gardé toute sa vie. Apparemment, il avait été adopté quelques jours après sa naissance, sans jamais rien savoir de sa mère biologique.

Eve reprit le fil de l'histoire et poursuivit :

— Harmon avait été abandonné sur le seuil d'une maison de Royal cent ans auparavant, sans le moindre bout de papier ni rien qui aurait pu l'identifier. D'après le journal d'Arielle, sa naissance était liée à une ancienne querelle entre les familles Langley et Wentworth, à l'époque de la fondation du TCC.

— Tout cela est très intéressant, mais nous nous égarons, interrompit Hayley. Je voudrais revenir en priorité sur les événements récents. Pourquoi avez-vous laissé Micah sur le capot d'une voiture, au beau milieu du parking de l'hôpital ?

— Je n'en suis pas fière, murmura Eve, les larmes aux yeux.

Sierra esquissa un mouvement pour la réconforter, mais Hayley l'arrêta d'un regard. Elle avait besoin de voir comment Eve réagissait.

— Comme je vous le disais, je souhaitais retrouver

le père de Micah. Je pensais lui laisser la garde du bébé le temps de lever les soupçons qui pesaient sur moi. J'ai loué une chambre à Royal et, au bout de quelques jours, j'ai décidé d'aller à l'hôpital pour demander comment effectuer un test de paternité. Je pensais qu'ils pourraient peut-être recouper l'ADN de Micah avec celui d'un patient.

Eve s'interrompit, but quelques gorgées d'eau et reprit :

— Lorsque je suis arrivée sur le parking de l'hôpital, j'ai été prise de vertige. Je voyais flou et la tête me tournait. Je n'ai eu que le temps de poser le couffin de Micah sur le capot d'une voiture, une Mercedes si mes souvenirs sont bons, et de me traîner jusqu'à l'entrée de l'hôpital. Je n'ai pas pu signaler la présence de Micah à qui que ce soit. Je me suis évanouie et, à partir de là, c'est le trou noir.

— Avez-vous une idée de ce qui a pu causer votre évanouissement ? demanda Hayley.

— Est-ce que je peux compter sur vous pour ne pas raconter ce que je vais dire ? demanda Eve à Sierra.

— Vous avez ma parole.

Eve posa une main sur sa poitrine.

— Tout comme ma sœur, je suis atteinte d'une maladie cardiaque congénitale. Le docteur m'a dit ce matin que je devrais rester encore plusieurs semaines à l'hôpital, murmura la jeune femme, des larmes roulant le long de ses joues. Je ne peux pas m'occuper de Micah et je ne veux pas qu'il entre dans un orphelinat.

Hayley ne le voulait pas non plus. Pour réconforter Eve, elle appela Cammie, qui lui assura aussitôt que Drake et elle continueraient à s'occuper de Micah aussi longtemps qu'il le faudrait.

— Je vais vous donner le numéro de Cammie, proposa-t-elle à Eve. Elle m'a dit que vous pouviez l'appeler quand vous voudrez pour prendre des nouvelles, et qu'elle vous amènerait Micah dans un jour ou deux.

La patiente sourit à travers ses larmes.

— Merci. Est-ce que vous allez m'arrêter maintenant ?

— Pas aujourd'hui. Vous n'êtes pas en état d'arrestation. Seulement, ne prenez pas la poudre d'escampette, d'accord ?

— Je risquerais de m'évanouir à nouveau, de toute façon.

Eve poussa un long bâillement et Hayley jeta un coup d'œil entendu à Sierra. De toute évidence, il était temps de la laisser tranquille.

— Ai-je votre permission pour utiliser le journal d'Arielle et poursuivre son enquête ? demanda Sierra en se levant. Je compte écrire un article sur l'histoire du TCC.

— Pas de problème. Vous pouvez même tenter de découvrir qui est le père de Micah, si vous voulez.

— Je veux, s'exclama Sierra avec enthousiasme. Reposez-vous bien, Eve.

Elles sortirent de la chambre et Hayley attendit d'être dans l'ascenseur pour commenter :

— Eh bien, c'était encore plus intéressant que prévu.

— Comme tu dis. Heureusement, nous pourrons en discuter demain après-midi au salon Saint-Tropez. Rien de tel qu'une bonne séance de coiffure-maquillage pour activer les neurones.

— Je n'ai absolument pas prévu d'aller au Saint-Tropez, Sierra. Je te rappelle que j'ai un salaire de policière. Jamais de la vie je ne pourrais m'offrir leurs services.

— Ce ne sera pas un problème. L'autre jour, quand j'étais chez toi en train de lire le journal d'Arielle, ta mère a laissé un message sur ta boîte vocale pour te dire qu'elle avait pris rendez-vous pour toi. La séance était déjà payée, alors j'ai appelé le salon et ils ont accepté de s'occuper de moi en plus.

— Amuse-toi bien toute seule, fit Hayley en haussant une épaule.

Sierra lui fit la grimace.

— Écoute, je n'ai aucune envie d'y aller et ma mère s'envole pour l'Europe demain. Elle n'en saura rien.

— Encore une fois, loupé, rétorqua Sierra avec un petit sourire. Ta mère disait justement qu'elle avait persuadé ton père de retarder leur départ, et qu'elle s'assurerait que tu irais à ton rendez-vous. Elle a même ajouté que, si ce n'était pas le cas, ton père et elle prendraient un avion en direction de Royal pour t'y escorter en personne.

Hayley rejeta la tête en arrière et poussa un juron particulièrement malpoli.

— Mais dis donc, demanda Sierra avec ingénuité, tu n'écoutes jamais tes messages ?

— Non, répondit-elle en sortant de l'ascenseur. Et maintenant, tu comprends pourquoi.

- 5 -

Et voilà, c'était officiel, songea Jackson. Il venait d'entrer dans la salle de bal du TCC avec la plus belle femme de Royal à son bras. En toute objectivité, Hayley était probablement la plus belle femme qu'il avait jamais rencontrée.

Il resta debout près du bar en l'observant qui saluait Cammie et Drake. Sous les lumières tamisées de la piste de danse, sa robe argentée brillait doucement, soulignant ses courbes sensuelles et son décolleté parfait. Ses seins fermes et ronds n'avaient visiblement pas besoin de soutien-gorge. D'ailleurs, portait-elle le moindre sous-vêtement là-dessous ?

Lève les yeux, idiot. Arrête de fixer sa poitrine.

Sa robe fendue sur le côté laissait entrevoir l'une de ses jambes élancées, mises en valeur par des sandales à talons hauts lacées sur la cheville. Elle devait mesurer plus d'un mètre quatre-vingts avec ces chaussures. Entre sa silhouette fuselée et sa longue chevelure brune qu'elle avait bouclée et rassemblée sur son épaule nue, Jackson ne savait plus où regarder.

Il la trouvait déjà magnifique lorsqu'elle portait son uniforme de police, mais là, avec son rouge à lèvres audacieux et sa robe de soirée sculpturale, Hayley lui coupait le souffle. Il n'arrivait pas à détacher son regard d'elle. De toute manière, il n'en avait pas envie.

Jackson remercia le barman pour son whisky, prit une coupe de champagne pour Hayley et se fraya un chemin dans la foule des invités pour la rejoindre. Elle était toujours en grande conversation avec Drake et Cammie.

— Alors, Cam, qui s'occupe du bébé ce soir ? lui demanda-t-il.

— Ainsley reste chez nous toute la soirée.

Puis, se tournant vers Hayley, Cammie expliqua :

— Ainsley est la demi-sœur de Drake. Au fait, Hayley, j'adore ta robe. Elle te va merveilleusement bien.

— Merci. J'avoue que je préfère mon uniforme.

Jackson n'avait pas de mal à la croire. Aussi époustouflante qu'elle puisse être, Hayley tirait régulièrement sur son décolleté et rectifiait sa coiffure toutes les deux minutes. Elle était visiblement mal à l'aise.

En passant du temps avec elle, il avait vite compris que Hayley préférait les compliments sur son intelligence ou ses compétences plutôt que sur son apparence. Il avait l'habitude de voir des femmes qui accordaient beaucoup d'importance à leur physique dans son milieu social. L'attitude de Hayley ne lui en paraissait que plus intéressante.

Jackson sentit que le silence de sa meilleure amie durait un temps de trop. Se forçant à détourner le regard de Hayley, il remarqua aussitôt l'inquiétude dans les yeux de Cammie.

— Je suis sûr que Rafe ne va pas tarder à arriver, lui dit-il de sa voix la plus rassurante.

Il s'agissait d'un mensonge éhonté, puisqu'il ne savait absolument pas si Rafael comptait venir ou non.

— Je l'espère vraiment, soupira Cammie. Ce serait génial que nous passions Thanksgiving tous ensemble.

En effet, Thanksgiving aurait lieu quelques semaines

plus tard, se souvint Jackson. Il n'avait plus de famille proche et passait en général le dîner de Thanksgiving chez les Wentworth. Le reste du week-end, il en profitait pour travailler.

Si Rafael ne se montrait pas ce soir, il prendrait le premier avion pour Miami et le sermonnerait en personne. Cammie avait eu le cœur brisé lorsque son demi-frère avait quitté Royal. Après tout, elle n'avait rien à voir avec la dispute entre son père et lui. Ce n'était pas à elle de payer les pots cassés.

À ce moment précis, Jackson croisa le regard de Drake et sut qu'il partageait ses pensées. Il fut soulagé de savoir que le fiancé de sa meilleure amie ferait tout pour la protéger. L'amour et la loyauté dans un mariage n'étaient pas toujours une évidence, il était bien placé pour le savoir.

— Tobias va bientôt faire sa grande annonce. J'espère que Rafe sera là à temps, dit Cammie.

Jackson perçut un murmure d'excitation du côté de l'entrée. Remerciant sa haute taille, il jeta un coup d'œil par-dessus la mer de visages et retint son souffle.

— Cammie, murmura-t-il. Il est arrivé.

Le visage de son amie s'éclaira d'un sourire rayonnant.

— C'est génial. Où est-il ? J'ai tellement hâte de lui parler.

Rafael arborait une expression indéchiffrable, mais Jackson le connaissait suffisamment bien pour savoir qu'il regrettait déjà d'être venu – une tension imperceptible dans les épaules, les lèvres serrées.

— Laisse-lui le temps de venir te voir, chérie, conseilla Drake. Ne presse pas les choses.

— C'est une bonne idée, Cam.

— Bonsoir, officier Lopez, fit une voix derrière eux.

Hayley tourna trop vite sur ses talons et, vacillante, faillit perdre l'équilibre. Jackson posa aussitôt une main sur son bras pour la retenir. Il se retourna à son tour et salua Nate Battle, le shérif, accompagné de sa femme Amanda.

Nate remarqua enfin la tenue de Hayley et écarquilla les yeux.

— Qui êtes-vous et qu'avez-vous fait de ma policière la plus coriace ?

— Dites donc, c'est vous qui avez refusé que je porte mon uniforme, répliqua vertement Hayley.

Elle prit aussitôt conscience de la franchise excessive de sa réponse et ajouta un « Chef » peu convaincant.

— J'aurais mieux fait d'accepter. Cette robe est…

Nate agita les mains dans tous les sens, avec l'air désemparé d'un père sur le point d'ordonner à sa fille d'aller se changer.

— Vous êtes ravissante, Hayley, intervint Amanda en décochant un coup d'œil exaspéré à son mari. De toute façon, qui voudrait être photographié dans cet affreux uniforme de police ?

— Moi ! s'exclamèrent Hayley et Nate à l'unisson.

Jackson éclata de rire, bientôt imité par Amanda. Leurs compagnons auraient visiblement préféré passer la soirée dans leurs canapés respectifs.

— Essayez au moins de sourire lorsque l'on vous remettra vos récompenses, conseilla Amanda.

— Je ne comprends toujours pas le sens de tout ce bazar, grommela Hayley. Personne ne veut de cette reconnaissance. Nous n'en avons pas besoin.

— Les habitants de Royal ont apprécié la dévotion de Nate pendant la tornade de 2013, et celle de tous les policiers pendant la pandémie du COVID-19, dit sobrement Cammie.

— Peut-être, mais c'est normal, marmonna Nate en fixant le bout de ses chaussures. C'est notre métier.

— Tu vas recevoir cette médaille de toute manière, alors arrête de bouder, le morigéna sa femme. Et toi aussi, choupette, ajouta-t-elle à l'intention de Hayley.

Jackson la vit jeter un coup d'œil incendiaire à Amanda, qui se contenta de rire.

— Tes regards meurtriers ne m'impressionnent plus, ma belle. Je te connais depuis trop longtemps. De toute façon, tu n'es pas armée, donc je suis en sécurité.

Amanda pressa doucement l'épaule de Hayley avant de s'éloigner au bras de Nate. Deux secondes plus tard, Jackson vit le shérif se dégager discrètement de l'étreinte de sa femme pour revenir vers Hayley.

— J'ai eu un appel du chef de la police de Miami cet après-midi, lui dit-il après avoir vérifié que personne ne les écoutait.

Hayley passa aussitôt en mode professionnel, les yeux plissés, l'air concentré.

— Alors ?

— Elle n'est plus considérée comme suspecte.

Nate restait vague dans ses mots, mais Jackson devina qu'il s'agissait d'Eve Martin.

— Bonne nouvelle, répondit Hayley. Merci, chef.

Nate jeta un coup d'œil rapide à sa femme, en grande conversation avec un autre groupe d'invités, et se pencha vers Hayley pour murmurer :

— Glock sous ma veste. Et toi ?

Avant qu'elle ait eu le temps de répondre, Amanda appela Nate et il fut obligé de s'éloigner. Mais Jackson aurait bien voulu connaître la réponse.

Hayley portait une minaudière ridiculement petite et une robe moulante. Jamais elle n'aurait pu dissimuler une arme là-dessous. Pourtant, l'idée qu'elle en portait peut-être une l'excitait terriblement, presque trop pour le cacher.

Il plaça une main contre son dos nu et se pencha vers elle pour murmurer à son oreille :

— Nate plaisantait, n'est-ce pas ?

— Je suis une policière, Jackson. J'ai toujours mon arme sur moi.

Elle le regardait à travers ses cils, d'une manière à la fois sauvage et séduisante, et il ne savait plus quoi penser.

— Je ne te crois pas.

— J'ai un Ruger LCP attaché à la cuisse gauche. C'est une arme très légère. À moins que je ne me mette à danser le french cancan, personne ne la remarquera.

Dieu merci, pensa Jackson avec un léger frisson.

Hayley posa une main contre la poitrine et leva la tête vers lui, son souffle caressant le lobe de son oreille.

— Je voudrais bien te la montrer, mais…

— Mais ? croassa-t-il.

— Mais un idiot m'a raconté que j'étais trop jeune pour toi.

— Quel imbécile, vraiment, rétorqua-t-il en pressant légèrement sa hanche.

— C'est ce que je pense aussi.

Hayley tendit la main en direction des baies vitrées qui menaient au balcon.

— Tu viens regarder les étoiles avec moi ?

— Si je vais dehors avec toi, ce ne sont pas les étoiles que je regarderai.

— Alors tant pis pour les étoiles, murmura Hayley.

Elle prit sa main et Jackson, un peu confus mais très excité, la suivit au-dehors.

Hayley poussa la porte vitrée et se dirigea vers la partie la plus sombre du balcon, là où personne ne pourrait les voir. Le tissu léger de sa robe ne la protégeait absolument pas du froid. Elle sentit un frisson parcourir ses bras et ses tétons durcissaient un peu plus à chaque seconde, mais si c'était le prix à payer pour se trouver enfin dans les bras de Jackson, elle ne s'en souciait guère.

Elle entendit la porte se refermer derrière elle et se retourna lentement. Jackson la rejoignit enfin, plus beau que jamais dans son costume noir sur mesure. Elle en avait assez de tourner autour de leur attirance mutuelle. Elle avait envie de lui, et à en juger par le désir possessif qui flambait dans son regard, c'était réciproque.

Jamais encore elle ne s'était sentie attirée à ce point par un homme. C'était peut-être à cause du côté animal qu'elle ressentait chez lui, sous le vernis des bonnes manières qu'il prenait avec les autres. Leur désir palpitait entre eux d'une manière presque tangible.

Quoi qu'il arrive, elle resterait elle-même, avec son intégrité et son indépendance. Personne ne changerait jamais cela. Elle voulait simplement le connaître, dans le sens le plus biblique du terme.

Jackson tendit la main et caressa lentement sa joue, avec une douceur qui la prit par surprise. Elle s'était attendue à quelque chose de plus rapide, de plus violent. Comment accueillir cette tendresse sans s'attacher à lui ? Elle ne pouvait pourtant pas se lier. Elle avait des objectifs, des projets de vie, aucune place pour une relation…

— Tu penses beaucoup trop, Hayley Lopez, murmura

Jackson contre son oreille. Arrête de vouloir contrôler le monde entier.

Elle agrippa les revers de sa veste, résistant à l'envie de se lover dans ses bras.

— Je n'essaie pas de contrôler le monde entier.

— Non, seulement ton attirance pour moi.

La main de Jackson descendit lentement le long de son dos, se glissant enfin entre sa peau nue et le tissu de sa robe.

— Réponds-moi honnêtement, reprit-il. Est-ce que tu as envie de moi ?

— Oui.

— Est-ce que tu *veux* avoir envie de moi ?

— Certainement pas.

Il laissa échapper un éclat de rire. Ses lèvres frôlèrent sa gorge avant de remonter jusqu'à son oreille, prenant délicatement le lobe entre ses dents. Hayley sentit ses genoux fléchir. Comment s'y prenait-il pour rendre cet endroit de son corps aussi sensible ?

Sa main descendit encore jusqu'en bas de son dos et il finit par trouver l'élastique très fin de son tanga.

— Je me demandais justement si tu portais des sous-vêtements.

— Pas beaucoup, murmura-t-elle d'une voix essoufflée.

Jackson recula d'un pas et son regard brûlant sur ses seins les fit durcir encore davantage. Fascinée, elle plongea les yeux dans son regard assombri par le désir alors qu'il tendait la main, effleurant l'un de ses tétons du bout des doigts. Elle se tendit aussitôt sous la caresse. Comment un contact si léger pouvait-il suffire à la rendre folle ?

— Hayley… Tu es tellement belle.

Lorsqu'il parlait avec cette voix rauque, elle arrivait

presque à le croire. Sous son regard, elle se sentait enfin belle, puissante, terriblement elle-même.

Elle passa un bras autour de son cou.

— Dis-moi, Jackson, c'est tout ce que tu as l'intention de me faire ?

Un petit sourire étira ses lèvres.

— Pourquoi ? Tu n'as pas aimé ?

— Beaucoup, mais je me demandais simplement si j'aurais droit à davantage.

Il déplaça sa main jusqu'à son autre sein, frottant doucement son téton jusqu'à ce qu'elle pousse un gémissement étouffé.

— J'ai envie de toi plus que je ne pourrais te le dire. Je veux t'embrasser encore et encore jusqu'à perdre la notion du temps, passer la main dans tes cheveux, caresser tes jambes magnifiques et remonter jusqu'à tes cuisses pour glisser un doigt en toi. Je veux que tu trembles de plaisir dans mes bras.

La chaleur entre ses cuisses devenait un brasier. Elle voulait faire tout cela et plus encore, le sentir enfin en elle, lui, tout entier. Et elle le voulait maintenant.

— Qu'est-ce que tu attends ? demanda-t-elle en posant une main sur sa hanche.

Pour lui montrer à quel point elle était impatiente, elle fit glisser sa main jusqu'à son érection délicieusement dure, refermant les doigts autour de lui par-dessus le tissu de son pantalon. Jackson poussa un grognement sourd et projeta les hanches en avant pour aller à la rencontre de sa main.

— Si tu n'avais pas compris le message, je ne peux plus attendre, Jackson.

Il enfouit le visage dans son cou.

— Hayley, chérie…

— Embrasse-moi. S'il te plaît.

Jackson releva la tête et plongea son regard bleu dans le sien, l'air intensément frustré.

— Si je t'embrasse, je ne pourrai plus jamais m'arrêter.

— Tant mieux.

— On va bientôt annoncer les lauréats, et je ne veux pas ruiner ta coiffure et ton joli maquillage.

— Je m'en fiche.

— Comme tu sens bon, murmura-t-il en inspirant longuement l'odeur de son cou. J'ai toujours aimé ton parfum.

Il leva une main et lui caressa doucement la joue.

— Quand le gala sera fini, quand tu auras reçu ta médaille et parlé avec tout le monde, je serai très heureux de te retirer cette robe et ton arme par la même occasion. Je te laisserai peut-être garder ton string et tes talons. En tout cas, je te donnerai tout le plaisir que tu voudras et même plus.

— Promis ?

— Promis. Tu n'as qu'un mot à dire et je file de cette soirée avec toi.

Hayley souleva son poignet et jeta un coup d'œil distrait à sa montre. Une Piaget ? Décidément, il avait bon goût dans tous les domaines.

— Il est huit heures et demie. Nous partons d'ici à onze heures et demie au plus tard, médailles ou pas médailles.

— Tu es vraiment la femme la plus autoritaire que j'aie jamais rencontrée.

— Mais tu aimes ça, affirma-t-elle en lui décochant son plus beau sourire.

Il laissa passer une poignée de secondes avant de répondre :

— En effet, j'aime ça, même si je me demande bien pourquoi.

— C'est parce que tu aimes l'aventure, répliqua-t-elle en glissant sa main dans la sienne. Retournons dans cette maudite salle de bal. Je vais chercher qui est responsable de cette cérémonie et lui demander d'accélérer la cadence.

Jackson éclata de rire.

— Es-tu si pressée de mettre la main sur moi, Lopez ?

— Plus vite nous couchons ensemble, plus vite nous pourrons passer à autre chose et revenir à nos vies normales. Est-ce que tu as un problème avec ça ?

— Oh que non.

Cela tombait bien : elle non plus.

Hayley semblait penser qu'après avoir couché ensemble, ils pourraient reprendre tranquillement le cours de leurs existences. Jackson n'était pas de cet avis. Il commençait à craindre que la situation ne fasse que se compliquer davantage.

Bien sûr, il n'allait pas revenir sur leur accord pour autant. Il n'était ni un imbécile ni un saint. Il sentait pourtant qu'au lieu de se dire au revoir, Hayley et lui trouveraient une multitude de bonnes raisons pour continuer à passer leurs nuits ensemble.

Lui, en tout cas, ne se satisferait pas d'une seule nuit. Hayley était bien trop intéressante pour cela. Elle le captivait profondément, au-delà du purement physique. Sa personnalité recelait trop de mystères, trop de secrets pour ne pas chercher à la comprendre.

Et ensuite ? Que se passerait-il lorsqu'il aurait exploré Hayley sous toutes les coutures ? Serait-il encore plus fasciné par elle qu'il ne l'était actuellement ? Risquait-il de développer des sentiments pour elle, ou elle pour lui ?

Jackson se fraya un chemin jusqu'au bar, évitant soigneusement le regard des invités qui semblaient vouloir lui parler. Il commanda un shot d'alcool fort qu'il vida d'un trait. Après le deuxième, il décida qu'il avait besoin d'air. Il retraversa la salle en direction du balcon. Avec un peu de chance, personne n'aurait la mauvaise idée de le suivre.

Il avait besoin de faire le point.

Si quelque chose de plus sérieux se développait entre Hayley et lui, s'autoriserait-il à y céder ? Il ne savait même pas si c'était possible. Ils étaient à des stades radicalement différents de leurs carrières. La sienne était déjà établie, tandis que Hayley se battait pour trouver sa place.

Elle possédait ce genre d'idéalisme naïf qu'on ne trouvait que chez les jeunes adultes, ceux qui croyaient encore qu'ils pouvaient changer le monde. Hayley le pouvait peut-être si l'amour ne se mettait pas en travers de son chemin.

Jackson posa les coudes contre la rambarde et son regard se perdit dans la nuit texane. Il n'avait pas l'habitude de réfléchir autant à ses relations, ou plutôt à ses coups d'un soir. Il commençait à comprendre qu'aucune de ses règles habituelles ne pouvait s'appliquer à Hayley. Elle était différente, comme une étoile filante parmi les astres, et il devait réfléchir différemment, examiner toutes ses options.

Comment admettre que cette femme trop jeune, trop indépendante, trop farouche, soit la première pour qui il envisageait de remettre en cause son éternel célibat ?

Il ne perdait pourtant pas de vue leur différence d'âge. Sans aucun doute, il ne s'agissait pas d'un détail. Lorsqu'il avait vingt ans, elle en avait sept. Comment aurait-il pu l'oublier ?

Hayley avait toute sa vie professionnelle devant elle, alors qu'il aurait pu prendre sa retraite dès à présent sans se soucier de l'avenir. Elle était obstinée et aimait diriger, lui aussi. Ils passeraient probablement leur temps à se disputer. Jackson ne pouvait supporter cette perspective.

Ayant grandi entre deux parents également autoritaires qui se déchiraient chaque jour, il refusait d'élever lui-même des enfants – Seigneur, depuis quand pensait-il aux enfants ? – dans ce genre d'environnement explosif.

Hayley n'était pas une petite chose fragile. Avec son fort caractère, elle passerait probablement son temps à remettre en question la moindre des décisions qu'il prendrait. Il ne savait pas s'il était prêt à entamer une relation avec quelqu'un comme elle.

Peut-être vaudrait-il mieux pour eux deux que l'histoire s'arrête là. Peut-être ne devraient-ils pas passer la nuit ensemble ce soir. Mais cela, Jackson s'en sentait incapable. Il avait trop envie d'elle.

Et voilà comment son père avait détruit sa propre vie…

— Bonsoir, Jack.

Une voix de basse profonde le tira de ses pensées. Jackson leva la tête et découvrit son ami Gabriel Carrington à quelques pas de lui, un verre de whisky à la main. Il lui serra la main avant de s'adosser de nouveau contre la balustrade.

— Je ne t'ai pas vu depuis un moment, fit remarquer Gabe en levant son verre pour trinquer avec lui.

— J'ai été moins actif au TCC ces derniers temps, admit Jackson.

— J'ai entendu dire que tu cherchais à faire construire la zone autour de Stone Lake.

Il crut percevoir une note désapprobatrice dans la voix de son ami et fronça les sourcils.

— Tu n'es pas d'accord avec mon projet ?

— Ce n'est pas à moi d'être d'accord ou non. En revanche, je peux te dire que Bubba ne te vendra pas son terrain s'il n'est pas décidé. C'est un vieil homme têtu et il est attaché à son petit bout de plage.

Gabriel marqua une pause pour boire une gorgée de whisky avant de reprendre :

— Je ne sais pas si tu es au courant, mais Bubba a perdu ses deux fils. Le premier est mort d'un accident de voiture alors qu'il était encore adolescent. Le second a été tué en Irak. Ils sont enterrés sur ce terrain, tout comme la femme de Bubba, ses parents et ses quatre grands-parents. Sa famille possède la maison depuis quatre générations. À mon avis, il est bien décidé à y terminer sa vie lui aussi.

Gabriel désigna un point dans la salle de bal à travers les baies vitrées.

— Hayley ne t'a pas raconté tout ça ?

— Je ne le lui ai pas demandé, avoua-t-il, gêné. Pour être honnête, nous passons notre temps à nous disputer ou à nous battre contre notre attirance mutuelle. Nous n'avons pas eu le temps de parler de grand-chose d'autre.

Gabe eut un bref sourire.

— En tout cas, la vie ne sera pas un long fleuve tranquille entre vous.

Jackson reporta son attention sur Gabe. Il avait l'intention de l'inviter à boire un verre depuis quelques semaines, ne fût-ce que pour lui raconter ce qui se disait en ville à propos de lui. Autant le faire dès ce soir, décida-t-il.

— Les commères disent que tu as embauché une agence matrimoniale de grand standing pour essayer de trouver la femme parfaite, commença-t-il, en s'efforçant de garder un ton neutre.

Il fut surpris de constater que Gabe restait silencieux. Au moment même où il s'apprêtait à répondre, Brett poussa la porte du balcon et les informa que la cérémonie allait bientôt commencer.

Le regard toujours fixé sur Gabriel, Jackson le suivit à l'intérieur et attendit qu'il confirme ou réfute les commérages sur son compte, mais il semblait prendre un malin plaisir à épuiser sa patience.

— Alors ? finit-il par demander en le poussant du coude.

— Passe une bonne soirée, Jack, fit Gabe avec un petit sourire. Bonne chance avec ta policière. Tu ne vas pas t'ennuyer.

Touchée par sa gentillesse, Hayley écoutait le discours de Tobias Wentworth, qui promettait de financer les études universitaires de tous les enfants de ceux qui recevaient une médaille ce soir-là.

Elle-même ne se sentait pas vraiment concernée. Bien qu'elle soit indépendante, elle savait que son père avait déjà mis de côté une somme importante pour couvrir la scolarité de ses futurs petits-enfants. Cela ne l'empêchait pas d'apprécier le geste de Tobias.

D'ailleurs, en parlant de famille…

Deux de ses frères étaient présents ce soir. Excepté les politesses d'usage, elle avait réussi à éviter une conversation avec eux, mais elle avait bien senti leurs regards désapprobateurs lorsqu'ils l'avaient vue arriver en compagnie de Jackson.

Elle espérait simplement qu'ils n'iraient pas le raconter à leur mère. Avec Luis et Miguel, on ne pouvait jamais savoir.

Debout à côté de Sierra, Hayley étouffa un soupir d'ennui et chercha Jackson du regard. Il discutait avec ses amis près du bar. Elle se mit à piétiner sur place, rêvant du moment où ils pourraient enfin s'échapper. Elle en avait assez de débiter des politesses et de sourire à tout le monde.

— Hayley, pour l'amour du ciel, marmonna Sierra en lui décochant un coup de coude. Cesse donc de soupirer.

Elle fit passer sa médaille d'une main à l'autre, regrettant de ne pas pouvoir la cacher sous un meuble et l'oublier.

— Quelle heure est-il ?

— 10 h 5, répondit Sierra après un bref coup d'œil à sa montre.

Encore quatre-vingt-dix minutes de torture.

Elle se tourna de nouveau vers Jackson et croisa son regard brûlant posé sur elle. Ses yeux descendirent le long de sa gorge, de ses seins et lentement, trop lentement, parcoururent son ventre jusqu'à ses cuisses. Une chaleur incendiaire se répandait en elle au passage de son regard, presque comme s'il l'avait touchée.

Jackson se mit alors à fixer la lanière de ses escarpins. Il haussa un sourcil et lui décocha un coup d'œil sans équivoque.

Tu vas garder tes talons ce soir.

Elle répondit à son ordre implicite par un léger hochement de tête et vit le regard de Jackson s'assombrir encore davantage. Non, il n'était pas aussi maître de ses émotions qu'il en avait l'air.

Sierra agita une main devant son visage.

— Dis donc, vous pourriez vous calmer un peu tous les deux ? Il commence à faire chaud par ici.

— Mais de quoi parles-tu ? demanda-t-elle de sa voix la plus innocente.

— Tu sais très bien de quoi je parle. Je connais quelqu'un qui ne va pas beaucoup dormir ce soir.

— J'espère bien, fit Hayley en éclatant de rire, incapable de jouer la comédie plus longtemps.

— Tu en as de la chance. Au fait, sais-tu qui est ce type là-bas, près de la fenêtre ?

— Je ne vois pas, murmura Hayley, absente.

— Comment ça, tu ne vois pas ? Il doit faire au moins un mètre quatre-vingt-dix. Dis plutôt que tu ne peux pas détacher le regard de Jackson.

Sierra se déplaça légèrement pour lui bloquer la vue en direction du bar et désigna un point de l'autre côté de la salle, près des portes vitrées du balcon.

— Lui ? C'est Rafael Wentworth, le demi-frère de Cammie.

Rafe buvait un whisky qui n'avait pas l'air d'être le premier. Il faisait une tête de six pieds de long, comme s'il avait préféré se trouver face à un peloton d'exécution plutôt que d'affronter l'élite de Royal. Hayley compatissait de tout son cœur.

— Il n'est pas mal du tout, commenta Sierra avec une moue appréciative.

En effet, avec sa carrure impressionnante et son visage réunissant le meilleur de ses origines caucasienne et mexicaine, Rafael avait tendance à attirer le regard.

— Où habite-t-il ? demanda Sierra.

— Rafe vit à Miami.

— Eve vient de Miami, et c'était le cas aussi d'Arielle.

— J'y ai pensé plusieurs fois ce soir, mais Miami est une grande ville. Ils ne se connaissaient peut-être pas.

Sierra la regarda comme si elle avait laissé son cerveau à la maison avant de venir.

— Elle a écrit son nom en majuscules dans son journal intime, je te rappelle.

— Je le sais, Sierra, mais ça ne veut rien dire. C'est une piste infime.

— Mais c'est la seule que nous ayons.

Elle observa Rafael qui reposait son verre sur le plateau d'un serveur. L'homme sembla lui poser une question et il secoua la tête. Venait-il de refuser un autre verre ? Si oui, cela signifiait-il qu'il s'apprêtait à partir ?

— Va lui parler, Hayley. Fonce ! la pressa Sierra.

Hayley chercha du regard le shérif Battle, qui ne semblait être nulle part à proximité. Elle fit la grimace. De quel droit irait-elle mettre Rafael dans l'embarras en plein milieu d'une soirée mondaine ? Le connaissant, il n'apprécierait pas de se sentir pris au piège, mais elle n'avait pas le choix. Elle devait agir vite.

Enfermant sa médaille et sa coupe de champagne dans les mains de Sierra, elle releva l'ourlet de sa robe et se fraya un chemin jusqu'à l'endroit où se tenait Rafael. Lorsqu'elle le vit se diriger vers la sortie, elle changea de cap de manière à s'interposer entre la porte et lui.

Deux groupes d'invités discutaient avec animation et elle reconnut quelques-uns des pires Royal Reporters parmi eux. Zut. Elle allait devoir faire preuve de subtilité.

— Bonsoir, monsieur Wentworth, fit-elle de sa voix la plus aimable. Pourrais-je vous parler une minute ?

— Qui êtes-vous ?

— Officier Hayley Lopez, police de Royal, répondit-elle par réflexe.

Mais quelle idiote elle faisait ! À présent, tous ceux qui étaient à portée d'oreille savaient qu'elle voulait parler à Rafael de façon officielle.

Elle se força à sourire et demanda :

— Pourrions-nous parler en privé ?

L'expression glaciale de Rafael ne changea pas d'un iota.

— Je pense que nous serons très bien ici.

Une conversation devant toutes ces commères lui semblait être la pire idée du monde, et Hayley secoua la tête.

— Ce serait peut-être mieux si nous pouvions nous voir demain matin.

— Je ne suis pas sûr d'être encore là demain. Si vous voulez me parler, c'est maintenant ou jamais… *officier*, ajouta-t-il avec un bref coup d'œil à sa robe moulante.

— Très bien.

Elle prit soin de tourner le dos aux invités les plus proches et de baisser la voix.

— Je crois savoir que vous vivez à Miami, monsieur Wentworth. Est-ce exact ?

— La plupart du temps, dit-il en haussant une épaule.

— Je me demandais seulement si vous aviez déjà rencontré une certaine Eve Martin, ou peut-être sa sœur, Arielle.

— Pourquoi ? demanda-t-il en croisant les bras sur sa poitrine.

Hayley se rendit compte qu'un étrange silence venait de tomber sur la partie de la salle où ils se trouvaient. Plusieurs invités s'étaient approchés d'eux. Pas plus tard que le lendemain, elle en était sûre, toute la ville saurait que Sierra et elle cherchaient le père de Micah.

— Votre nom est mentionné dans le journal intime d'Arielle Martin.

— Et pour vous, cela signifie quelque chose ?

— Pourrions-nous parler en privé, monsieur Wentworth ? le supplia-t-elle.

— Inutile. Je ne connais personne de ce nom-là. D'autres questions ? demanda-t-il avec un sourire qui n'atteignit pas ses yeux.

Dans un autre contexte, si elle avait été en uniforme et dans une salle d'interrogatoire, elle lui aurait montré une photo d'Eve à l'hôpital pour le faire craquer. Mais c'était hors de question. Si elle faisait une scène en plein milieu du gala, le shérif l'obligerait à remplir des paperasses pour le restant de ses jours.

Elle n'avait pas d'autre choix que de capituler.

— Ce sera tout, monsieur Wentworth. Merci pour votre… aimable coopération.

Hayley attrapa une coupe de champagne et en but la moitié d'un trait. Après tout, elle avait fait son devoir. Autant essayer de s'amuser. Elle se tourna vers un vieux monsieur portant une queue-de-pie impeccable et un stetson pour lui demander l'heure.

— Il est 10 h 20, mademoiselle.

Encore plus d'une heure avant de pouvoir partir avec Jackson. Jamais elle n'aurait cru que le temps pouvait passer aussi lentement.

- 6 -

Il restait encore un quart d'heure avant de pouvoir quitter le gala du TCC, et Jackson mourait d'impatience.

Dans moins d'une demi-heure, si sa Bugatti ne le décevait pas, il pourrait enfin contempler Hayley nue et savoir si la réalité dépassait ses fantasmes.

Heureusement, il s'était souvenu qu'il devait conduire et avait demandé un soda au barman. Le serveur lui tendit son verre et il en prit une gorgée avant d'apercevoir Rafael qui se dirigeait vers lui. Il lui adressa un grand sourire, sincèrement heureux de revoir son plus ancien ami.

— Rafe, je suis content que tu aies pu venir.

Rafael ne lui répondit pas, se contentant de lui serrer brièvement la main. Qu'est-ce qui lui prenait ? Certes, il ne s'était pas attendu à une démonstration d'affection de sa part, mais tout de même !

— Quelque chose ne va pas ?

Pour toute réponse, Rafael se percha sur un tabouret de bar et commanda un double whisky. Jackson s'installa en face de lui, espérant qu'il ne s'était pas déjà disputé avec son père, quelques heures à peine depuis son retour. Tout était possible avec ces deux-là. Leurs mauvais caractères se ressemblaient davantage qu'ils ne l'auraient aimé.

— Sérieusement, Rafe. Tout va bien ?

— Oh ! mais oui. Tout se passe à merveille. Rien que le fait de serrer la main de mon père m'a mis mal à l'aise.

Tout le monde nous regardait et j'ai eu envie de repartir aussi sec. Chaque personne que je croise me chante les louanges de mon père, si généreux, si formidable. Depuis quand s'est-il transformé en Monsieur Parfait ?

— Il a changé depuis la mort de Danaé.

— Tu parles, fit Rafe en levant les yeux au ciel. En plus, les gens n'arrêtent pas de me demander si nous nous sommes réconciliés et si je compte rester à Royal.

— Et alors, quelle est la réponse ?

Rafael prit une longue gorgée de whisky avant de répondre :

— Je préférerais me faire arracher un bras que de revenir vivre ici. Sans compter tout le reste, Cammie me regarde en permanence comme si j'allais décrocher la lune…

— C'est Drake qui fait ça pour elle maintenant, plaisanta Jackson pour tenter de détendre l'atmosphère.

Rafael ne lui accorda pas même un sourire. Décidément, il devait s'être passé quelque chose.

— Crache le morceau, Rafe. Qu'est-ce qu'il t'arrive ?

— Mis à part le fait que tout le monde me regarde comme le mouton noir de la soirée, tu veux dire ? Une complète inconnue m'a abordé pour me demander si je connaissais deux femmes du nom de Martin à Miami.

— Qui t'a demandé ça ? l'interrogea-t-il tout en se doutant déjà de la réponse.

— Je ne me rappelle pas son nom. Grande, sexy, avec une robe argentée. Elle travaille pour la police de Royal.

Jackson poussa une série de jurons silencieux. Quelle mouche avait piqué Hayley ? Comment avait-elle pu penser qu'interroger l'un des hommes les plus riches de la région, au beau milieu de la fête la plus courue de l'année, pourrait être une bonne idée ? Il y avait un temps pour tout ! Avait-elle seulement le droit de faire ce genre de choses lorsqu'elle n'était pas de service ?

— Ensuite, continua Rafael, j'étais en train de me laver les mains quand un type s'est mis à me pousser du coude. Il voulait savoir si j'étais le père du bébé dont s'occupe Cammie. Le père du bébé, Jackson ! Je suis à Royal depuis quatre heures à peine et on m'invente déjà une descendance. C'est complètement ridicule. J'ai été quasiment abandonné par mon propre père. Jamais je ne prendrais le risque de mettre une femme enceinte, encore moins de la laisser se débrouiller seule par la suite.

Jackson perçut des murmures étouffés et jeta un rapide coup d'œil autour d'eux. Impossible de ne pas voir les regards en coin, les conversations dissimulées sous des sourires forcés. Il eut l'impression qu'on le transportait directement dans l'une des fêtes auxquelles il assistait, des années auparavant, avec ses parents.

Sa mère était passée professionnelle dans l'art de gâcher les soirées pour tout le monde. Il lui suffisait d'un petit commentaire malsain, d'une moquerie, pour faire tourner l'ambiance au vinaigre.

Elle adorait être au centre de l'attention en permanence. Pour cela, elle n'hésitait pas à répandre des rumeurs vraies ou fausses, parfois sur son mari lui-même. Elle allait jusqu'à énoncer de ridicules théories du complot lors des dîners, simplement pour obtenir une réaction des autres invités.

Elle disait n'importe quoi sans se soucier des conséquences…

Comme Hayley.

Hayley aussi avait un caractère fort et obstiné, voire incontrôlable. Il devait prendre ses jambes à son cou tant qu'il en était encore temps. Ce genre d'histoires ne pouvait pas bien se terminer, et il était bien placé pour le savoir.

— Je ferai de mon mieux pour faire taire les rumeurs, dit-il à Rafael, mais tu connais les gens de Royal. L'amour des ragots est plus fort que la vérité.

— Je n'aurais jamais dû revenir.

— Moi, je suis content que tu l'aies fait. Je suis certain que Tobias et Cammie aussi.

— Si tu le dis. Quoi qu'il en soit, je dois m'en aller.

Rafael jeta un coup d'œil à la salle bondée de monde et fit la grimace.

— Il y a une porte de service juste derrière moi, fit Jackson à voix basse. Remonte le couloir, tourne deux fois à gauche et tu arriveras sur le parking.

— Merci, Jack. Si je n'étais pas d'aussi mauvaise humeur, je t'aurais proposé de partager une bouteille avec moi.

— Je ne suis pas tellement d'humeur non plus. De toute façon, je dois me disputer avec une déesse armée d'un revolver.

Rafael écarquilla les yeux et leva les mains en signe de reddition.

— Je ne veux même pas savoir de quoi tu parles.

Par-dessus l'épaule de son ami, il aperçut Hayley qui marchait lentement vers lui, un petit sourire lascif aux lèvres. Elle arriva à sa hauteur au moment même où Rafael disparaissait dans le couloir. Se haussant sur la pointe des pieds, elle posa une main sur son épaule et lui chuchota :

— Alors, tu es prêt à partir ?

Oui. Non. Je n'en sais rien.

Il savait qu'il aurait dû se défiler pour son propre bien, mais tout son corps exigeait qu'il l'embrasse jusqu'à en perdre la raison. Cette femme le rendait décidément fou. Peu désireux de jouer la scène qui allait suivre devant un public, il la prit par le coude et l'entraîna dans le couloir de service que Rafael venait d'emprunter.

— Était-ce vraiment nécessaire de demander à Rafe s'il était le père de Micah ?

— Pardon ?

— Tout le monde est persuadé qu'il est l'ancien amant d'Arielle et qu'il a abandonné son enfant.

Il entendit la dureté excessive dans sa voix et comprit qu'il se servait de cette accusation pour mettre de la distance entre Hayley et lui, une distance dont il avait désespérément besoin.

— Mais… Pourquoi ? demanda Hayley en fronçant les sourcils. Je n'ai fait que lui demander s'il connaissait les sœurs Martin.

— Tu l'as piégé devant tout un groupe de personnes. Si j'ai bien vu qui était près de la porte tout à l'heure, Grant weber en faisait partie. Il déteste Tobias. S'il a entendu votre conversation, tu peux être sûre qu'il va colporter des méchancetés juste pour le plaisir de lui nuire.

— Je ne l'ai pas piégé ! rétorqua Hayley, les poings sur les hanches. Avant de lui demander quoi que ce soit, je lui ai proposé de nous voir demain matin en privé. Il m'a dit qu'il ne serait peut-être plus ici.

— C'est égal, tu aurais pu attendre, contra Jackson.

— Que tu crois !

— Tu as fait une scène et gâché la soirée des Wentworth.

— Waouh, siffla Hayley d'un air moqueur. J'ai réussi à faire tout ça en deux minutes, hein ? Je suis vraiment plus douée que je le croyais.

Il passa les mains dans ses cheveux et, face à son silence, Hayley s'écria :

— Je n'ai fait que mon travail, Jackson !

— Il y a un temps et un lieu pour tout, Hayley, et ce soir n'était certainement pas le bon moment. Rafael ne voulait même pas revenir à Royal. Tu l'as énervé, et s'il décide de repartir, je te considérerai comme responsable.

— Quoi ? Ce n'est pas juste !

Jackson le savait pertinemment, mais il commençait à perdre pied. Hayley l'irritait autant qu'elle l'excitait. Elle lui donnait à la fois envie de la secouer comme un prunier et de l'embrasser. Jamais auparavant une femme ne lui avait fait perdre le contrôle de ses émotions.

— Cette pièce est remplie des personnalités les plus influentes de la région, Hayley.

— Et alors ?

— Et alors, réfléchis avant de parler !

Elle inclina la tête sur le côté d'un air ennuyé.

— Le sermon est terminé ? lui demanda-t-elle en soulevant l'ourlet de sa robe d'une main. Ce n'est pas moi qui ai propagé cette rumeur, alors tu peux remballer ton savon. Je me fiche complètement du statut social des gens. Je fais mon travail honnêtement, et si je dois froisser les plumes de tes petits amis pour arriver à la vérité, eh bien ! Tant pis.

Elle posa une main sur la poignée de la porte.

— Personne n'a le droit de critiquer la manière dont je travaille, à part peut-être mon supérieur, ce que tu n'es pas. Puisque tu ne me respectes pas, tu peux partir tout seul. Je me débrouillerai pour rentrer chez moi.

Sur ces dernières paroles, elle redressa les épaules, claqua la porte derrière elle et le planta là.

Hayley se glissa sous la douche dès qu'elle fut rentrée chez elle. Après avoir fait disparaître toute trace de maquillage de son visage, elle attacha ses cheveux en chignon lâche et enfila un pyjama confortable. Elle aurait eu grand besoin de courir quelques kilomètres ou de s'entraîner au punching-ball. Puisqu'il était 1 heure du matin, elle se contenterait d'une tasse de camomille.

Je ne crois pas qu'il y ait assez de camomille sur terre pour me calmer, songea-t-elle en reposant la bouilloire sur son socle avec un peu trop d'énergie.

Elle n'avait pourtant rien fait de mal. Rafael avait repoussé toutes ses tentatives de discuter dans un lieu plus privé, et ensuite, elle avait fait de son mieux pour tourner ses questions discrètement. À aucun moment elle n'avait demandé tout haut s'il avait été l'amant d'Arielle.

Ce n'était tout de même pas sa faute si quelqu'un – et ce quelqu'un avait de la chance qu'elle ne puisse pas l'identifier – avait lancé une rumeur selon laquelle Rafael pourrait être le père du petit Micah.

Quant à Jackson…

Hayley agrippa le comptoir de la cuisine et se mit à fixer la bouilloire, comme si son regard allait faire chauffer l'eau plus vite. Elle se remémora les derniers événements de la soirée. Jackson avait réagi d'une manière complètement disproportionnée. Il avait immédiatement choisi de la croire coupable sans même écouter ce qu'elle avait à dire. Indiscutablement, sa loyauté allait à la famille Wentworth.

Sa réaction avait au moins le mérite de l'informer sur une chose : lorsqu'elle avait besoin de son soutien, elle ne pouvait pas compter sur lui. Elle était et elle serait toujours seule.

Le cœur battant plus vite qu'elle ne l'aurait voulu, Hayley versa de l'eau sur son sachet de tisane, pensant soudainement à sa famille. Ses parents l'aimaient mais ne la soutenaient pas à 100 %. Ils l'auraient probablement aimée davantage si elle avait choisi une carrière tranquille dans l'une des entreprises du groupe Lopez, si elle s'était mariée, si elle leur avait fait des petits-enfants.

Les parents n'étaient-ils pas censés aimer leurs enfants inconditionnellement ? Les frères ne devaient-ils pas soutenir leurs sœurs, même lorsqu'ils ne comprenaient pas leurs choix de vie ?

Fatiguée, Hayley se lova dans un coin du canapé, sa tisane à la main. Elle savait bien qu'elle n'était pas facile à aimer. Son caractère ne plaisait pas à tout le monde et elle était prête à l'accepter, mais Jackson ? Elle se sentait déçue par sa réaction.

Elle avait du mal à croire qu'une conversation de deux minutes avec Rafael Wentworth ait suffi pour jeter leur soirée par la fenêtre. Si elle avait tenu sa langue, elle serait dans les bras de Jackson en ce moment même, en train d'explorer son corps comme elle en rêvait depuis des jours et des jours. Sa nuit aurait dû être bien différente de ce qu'elle était. Elle aurait dû comporter plus de sexe et moins de camomille.

Pourtant, elle n'arrivait pas à s'en vouloir d'avoir posé une simple question à Rafael. Jackson était stupide de la tenir pour responsable. Elle était tout aussi stupide d'avoir des regrets.

Hayley entendit un léger coup frappé à sa porte et se redressa d'un bond, les sourcils froncés. Elle sut qu'elle n'avait pas rêvé lorsqu'un deuxième coup suivit le premier. Sans allumer la lumière, elle traversa la pièce et jeta un coup d'œil au judas. Qui pouvait être assez imprudent pour se tenir sur son porche à une heure et demie du matin ?

À cause de sa haute taille, elle ne distingua que le bas du visage de Jackson, son menton carré, la petite cicatrice sous sa lèvre inférieure qu'elle mourait d'envie d'embrasser.

Elle retira la chaîne de sa porte, déverrouilla le loquet et ouvrit la porte à son visiteur tardif. Elle aurait voulu pouvoir penser « son visiteur importun », mais comme elle était toujours honnête avec elle-même, elle devait bien s'avouer que ce n'était pas vrai.

Jackson s'appuya contre l'encadrement de la porte. Elle croisa les bras sur sa poitrine et tenta de se persuader qu'elle frissonnait à cause du froid, et non parce que le col de sa chemise était ouvert et parce qu'il sentait divinement bon.

— Qu'est-ce que tu veux ?

Le regard de Jackson parcourut son corps de haut en bas, s'arrêtant un instant sur ses tétons qu'elle devinait bien visibles sous son débardeur – de nouveau, à cause du froid – avant de revenir à son visage.

— Toi.

— Tu aurais dû y penser avant de me sermonner tout à l'heure.

Jackson lui décocha un regard maussade, sans pour autant renouveler leur dispute. Tant mieux. Malgré ses efforts pour garder le dos droit et l'air digne, elle se sentait trop seule, trop fatiguée et elle avait trop envie de lui pour batailler.

— Pourquoi es-tu revenu ?

— Je suis là parce que je tiens toujours mes promesses.

— Quelle promesse ?

— Je t'ai dit que j'allais te faire crier de plaisir ce soir, énonça calmement Jackson, le visage impassible mais le regard plein de désir. Je suis énervé, complètement perdu, mais je sais que j'ai toujours envie de toi.

— Oh.

Vraiment ? « Oh » ? C'est tout ce que tu peux trouver ?

Hayley poussa un soupir de frustration et agrippa son chignon à deux mains.

— Comment se peut-il que j'aie autant envie de te sauter dessus alors que tu m'insupportes ?

— Je sais, tu n'aimes pas que je souligne notre différence d'âge, mais l'expérience m'a appris une chose : le sexe est un excellent moyen d'apaiser les tensions. Qui plus est, la colère augmente la pression sanguine et constitue un excellent aphrodisiaque.

— Merci, docteur Je-sais-tout, répliqua-t-elle en levant les yeux au ciel.

Jackson fit un pas vers elle et, une main placée derrière sa nuque, posa son front contre le sien.

— Je suis encore fâché contre toi et de toute évidence, c'est réciproque. Mais je te jure sur tout ce que j'ai de plus cher que je rendrai cette nuit inoubliable pour toi.

Elle fut surprise par son honnêteté et l'apprécia. S'il avait essayé de lui raconter des sottises, elle l'aurait mis à la porte.

— Hayley… Oui ou non ?

Elle avait à peine hoché la tête que Jackson la pressait déjà contre lui, ses bras autour de sa taille et sa bouche sur la sienne.

Elle encadra son visage de ses mains et mit tout son désir dans ce baiser, essayant de lui montrer à quel point elle avait envie de lui, besoin de lui. Leurs langues se caressaient, jouant ensemble et s'affrontant tour à tour. Hayley crut entendre sa porte d'entrée se refermer, mais elle n'en était même pas sûre. Tout ce qui n'était pas Jackson, son érection pressée contre son ventre ou son torse musclé qui frôlait ses tétons ne l'intéressait plus.

Jackson s'écarta légèrement d'elle pour la regarder.

— Tu es tellement belle, Hayley. Ton odeur me rend fou. J'ai hâte de t'embrasser, de te goûter…

Mais il l'avait pourtant déjà fait…

Oh. D'accord.

— Oui. S'il te plaît.

Il la souleva dans ses bras pour la déposer sur le canapé, son corps pesant délicieusement contre le sien.

— Si tu savais combien de fois j'ai imaginé ce moment… murmura Jackson.

Elle le fit taire d'un baiser et leurs langues se caressèrent de nouveau, joueuses et terriblement excitantes. Ils prenaient le contrôle tour à tour, Jackson mordillant doucement sa lèvre inférieure avant de l'apaiser d'un coup de langue. Hayley sentit tout son corps se tendre vers lui et la chaleur en elle devenir un brasier.

Frottant son bas-ventre contre son érection, elle murmura :

— Tu as trop de vêtements.

— Un peu de patience, ma belle.

Jackson fit glisser les bretelles de son débardeur et souffla doucement sur l'un de ses tétons. Se penchant vers elle, il frotta doucement sa barbe contre sa peau embrasée et, enfin, prit son sein entre ses lèvres.

Sa bouche jouait avec son mamelon, l'aspirant, le mordillant doucement, et Hayley sentit son dos s'arquer contre le canapé lorsqu'il passa à son autre sein.

— Jackson… J'ai besoin de toi. J'ai besoin que tu viennes en moi *maintenant.*

— Quelle autorité, fit-il avec un petit rire. Mais ici, c'est moi qui commande. Sois patiente, ma Hayley.

Il fit passer son débardeur par-dessus sa tête et prit un long moment pour dévorer sa poitrine du regard.

— Tu es tellement parfaite.

— Moi aussi, je veux te toucher, murmura-t-elle en caressant sa joue du bout des doigts.

— Tu pourras… Mais pas tout de suite.

Il glissa une main sous l'élastique de son pyjama et le fit rapidement glisser le long de ses jambes.

— C'est difficile d'y aller doucement alors que tu es si belle…

— C'est toi qui commandes, lui rappela-t-elle avec impatience. Je suis prête pour toi, Jackson.

— Moi aussi, mais laisse-moi te faire l'amour comme tu le mérites. S'il te plaît.

Comment aurait-elle pu lui résister ? D'ailleurs, elle n'en avait pas envie.

Les poings sur les hanches, elle poussa un soupir exagéré.

— S'il le faut…

— Oh oui, ma belle. Il le faut.

Sa main glissa lentement de sa poitrine à son ventre, jusqu'à l'intérieur de ses cuisses, et il trouva aussitôt son point le plus sensible. Elle poussa un gémissement étouffé. Elle en voulait plus, mais serait-elle capable de supporter autant de plaisir ? Les doigts experts de Jackson exploraient les replis de son intimité, tantôt effleurant son clitoris, tantôt le faisant rouler doucement.

Elle rejeta la tête en arrière et ferma les yeux. Sa voix qu'elle reconnaissait à peine venait parfois interrompre ses halètements de plus en plus rapides, gémissant, implorant le nom de Jackson. Il glissa un doigt en elle, puis un deuxième, bougeant de plus en plus vite en elle, l'amenant à une vitesse vertigineuse vers le sommet.

Jamais de sa vie Hayley n'avait connu un plaisir aussi intense… Mais elle ne voulait pas le vivre seule. Elle voulait le partager avec Jackson.

Il s'écarta d'elle et retira rapidement ses vêtements. Hayley n'eut que le temps d'apercevoir les muscles parfaitement dessinés de son torse. Jackson était déjà revenu au-dessus d'elle, son corps contre le sien et sa bouche sur la sienne. Elle gémit contre ses lèvres et ses hanches se soulevèrent du canapé. Reconnaissant l'approche d'un orgasme, elle puisa dans ses dernières forces, posa les mains sur les épaules de Jackson et le repoussa fermement.

Il la contempla un long moment, ses yeux bleus assombris par le désir.

— Est-ce que… tu veux que je m'arrête ?

— Surtout pas. Je suis tout près, mais… Je veux que tu sois en moi, Jackson. Je veux que tu jouisses avec moi.

Jackson s'agenouilla sur le canapé, les jambes de chaque côté de ses hanches. Il tendit le bras et sortit un préservatif de la poche de sa veste. Se protégeant d'un geste rapide, il se plaça entre ses cuisses, les yeux rivés aux siens.

Hayley noua les jambes autour de sa taille et attendit qu'il franchisse l'espace infime qui les séparait encore. Jackson ne bougeait toujours pas.

— J'ai peut-être moins d'expérience que toi, mais je sais quand même que ce sera plus drôle si tu t'approches.

Jackson rit doucement et, d'un mouvement rapide et profond, vint en elle.

Elle s'était attendue à avoir un peu mal, du moins à ressentir de l'inconfort, mais ce fut tout le contraire. Le corps de Jackson complétait le sien à merveille. Elle se sentait détendue, parfaitement bien – et dévastée par un plaisir qui lui faisait perdre toute notion du temps.

Elle poussa un gémissement que Jackson captura sur ses lèvres tandis que ses mains glissaient sous son dos pour la soulever légèrement. Il vint en elle encore et encore, caressant un point à l'intérieur qui la fit crier de plaisir.

Elle sentit ses hanches onduler à sa rencontre sans qu'elle puisse les contrôler. Les ongles plantés dans les coussins, elle serra les paupières et poussa un long cri de plaisir, puis un autre, sentant tout son corps trembler tandis que Jackson accélérait encore en elle. Enfin, encore étourdie par son orgasme, elle crut l'entendre crier à son tour et ses doigts se crispèrent sur ses fesses.

Jackson se tendit une dernière fois et s'écroula contre son épaule. Elle enfouit le visage dans son cou, inspirant à fond son odeur, mélange d'eau de Cologne et de phéromones.

Enfin, elle comprenait comment on pouvait devenir accro au sexe. Et cela ne l'arrangeait pas du tout.

Le matin suivant, perplexe, Hayley contempla Jackson toujours endormi dans son lit.

Elle aurait aimé avoir l'excuse du travail pour filer en douce. Malheureusement, elle n'était pas de service ce dimanche. Qu'était-elle censée dire, ou faire ? Elle ne savait absolument pas comment gérer la célèbre gêne du lendemain matin.

Plantée sur le seuil de sa chambre, elle se mit à danser d'un pied sur l'autre, incertaine. Bien sûr, coucher avec Jackson avait été merveilleux. Elle ne savait toujours pas si elle allait s'en remettre. Il l'avait aidée à profiter du moment, à oublier ses inhibitions, encouragée à lui dire ce qu'elle aimait – presque tout – et ce qu'elle aimait moins – pas grand-chose.

Elle avait eu l'impression de participer à un cours magistral de sexe. Mais maintenant que la classe était finie, que se passait-il ?

— Tu penses trop, ma belle, fit une voix ensommeillée depuis le lit. Je te propose deux options. Soit tu reviens au lit, soit tu fais du café. Je vote pour la première.

Jackson roula sur le ventre et elle admira son dos musclé, ses épaules larges et sa taille fine. De toute évidence, il prenait soin de lui.

— Comment fais-tu pour être aussi en forme ?

Jackson poussa un bâillement et referma les yeux.

— Je cours, je nage, je fais de la musculation... Un peu de tout. Le sport m'aide à combattre le stress.

Il roula sur le côté et le drap se resserra autour de ses hanches, mettant en évidence une délicieuse érection qui la fit frissonner de désir.

— Je suis épuisé, marmonna Jackson en passant une main sur son front.

— Tu n'arrives pas à tenir ma cadence, hein ? C'est à cause de ton grand âge.

— Viens par là et je te donnerai des nouvelles de mon grand âge, rétorqua-t-il avec un petit sourire en coin. D'ailleurs, ce n'est pas moi qui ai prétendu que j'étais trop fatigué pour venir encore hier soir.

Hayley sentit le rouge lui monter aux joues. En effet, elle s'était crue trop fatiguée pour avoir un deuxième orgasme, mais Jackson et sa langue experte l'avaient rapidement convaincue du contraire.

Elle aurait adoré se glisser à nouveau dans ses bras. Pourtant, elle avait besoin d'espace, de temps pour remettre ses pensées en ordre.

— J'adore la couleur de tes joues, mais je crois qu'on devrait parler d'hier soir, soupira Jackson.

— Tu veux dire, de notre dispute ?

— Oui. Je ne suis pas du genre à mettre ces choses-là sous le tapis.

Il plaça les deux mains derrière sa tête, ce qui fit ressortir encore davantage les muscles de ses épaules. Il avait l'air d'un mannequin en couverture d'un roman érotique dans cette position. Elle aurait voulu l'embrasser, le caresser, le…

— Rendez-vous dans la cuisine dans une minute. En fonction de notre conversation, nous pourrons décider comment nous voulons passer le reste de la journée, d'accord ?

Il rejeta les couvertures et se leva, glorieusement nu et complètement inconscient de sa beauté. Hayley s'efforça de détourner le regard et descendit à la cuisine. Simplement vêtue de son débardeur et d'une culotte, elle remplit la bouilloire, la mit à chauffer et déposa une cuillerée de café dans deux tasses.

L'odeur lui rappela à quel point elle avait besoin de caféine. Elle aurait bien voulu prendre un petit déjeuner, mais hélas, son réfrigérateur était désespérément vide. Elle n'avait rien mangé la veille et elle se sentait capable de dévorer un carton entier de donuts.

Jackson entra dans la cuisine alors que la bouilloire commençait à siffler. Il avait enfilé son pantalon de costume et sa chemise blanche, sans prendre la peine de la boutonner. Comment voulait-il qu'elle se concentre sur la moindre conversation dans ces conditions ? Elle secoua la tête, versa l'eau dans les mugs et s'installa en face de lui, à la table bancale de sa cuisine.

Jackson prit une gorgée de café et fit la grimace.

— Houlà. C'est…

— Qu'est-ce qui ne va pas avec mon café ?

— Eh bien, il est un peu…

— Bon marché ? suggéra-t-elle. Je vis sur un salaire d'agent de police débutant, je te rappelle.

Jackson contempla sa tasse un long moment, l'air perplexe.

— Pourquoi as-tu pris cette décision ? Ton père est probablement l'homme le plus riche du sud des États-Unis. Tu pourrais travailler pour lui et vivre confortablement à Dallas.

— Tu me vois passer mes journées à faire des politesses, à raconter des salades aux gens en leur faisant de beaux sourires ? Plutôt mourir, déclara-t-elle avant de vider sa tasse de café d'un trait. C'est exactement ce que mon père aurait voulu. Il souhaitait que je fasse des études de commerce et que je prenne la tête des relations humaines de l'entreprise. Mes frères aussi avaient leur place toute trouvée chez Lopez Inc., et il voulait que je les rejoigne.

— Mais toi, ça ne t'aurait pas plu ?

— Certainement pas, fit-elle avec un petit frisson d'horreur. Je voulais, je veux toujours d'ailleurs, apporter mon aide aux gens. J'ai su très tôt que je voulais étudier le droit. Mon père a promis de financer mes études, mais en échange, je devais travailler pendant cinq ans chez Lopez Inc. dans les relations publiques – ou jusqu'à ce que je me marie et que j'aie des enfants.

— C'est terriblement vieux jeu, remarqua Jackson.

— Mon père est très arriéré sur certains sujets. Comme tu peux l'imaginer, je lui ai dit qu'il pouvait remballer sa proposition et que je préférais me débrouiller toute seule. Je voulais me construire une vie par moi-même. Si j'avais travaillé avec ma famille, je me serais toujours sentie protégée, séparée du monde réel.

— Je comprends. Mais pourquoi as-tu choisi de devenir policière ?

— Je suis venue à Royal parce que mes grands-parents

y vivaient. Au départ, j'avais juste trouvé un petit boulot au commissariat, mais le shérif Nate m'a poussée à effectuer la formation pour devenir policière.

Elle tordit ses cheveux en un chignon qu'elle repoussa sur son épaule, cherchant les meilleurs mots pour que Jackson la comprenne.

— Tu sais, j'ai grandi dans un environnement privilégié et j'en suis très consciente. Je veux essayer d'aider les gens qui ont eu moins de chance que moi. Nous savons tous que Royal abrite de grosses fortunes, mais derrière les villas et les piscines, il y a des gens qui n'ont pas de quoi manger à la fin du mois. Des milliers d'immigrants dans notre région vivent la peur au ventre et tremblent tous les jours d'être renvoyés dans leurs pays d'origine. En plus, le problème du trafic de drogue est de plus en plus présent et finira par devenir dangereux. C'est très facile d'ignorer ces aspects-là, mais j'y suis confrontée tous les jours, Jackson. Je vois les gens qui souffrent et je dois les aider.

Jackson resta silencieux un moment, étirant ses longues jambes sous la table.

— J'admire ton empathie et ton professionnalisme, Hayley.

— Mais… ?

— Mais, parfois, tu devrais aussi prendre en compte le contexte.

Sa voix était dénuée de l'autorité avec laquelle il lui avait parlé la veille, et pour une fois, Hayley n'eut pas envie de le rembarrer.

— Qu'est-ce que tu veux dire exactement ?

— Je comprends que tu aies eu envie de parler à Rafael. Son nom apparaît dans le journal d'Arielle, si j'ai bien compris.

— Exactement.

— Si tu avais pris le temps de faire des recherches sur Rafael, tu saurais qu'hier soir, il est revenu à Royal pour la première fois depuis ses dix-sept ans. Son père et lui ont une relation très compliquée. Cammie et moi souhaitons de tout notre cœur qu'ils puissent se réconcilier.

Jackson repoussa sa tasse de café encore pleine avec une petite grimace et reprit :

— Rafe est du genre à prendre ses relations avec les femmes très au sérieux. Il ne prendrait jamais le risque d'avoir un enfant non désiré, mais si c'était le cas, il assumerait ses responsabilités. Ton accusation…

— Je ne l'ai accusé de rien, l'interrompit-elle.

— C'est vrai. Tu aurais tout de même pu penser aux commérages que tes questions allaient soulever, Hayley. Ces ragots pourraient bien suffire à le faire fuir de nouveau.

Elle fronça les sourcils, pas certaine de comprendre.

— Ce n'est pas un peu lâche de s'enfuir à cause d'un mot ou deux ?

Le regard dur de Jackson la cloua sur place.

— Tu ne connais rien de sa vie. Tu ne sais pas à quel point il a été blessé, alors tu n'as aucun droit de le juger.

— D'accord, je ne le connais pas. Mais ce n'est pas ma faute s'il a un passé difficile. Je n'ai fait que lui demander s'il connaissait les sœurs Martin. Je n'ai pas causé la rumeur, et c'était injuste de ta part de m'en accuser.

— Tu as raison. Je me suis trompé.

À en juger par le temps qu'il avait mis à l'admettre, Jackson détestait faire des excuses autant qu'elle. Ils formaient décidément un beau duo.

— Tu as aussi raison de dire que je n'ai pas suffisamment pris en compte le contexte. J'essaierai de faire mieux la prochaine fois.

— C'est déjà mieux, fit-il avec un petit sourire satisfait.

Elle l'observa un instant, soupçonneuse. Était-il en train de penser qu'il contrôlait la situation, simplement parce qu'elle avait concédé cette bataille ?

— Je n'accepte d'ordres de la part de personne, tu sais.

— Je crois que tout le monde le sait.

— Ne va pas penser que les choses ont changé entre nous. Ce n'est pas parce que nous avons couché ensemble, ou parce que j'ai reconnu mes torts dans l'histoire avec Rafael, que tu pourras me dicter ce que je dois penser.

— Bien sûr que non. Où veux-tu en venir ?

— Hier soir, tu étais énervé, mais j'ai eu l'impression qu'une partie de ta colère n'avait rien à voir avec moi. Je crois pouvoir dire que ta réaction était exagérée. Je ne suis pas ta femme, ni même ta petite amie, alors… Pourquoi as-tu pris les choses autant à cœur ?

Jackson garda le silence si longtemps qu'elle se demanda s'il allait lui répondre.

— Écoute, Hayley, je t'apprécie beaucoup. Ton caractère et ton ambition me plaisent, j'adore faire l'amour avec toi, mais…

— Mais ? demanda-t-elle avec impatience.

— Mais tu n'es pas le genre de personne dont j'ai besoin à long terme.

Ses mots la blessèrent infiniment plus qu'elle ne l'aurait imaginé. Comme toujours dans ce genre de situations, elle prit un ton moqueur et rétorqua :

— Et zut. Moi qui pensais que tu allais me demander en mariage.

Jackson devint plus blanc que sa chemise.

— Détends-toi, Michaels. Je ne cherche rien de sérieux non plus.

Il ne s'agissait même pas d'un mensonge, car où

aurait-elle trouvé le temps de caser une relation dans sa vie ? Seulement, n'importe quelle femme dans sa situation aurait été vexée par ses mots. Ce n'était qu'une blessure d'orgueil. Rien de plus.

— Ceci étant dit, reprit-elle d'un ton détaché, aurais-tu l'obligeance de m'expliquer pourquoi je serais une si mauvaise partenaire ?

Jackson ignora son sarcasme et se leva, agrippant le dossier de sa chaise à deux mains.

— Que sais-tu à propos de ma mère ?

— Pas grand-chose, sinon qu'elle est morte quand tu étais enfant.

— Elle n'est pas morte. Elle nous a abandonnés, mon père et moi.

Sa voix restait neutre, mais son regard reflétait une myriade d'émotions refoulées, de souvenirs malvenus, de colère et de tristesse.

— Je l'ai revue de temps en temps quand j'étais adolescent. La dernière fois, j'avais dix-huit ans. Je crois qu'elle vit toujours à New York.

Voilà qui lui semblait une très longue période pour ne pas adresser la parole à sa mère, songea Hayley.

— Ma mère est une femme brillante et très ambitieuse. Un bel avenir l'attendait à Wall Street quand elle a rencontré mon père. Lorsqu'elle est tombée enceinte de moi, il l'a persuadée de l'épouser et de le suivre à Royal. Elle détestait la vie qu'elle menait ici et elle m'en rendait responsable. Si elle ne m'avait pas eu, elle aurait pu mener l'existence dont elle rêvait, dans la ville qu'elle aimait, avec une fortune considérable.

Le cœur serré, Hayley l'observa alors qu'il faisait les cent pas dans sa cuisine.

— C'est elle qui t'a dit tout ça ?

— Non, mais je l'entendais se disputer avec mon père tous les soirs. Elle disait qu'elle n'avait jamais voulu d'enfants. Tout ce dont elle rêvait, c'était de vivre sa vie comme elle l'entendait. Elle était forte et indépendante.

Nous y voilà, songea Hayley qui commençait à comprendre.

— Alors, tu penses que je suis comme ta mère ?

Le regard malheureux de Jackson constituait déjà une réponse.

— Tu n'es peut-être pas aussi dure qu'elle l'était, mais pour ce qui est de l'ambition, de la volonté…

— Ce n'est pas une réponse, contra-t-elle.

— J'adore passer du temps avec toi, Hayley, mais sur le long terme ? Nous sommes trop incompatibles.

— Tu aimes contrôler et je suis incontrôlable, soupira-t-elle. Il te faudrait quelqu'un de plus docile, de plus flexible.

L'amertume dans sa voix la surprit elle-même. Certes, leur alchimie sur le plan physique lui plaisait beaucoup, mais pourquoi l'idée qu'il ne voulait pas d'elle comme petite amie la blessait-elle autant ?

— J'ai vu les disputes et l'amertume détruire peu à peu la vie de mon père. Je ne laisserai jamais quelqu'un avoir ce genre de pouvoir sur moi. Si je m'engage un jour avec une femme, ce dont je doute fort, ce sera quelqu'un qui me soutiendra sans contester mes choix en permanence.

Bref, ce ne sera pas moi.

Jackson avait visiblement besoin d'une femme sans trop d'ambition ni de caractère. Il voulait rester seul sous les projecteurs. Pour elle qui avait grandi dans l'ombre de ses frères, ce serait radicalement impossible. Si elle devait un jour sortir avec quelqu'un, elle voulait un homme qui la pousserait vers le soleil et l'aiderait à briller.

Jackson ne serait jamais cette personne.

Profondément attristée par cette pensée, elle fit rouler sa tasse entre ses mains, cherchant comment sortir de cette conversation avec autant de grâce que possible. Malheureusement, être gracieuse ne faisait pas vraiment partie de ses talents. Elle força un sourire sur ses lèvres et lança, aussi joyeusement que possible :

— Heureusement que c'est ton corps qui m'intéresse, Michaels.

Il relâcha son emprise sur le dossier de la chaise et étendit les mains devant lui, le regard rivé au sien comme s'il cherchait à lire dans ses pensées.

— Alors, tu serais prête à recommencer ? Sans attentes et sans engagement ?

Elle se sentait surtout prête à le mettre à la porte et à panser ses blessures. Seulement, son orgueil lui interdisait d'admettre qu'elle était triste. Elle ne risquait certainement pas de l'avouer à Jackson.

— Tu sais quoi ? Laissons les choses se faire par elles-mêmes, sans pression, dit-elle de sa voix la plus détachée.

Hayley jeta un coup d'œil vers son débardeur, regrettant de ne pas être plus habillée. Elle se sentait vulnérable dans cette tenue. Jackson l'observait toujours attentivement et elle s'efforça de maintenir son expression joyeuse et détendue. Elle refusait de lui laisser voir sa détresse.

Quelqu'un, un jour, finirait-il par l'aimer pour ce qu'elle était ? Elle commençait à croire que non.

Souriant de plus belle, elle se força à traverser la cuisine pour déposer un baiser au coin de ses lèvres.

— Merci pour cette nuit. Je vais prendre une douche pendant que tu finis de t'habiller. Pense à verrouiller la porte de l'extérieur en sortant.

Jackson appela son nom alors qu'elle s'apprêtait à sortir de la pièce.

— Hayley, je…

Il s'interrompit et passa les deux mains dans ses cheveux, l'air complètement désorienté. Très bien. Pour une fois, cela ne lui ferait pas de mal.

— On se voit bientôt, finit-il par marmonner en reboutonnant sa chemise.

— À bientôt.

Elle traversa le salon d'un pas nonchalant. En réalité, elle devait se concentrer pour s'empêcher de courir.

- 7 -

Jackson s'engagea dans Elm Street, son regard faisant des allers-retours entre la route et la petite maison violette qu'il apercevait dans son rétroviseur.

« Trop incompatibles »...

« Tu veux contrôler et je suis incontrôlable »...

Il tourna le coin de la rue et la maison de Hayley disparut. Leur conversation, en revanche, restait bien présente dans son esprit. Ils avaient dit tous les deux ce qu'ils avaient à dire. Peut-être passeraient-ils d'autres nuits ensemble, mais en tout cas, il n'y aurait rien de sérieux. Ils semblaient être sur la même longueur d'onde.

Pourtant, Jackson était persuadé que Hayley ne lui avait pas tout dit. Il avait remarqué les éclairs de détresse dans son regard, ses lèvres serrées, la tension dans ses épaules. Il ne pouvait s'empêcher de penser que leur conversation l'avait blessée et cette idée le rendait malade. Personne n'avait le droit de lui faire du mal, et encore moins lui.

Il freina brusquement et gara sa voiture sur le bas-côté, hésitant à faire demi-tour, à s'excuser, à l'embrasser jusqu'à effacer sa tristesse.

Jackson enfouit le visage dans ses mains. Pourquoi pensait-il à elle en permanence ? Pourquoi aimait-il autant passer du temps avec elle ? Il adorait son esprit brillant et sa repartie aiguisée. Il adorait son corps, ses gémissements de plaisir, sa peau si douce contre la sienne. Il s'était senti incroyablement bien la nuit dernière, comme s'il avait enfin trouvé sa place dans le monde.

C'était probablement ce que son père avait ressenti pour sa mère. D'après ceux qui les avaient connus, l'attirance entre eux faisait des étincelles. Leurs disputes aussi avaient été électriques.

Jackson releva la tête et déplia un à un ses doigts crispés sur le volant. Jamais une femme ne l'avait obsédé à ce point et il commençait à en avoir assez. Hayley Lopez ne dérangerait pas son existence calme et parfaitement ordonnée. Il ne la laisserait pas faire. Sa vie lui appartenait, et il refusait de devoir demander l'avis de qui que ce soit concernant ses décisions.

Hayley voudrait forcément tout diriger, comme sa mère l'avait fait avec son père.

Jackson reprit la route en se demandant s'il était juste de comparer Hayley à sa mère. Certes, elles étaient toutes les deux ambitieuses et têtues, mais Hayley n'était pas aussi inflexible que sa mère. Ce matin, elle avait accepté d'écouter ses arguments et de reconnaître ses torts. Sa mère n'en aurait jamais été capable. Contrairement à Hayley, elle était toujours persuadée de détenir la vérité.

De plus, sa mère s'était toujours considérée comme une victime de l'univers, convaincue que la vie lui avait joué un mauvais tour. Elle ne cessait de se lamenter sur son mariage et sa carrière perdue. Bien que mariée à un milliardaire, elle méprisait son argent, insinuant toujours qu'il avait moins de valeur que celui qu'elle aurait pu gagner.

Hayley ne serait jamais aussi égoïste que sa mère. Pourtant, il sentait qu'il devait la maintenir à distance. Leur histoire devait s'arrêter avant qu'il ne développe des sentiments pour elle. Il refusait de lui donner le pouvoir de briser son cœur.

Oui, il devait cesser de la voir, mais il commençait à comprendre que ce serait la chose la plus difficile qu'il avait jamais faite de sa vie.

Quelques jours plus tard, installé avec ses amis dans sa garçonnière – un bâtiment séparé construit près de sa piscine –, Jackson posa un paquet de chips sur sa table de poker sur mesure et prit quelques gorgées de bière.

Brett fit la grimace et jeta ses cartes sur le tapis.

— Tu m'énerves, Michaels, grommela-t-il en poussant ses jetons vers lui.

Jackson les ajouta à la pile impressionnante qu'il avait déjà récoltée. Ce soir, il jouait contre Brett Harston, Nate Battle, Daniel Clayton et Clint Rockwell. Ses adversaires étaient différents chaque semaine.

Clint distribua une nouvelle main tandis que Jackson parcourait la pièce du regard, se remémorant les parties de poker que son père y organisait un quart de siècle auparavant. L'endroit n'était alors qu'une cabane à outils reliée au pool-house. Son père et ses amis s'y installaient autour d'une table en plastique, sortant régulièrement leurs bouteilles de bière d'une glacière. Sa mère détestait l'odeur des cigares et leur interdisait de venir dans la maison.

Quelques années auparavant, Jackson avait fait démolir le vieux pool-house et demandé à son architecte de créer une immense garçonnière. La pièce donnait sur la piscine par un mur entièrement vitré et comportait une longue table de poker, un bar et une table de billard centenaire.

Contre le mur du fond, il avait installé deux flippers et un vieux jukebox qui fonctionnait encore. La tête du premier cerf que son père avait chassé, autrefois reléguée au grenier par sa mère, était à présent fièrement accrochée au mur et ornée d'une écharpe aux couleurs de l'Université du Texas.

Décidément, cette pièce était l'une de ses préférées, surtout lorsqu'elle était remplie d'amis et de fumée de cigare.

— Alors, Jack, comment avance ton projet de Stone Lake ? lui demanda Clint.

Jackson regarda ses cartes et vit qu'il avait deux as, mais pas grand-chose d'autre.

— Il n'avance pas du tout. La plupart des propriétaires seraient prêts à vendre, mais je ne peux rien faire tant que Bubba ne se décide pas. Son terrain est en plein milieu de mes plans.

— Alors, tu penses laisser tomber ? intervint Nate Battle.

— Je ne vais pas avoir le choix, même si ça m'agace, fit-il en haussant une épaule. Ce projet aurait créé beaucoup d'emplois et de logements à Royal.

— Bubba est un vieux bouc obstiné, commenta Nate.

— Il n'est pas le seul, grommela Jackson. Vous savez que l'une de vos policières l'encourage à ne pas vendre ?

— L'officier Lopez a le droit de conseiller un vieil homme qui lui demande son avis, répliqua Nate avec un petit sourire.

— Le problème, c'est qu'elle donne son avis tout le temps.

— Hayley a du caractère, et je la comprends. Elle a dû jouer des coudes pour exister entre ses trois frères et son père.

— D'ailleurs, quelqu'un connaît son père ? demanda-t-il tout en sachant très bien qu'il s'exposait aux moqueries de ses amis.

— Pourquoi ? Tu essaies de savoir s'il te donnera la main de sa fille ? demanda Daniel en riant.

— Pas de danger. Elle est trop jeune pour moi.

Et trop belle, et trop fascinante, et trop…

Calme-toi, Michaels.

— J'ai déjà rencontré Juan Lopez, dit Nate en jetant ses cartes. Ses parents avaient une maison de vacances à Stone Lake quand Hayley était enfant. Elle passait beaucoup de temps chez ses grands-parents. Les parents venaient aussi, toujours en juillet, pendant deux semaines.

— J'ai entendu dire que Juan Lopez était quelqu'un de très autoritaire et exigeant, déclara Brett. Il paraît que ses enfants ne rigolaient pas tous les jours. Enfin, ce ne sont que des ragots. Je ne le connais pas personnellement.

Nate fit tourner sa bouteille de bière entre ses mains, l'air songeur.

— C'est peut-être le caractère qu'il a envie de montrer aux gens. Il doit croire qu'on le respectera davantage s'il a l'air fort et intraitable. Je ne suis pas sûr qu'il soit réellement comme ça, au fond.

Oubliant complètement ses cartes, Jackson se pencha en avant pour mieux écouter, désireux d'en savoir plus sur la famille de Hayley.

— Qu'est-ce qui te fait dire ça, Nate ?

— Je me souviens d'un été, il y a bien longtemps, les garçons Lopez étaient adolescents. Le plus âgé devait avoir seize ans et Hayley à peine dix. Je les ai surpris en train de faire du surf de voiture…

— Du quoi ? demanda Clint.

— C'est ce jeu où une personne se met debout sur le toit d'une voiture conduite par quelqu'un d'autre, le but étant de tenir le plus longtemps possible, expliqua Daniel.

Jackson et lui échangèrent un petit clin d'œil. En leur

temps, ils avaient été des champions incontestés du surf de voiture.

— C'est un jeu stupide et dangereux, grommela Nate. Mais je l'ai fait étant jeune, comme la moitié des adolescents. Je n'ai jamais vu d'accidents graves. Dieu protège les imbéciles, comme on dit. En tout cas, cet été-là, j'ai surpris les Lopez en train d'y jouer. Hayley était assise à l'arrière de la voiture. J'ai fait descendre tout ce petit monde, et puis, comme à l'habitude…

— Tu as passé les menottes aux gamins pour leur faire peur, menacé de les envoyer en prison et appelé les parents, intervint Jackson qui gardait de bons souvenirs de son adolescence.

— Exactement. Je les ai sermonnés jusqu'à ce que leur père arrive. Lorsqu'ils lui ont dit que j'avais menacé de les envoyer en prison, il m'a demandé de les garder en cellule toute la nuit.

Jackson posa sa bouteille de bière et écarquilla les yeux.

— Il n'était pas sérieux, quand même ?

— Bien sûr que non. Il voulait juste les effrayer un bon coup. Après ça, Lopez a aligné les garçons en rang d'oignons et s'est mis à crier en espagnol. Je ne me souviens pas de tout, mais il disait des choses vraiment dures. Les garçons avaient déshonoré leur nom, déçu leur famille, il avait honte pour eux… J'ai rarement vu des adolescents se ratatiner à ce point. J'ai pensé que leur père avait vraiment exagéré.

Nate marqua une pause et fit un large sourire.

— À ce moment-là, la petite Hayley, toute mignonne avec ses deux tresses, s'est plantée devant son père et a commencé à lui crier dessus. Elle lui a dit qu'il exagérait et que ses frères avaient simplement voulu s'amuser. Je n'oublierai jamais cette gamine, haute comme trois pommes, qui bravait la colère de son père pour défendre ses frères bien plus âgés qu'elle.

Jackson n'avait aucun mal à l'imaginer. Face à une injustice, Hayley était du genre à prendre les armes.

— Son père a commencé à répliquer, poursuivit Nate, mais elle n'a pas baissé les bras. Elle continuait d'argumenter en criant toujours plus fort. Au bout d'un moment, Juan a levé les bras au ciel, il s'est éloigné et a disparu derrière un buisson. Je pouvais le voir parce que j'étais légèrement de côté par rapport à lui. Il s'est penché en avant et il a eu plusieurs haut-le-cœur, comme s'il allait être malade. Quand il s'est relevé, il tremblait et il était blanc comme un fantôme. J'ai compris qu'il avait eu sincèrement peur pour ses enfants. S'il était si dur avec eux, c'était peut-être sa façon de les protéger.

Nate sembla réfléchir un moment, perdu dans ses pensées.

— Je crois bien que Hayley était son enfant préférée. Lorsqu'elle est repartie à la voiture ce jour-là, j'ai vu Juan qui souriait dans son dos, et il y avait une bonne dose de fierté dans ce sourire. Cette gamine était la raison pour laquelle il se levait chaque matin. À mon avis, c'est toujours le cas.

— Pourtant, contra Jackson, elle est partie de chez elle à dix-huit ans et elle ne m'a pas l'air très proche de sa famille.

— C'est probablement parce qu'elle est aussi têtue que son père. Elle ne pouvait pas supporter de se laisser dicter son avenir. C'est vrai, ils ne parlent pas beaucoup, mais il y a de l'amour dans cette famille.

Jackson fixa ses cartes, l'esprit agité par un millier de pensées différentes. Il avait une autre question à poser à Nate. Il ouvrit la bouche pour parler, mais se ravisa aussitôt, conscient que ses amis ne le laisseraient jamais en paix s'il continuait à parler de Hayley. Il attendrait que Nate soit seul, ou encore mieux, il poserait la question directement à l'intéressée.

Après un échange de piques à propos de leurs mauvaises mains respectives, Brett revint au sujet initial de la conversation.

— Alors, c'est décidé ? Tu laisses tomber le projet de Stone Lake ?

— Probablement. Bubba est trop attaché à ce terrain. Sa femme et ses enfants y sont enterrés.

— C'est vrai, j'avais oublié, dit Nate.

— De toute façon, l'opinion de Hayley compte trop à ses yeux. Je refuse de perdre encore du temps et de l'énergie pour une cause perdue.

— Quelqu'un avait fait une proposition d'aménagement à Stone Lake il y a quelques années, intervint alors Daniel. Je ne sais pas pourquoi le projet a été abandonné. Il devait y avoir une piste cyclable, un chemin piéton et des équipements sportifs.

— On aurait bien besoin d'un endroit comme ça à Royal, commenta Brett.

— C'est vrai, et Stone Lake est un site magnifique, renchérit Clint.

Bien sûr que l'endroit était joli, songea Jackson en levant mentalement les yeux au ciel. Il n'aurait pas eu l'idée de construire un complexe immobilier sur une décharge.

— Les gens adoreraient un aménagement de ce genre, surtout si on y mettait un restaurant, quelques rampes de bateaux, des tables de pique-nique, s'enthousiasma Daniel.

Ses amis le regardaient tous fixement, et Jackson se demanda si l'un d'eux allait finir par le lui dire franchement. Ce fut Clint qui prit la parole.

— Jack, tu devrais construire ces aménagements.

— Aucun profit à attendre, répondit-il automatiquement.

— Tu n'en as pas besoin, Michaels. Tu peux largement te permettre de faire un projet à perte.

Il évita le regard de Nate, mal à l'aise. Bien sûr qu'il aurait pu se passer des gains sur ce projet. D'ailleurs, même s'il ne construisait plus rien à partir de maintenant, il aurait assez d'argent pour tenir plusieurs vies.

— Une telle construction ferait plaisir aux habitants, reprit Nate, et ce serait une belle façon d'honorer la mémoire de ton père. Tu pourrais peut-être même donner son nom à l'endroit une fois qu'il sera terminé. Et puis, ajouta-t-il avec un petit sourire, une certaine femme ne serait plus sur ton dos.

Il aurait préféré la voir allongée sur *son* dos…

Concentre-toi, Michaels.

Il inclina sa chaise sur les deux pieds de derrière et se mit à contempler le plafond, pesant le pour et le contre. Le projet que ses amis lui suggéraient ne serait pas difficile à réaliser. Il possédait déjà quelques terrains autour de Stone Lake, et s'il réussissait à en acheter un ou deux autres, il pourrait facilement installer des infrastructures sportives et un pont à bateaux. Peut-être même pourrait-il construire un petit bâtiment abritant un restaurant.

C'était une idée… Mais il avait besoin d'y réfléchir.

Jackson reprit ses cartes en main et vit que tout le monde le regardait, attendant une réponse.

— Je vais y penser. En attendant, pas un mot de cette conversation à quiconque, c'est compris ? Rien n'est encore fait, et je ne veux pas être harcelé par les Royal Reporters.

Ses amis hochèrent la tête en silence. Jackson savait

qu'il pouvait compter sur leur discrétion. Maintenant, la balle était dans son camp.

Un mois plus tard, Hayley était assise au volant de sa voiture, garée au bord de la route qui conduisait à Stone Lake.

Elle étouffa un bâillement et s'efforça de garder les yeux ouverts. On était samedi, mais elle était de garde ce week-end au commissariat. Sa semaine avait été une vraie catastrophe, aussi ennuyeuse que frustrante et stressante.

Eve était toujours à l'hôpital pour surveiller sa maladie cardiaque. Sierra faisait toujours des recherches sur le mystère de l'enfant abandonné un siècle plus tôt. Micah vivait toujours chez Cammie, et elle n'avait pas progressé d'un pouce dans la recherche de son père biologique.

Rafael Wentworth refusait de parler à la police depuis l'incident du gala. Il était encore en ville, mais sa présence ne lui servait pas à grand-chose.

Du côté de ses études, le tableau n'était pas brillant non plus. Elle avait du retard pour deux devoirs à rendre et ses professeurs commençaient à s'impatienter. Comme si tout cela ne suffisait pas, sa mère tenait absolument à ce qu'elle participe à son dîner de Thanksgiving à Dallas.

Ce serait comme tous les ans une soirée excessivement sophistiquée. Hayley aurait de loin préféré rester dans son canapé à manger du pop-corn devant une série. L'année précédente, elle avait réussi à trouver une excuse pour ne pas y aller. Elle n'avait fait qu'une brève apparition à Noël et, pour le repas de Pâques, elle avait prétendu qu'elle était de garde au commissariat.

Si elle ne venait pas pour Thanksgiving, sa mère viendrait probablement la tirer de chez elle avec une grue.

Cette semaine avait aussi été marquée par beaucoup

trop d'apparitions de Jackson dans ses pensées. Elle avait passé un temps aussi long qu'inutile à se demander quand il reviendrait enfin à Royal.

Avant son départ, un peu plus d'une semaine auparavant, ils avaient réussi à dîner ensemble deux fois et même à aller voir un film. Leurs rendez-vous se terminaient toujours par des nuits inoubliables. Même lorsqu'ils étaient trop occupés pour passer la soirée ensemble, ils arrivaient souvent à se voir une demi-heure dans la nuit pour des retrouvailles passionnées.

Hayley s'efforçait de maintenir son attitude détachée devant lui. Pourtant, elle sentait de plus en plus qu'elle aurait un mal fou à l'oublier, si elle y parvenait un jour.

Quelque chose en lui faisait chanter son âme, son corps, son cœur. Dès qu'ils étaient ensemble, elle se sentait apaisée. Jamais encore un homme ne l'avait comprise aussi bien que lui. Elle se sentait presque capable de baisser ses défenses et de lui ouvrir son cœur, sachant instinctivement qu'il en prendrait soin s'il le voulait…

Mais ce n'était pas le cas.

Par conséquent, elle se réveillait chaque matin avec un mélange d'énervement, de frustration sexuelle et d'émotions refoulées qui ne semblaient pas vouloir la laisser tranquille. Lorsqu'elle était de cette humeur, il valait mieux qu'elle n'ait pas trop de contacts avec les gens. Elle se portait donc volontaire au commissariat pour effectuer les tâches les plus ingrates.

Un peu plus tôt dans la semaine, elle avait épluché des archives poussiéreuses à la cave, conduit jusqu'à Dallas pour remettre une preuve au laboratoire et mis à jour les dossiers sur la base de données informatiques. Ce matin, constatant que son humeur ne s'améliorait pas, elle avait proposé au shérif de faire un contrôle routier pendant deux heures sur la route la plus déserte de Royal.

Nate avait secoué la tête en lui conseillant de ne pas trop regarder les vaches de peur de faire tourner leur lait. Son patron se prenait décidément pour un grand comique.

D'une certaine façon, Hayley pensait qu'il avait accepté pour l'aider. Nate connaissait l'état actuel de ses études, et en l'envoyant sur cette route, il savait qu'elle n'aurait pas grand-chose à faire. Elle n'avait vu passer aucune voiture depuis une heure. Elle avait donc deux bonnes heures devant elle pour rattraper son retard dans ses révisions et avancer sur ses devoirs. Au lieu de cela, des images de Jackson ne cessaient d'envahir son esprit – ses lèvres contre sa poitrine, sa main caressant doucement ses cuisses, son ventre plat, son…

Quelqu'un tapa un coup contre sa vitre à demi ouverte et Hayley sursauta, aussitôt tirée de son rêve éveillé. Elle dégaina instinctivement son arme et la pointa en direction de l'intrus, en plein milieu du visage de…

Jackson.

Parfait.

Jackson repoussa le canon de son revolver du plat de la main, l'air visiblement en colère. Elle pouvait le comprendre. Elle non plus n'aurait pas aimé se retrouver nez à nez avec un Colt alors qu'elle n'avait rien demandé.

Elle rangea son arme à sa ceinture, se frotta le visage à deux mains et affronta enfin le regard furieux de Jackson.

— Tu m'as fait peur, protesta-t-elle sans grande conviction. Je t'ai déjà demandé de ne pas t'approcher sans prévenir.

Pour toute réponse, il ouvrit sa portière et lui fit signe de sortir de sa voiture, gesticulant en direction de son énorme pick-up garé juste derrière elle.

— Il pèse deux tonnes et il n'a rien de silencieux. Tu étais complètement dans la lune. Enfin, Hayley, tu es agent de police ! Qu'est-ce qui t'est passé par la tête ?

Que tu me manquais. Que j'avais envie de te revoir.

— Ma belle, c'est la deuxième fois que je te surprends complètement distraite. Tu sais que tu te mets en danger lorsque tu ne fais pas attention à ton environnement. Ça m'inquiète.

Elle aurait voulu argumenter, mais elle savait bien qu'il avait raison. Elle avait fait une grosse erreur.

— Est-ce que tu vas le raconter à Nate ?

— Bien sûr que non. Je ne suis pas du genre à rapporter, mais je me fais du souci pour toi. Pourquoi n'étais-tu pas plus attentive ? Et d'ailleurs, qu'est-ce que tu fais sur cette route au beau milieu de nulle part ?

Hayley soupira et s'adossa contre la portière arrière, désarmée par l'inquiétude qui perçait dans sa voix.

— Je suis de contrôle routier parce que j'ai été de mauvaise humeur toute la semaine.

— D'accord, mais pourquoi ici ?

— Nate sait que je suis en retard dans mes études. En me postant sur cette route où il ne passe jamais personne, il me laisse travailler tranquillement.

— Tu n'étais pas en train de travailler quand je suis arrivé, remarqua Jackson. Je ne vois pas d'ordinateur, pas de livres.

Elle releva la tête et planta son regard dans le sien.

— Non, je n'étais pas en train de travailler parce que je pensais à toi. Je pensais à ce que tu m'as fait la semaine dernière et à quel point j'avais envie que tu recommences.

Jackson la contempla un long moment, ses yeux bleus plus sombres que jamais, et posa une main contre sa joue. Son pouce vint caresser doucement sa lèvre inférieure.

— Moi non plus, je n'arrête pas de penser à toi.

— C'est pourtant toi qui as dit que ça ne pourrait pas marcher entre nous.

— Je le pense toujours. Mais ça ne m'empêche pas d'avoir envie de toi toute la journée et encore plus la nuit.

Hayley ferma les yeux et sentit une chaleur traîtresse l'envahir. Comment de simples mots pouvaient-ils la rendre aussi faible ? Elle aurait voulu qu'il l'embrasse, qu'il glisse une main sous son pantalon…

— Peux-tu faire une pause dans ton planning surchargé ? lui demanda-t-il d'un ton moqueur.

Elle jeta un coup d'œil à sa montre et hocha la tête. Il était presque l'heure de sa pause-déjeuner.

— Je vais prendre ma pause, annonça-t-elle à la radio. Si vous me cherchez, je serai probablement au bord du lac.

— Bien reçu, Lopez.

— Je suis libre pendant une heure, dit-elle à Jackson. Qu'est-ce que tu as en tête ?

— Beaucoup, beaucoup de choses.

Il se détourna pour regarder la route, à gauche, à droite, puis encore à gauche.

— Combien de voitures as-tu vu passer ce matin ?

— Aucune. La plupart des maisons par ici sont des résidences secondaires. Il n'y a pas grand monde en dehors des vacances. Bubba est le seul des résidents permanents qui utilise cette route, et sa voiture est chez le garagiste, alors…

— Tu veux qu'on essaie quelque chose ?

Son sourire lascif, une lueur malicieuse dans son regard suffirent à éveiller son corps tout entier.

— Quelque chose comme… Quoi ?

Pour toute réponse, Jackson lui prit la main pour la conduire du côté passager de sa voiture. Il ouvrit en grand les portes à l'arrière et à l'avant. De cette façon, les portes formaient une espèce de paravent, et personne ne pouvait les voir depuis la route.

Jackson s'appuya contre le toit du pick-up et plongea son regard dans le sien. Elle savait ce qu'il voulait, elle le voulait encore plus que lui, mais…

— Je pourrais me faire virer, Jackson.

— Pour un petit baiser de rien du tout sur le bord de la route ? Je ne crois pas, contra-t-il en se penchant vers elle, effleurant ses lèvres des siennes. Tu m'as manqué, Hayley. J'ai regretté de ne pas t'avoir dans mes bras chaque nuit depuis que je suis parti.

— Tu sais que nous ne sommes pas…

Jackson l'interrompit d'un baiser rapide, exigeant, terriblement excitant.

— Je me fiche de ce que nous sommes ou pas. Pour le moment, je veux juste t'embrasser. Je veux que *tu* m'embrasses.

Comment aurait-elle pu refuser alors que c'était ce qu'elle voulait aussi ? Se haussant sur la pointe des pieds, Hayley passa les bras autour de son cou.

— Tu me rends folle, mais quand je suis avec toi, je n'arrive plus à penser.

— Ne pense pas, alors.

Aucun problème.

Jackson poussa un grognement sourd lorsque les lèvres de Hayley se posèrent enfin sur les siennes.

Sa langue se mit à jouer avec la sienne et ses mains se crispèrent dans ses cheveux. Son corps tout entier se tendait vers le sien, son sexe déjà prêt pour elle, mais plutôt que d'anticiper la suite – et il refusait d'aller aussi loin, pas au beau milieu de la route –, il se contenta de profiter de l'instant présent.

Il posa une main dans les cheveux de Hayley et descendit lentement le long de sa gorge, caressant sa peau si douce, inspirant à fond son parfum citronné. Il ressentait un besoin irrépressible de l'avoir plus près de lui. Plaçant une main dans le bas de son dos, il la serra contre lui et retint son souffle lorsque ses seins se pressèrent contre son torse.

Son odeur, ses hanches ondulant contre son bassin, sa façon de l'embrasser… Jamais plus il ne pourrait se passer d'elle. Il était définitivement, irrévocablement accro à Hayley.

Jackson mordilla doucement sa lèvre inférieure avant de s'écarter pour plonger le regard dans le sien. Ses yeux, sombres et pleins de promesses, lui dirent tout ce qu'il avait besoin de savoir. Ce n'était pas une coïncidence s'il l'avait trouvée sur sa route. Il commençait à croire qu'il la rejoindrait toujours d'une manière ou d'une autre, que son cœur voudrait toujours être avec elle, que son corps avait été créé pour donner du plaisir au sien.

Tentant désespérément de se rappeler qu'il ne devait pas aller trop loin, il défit la fermeture de sa veste d'uniforme et commença à déboutonner son chemisier, jusqu'à ce que sa main puisse se glisser sous son soutien-gorge.

La sensation de sa peau brûlante contre sa main lui donna aussitôt envie de la goûter. Il écarta le tissu et pencha la tête pour prendre son téton entre ses lèvres. Lorsqu'il commença à le mordiller, Hayley poussa un gémissement qui manqua de lui faire perdre le contrôle.

— Tu es tellement belle, tellement parfaite, murmura-t-il. Tu m'as manqué, Hayley.

— Jackson…

Incapable de résister, il écarta les pans de sa chemise, déboutonna son pantalon et glissa une main le long de son ventre. Une légère brise se leva alors que ses doigts poursuivaient leur descente, trouvant rapidement l'endroit qu'elle préférait. Elle était brûlante contre sa paume. Lorsqu'il fit rouler son clitoris entre ses doigts, elle émit un grognement de pur plaisir.

— Écarte les jambes, ma belle.

Elle obéit immédiatement et Jackson ne put s'empêcher de sourire. Hayley ne recevait d'ordres de personne, mais lorsqu'il s'agissait de son plaisir, ce n'était plus la même histoire. Il espérait qu'elle finirait par lui donner des ordres à son tour lorsqu'elle serait plus confiante et plus expérimentée. Rien ne pourrait l'exciter davantage.

Il la prit par surprise en glissant profondément un doigt en elle, puis un autre. Elle commençait à trembler de plaisir contre sa main. Lui-même était dur et prêt pour elle, mais il attendrait un autre jour. Ce moment était pour Hayley et pour elle seule.

— Jackson, c'est de la folie. Qu'est-ce que tu fais ?

— Si tu me poses la question, c'est que je m'y prends mal.

Il recourba légèrement les doigts pour trouver le point qui lui plaisait tant. Hayley gémit et planta les ongles dans son épaule, quatre points d'une douleur délicieuse.

— Est-ce que je t'aide à te sentir mieux, ma belle ? Est-ce que j'ai chassé ta mauvaise humeur ?

— Tu me rends folle, voilà ce que tu fais.

Elle posa une main sur son torse et descendit lentement jusqu'à son entrejambe, prenant aussitôt son sexe au creux de sa paume. Il sentit ses jambes fléchir lorsque ses doigts se refermèrent autour de lui. S'il ne se contrôlait pas, il allait finir par la plaquer contre sa voiture et…

Non. Il ne pouvait pas exagérer à ce point.

Attrapant fermement son poignet, il lui ordonna de garder les deux mains contre la voiture et de ne pas bouger.

— Si tu désobéis, j'arrête.

Hayley releva le menton d'un air de défi.

— Très bien. Arrête, alors.

Il écarta légèrement les doigts en elle et frotta son clitoris contre son pouce. Hayley poussa un long gémissement.

— Tu es sûre, ma belle ? Tu veux vraiment que j'arrête ?

Elle secoua la tête de gauche à droite, mais il restait une touche de bravade dans son regard. Il avait besoin de la voir s'abandonner complètement. Plaçant une main sous son menton, il la regarda dans les yeux et ordonna :

— Dis-moi ce que tu veux, Hayley.

Son expression provocatrice disparut, laissant la place à un désir sauvage, bestial, incontrôlable.

— Je te veux en moi, Jackson. Je veux ta bouche sur mes seins et je veux jouir avec toi.

— Je ne peux pas venir en toi, ma belle… Mais je peux te donner ça.

Il caressa de plus belle son clitoris et, gardant seulement un doigt en elle, augmenta la cadence. Hayley enfouit le visage dans son cou et le supplia de ne pas s'arrêter. Ses lèvres effleurèrent sa gorge avant de mordiller sa peau, de l'aspirer, de l'embrasser entre deux cris de plaisir.

Elle arqua le dos contre la voiture, les lèvres tendues vers les siennes, mais il résista au désir de l'embrasser. Il voulait la voir jouir. Il voulait voir son visage lorsqu'elle serait consumée par l'orgasme, savoir si elle pouvait être encore plus belle qu'elle l'était déjà.

Hayley ferma les yeux et il comprit que ce moment viendrait bientôt. Elle répondait à chacune de ses caresses par un gémissement, par un mouvement des hanches à la rencontre de sa main. Jamais encore il n'avait eu une amante aussi réactive. Son plaisir l'excitait encore davantage que n'importe laquelle des caresses qu'elle aurait pu lui faire.

Il ralentit les mouvements de sa main en elle, s'écartant légèrement pour la regarder. Jamais il n'oublierait ce moment. Elle était magnifique, avec ses yeux noirs agrandis par le plaisir, ses quelques mèches folles voletant autour de son visage. Il avait besoin de l'embrasser, de sentir ce lien intime qui les unissait et qui lui faisait si peur.

Hayley gémit contre ses lèvres et il la sentit se crisper autour de ses doigts. Cette fois, plus question de la faire attendre. Il s'agenouilla à ses pieds, enfonça profondément deux de ses doigts en elle et posa sa bouche sur son clitoris.

Elle poussa un gémissement intense, puis un cri, et ses doigts s'enfoncèrent dans ses cheveux alors qu'elle tremblait sous la force de son orgasme. Son sexe se contracta encore autour de ses doigts. Enfin, elle reposa la tête contre la voiture et se laissa aller, haletante, les yeux fermés.

Au bout d'une minute, sa respiration s'apaisa et elle murmura doucement son nom. Jackson s'écarta lentement d'elle et remonta la fermeture de son pantalon avant de se redresser. Il prit un moment pour la contempler. Sa peau dorée resplendissait sous les rayons du soleil et ses cheveux désordonnés lui parurent la plus belle coiffure du monde. Elle avait toujours les yeux fermés, et son sourire était l'expression même de la satisfaction après l'orgasme.

Il ne voulait pas bouger, pas encore. Il ne voulait pas rompre le charme.

Ils restèrent un long moment ainsi, sans parler, la main de Hayley posée sur sa taille, ses yeux dans les siens.

Puis, sans prévenir, elle jeta les bras autour de son cou et enfouit le visage contre son torse.

C'était un geste étrangement intime, mais sans même y penser, il referma les bras autour de sa taille et la serra plus fort contre lui. Ce moment était important. Hayley était importante.

Et maintenant, qu'allait-il faire de tout cela ?

- 8 -

Assise au volant de sa voiture, Hayley contempla le nuage de poussière que le pick-up de Jackson venait de soulever en partant. Elle n'arrivait pas à croire ce qui venait de se passer. Pourtant, les faits étaient là : Jackson lui avait donné un orgasme foudroyant au bord d'une route communale – et ce, alors même qu'elle était de service.

Elle poussa un grognement et laissa tomber son front contre le volant. Comment avait-elle pu être aussi insouciante ? Elle venait de commettre un délit tout en portant son uniforme de police. Si Nate l'apprenait, il la mettrait à la porte.

Respire, Hayley. Personne n'a rien vu.

Certes, ils n'avaient pris qu'un risque minime, mais elle aurait tout de même dû faire plus attention. Une telle inconséquence ne lui ressemblait guère. Enfin, à quoi avait-elle pensé ?

Le problème se trouvait précisément là : avec Jackson, elle ne pensait pas. Sa libido prenait le contrôle dès qu'il se trouvait à moins d'un mètre d'elle. Comment s'y prenait-il pour faire ressortir ce côté sauvage, presque bestial qu'elle ne s'était jamais connu auparavant ?

Elle devait bien reconnaître qu'elle appréciait tout chez Jackson. Au-delà de son corps et de leur évidente attirance physique, elle aimait son sens de l'humour, sa détermination, sa franchise. Elle admirait sa loyauté envers ses amis et sa famille. Il possédait une intelligence brillante, et elle le trouvait ambitieux sans être égocentrique. Certes, il se montrait parfois autoritaire et exigeant, mais elle partageait ces défauts avec lui et aurait eu beau jeu de les lui reprocher.

De plus, il avait une personnalité forte mais n'hésitait pas à exprimer ses sentiments, ce qui n'était qu'une preuve supplémentaire de sa maturité. Leur différence d'âge ne comptait pas à ses yeux. De toute manière, elle trouvait les hommes de son âge trop immatures sur le plan émotionnel.

Hayley se redressa et prit une longue gorgée de sa bouteille d'eau, effrayée par le tour que prenaient ses réflexions. Elle commençait à penser au mot interdit, celui qui commençait par un « A » majuscule.

Comment savait-on si l'on était amoureux de quelqu'un ? Être amoureux signifiait-il penser en permanence à la personne en question, vouloir passer toujours plus de temps avec lui, ne jamais se lasser de sa présence ? Si c'était le cas, alors il y avait de fortes chances qu'elle en soit là avec Jackson…

Non, non et non ! Impossible !

Elle ne voulait pas, elle ne *pouvait* pas l'aimer. C'était bien trop tôt. Ils se connaissaient à peine. Elle avait des études à finir, son métier à exercer, toute sa vie à construire. Où serait la place d'un homme dans tout cela ?

Surtout, Jackson lui avait dit clairement qu'elle n'était pas la femme dont il avait besoin sur le long terme. Il s'était exprimé très clairement sur le sujet. De son côté, elle refusait de changer pour avoir une chance de lui convenir.

Sa liberté et son indépendance valaient plus que tout le reste à ses yeux. Elles faisaient partie de son ADN, tout simplement. Que pouvait-elle faire ? Jackson était attiré par elle, mais il ne l'aimerait jamais tout entière. Elle n'accepterait jamais de changer pour l'amour de lui.

N'y avait-il vraiment aucune solution ?

Jackson lui avait proposé de passer chez lui lorsqu'elle aurait terminé son service. Elle mourait d'envie de le voir, de reprendre exactement là où ils s'étaient arrêtés un peu plus tôt, mais était-ce vraiment une bonne idée de continuer à coucher avec lui tout en sachant que les choses n'iraient jamais plus loin ? Elle savait pertinemment ce qui se passerait si elle allait chez lui. Dès la seconde où elle croiserait son regard – il n'avait même pas besoin de la toucher –, elle commencerait à le déshabiller.

Tu cours droit au désastre, Lopez. Mets fin à cette histoire avant de devoir recoller les morceaux de ton cœur brisé.

Je n'y arrive pas...

Hayley donna un grand coup dans le volant, de frustration et d'impatience. Elle ne se reconnaissait plus. D'habitude, elle réglait tous ses problèmes avec logique et discipline, établissait des plans et atteignait ses objectifs.

Jackson l'avait transformée en une femme différente. Apeurée, incertaine et terriblement vulnérable.

Elle maudit la sensation de brûlure derrière ses yeux et fit un effort pour ravaler ses larmes. Aucun homme, pas même son père, n'avait jamais réussi à la faire pleurer. Elle détestait savoir que Jackson en était capable. Elle détestait l'intensité de ce qu'elle ressentait pour lui.

Inspirant profondément, Hayley ouvrit sa boîte à gants pour en tirer un mouchoir. Elle s'essuya les yeux en se traitant d'idiote. Il fallait absolument qu'elle se ressaisisse. Elle n'avait rien fait d'utile de la journée, la route était déserte, ses devoirs même pas commencés. C'était tout bonnement inacceptable.

Hayley démarra le moteur et fit un virage en épingle à cheveux, décidant soudain d'aller rendre visite à Bubba avant de retourner au commissariat. Elle remonta l'allée qui conduisait à sa maison et prit conscience qu'elle roulait trop vite lorsqu'elle vit les graviers s'envoler à plusieurs mètres de distance.

Freinant prudemment, elle se gara devant la maison et prit une minute pour admirer la vue sur le lac. Venir chez Bubba lui rappelait toujours les étés de son enfance chez ses grands-parents.

D'ailleurs, pourquoi le vieil homme n'était-il pas venu l'accueillir sur le porche comme à son habitude ? Elle frappa à sa porte et sentit son inquiétude monter en flèche. Bubba ne répondait pas. Elle fit rapidement le tour de la maison et mit une main en visière pour regarder les berges du lac, espérant de tout son cœur qu'il n'était rien arrivé de grave.

À son grand soulagement, elle aperçut un éclair de cheveux blancs comme neige à l'autre bout de la plage. Bubba était simplement parti se promener. Hayley fit un rapide calcul et décida que, le temps de le rejoindre, elle allait finir par se mettre réellement en retard. Tant pis. Elle lui téléphonerait dans l'après-midi pour prendre de ses nouvelles.

En repassant devant la porte d'entrée, elle aperçut un petit rectangle de papier blanc coincé entre la poignée et le mur. Ses sourcils se froncèrent automatiquement lorsqu'elle vit le logo de Michaels International imprimé sur la carte de visite. Elle ne put s'empêcher de la retourner pour voir ce qu'il avait écrit derrière.

Bubba, les documents sont prêts. Appelez-moi pour que nous puissions organiser la signature. JM.

C'est une blague ?

Hayley fixa l'écriture rectiligne de Jackson, incapable d'y croire. Il avait donc réussi à persuader Bubba de lui vendre son terrain, ou plutôt, il l'avait harcelé jusqu'à ce qu'il cède. C'était vraisemblablement de là qu'il venait lorsqu'il l'avait croisée ce matin.

De quoi d'autre pouvait-il s'agir ? Ils avaient discuté et, visiblement, passé un accord. Elle se sentit blessée que Bubba ne l'ait pas appelée pour lui demander son avis. Apparemment, les gens n'avaient pas autant besoin d'elle que ce qu'elle imaginait.

Le cœur tambourinant dans la poitrine, Hayley reposa la carte sur la table de jardin de Bubba, plaçant soigneusement un pot de fleurs par-dessus pour ne pas qu'elle s'envole.

La victoire de l'Amérique capitaliste sur ce coin de paradis lui faisait mal au cœur. Son lac ne serait plus jamais comme avant, et tout cela à cause de l'obstination d'un homme d'affaires présomptueux.

Elle refusait d'aimer un homme qui n'appréciait pas la nature, qui harcelait les honnêtes gens, qui se moquait de l'opinion des habitants sur leur propre ville. Cette fois, c'était bien fini. Elle allait mettre un terme à cette mascarade.

Sortant son téléphone de sa poche, elle trouva rapidement le contact de Jackson et l'appela.

— Ma belle, tout va bien ?

— Où es-tu en ce moment ?

— Chez moi.

— Ne bouge pas, j'arrive dans dix minutes.

— Tu ne pouvais pas attendre, hein ? lui lança-t-il de cette voix chaude qui lui faisait perdre la raison.

— Je viens de me doucher, mais ce n'est pas grave, murmura Jackson.

Elle mit un moment à comprendre le sens de ses paroles et se sentit rougir violemment. L'imaginer sous la douche, sa main autour de son érection, ses yeux fermés alors qu'il prenait du plaisir…

Hayley serra les dents et repoussa ces images malvenues dans un coin de son esprit.

— Comme je te l'ai dit, je serai là dans dix minutes.

Il ne lui en fallut que sept et demie pour arriver.

Hayley ne venait pas chez lui pour reprendre là où ils s'étaient arrêtés. Jackson en était certain.

Pour une raison qu'il ignorait, quelque chose avait dû se passer dans la dernière demi-heure. Mais quoi ? Qu'est-ce qui avait pu déclencher cet appel tendu ? Enfin, les choses finiraient-elles par être simples entre eux ?

Jackson s'habilla rapidement et passa une main dans ses cheveux encore mouillés, s'étudiant sans complaisance dans le miroir de sa chambre. Il fit la grimace devant les rides légères qui s'étiraient au coin de ses yeux, les quelques cheveux gris qui parsemaient sa tête. Il avait bel et bien trente-six ans.

Pourtant, cela ne l'avait pas empêché de prendre une douche en plein milieu de l'après-midi pour apaiser son désir. Aucune femme auparavant ne lui avait fait perdre la tête à ce point. Le fait qu'il s'agissait de Hayley, qu'elle avait à peine vingt-quatre ans et qu'elle l'obsédait complètement commençait à lui faire peur.

Il sortit de sa chambre et descendit à la cuisine, tentant désespérément de comprendre ce qui avait pu se passer pour que son humeur change aussi vite. Lorsqu'il l'avait quittée un peu plus tôt au bord de la route, elle avait les cheveux défaits, le sourire aux lèvres, et son regard promettait une longue nuit de plaisir. Que lui était-il arrivé pour justifier cette froideur polaire au téléphone ?

Voilà exactement pourquoi tu t'en tiens aux coups d'un soir, Michaels.

Il n'avait jamais laissé le temps à aucune femme de créer le chaos dans son existence. Hayley était le chaos personnifié. Elle était agaçante, volcanique, passionnée, insupportable et…

Et il la voulait à ses côtés. Aussi longtemps qu'elle voudrait de lui.

Jackson ouvrit son réfrigérateur et contempla longuement les étagères vides. Il aurait voulu ne jamais avoir pensé ces derniers mots, et pourtant, ils étaient indiscutablement vrais. Il voulait Hayley dans sa vie, il voulait la serrer dans ses bras et ne plus jamais la laisser partir.

Claquant brutalement la porte du frigo, il se cogna la tête à plusieurs reprises contre le métal froid. Il refusait d'admettre qu'il aimait Hayley. Il ne pouvait pas l'accepter, pas alors qu'elle avait le même caractère que sa mère, qu'elle risquait de le détruire tout comme son père avait été détruit. Même pour elle, il ne pouvait pas prendre ce risque…

Si ?

— Michaels !

Il entendit sa porte d'entrée claquer et les bottes d'uniforme de Hayley résonnèrent dans le hall d'entrée. Jackson inspira à fond et fit rouler les muscles tendus de ses épaules. Pour la première fois de sa vie, il ne savait pas comment se comporter avec une femme. L'idée que cette femme avait douze ans de moins et semblait contrôler la situation bien mieux que lui ne le rassurait pas.

Prenant son courage à deux mains, il traversa la cuisine et rejoignit Hayley dans l'entrée. Son visage était aussi froid et inflexible que sa voix. Visiblement, elle avait endossé le rôle de la policière dure à cuire.

— Installons-nous, lui proposa-t-il en désignant le plus petit de ses trois salons.

La maison était bien trop grande pour un homme seul, mais c'était celle où son père avait vécu. Il y avait trop de souvenirs et n'avait jamais réussi à s'installer ailleurs.

Plantée comme une statue au beau milieu du hall d'entrée, Hayley refusait de bouger.

— Ce ne sera pas une longue conversation, alors pas besoin de nous asseoir.

Son regard fut brièvement attiré par l'immense portrait de son père accroché au mur. Approuvait-elle son choix ? Que pensait-elle du tableau ? Pourquoi accordait-il tant d'importance à son avis ?

— Que se passe-t-il, Hayley ? Pourquoi es-tu venue plus tôt que prévu ?

Hayley l'interrompit d'un geste, son regard lançant des éclairs.

— Je ne suis pas venue pour reprendre ce que nous avons commencé tout à l'heure !

— Je n'ai jamais dit que c'était le cas. Maintenant, pourrais-je avoir une vraie explication ?

— Tu as harcelé Bubba jusqu'à ce qu'il te vende son terrain.

Waouh. Rien que ça.

Jackson sentit une saine colère monter en lui et s'efforça de garder un ton calme.

— C'est vraiment ce que tu penses ?

— Non, c'est ce que je *sais*. Tu lui as laissé un mot pour lui dire de venir signer je ne sais quels papiers.

— En effet.

— Incroyable. Tu n'essaies même pas de nier, s'exclama Hayley, les poings sur les hanches. Je croyais que tu avais compris à quel point Stone Lake est important pour moi, pour toute la communauté. Je croyais que tu laisserais tomber ton projet.

— Sur ta simple demande ? Que ce soit bien clair, Hayley. Tu n'as pas à décider ce que je fais de mon entreprise.

Son regard débordait de colère et de déception.

— Il ne s'agit pas de cela, mais d'un endroit qui me tient particulièrement à cœur, et tu le sais. Je pensais que je pouvais compter sur toi. Visiblement, j'ai eu tort. Tu n'es pas mieux que les autres. De nos jours, les grosses entreprises devraient prendre en compte le facteur environnemental, la société dans laquelle elles évoluent.

— As-tu trouvé cette phrase dans un post Instagram pour jeunes écolos à la mode ?

— Ne me jette pas mon âge à la figure ! Je serais tout aussi énervée si j'avais quarante ans, ou soixante. Tu n'avais aucun droit de mettre Bubba à la porte pour mener à bien ton petit projet. Les gens de Royal n'ont ni envie, ni besoin de nouvelles constructions. Si tu persévères, plus personne ne te respectera.

Il l'avait écoutée, il avait pris son avis en compte et agi en conséquence. L'idée qu'elle saute à la pire conclusion sans même l'écouter le blessait profondément.

Hayley lui tendit soudain son téléphone.

— Appelle Bubba. Dis-lui que tu as changé d'avis.

— Sinon, quoi ?

Pour toute réponse, elle fixa un point dans le vide et

haussa les épaules. Il aurait presque pu pardonner ses paroles, mais ce geste ? C'était exactement celui que sa mère faisait lorsque son père et elle se disputaient.

— S'il te plaît, Jackson. Appelle Bubba.

Sa voix s'était adoucie, et la colère dans ses yeux avait laissé place à une tristesse déçue. Il aurait pu tout lui expliquer, mais il n'en avait pas envie. Il ne lui devait aucune explication. Elle n'avait aucun droit de remettre en cause ses décisions comme si elles lui appartenaient.

De toute manière, si elle passait sa vie à toujours croire le pire, à ne jamais lui faire confiance, leur histoire n'avait aucune chance de fonctionner. Il devait y mettre un terme. Maintenant.

Se détournant d'elle, Jackson ouvrit brusquement son immense porte d'entrée.

— Je crois que nous en avons terminé.

Hayley le fixa avec un mélange de surprise et de doute.

— Jackson, je…

— Tu as dit ce que tu avais à dire, il me semble.

— Est-ce qu'on pourrait au moins en discuter ?

— Si tu avais commencé par là au lieu de débarquer chez moi en hurlant, peut-être. Mais c'est trop tard. J'ai déjà perdu trop de temps avec cette conversation, alors va-t'en, s'il te plaît.

Hayley se planta devant lui et le regarda droit dans les yeux.

— Je ne comprends pas ce que vous avez, vous autres mâles alpha. Qu'est-ce qui vous fait penser que vous pouvez mettre un terme à une conversation dès lors qu'elle ne vous arrange plus ? Mon père fait la même chose, et c'est insupportable.

— Ce qui est insupportable, c'est de devoir rester là,

à supporter une gamine qui ne prend pas le temps de connaître les faits avant de faire un caprice.

— Tu es injuste, Jackson.

Il se pinça l'arête du nez et souffla bruyamment.

— Rentre chez toi, Hayley. Sérieusement. Je ne peux pas en supporter davantage.

Elle émit un petit reniflement méprisant.

— Je vais te dire ce que tu ne peux pas supporter : une femme forte, avec des opinions, qui ne se laisse pas marcher sur les pieds. Une femme qui refuse de rester dans ton ombre.

Elle posa une main sur la poignée de la porte, puis se retourna vers lui et secoua la tête.

— Partir ne me fait pas peur, Michaels. J'ai laissé mon père derrière moi et je te laisserai aussi. J'ai l'habitude de dîner en tête à tête avec moi-même.

Il la regarda descendre les marches du perron et se glisser au volant de sa voiture. L'espace d'un instant, il faillit la rattraper, tout lui expliquer, la prendre dans ses bras. Mais cela n'aurait fait que retarder l'inévitable.

Il avait mal aujourd'hui, mais ce serait encore pire s'il laissait leur relation se développer jusqu'à ce qu'il finisse avec le cœur brisé. Il valait mieux en rester là.

Incapable de la regarder partir, il referma la porte et s'adossa contre le battant, les yeux fermés.

Seul, de nouveau.

Comme il aurait toujours dû le rester.

- 9 -

Depuis qu'elle était sortie en trombe de la maison de Jackson, un peu plus d'une semaine auparavant, Hayley se sentait comme vidée de l'intérieur.

Elle avait l'impression que quelqu'un avait aspiré tout l'air de ses poumons pour ne jamais le lui rendre.

Plantée devant son réfrigérateur, elle décocha un regard maussade au contenu des étagères. Elle n'avait pas mangé de repas correct depuis des jours. Elle savait qu'elle ne pouvait pas se permettre de perdre davantage de poids, mais elle n'avait pas faim, alors…

Hayley haussa une épaule et referma la porte du frigo. Son appétit finirait bien par revenir, un jour, peut-être.

La sonnette de sa porte d'entrée retentit et elle se leva d'un bond, se traitant mentalement d'idiote la seconde suivante. Bien sûr que non, ce n'était pas Jackson. Ce ne serait plus jamais Jackson. De toute manière, elle avait entendu dire qu'il n'était pas en ville ces derniers jours.

Pour la première fois de sa vie, Hayley se sentait seule. Jackson lui manquait terriblement. Penser qu'elle ne le verrait plus, qu'elle ne l'embrasserait plus, qu'il ne la tiendrait plus jamais dans ses bras lui donnait envie de pleurer. Elle avait versé assez de larmes pour faire déborder Stone Lake ces derniers jours. Elle, la fille qui ne pleurait jamais.

Hayley se laissa à nouveau tomber sur le canapé, les

bras enroulés autour de ses genoux. Elle avait chaud et elle tremblait de froid tout à la fois. Combien de temps prenait un cœur brisé pour guérir ? Elle ne pouvait tout de même pas rester comme ça indéfiniment. Elle avait un travail, un diplôme à passer, des gens à qui elle avait promis son aide.

Tout cela lui semblait radicalement insurmontable.

La sonnette retentit de nouveau et elle se leva à contrecœur. Avant d'ouvrir, elle jeta un coup d'œil au miroir de l'entrée. Ses cheveux étaient ébouriffés, elle avait des cernes de cent pieds de long et ses joues étaient creuses. On aurait dit qu'elle venait de faire une mauvaise rencontre avec Dracula.

Soupirant et bâillant, elle se traîna jusqu'à la porte, l'ouvrit sans regarder par le judas et tomba nez à nez avec...

Ses parents.

Elle se frotta les yeux et se prit à espérer qu'il s'agissait d'un cauchemar, mais sa mère était là en chair et en os, une main posée sur le collier de perles qu'elle portait tous les jours, les sourcils froncés et l'air bouleversé.

Même son père ne semblait pas très rassuré. Ses cheveux blancs étaient légèrement décoiffés et son visage, habituellement impassible, recelait une bonne dose d'inquiétude.

— Qu'est-ce que vous faites là ? demanda-t-elle en s'effaçant pour les laisser entrer.

— Pourquoi ne réponds-tu pas au téléphone ? Le shérif Battle dit que tu ne viens plus au travail. Tu es malade ?

Sa mère s'interrompit brièvement pour poser une main sur son front.

— Qu'est-ce que tu as ? Pourquoi tu ne veux pas me répondre ?

— Elle le ferait si tu la laissais en placer une, Inez, contra doucement son père.

Il l'embrassa sur le front et Hayley sentit les larmes lui monter aux yeux. Elle ne se souvenait pas de la dernière fois où son père lui avait donné une marque d'affection.

— Inez, elle pleure ! s'écria-t-il avec une épouvante comique. Je ne sais jamais quoi faire dans ces cas-là.

Hayley s'essuya rapidement les yeux, redressa la tête et fit asseoir ses parents dans le salon. Elle leur offrit à boire en espérant qu'ils refusent. Depuis sa dispute avec Jackson, elle n'avait pas remis les pieds au supermarché et ses placards étaient proches du vide intersidéral.

— Assieds-toi et dis-moi ce qui ne va pas, ordonna sa mère en tapotant l'assise du canapé à côté d'elle.

— Je vais très bien, maman.

— C'est ça. Tu ne nages pas dans tes vêtements, tes cheveux sont bien coiffés et tu as une mine superbe. Essaie encore, Hayley Sofía María Lopez.

Aïe, songea Hayley. Lorsque sa mère utilisait tous ses prénoms, ce n'était plus le moment de plaisanter. Pourtant, elle aurait voulu pouvoir éviter cette conversation, sachant pertinemment que sa mère ne la réconforterait pas. Elle lui dirait qu'elle l'avait bien cherché et qu'elle aurait dû sortir avec l'un des hommes qu'elle lui avait présentés.

Peut-être pourrait-elle prétendre qu'elle avait la grippe, ou un virus étrange encore inconnu de la médecine…

— Je vois ce que tu es en train de faire, déclara son père en appuyant les coudes sur ses genoux pour mieux la regarder. Tu essaies de trouver un moyen pour te débarrasser de nous, mais ça ne va pas marcher. Pas cette fois. Je sais que nous avons eu nos différends, et je t'énerve autant que tu me rends chèvre, mais tu es ma fille et tu souffres. Alors, qui dois-je aller tuer ?

— Papa ! Je te rappelle que je suis policière. Tu ne peux pas dire des choses pareilles devant une représentante de la loi.

— Ils ne sauront jamais que c'était moi, fit son père en haussant une épaule.

Hayley passa une main dans ses cheveux, à la fois effrayée et agréablement surprise par la réaction de son père. Pour une fois, il n'était pas fou de rage contre elle, mais contre la personne qui lui avait fait du mal. Elle se sentit étrangement réconfortée.

Elle regarda tour à tour ses deux parents, bien installés dans son canapé, qui la fixaient sans détourner le regard. Non, décidément, elle ne s'en sortirait pas avec une excuse. Ils ne partiraient pas tant qu'elle ne leur aurait pas expliqué la cause de son mal-être.

— Je vois… Je voyais quelqu'un depuis un petit moment, commença-t-elle, se mordant la lèvre pour ne pas pleurer. Je croyais que ça allait marcher, mais je me suis trompée.

Sa mère laissa échapper un soupir exaspéré.

— Tu broies du noir à cause d'un garçon ? Je n'aurais jamais cru que ce jour finirait par arriver. Les choses se seraient passées autrement si tu étais sortie avec l'un des hommes dont je t'avais parlé.

Elle sortit son téléphone de son sac et fit glisser son doigt sur l'écran.

— Tu vas voir, je vais t'arranger un dîner avec quelqu'un de…

— Inez, ça suffit, tonna alors son père.

Hayley écarquilla les yeux. Juan Lopez était un homme autoritaire, mais jamais elle ne l'avait entendu élever la voix en parlant à sa mère. Il s'adressait toujours à elle avec une affection proche de la dévotion. D'ailleurs, Inez avait l'air tout aussi choquée.

— Ce n'est pas le moment, *mi alma*. Hayley a besoin que nous l'écoutions. Elle nous a parfaitement prouvé qu'elle savait gérer sa vie toute seule.

Hayley fixa son père, incapable de croire qu'il venait de prononcer ces mots, lui, le maniaque du contrôle. Qui était cet homme face à elle et qu'avait-il fait de son père ?

— Nous t'écoutons, *princesa*, reprit Juan avec douceur.

— Eh bien, comme je vous l'ai dit, j'avais commencé à sortir avec quelqu'un...

— Oui, Jackson Michaels, compléta son père.

— Comment le sais-tu ?

Juan haussa une épaule comme si sa question était parfaitement ridicule.

— Bref, je croyais qu'il y avait quelque chose de spécial entre nous et je me suis trompée.

— Quel est le problème ?

— Il faudrait plutôt demander ce qui n'est *pas* un problème, répondit Hayley, incapable de croire qu'elle était en train de discuter de sa vie amoureuse avec son père. D'abord, il me trouve trop jeune pour lui.

— Quelle bêtise. J'ai onze ans de plus que ta mère et ça n'a jamais été un problème. Quoi d'autre ?

— Il ne veut pas d'une relation de couple, et même si c'était le cas, il préférerait quelqu'un qu'il pourrait contrôler à sa guise. Pour lui, je suis trop indépendante, trop têtue, trop...

— Trop comme moi, ajouta Juan avec un petit sourire. De tous mes enfants, tu es probablement celle qui me ressemble le plus.

Juan prit ses mains glacées entre les siennes.

— L'amour n'est jamais facile, *mi vida*. Il est souvent compliqué, chaotique, parfois même cruel. Mais il vaut toujours la peine qu'on se batte pour lui.

— Je ne peux pas le supplier de m'aimer, papa.

— Bien sûr que non. Si l'amour est forcé, ce n'est pas de l'amour. Tu as entièrement raison.

Inez s'éclaircit soudain la gorge, l'air mal à l'aise.

— Tout ira mieux avec un peu de temps. Dans un jour ou deux, tu n'y penseras même plus.

Sa mère était très douée pour gérer les aspects pratiques de la vie, mais lorsqu'il s'agissait d'exprimer son empathie, elle avait parfois un peu de mal. Hayley croisa le regard de son père, qui leva discrètement les yeux au ciel.

— *Querida*, je suis sûr que notre fille n'a plus rien à manger dans cette maison. Elle n'a jamais faim quand elle est triste. Et si tu faisais un aller-retour au supermarché pour lui rapporter des provisions ?

Hayley se redressa vivement et fronça les sourcils.

— Hors de…

Son père la fit taire d'un regard et tendit à sa mère les clés de sa Mustang 1967, celle qu'il ne prêtait jamais à personne. Il passa les deux minutes suivantes à s'efforcer de mettre sa femme à la porte. Lorsqu'elle fut enfin partie, il se tourna vers Hayley et lui dit, d'un ton sans appel :

— Nous allons faire un petit tour en voiture, tous les deux.

Las de rester seul avec sa tristesse, Jackson s'échoua devant la maison de Cammie, espérant pouvoir partager un verre de vin avec sa meilleure amie pour oublier la catastrophe de ces derniers jours.

Il passa par la porte de la cuisine comme il en avait l'habitude. En entrant, il écarquilla les yeux devant le chaos qui régnait dans la pièce. Cammie était la personne la plus organisée qu'il connaissait. Ces piles de vaisselle, ces biberons, ces boîtes de lait en poudre éparpillées tout autour de l'évier ne lui ressemblaient pas. Qu'était-il arrivé dans cette cuisine ? Il avait entendu dire que les bébés pouvaient retourner une maison, mais à ce point ?

— Cam, tu es là ?

— J'arrive !

Quelques minutes plus tard, Cammie entra dans la cuisine. Elle portait le petit Micah endormi au creux de son bras et avait l'air de sortir d'un buisson de ronces. Une tache ornait la manche de son T-shirt, et son pantalon de jogging était couvert d'un étrange résidu blanc qu'il préférait ne pas chercher à identifier.

— Jackson ? Qu'est-ce que tu fais là ?

— Je voulais juste prendre un verre de vin avec ma meilleure amie, si elle est d'accord.

— Quel courage ! 18 heures, c'est l'heure du crime dans cette maison. Tu peux ouvrir la bouteille de vin rouge qui est sur le comptoir. J'en prendrai volontiers un verre ou cinq.

— Tout va bien, Cammie ? lui demanda-t-il en sortant deux verres à pied d'un placard.

— Micah a des coliques. Il pleure en permanence. J'ai dormi une heure la nuit dernière, deux la précédente. Je n'ai jamais été aussi fatiguée de ma vie.

— Et Drake, alors ? Où est-il ?

— Il n'est pas à Royal en ce moment et il ne rentrera pas avant plusieurs jours. J'ai appelé Mme Hampton, mais sa fille vient d'avoir un bébé, et elle est partie à Dallas pour rencontrer sa petite-fille. Ainsley sera là ce soir à 8 heures. J'espère que je tiendrai jusque-là. Jamais je n'aurais imaginé qu'avoir des bébés était si difficile.

Cammie s'interrompit et tira d'une main sur son T-shirt, faisant la grimace.

— J'ai désespérément besoin de prendre une douche, mais dès que je le pose, il pleure.

— Donne-le-moi et va te doucher tranquillement.

Elle fronça les sourcils d'un air suspicieux.

— Tu as déjà tenu un bébé, toi ?

— J'ai déjà tenu un ballon de football. J'imagine que ça ne doit pas être bien différent.

Cammie contempla le bébé un long moment, dansant d'un pied sur l'autre.

— Allez, Cam, fais une pause. Je te promets qu'il ne lui arrivera rien.

L'air peu convaincu, elle finit tout de même par capituler et transféra précautionneusement le bébé sur son bras.

— N'oublie pas de toujours soutenir sa tête. Comme ça. Non, comme ça. Voilà. Je ne serai pas longue, fit-elle en courant à l'étage.

Quinze secondes plus tard, elle était déjà de retour.

— S'il a faim, tu peux lui donner le biberon qui est dans le chauffe-biberon. Et s'il pleure, essaie de lui tapoter le dos. Et…

— Cammie, tu vas dans la salle de bains, pas en Australie. Je contrôle la situation.

Elle plissa les yeux dans sa direction, l'air soupçonneux.

— Quand j'aurai pris une douche et retrouvé un statut à peu près humain, tu m'expliqueras pourquoi tu as une mine à faire peur.

Jackson lui tourna le dos et porta Micah jusqu'à la fenêtre de la cuisine, espérant qu'il apprécierait la vue sur le jardin. Le temps était aussi gris et froid que son cœur. Sans Hayley, la vie lui paraissait maussade, dénuée de tout intérêt. Il n'arrivait plus à se concentrer sur son travail. Quant au sport, il ne fallait même pas lui en parler.

Il se sentait léthargique, seul et complètement perdu.

Une tornade brune avait tout chamboulé dans sa vie. Elle était venue semer le trouble dans ses sentiments, déranger l'ordre bien structuré de son esprit.

Il savait pourtant qu'il avait eu raison de cesser de la voir. Ils étaient à des stades trop différents de leurs vies. Son entreprise employait des centaines de personnes très compétentes, et s'il décidait soudainement qu'il avait envie de faire le tour de l'Europe pendant six semaines, il pouvait partir sans problème. Hayley utilisait probablement le peu de vacances qu'elle avait pour étudier.

Il avait de l'argent à ne plus savoir quoi en faire et pouvait s'acheter tout ce qui lui plaisait. Hayley n'avait pas de quoi s'offrir du café décent.

Elle lui avait dit elle-même qu'elle voulait se concentrer sur son diplôme de droit, qu'elle n'avait pas le temps pour une relation. Sans compter leurs caractères radicalement incompatibles… Mais l'étaient-ils vraiment ?

Au fond, il était en train de chercher des excuses et il le savait très bien. Le temps était venu de voir la vérité en face. La vie était faite pour être vécue, et il n'avait pas l'impression de vivre sans Hayley à ses côtés.

Jackson baissa la tête et rencontra les yeux noirs, pleins de sagesse, de Micah. Sa peau couleur d'ambre, les touffes de cheveux noirs accrochés à son crâne, ses lèvres minuscules…

C'était exactement à cela que son bébé ressemblerait, s'il en avait un avec Hayley.

Il sentit ses genoux faiblir et resserra légèrement son bras autour de Micah, qui émit un faible cri de protestation. Passant sa main libre devant ses yeux, il s'efforça de faire disparaître les images qui défilaient dans son esprit. Hayley pieds nus dans leur cuisine, portant l'un de ses T-shirts, leur bébé sur son bras jouant avec ses cheveux dénoués…

Il ne pouvait s'empêcher d'aimer ce tableau.

Certes, ils se disputeraient souvent. Elle contesterait ses avis à propos de tout et il essaierait toujours de la protéger contre son gré. Et alors ? Entre leurs disputes, il y aurait des mots d'amour, des rires, et avec un peu de chance, une famille. Elle remplirait sa grande maison de couleurs et de rires. Elle remplirait son cœur de joie et d'amour.

Il rêvait d'être présent lorsqu'elle recevrait son diplôme, de la soutenir dans toutes les étapes de la carrière. Il voulait passer une bague à son doigt et rencontrer sa famille si exigeante. Si elle souhaitait avoir des enfants et continuer de travailler, il pourrait confier la direction de l'entreprise à d'autres, rester à la maison et prendre soin de leurs bébés. Il se sentait prêt à tout pour elle.

Il ferait tout pourvu que Hayley, sa belle, son audacieuse Hayley, soit à ses côtés.

Hayley se gara près de l'ancienne maison de ses grands-parents et se tourna vers son père, complètement perdue.

— Papa, tu peux m'expliquer ce que nous faisons ici ?

Juan désigna la surface miroitante du lac devant eux.

— Tu as toujours aimé cet endroit, *mija*. J'ai pensé que nous pourrions marcher un moment sur la plage.

— Mais pourquoi ?

Il faisait gris et froid au-dehors et elle n'avait aucune envie de sortir. Elle rêvait de rentrer chez elle, de manger du chocolat en regardant sa série préférée. N'était-ce pas ce que faisaient les gens après une rupture ? Elle n'avait pas de manuel d'utilisation, rien qui pouvait lui dire comment soigner son cœur brisé. Elle ne pouvait qu'attendre en espérant que la douleur disparaisse.

Juan sortit de la voiture et attendit qu'elle en fasse autant, ignorant complètement son manque de bonne volonté. Ils marchèrent en silence un long moment. Le vent fouettait son visage, et elle enfonça ses mains dans les poches de sa veste pour les protéger du froid. Enfin, sans crier gare, son père se mit à parler.

— Je sais que nous n'avons pas toujours été d'accord, Hayley, mais je veux que tu saches que je suis fier de toi et de ce que tu as accompli.

— Vraiment ?

— Bien sûr. Tes frères n'auraient jamais eu le culot de se débrouiller par eux-mêmes. Non seulement tu l'as fait, mais tu t'en es magnifiquement sortie.

Hayley n'en croyait pas ses oreilles.

— Bien sûr, je préférerais que tu travailles pour moi et que tu reviennes vivre à Dallas. J'aime l'idée d'avoir tous mes enfants près de moi. J'aimerais te voir plus souvent, m'assurer que tu vas bien, que tu vis dans une belle maison, que tu conduis une belle voiture.

Pour la première fois depuis six ans, Hayley réfléchit sérieusement à la proposition de son père. Elle n'irait pas travailler pour lui. De cela, elle était certaine. Mais le reste ? Le bel appartement, la belle voiture, la sécurité financière ? Tout cela ne sonnait pas si mal.

Elle pourrait terminer ses études à Dallas, continuer son métier de policière. La ville comptait sans aucun doute une foule de personnes dans le besoin qu'elle pourrait aider. Quitter Royal lui permettrait aussi de mettre une distance salutaire entre Jackson et elle.

— Je vais y réfléchir, papa, finit-elle par répondre.

Juan se mit à rire et l'attira contre lui.

— Tu sais ce que je voudrais vraiment pour toi, Hayley ?

— Un mari et des enfants, marmonna-t-elle.

— Ça, c'est le rêve de ta mère. Pour être franc avec toi, je ne crois pas que revenir à Dallas te rendrait heureuse, et c'est ton bonheur que je veux par-dessus tout. Je crois que tu devrais rester ici et essayer de faire fonctionner ton histoire avec Jackson. Il m'a l'air d'être quelqu'un de bien, et il a un tempérament assez fort pour soutenir ton caractère.

— Ce serait une idée géniale, papa, mais il ne veut pas de moi. Il veut quelque chose d'autre, quelqu'un d'autre, mais pas moi !

Juan s'apprêtait à répondre lorsqu'ils aperçurent Bubba un peu plus bas sur la plage, qui s'approchait d'eux. Son père serra la main du vieil homme et Hayley l'embrassa sur la joue avec un sourire attristé.

— Je suis désolée de ne pas avoir pu t'aider à contrer les projets de Jackson Michaels. Je ne sais pas ce qu'il a pu dire ou faire pour te persuader, mais rien n'est définitif tant que les papiers ne sont pas signés. As-tu déjà signé, Bubba ?

— Eh bien, oui, fit le vieil homme en fronçant les sourcils.

— Pourquoi ne m'en as-tu pas parlé d'abord ? Nous aurions pu tenter d'autres approches pour qu'il te laisse tranquille. C'est chez toi, tout de même ! Il ne peut pas te forcer à vendre.

Bubba la fixa comme si elle débarquait de la planète Mars.

— De quoi parles-tu, Hayley ? Pourquoi n'aurais-je pas voulu signer ?

Décidément, le monde avait-il décidé de tourner à l'envers aujourd'hui ?

— Mais enfin, parce que tu ne voulais pas vendre ta maison ! s'écria-t-elle.

Bubba échangea un regard avec Juan.

— Ce n'est pas exactement ce qui s'est passé.

— Je n'y comprends rien. Tu m'as dit que tu avais signé des papiers, Bubba. C'est donc que tu as vendu ton terrain.

— En quelque sorte, oui. Jackson a acheté ma propriété pour une somme ridicule. Mais je pourrai rester toute ma vie si je le souhaite, et ensuite, le terrain sera donné à une fondation que Jackson a créée.

— Une… Quoi ?

Son père passa un bras autour de ses épaules.

— Jackson a décidé de mettre en place une fondation, ma puce. Tous les terrains qu'il a achetés à Stone Lake seront gérés par divers acteurs privés et publics, dont son entreprise et la ville de Royal. Il va construire une piste cyclable et piétonne au bord de l'eau. Je crois qu'il y aura aussi une nouvelle aire de pique-nique, un terrain de camping et des rampes à bateaux. La seule condition qu'il a posée était que le parc soit nommé en hommage à son père. L'endroit sera considéré comme une zone protégée et il sera interdit d'y construire de nouvelles maisons.

— Je ne comprends pas, murmura-t-elle, sous le choc.

— Jackson ne construira pas de nouveaux bâtiments à Stone Lake. Bubba pourra rester dans sa maison aussi longtemps qu'il le voudra. De toute façon, Jackson possède déjà un autre cottage au bord du lac.

— Un autre cottage ?

— Il m'a racheté la maison de tes grands-parents il y a une semaine, fit son père avec un petit sourire.

— Mais… Tu avais encore la maison ? Je croyais qu'elle avait été vendue à la mort de Grand-père !

— C'est moi qui l'avais achetée. Je l'ai gardée sous le coude, en pensant que l'endroit allait devenir à la mode et que je pourrais la revendre pour un prix astronomique un jour… Ce que j'ai fait.

Décidément, tout cela faisait un peu trop d'informations pour le même jour. Hayley n'arrivait pas à y croire. Comment Jackson avait-il pu changer d'avis aussi rapidement ? La dernière fois qu'elle lui avait parlé, il était décidé à mettre Bubba dehors pour mener à bien son projet de construction.

Ou bien l'avait-elle imaginé toute seule ?

— Bubba, quand est-ce que Jackson t'a expliqué son projet de fondation ?

Le vieil homme fronça les sourcils.

— Oh ! ça doit bien faire deux semaines.

Deux semaines… Avant le jour où il l'avait croisée sur la route, donc. Avant qu'elle ne trouve sa carte sur le porche de Bubba et tire des conclusions hâtives.

Hayley fixa le sable sous ses pieds, se demandant si elle n'avait pas consciemment saboté le début de relation qu'ils avaient eue. Elle avait été si prompte à l'accuser qu'on aurait dit qu'elle cherchait à mettre fin à leur histoire. Mais pourquoi ? Avait-elle cherché à se protéger d'une éventuelle souffrance ?

De toute évidence, cela n'avait pas fonctionné. Elle se sentait bien plus malheureuse sans lui. Elle l'aimait, irrémédiablement, de toute son âme et de tout son corps. Elle voulait se réveiller près de lui chaque matin de son existence. Elle rêvait qu'il soit son amant, son meilleur ami, le père de ses futurs enfants.

Jackson et elle se disputeraient peut-être souvent, elle

ne savait même pas s'ils arriveraient à vivre ensemble sans s'étriper, mais elle savait qu'elle voulait essayer. Son cœur tendait vers lui d'une manière qu'elle ne pouvait plus ignorer. Son Jackson…

— Va lui parler, Hayley, dit son père avec douceur. Tout peut s'arranger lorsqu'on y met du sien.

Elle haussa un sourcil et Juan eut un sourire piteux.

— Tout peut s'arranger avec le temps, corrigea-t-il. Je sais que j'aurais dû te dire toutes ces choses plus tôt, mais je suis là aujourd'hui.

Auraient-ils pu avoir cette conversation si l'histoire avec Jackson n'était pas arrivée ? Hayley en doutait, mais ce n'était pas si important.

— Qu'est-ce qui te fait croire que Jackson est celui qu'il me faut ? Tu ne le connais même pas.

— Tes frères m'ont parlé des étincelles entre vous le soir du gala. Après ça, j'ai gardé un œil sur lui. C'est quelqu'un d'intéressant.

— Sur lui et sur moi, n'est-ce pas ?

Son père haussa une épaule et la serra brièvement contre lui.

— Bien sûr. Te protéger est ce que je fais de mieux.

— Me protéger, ou m'espionner ?

— Espionner… C'est un mot si disgracieux, marmonna-t-il en se balançant d'un pied sur l'autre.

Hayley leva les yeux au ciel.

— Est-ce que tu comptes t'arrêter un jour ?

— Bubba, à quel âge cesse-t-on de s'inquiéter pour ses enfants ?

— Le jour où l'on meurt. Et encore, répondit le vieil homme en tournant les talons.

— Je ne suis pas contente, papa. Nous reparlerons de tout cela plus tard.

Il balaya ses paroles d'un geste de la main.

— Alors, que comptes-tu faire ? As-tu l'intention d'aller voir Jackson ? Sinon, je me ferai un plaisir de lui rappeler que je possède seize jardins où je pourrais enterrer les différentes parties de son corps.

Hayley eut un faible sourire. Elle savait qu'elle devait s'excuser auprès de Jackson, ou plutôt le supplier de lui pardonner pour ce qu'elle avait fait, mais elle ne s'en sentait pas le courage. Elle qui se croyait si brave, elle tremblait à l'idée de mettre son cœur à nu devant lui.

Mais que pouvait-elle faire d'autre ? Ne pas y aller, et risquer de le regretter pour le restant de ses jours ? Hors de question. Mieux valait avoir des remords que des regrets.

Elle savait ce qu'elle avait à faire.

- 10 -

La situation aurait été bien plus romantique si Hayley avait filé directement chez Jackson. Elle avait pourtant deux choses très importantes à faire auparavant : renvoyer ses parents chez eux – elle les aimait, mais encore plus quand ils étaient à Dallas – et prendre une bonne douche.

Hayley se doucha le plus rapidement possible, mettant le shampoing et l'après-shampoing en même temps, manquant de glisser dans la douche tant elle se dépêchait. Elle parvint ensuite à trouver des sous-vêtements propres et un jean dans sa penderie. En revanche, elle n'avait aucune idée de ce qu'elle pourrait mettre en haut, n'ayant pas fait de lessive depuis des jours.

Et sa deuxième chaussure ? Où diable pouvait-elle être ? Toujours en jean et soutien-gorge, avec un pied chaussé et l'autre nu, elle s'agenouilla pour regarder sous son lit et poussa un grognement lorsqu'elle vit que sa deuxième botte ne s'y trouvait pas.

— Eh bien ! Quelle vue, s'exclama une voix familière.

Elle sursauta, se cogna la tête contre le sommier et laissa échapper une série de jurons que même les criminels qu'elle arrêtait auraient trouvés exotiques.

Jackson se tenait dans l'encadrement de la porte, bras croisés sur la poitrine, cheveux en bataille.

— Comment es-tu entré ?

— Je suis arrivé au moment où ton père sortait. Il m'a salué très cordialement.

— Je n'en crois pas un mot.

— En effet. Il m'a dit que si je te faisais du mal, il me tuerait et m'enterrerait si profond que même Satan ne me retrouverait pas.

Voilà qui ressemblait davantage à son père.

Jackson lui tendit la main pour l'aider à se relever. Dès qu'elle fut sur ses pieds, il la lâcha et Hayley eut un pincement au cœur. Quel espoir lui restait-il s'il ne voulait même pas lui tenir la main ?

Avisant un T-shirt sur son lit, Jackson le lui lança et ordonna :

— Habille-toi et rejoins-moi en bas.

Elle s'apprêtait à protester, mais comprit à son regard qu'il ne pourrait pas se concentrer sur la conversation si elle restait dans cette tenue. Dès qu'il fut sorti de sa chambre, elle rejeta le T-shirt sur son lit et fit la grimace. Elle l'avait déjà porté pendant deux jours.

Face à sa penderie, elle fit défiler les cintres jusqu'à trouver miraculeusement un petit haut en soie blanche. Elle comprit aussitôt pourquoi elle ne le mettait jamais. Le tissu moulait sa poitrine de manière spectaculaire, et lorsqu'elle levait les bras, on apercevait son ventre.

Sale mais à la bonne taille, ou propre mais trop petit ? Le choix était vite fait.

Elle prit encore le temps de démêler ses cheveux, puis de les rejeter sur le côté pour remonter ses boucles à l'aide de ses paumes.

Tu perds ton temps, Lopez. Arrête de repousser le moment. Descends, excuse-toi et assume les conséquences. Tu peux le faire.

Hayley descendit l'escalier, prit une grande inspiration

et entra dans la cuisine. Elle repéra aussitôt le sac de café d'apparence luxueuse qui trônait près de sa cafetière.

— Qu'est-ce que c'est que ça ?

— Je t'ai apporté du café décent. J'avais besoin de faire quelque chose de mes mains, répondit Jackson en lui tendant un mug fumant.

Il jeta un coup d'œil maussade à son T-shirt avant de prendre une gorgée de café et Hayley l'imita, soupirant de plaisir lorsque le délicieux breuvage effleura ses papilles.

— Je m'apprêtais à aller te voir, commença-t-elle. Mais toi, qu'est-ce que tu fais là ?

Jackson reposa sa tasse et agrippa le comptoir de la cuisine, le regard tendu.

— Pourquoi allais-tu venir me voir ?

— J'ai demandé en premier.

Jackson resta silencieux et elle poussa un soupir exaspéré.

— Si tu veux savoir, je venais pour m'excuser. Je suis désolée d'avoir tiré des conclusions hâtives l'autre jour.

— Quelles conclusions ? demanda-t-il d'un ton poli qui lui donna envie de sauter par la fenêtre.

Décidément, elle avait horreur de s'excuser.

— J'ai supposé que tu avais forcé Bubba à te vendre sa maison, marmonna-t-elle. J'ai vu ta carte dehors et je n'ai pas cherché plus loin. Je suis désolée de ne pas t'avoir demandé des explications.

Jackson croisa les bras et la fixa attentivement, comme s'il cherchait à deviner quelque chose qu'elle ne disait pas. Le silence commença à s'épaissir entre eux et elle décida de lui poser une autre question.

— Mon père m'a dit que tu avais acheté le cottage de mes grands-parents. C'est vrai ?

— Ton père et toi vous adressez de nouveau la parole ? demanda-t-il, les yeux écarquillés.

— Apparemment. Mes parents sont venus me voir ce matin parce qu'ils s'inquiétaient.

— Pourquoi ?

— Quand je suis déprimée, j'ai tendance à me renfermer dans ma coquille et à ne pas donner de nouvelles.

— Pourquoi es-tu déprimée ?

— Qu'est-ce que tu comptes faire avec cette maison ?

Jackson émit un juron et repoussa brusquement le comptoir. Incapable de bouger, elle le fixa alors qu'il capturait son visage entre ses mains, ses lèvres prenant les siennes dans un baiser possessif et exigeant. Jamais encore il ne l'avait embrassée de cette manière.

Hayley se demanda s'il s'agissait d'une fin ou d'un nouveau départ, mais en tout cas, elle aurait voulu que le baiser ne se termine jamais. Il la serra contre lui et elle passa une main dans ses cheveux, caressant sa langue de la sienne, gravant ce moment dans sa mémoire pour ne jamais l'oublier. Lorsqu'il souleva ses fesses pour la presser contre son érection, elle lui suggéra d'aller dans sa chambre.

Jackson poussa un gémissement frustré et s'écarta d'elle, le regard plus sombre que jamais.

— Non.

— Tu… Tu n'as pas envie ?

— Tu sais très bien que si. Mais nous ne pouvons pas continuer à repousser des conversations importantes en faisant l'amour, Hayley.

Elle tendit la main pour défaire le premier bouton de sa chemise.

— Très bien, alors finissons-en rapidement.

Son regard la cloua sur place, intense et plein de désir.

— D'accord, mais à une condition. Chaque fois que

l'un de nous répondra à une question, il choisira un vêtement à retirer sur l'autre. Je commence.

Le regard fixé sur sa poitrine, Jackson poursuivit :

— J'ai acheté le cottage en ton nom, Hayley. Je voulais t'offrir une maison bien à toi, un endroit que tu aimerais vraiment. Retire ton T-shirt.

— Tu as acheté le cottage pour moi ? Mais pourquoi ?

— Parce que tu adores Stone Lake. J'ai pensé que si ma maison ne te plaisait pas, nous pourrions habiter dans celle-ci, ou la garder pour toi, ou y vivre pendant les week-ends. C'est comme tu préfères. Elle est à toi.

Hayley resta clouée sur place, incapable de faire le moindre mouvement. Jackson tendit la main et fit passer son T-shirt par-dessus sa tête d'un geste impatient.

— Je ne sais pas quoi dire. J'adore le cottage de mes grands-parents, mais tu ne peux pas m'acheter une maison comme ça, Jackson. C'est de la folie.

— C'est mon argent et je le dépense comme je veux. À ton tour, rétorqua-t-il en faisant courir sa main jusqu'à l'attache de son soutien-gorge.

— Pourquoi ne m'as-tu pas dit que tu comptais aménager un parc à Stone Lake ? demanda-t-elle en tirant sa chemise hors de son pantalon.

— J'allais te le dire, entre autres choses, le jour où nous avons décidé de ne plus nous voir.

Il retira rapidement sa chemise et Hayley ne put résister à l'envie de poser les lèvres contre sa peau. Alors qu'elle s'apprêtait à l'embrasser, il la prit par les épaules et la repoussa fermement.

— C'est à toi de te confesser.

— Très bien. Je n'ai pas cherché à comprendre parce que je voulais une bonne excuse pour ne plus te voir. J'avais peur.

Jackson défit l'attache de son soutien-gorge et prit ses seins entre ses mains.

— De quoi avais-tu peur, ma belle ?

— Mes sentiments pour toi m'effrayaient. À ton tour, murmura-t-elle en débouclant sa ceinture.

— Toi aussi, tu me fais peur. Ce qu'il y a entre nous me dépasse, répondit Jackson, la voix débordant d'une émotion qu'elle n'osait pas identifier.

— Parce que je suis comme ta mère ?

— Non, enfin… Oui, tu lui ressembles sur certains points. Tu es intelligente, charismatique et volontaire. Mais contrairement à elle, tu ne seras jamais égocentrique ou manipulatrice.

Jackson encadra son visage de ses mains et caressa ses joues avec douceur.

— Tu m'effraies parce que tu me pousses à sortir de ma zone de confort. Rien ne sera simple ni banal avec toi, Hayley. Ma vie ressemblait à une croisière tranquille, elle sera une descente de rapides en canoë avec toi.

Il envisageait une vie avec elle ? Vraiment ? Hayley dut résister à l'envie d'exécuter une danse de la joie.

— Je croyais que tu ne voulais pas t'engager, murmura-t-elle.

— Je le croyais aussi. J'ai passé cette dernière semaine à traîner chez moi comme un zombie. Tu me manquais tellement que j'ai failli refaire un virage illégal sur Main Street, juste pour attirer ton attention.

Il déposa un baiser au coin de ses lèvres.

— Et moi, je t'ai manqué ?

La gorge nouée par l'émotion, elle captura ses poignets et plongea les yeux dans les siens.

— Je n'ai pas arrêté de penser à toi. Jackson… Je t'aime.

— Moi aussi, je t'aime.

Elle s'abandonna contre son torse, à la fois soulagée et bouleversée. Jackson la serra contre lui à en perdre le souffle. Elle inspira à fond l'odeur épicée de sa peau avant de relever la tête pour le contempler. Son regard recelait tant d'amour qu'elle en eut les larmes aux yeux.

— Alors, je serai ta cavalière pour le prochain gala du TCC ? demanda-t-elle d'un ton joueur tandis que Jackson défaisait la fermeture de son jean.

— Avec un peu de chance, tu seras ma cavalière pour notre mariage.

Elle rejeta la tête en arrière, les yeux écarquillés.

— Tu… Tu veux m'épouser ? couina-t-elle.

— Il me semblait que c'était clair, plaisanta-t-il.

Elle sentit la pièce tourner autour d'elle. Son esprit était un mélange confus d'euphorie, de crainte et de bonheur.

— Hayley, regarde-moi.

Ses yeux recelaient une détermination et un amour si infaillibles qu'elle se sentit aussitôt plus confiante.

— Je vais t'épouser, Hayley Lopez, que ce soit demain ou dans cinq ans. Je veux fonder une famille avec toi…

— Si nous ne le faisons pas, ma mère me tuera.

— C'est noté. Mais notre mariage ne veut pas dire que tout doit changer, Hayley chérie. Les enfants attendront. Tu pourras terminer tes études, devenir avocate, changer le monde comme tu en rêves. Je serai à tes côtés à chaque étape. À partir de maintenant, nous sommes une équipe.

— Je t'aime tellement, murmura-t-elle, une larme de bonheur roulant sur sa joue.

— Je suis heureux de l'entendre. Maintenant, pourrions-nous revenir aux choses sérieuses ?

Son regard brûlant de désir lui rappela à quel point elle avait envie de lui, elle aussi. Ils se déshabillèrent sans se quitter des yeux. Lorsque Jackson laissa tomber son caleçon, elle retint son souffle, incapable de croire qu'elle aurait la chance de le voir nu tous les matins de sa vie.

Elle lui prit la main et l'entraîna en direction des escaliers.

— J'ai hâte de planifier toutes ces choses avec toi, mais…

— Mais ?

— Pour le moment, j'ai besoin que tu me fasses l'amour.

— Avec plaisir, ma chérie. Aujourd'hui, demain, et tous les jours de notre vie.

NICKI NIGHT

Une seconde chance aux Fidji

Traduction française de
HÉLÈNE ARNAUD

PASSIONS

HARLEQUIN

Titre original :
ONE MORE SECOND CHANCE

- 1 -

— Arrête de jouer les tyrans, Savannah ! soupira Phoenix Jones en fermant les yeux dans l'espoir de se calmer, le téléphone à l'oreille. Tout va très bien se passer, frangine.

Elle fit son possible pour prendre un ton raisonnable.

— N'oublie pas que nous serons dans un avion dans moins de quarante-huit heures, en route pour l'un des plus beaux endroits du monde, ajouta-t-elle.

Sa sœur était comme leur mère Nadine : théâtrale. Phoenix, elle, ressemblait plus à leur père. Terre à terre et posée…

— Mais elle savait quel jour nous partions ! Je le lui ai répété une dizaine de fois, couina Savannah d'une voix aiguë et frustrée. Et si rien n'était prêt pour demain soir ? Où pourrais-je trouver un voile à la dernière minute ? Il devait être livré la semaine dernière. Je vais finir par devoir me marier tête nue !

Sentant que sa sœur était au bord des larmes, Phoenix s'adoucit un peu.

— Il sera prêt, ma chérie. Je vais téléphoner pour m'en assurer. Et en cas de problème, on trouvera toujours de belles fleurs aux Fidji pour te faire une couronne ravissante. Attendons de voir comment ça se passe, d'accord ? Tu te fais du souci pour rien.

— Argh, lâcha Savannah. Il y a encore tellement de choses à faire ! Je crois que je n'arriverai jamais au bout !

— Tu es trop perfectionniste. Ne t'en fais pas, ton mariage sera très bien : j'ai confiance en toi. Ne laisse pas un petit détail te faire perdre tes moyens.

— Je vais essayer.

Malgré tout, Savannah paraissait défaite.

— Je promets de venir après le travail pour t'aider. OK ?

— Merci…

— Eh, souris ! Tu vas épouser l'homme de tes rêves sur une île paradisiaque. J'aimerais te voir plus heureuse que ça !

Phoenix entendit sa sœur soupirer. Elle aurait tant voulu la sentir plus détendue ; mais préparer un mariage n'est jamais une partie de plaisir. Elle-même se souvenait de son stress avant le grand jour – un gâchis, pour une cérémonie annulée au dernier moment.

— Tu as raison, je vais me calmer, finit par murmurer Savannah. À ce soir.

— À quelle heure veux-tu que je passe ?

— 19 heures ?

— Parfait, frangine. Et essaie de ne pas rendre ton fiancé fou avant que j'arrive.

— Je ne peux pas te le promettre. À tout à l'heure.

Après avoir raccroché, Phoenix se laissa aller contre son dossier et soupira pour la première fois depuis qu'elle était arrivée au bureau. Sa journée avait plutôt mal commencé… En fait, la tension s'était installée dès la veille, quand Brent avec qui elle sortait depuis quelque temps l'avait interrogée au sujet d'une discussion qu'elle avait eue avec un collègue masculin. Il avait voulu savoir pourquoi celui-ci l'avait appelée après les heures de travail – une chose pourtant normale, dans leur équipe. Peu à peu, la nature jalouse de Brent commençait à se montrer, accompagnée par quelques signaux d'alerte que Phoenix n'appréciait pas vraiment. Elle avait mis fin à leur dîner en lui expliquant qu'elle préférait ne plus le voir…

Son portable sonna de nouveau. Sa patronne, Indra Lee, lui demanda de rejoindre immédiatement le reste de l'équipe dans la salle de réunion. Son ton indiquait clairement que ce n'était pas pour leur apporter une bonne nouvelle. Prenant quelques instants pour se préparer à ce qui allait encore lui tomber dessus, la jeune femme jeta un coup d'œil par la grande fenêtre de son bureau. Jamais elle ne se lasserait de sa vue sur la Sixième Avenue. Tout New York semblait respirer sous ses pieds. Elle admira la perspective des immeubles et des lampadaires qui s'éloignait devant elle. En général, cela suffisait à l'apaiser mais, aujourd'hui, elle ne parvint pas à ressentir la moindre joie devant ce spectacle.

Elle prit donc son téléphone, un bloc-notes et un stylo avant de se rendre dans la salle de réunion. Indra et elle étaient les deux seules femmes employées par Aida, une petite firme spécialisée dans les logiciels d'intelligence artificielle dernier cri. En quelques années à peine, Phoenix avait permis à la compagnie de s'étendre et de prendre une place de premier plan dans le secteur des nouvelles technologies. Elle adorait son travail et on la rémunérait grassement pour ses efforts. Bref, elle avait une vie de rêve…

Tout en rejoignant la salle vitrée qui occupait le centre de leur étage de bureaux, elle croisa les doigts pour qu'Indra ne lui confie pas une surcharge de dossiers. Elle partait en vacances dans deux jours et avait déjà bien assez à faire avant son départ. Mais, lorsqu'elle entra, le regard de sa patronne doucha ses espoirs. Son sourire paraissait forcé, presque contrit. Le monde de la technologie évoluait si vite que chaque entreprise prenait le risque de devenir obsolète du jour au lendemain. Pourvu qu'on n'annonce pas à Phoenix qu'elle était renvoyée !

Elle s'assit et attendit. Bientôt, les douze employés de la firme les rejoignirent en bavardant. De toute évidence, personne ne savait vraiment ce qui se passait. Indra s'installa en tête de table, tandis que son associé, Dean Ochoa, prenait place en face. Tous deux soupirèrent en même temps, puis Dean hocha la tête. Indra prit la parole. Sa voix fit taire tous les murmures. Elle commença par remercier tout le monde d'être venus – *étrange*... Ses paroles suivantes furent un électrochoc pour tous, excepté Dean.

Des yeux écarquillés accueillirent sa déclaration, certains parurent même tristes, et Indra pinça les lèvres.

— Je sais. C'est une grande nouvelle, un peu douce-amère, reprit-elle.

Amère. Oui. Pour Phoenix, par contre, elle n'avait rien de « doux ». En fait, elle ne savait même pas comment réagir. Leur compagnie venait d'être rachetée et allait déménager dans la Silicon Valley ? Qu'allait-elle faire, *elle* ?

Dean se redressa, comme s'il avait lu dans les pensées de la jeune femme.

— Je sais que c'est beaucoup vous demander, mais nous aimerions vous offrir l'opportunité de rester avec nous.

Il s'interrompit et Indra prit le relais, comme s'ils avaient répété une petite danse.

— Cela voudrait dire déménager en Californie. Les acheteurs sont très clairs : ils ne veulent aucun employé en travail à distance. Ce serait trop dur à gérer.

— Oui, renchérit Dean à son tour. Notre travail est

certes tourné vers l'informatique et pourrait dans l'absolu être accompli de n'importe où, mais notre équipe a toujours mieux fonctionné en cercle fermé. Ici. C'est ça qui nous rend si efficaces.

— Nous sommes bien sûr prêts à vous proposer un dédommagement généreux, poursuivit Indra en adressant à chaque personne présente un regard compatissant. Je sais que c'est un choc pour vous, mais je vous promets que c'est vraiment bon pour l'entreprise. Jabber nous a fait une offre que nous ne pouvons refuser. C'est une grande opportunité. Nous comprenons que vous puissiez hésiter et nous tenons à vous dire que nous aimerions beaucoup tous vous garder.

Phoenix aurait voulu poser un millier de questions, mais sa bouche ne lui obéit pas. Jabber était un géant, dans leur domaine, et ils enchaînaient les rachats depuis quelques années – se concentrant sur des firmes prometteuses et lucratives. Le simple fait qu'ils aient fait une offre à Aida prouvait que leur succès était réel.

D'un autre côté, la jeune femme ne voulait pas quitter New York. Toute sa famille y vivait. Elle avait déjà visité la Californie, mais sans jamais envisager d'y vivre. Déménager là-bas était impensable ! Sa famille lui manquerait trop et son père devait subir une lourde opération après le mariage de Savannah. Ses parents allaient avoir besoin de son aide pendant sa convalescence. Si elle restait, par contre, elle serait obligée de trouver un nouveau travail… Hantée par ces questions, elle leva lentement la main.

— Oui, Phoenix, dit doucement Indra, comme une institutrice face à sa classe.

En dépit de sa gentillesse, Phoenix se sentit trahie. Comment son amie avait-elle pu lui cacher une telle chose ?

— Combien de temps avons-nous pour prendre une décision ?

Elle avait presque l'impression de ne pas être vraiment là, sur cette chaise. Elle se sentait anesthésiée.

Indra parut tressaillir, sentant probablement son malaise.

— Six semaines, répondit Dean à sa place.

Un hoquet général accueillit cette annonce. Dean leva une main pour demander de nouveau le silence.

— Dans six semaines, ce bureau sera fermé et Aida s'installera officiellement en Californie. Nous aimerions donc avoir vos réponses dans deux semaines pour savoir s'il faut engager du personnel à notre arrivée. Nous sommes aussi prêts à garder tout le monde pendant ces six semaines et à vous récompenser pour votre travail exemplaire.

De nouveau, un lourd silence tomba dans la salle.

— Pour ceux qui décideraient de rester à New York, dit Indra au bout d'un moment, sachez que nous regretterons votre départ. Nous formons une famille, ici.

Elle s'interrompit, prit une profonde inspiration et cligna des paupières comme si elle essayait de refouler ses larmes.

— Nous sommes prêts à vous offrir une belle allocation de départ pour vous aider le temps que vous trouviez un nouvel emploi.

Quelques personnes prirent la parole. Certains étaient excités, parlant déjà des appartements qu'ils pourraient trouver dans la baie. Mais Phoenix garda le silence. Elle ne pouvait pas prendre sa décision aussi vite : trop de choses étaient en jeu. Sa famille formait un noyau très proche et, avec les ennuis de santé de leur père, sa sœur et elle aidaient régulièrement leurs parents. Peut-être que sans ces ennuis et avec plus de temps pour se préparer, elle aurait pu envisager un si gros changement ; mais elle n'était pas certaine de vouloir quitter New York. Quand la réunion prit fin, elle retourna dans son bureau pour se camper devant sa fenêtre. On frappa à la porte et elle se retourna pour voir Indra passer la tête à l'intérieur.

— Je peux entrer ?

Phoenix prit une profonde inspiration, dans l'espoir de cacher son déplaisir, et acquiesça. En temps normal, elle ne se serait pas permis d'accueillir sa patronne si froidement, mais Indra était aussi une amie, ce qui rendait la situation encore plus pénible.

— Pourquoi ne m'as-tu rien dit ? lança-t-elle.

— Je suis désolée, répondit Indra. Légalement, j'étais tenue au silence. Je n'ai même pas pu en parler à mon mari et il a tout découvert après la signature du contrat.

— Tu sais pourtant que tu peux me faire confiance !

Phoenix se sentait profondément blessée.

— Bien sûr ! Hélas, la moindre gaffe aurait fait capoter l'accord. Je ne voulais pas t'annoncer ça juste avant tes vacances, mais nous sommes pressés par le temps. Jabber ne nous a pas laissé beaucoup de marge : ils tiennent à nous voir arriver le plus vite possible. J'ai dû insister pour avoir ces six semaines de délai…

— Franchement, la Silicon Valley ? soupira Phoenix en levant les yeux au ciel. Toute la région est gérée par des geeks de douze ans !

Indra gloussa et s'assit sur un coin du bureau.

— Ne dis pas de bêtises !

Puis, retrouvant son sérieux, elle demanda :

— Alors ? Tu viens ?

— C'est une grande décision, marmonna Phoenix.

— Je sais. Qu'est-ce qui te retient vraiment ici ? Tu

n'as qu'à essayer, et si ça ne te convient pas, tu pourras toujours revenir à New York.

— Ce n'est pas si simple.

— Je ne veux pas te perdre. Pour être honnête, je n'ai pas non plus envie de partir. Rich ne me rejoindra qu'à la fin de l'année scolaire, pour ne pas perturber Cody, et je vais être obligée de faire des allers-retours pendant des mois…

— Es-tu excitée, au moins ?

— Oui, beaucoup. C'est la chance d'une vie !

— Dans ce cas, félicitations. C'est ce qui importe le plus.

Indra se releva, s'approcha et posa la main sur son épaule.

— Pourquoi ne prends-tu pas ta journée, demain ? Commence tes vacances avec un peu d'avance et prends le temps de faire le point.

— Merci, mais j'ai trop à faire avant de partir. Je te promets d'y réfléchir.

— C'est tout ce que je te demande.

Phoenix la regarda partir avec la désagréable impression d'être sur le point de perdre une amie.

— Rien de pire n'aurait pu arriver, dit-elle à voix haute.

Et elle regretta immédiatement ces paroles… Mieux valait ne pas provoquer le destin.

- 2 -

Carter Blackwell aurait aimé pouvoir se téléporter à l'aéroport dans un claquement de doigts. Il avait hâte d'entamer ses vacances : les dernières fluctuations boursières avaient rendu certains de ses clients très nerveux, ces derniers temps. Cette agitation n'aidait pas ses projets personnels et il avait d'importantes décisions à prendre. De plus, il s'apprêtait à assister au mariage de son cousin Jaxon. Avec ses frères Lincoln et Ethan, il avait emmené le futur époux à Las Vegas pour fêter ça – et il avait encore du mal à se remettre de ce week-end festif. Il lui restait encore deux jours à tenir et un nombre affolant de dossiers à boucler avant de faire sa valise.

Entre son travail, ses finances et sa famille, Carter avait désespérément besoin de faire une pause. Il était plus que prêt à découvrir la beauté sereine de Fidji ! Plus que trente-six heures à attendre ces vacances bien méritées…

Il quitta son bureau plus tôt que d'habitude pour terminer ses bagages et, à l'instant où son pied se posa sur le seuil de son immeuble de Brooklyn, son téléphone se mit à sonner.

— Salut, lança-t-il en reconnaissant le numéro de Sinai, la femme avec qui il sortait depuis quelques mois.

— Salut, soupira-t-elle. Je t'appelle parce qu'il faut qu'on parle, Carter.

En un instant, son sourire s'évanouit. *Quoi encore ?*

— Quelque chose ne va pas ? demanda-t-il.

— Es-tu chez toi ?

— J'arrive tout juste. Tu viens toujours, ce soir ?

— Oui. Je serai là dans une vingtaine de minutes.

— OK.

Un silence gêné s'installa.

— Tout va bien, Sinai ?

— On discutera mieux de vive voix.

Et, sur ce, elle raccrocha sans un mot de plus. Perplexe, Carter contempla l'écran de son téléphone. Que venait-il de se passer ? Il entra dans sa cuisine et s'étira avec une grimace. Pourvu que Sinai n'ait pas de mauvaises nouvelles à lui annoncer. Il avait bien assez à faire en ce moment.

En général, les visites de sa copine le détendaient, et elle avait prévu de passer les deux nuits à venir chez lui, pour qu'ils puissent ensuite s'envoler ensemble jusqu'aux Fidji. Si jamais un jour Carter avait envie d'une relation stable, Sinai serait probablement un bon choix : elle était intelligente, belle, ambitieuse, et experte au lit. Autre point en sa faveur, elle ne prenait jamais la vie trop au sérieux et était toujours partante pour s'amuser.

Tous les amis de Carter se mariaient et, de tous ses frères, il était le seul à ne pas vivre d'histoire sérieuse. Même Ethan avait réussi à trouver une épouse formidable – et un bébé était déjà en route…

Il jeta un coup d'œil autour de lui. Son appartement aurait fait un parfait foyer pour une petite famille, mais Carter tenait à élever ses futurs enfants sur Long Island, là où lui-même avait grandi. Il avait toujours rêvé d'une grande maison vibrante de vie – mais il n'était pas encore prêt à sauter le pas. Sinai avait beaucoup de qualités, seulement… Que cherchait-il, au fond ? Il n'en était pas certain, depuis qu'il avait laissé partir Phoenix. Cherchait-il une nouvelle version d'elle ? Il secoua la tête pour chasser cette idée. Inutile de remuer le passé.

La sonnette retentit, le tirant de ses pensées. Il se rendit soudain compte qu'il n'avait pas bougé de la cuisine depuis qu'il était rentré.

— Salut ! dit-il à Sinai en lui ouvrant la porte.

Il embrassa ses lèvres brillantes de gloss et sentit qu'elle ne lui rendait pas son baiser – pas vraiment.

— Salut, dit-elle d'une voix étrangement froide.

Carter la laissa entrer, admirant son beau visage et ses courbes sensuelles. Soudain, il se rendit compte qu'elle n'avait pas de valise.

— Veux-tu que j'aille chercher tes affaires dans ta voiture ? demanda-t-il.

Elle s'arrêta et fit volte-face.

— Je ne viens pas, Carter.

— Quoi ? balbutia-t-il sans comprendre. Pourquoi ?

— Je…

Elle cala ses mains sur ses hanches et réfléchit quelques instants, avant de trouver ses mots.

— Je pense qu'il est temps de nous séparer.

— Que se passe-t-il, Sinai ?

Elle rit, un peu tristement.

— Je sais que tu as été très occupé, ces derniers temps, mais tu as forcément vu ça venir, dit-elle en se hissant sur la pointe des pieds pour poser un petit baiser sur ses lèvres.

Il la laissa faire, toujours aussi confus, puis recula pour sonder son regard.

— Je ne comprends pas…

— Nous sommes ensemble depuis plusieurs mois, maintenant, et notre relation n'a pas progressé d'un pouce.

J'ai l'impression de n'être qu'une amie, pour toi, et ce qui s'est passé l'autre soir me l'a prouvé.

L'autre soir ? De quoi parlait-elle ? Comme si elle avait lu dans ses pensées, elle poursuivit :

— Oui, au restaurant. Tu ne te souviens pas, n'est-ce pas ? Mon amie t'a demandé ce que tu envisageais pour nous, et tu as répondu : « Ce n'est pas encore aussi sérieux que ça. » Ça va bientôt faire six mois, Carter… Je veux plus qu'une aventure sans conséquences. Je ne peux pas continuer comme ça.

Il voulut protester, mais elle leva une main ferme.

— Laisse-moi finir, s'il te plaît. Ce n'est pas facile, pour moi. Dès que j'essaie de parler de notre avenir, tu changes de sujet, et je sens que j'ai ignoré ces signes pendant trop longtemps. Ce que nous avons te suffit peut-être ; mais pas moi. J'en veux *plus*. Je mérite plus !

De nouveau, il ouvrit la bouche, mais ne trouva rien à répondre. Elle avait raison : elle n'était pour lui qu'une amie – et plus si affinités. Il l'aimait bien mais ne se voyait pas passer sa vie avec elle…

— Je ne t'en veux pas, reprit-elle. Je suis grande et je comprends. J'ai espéré que tu changes, mais je dois aller de l'avant, me concentrer sur mon bonheur.

— Je suis désolé, murmura-t-il, acceptant enfin tout ce qu'elle venait de dire.

— Moi aussi, répondit Sinai en caressant sa joue. Ces vacances auraient été sympas, mais je ne veux pas aller aux Fidji avec toi en sachant que ça ne changera rien entre nous.

Il leva les yeux au plafond, puis la regarda de nouveau.

— Est-ce que tu vois quelqu'un d'autre ?

Sinai pencha un peu la tête sur le côté et sourit.

— Non. Personne.

— Oh.

Il ne savait pas quoi dire d'autre. Cette rupture était si inattendue…

— J'ai beaucoup apprécié ces mois que nous avons passés ensemble, reprit Sinai.

— Moi aussi.

Il la regarda un long moment. Une partie de son esprit avait encore du mal à s'habituer à cette nouvelle réalité.

— Alors, c'est vraiment un adieu ?

Elle lui prit la main et embrassa sa paume avec douceur, puis ferma un instant les yeux en soupirant.

— Oui, c'est un adieu. Tu es un mec bien, Carter. Un jour, peut-être, tu croiras enfin à l'amour.

Il laissa ces derniers mots s'imprégner en lui. Trop de choses se passaient en même temps. Il n'arrivait pas à réfléchir. Tout ce qu'il savait, c'était qu'il était temps de laisser Sinai sortir de sa vie…

— Adieu, dans ce cas, dit-il.

Elle pinça les lèvres et le laissa l'embrasser, brièvement, comme pour marquer d'un point final la conclusion de leur histoire. Puis, sur un dernier sourire, elle tourna les talons. Carter la regarda quitter l'appartement sans bouger, sous le choc. Les paroles de Sinai résonnaient encore dans son esprit.

« Un jour, peut-être, tu croiras enfin à l'amour. »

Elle était la troisième femme à mentionner son manque de foi vis-à-vis des sentiments, cette année. Certes, il était plus intéressé par sa carrière et il l'admettait volontiers. Son travail était sa priorité. Il examina son beau foyer décoré avec goût et eut soudain l'impression de le sentir vide. Un frisson le traversa et il se secoua pour le chasser.

Il avait trop de choses à faire pour s'apitoyer sur son sort.

Il devait boucler sa valise. Il avait de grandes décisions à prendre au sujet de ses affaires. Son travail exigeait aussi plus de temps que jamais. Sa vie sentimentale allait devoir atteindre, tout simplement.

- 3 -

Tous les invités des mariés voyagèrent ensemble, à l'exception d'Ethan et Zoe Blackwell. Inquiète au sujet de sa grossesse, Zoe avait pris quelques jours de plus pour consulter son médecin avant de rejoindre les autres à destination. Savannah et Jaxon avaient tenu à offrir un week-end supplémentaire de fête à leurs proches, pour leur laisser le temps de se rencontrer avant le mariage. C'était aussi, disaient-ils, un moyen de les remercier d'avoir accepté de voyager à l'autre bout du monde au pied levé.

Phoenix traversa à pas lents le hall de l'hôtel et l'allée qui desservait les villas, alignées en front de mer. Le parc était luxuriant, garni de plantes tropicales aux couleurs plus vives encore que sur les photos du site Internet. Elle entra dans son cottage privé et savoura pendant quelques instants la vue sur l'océan que l'on avait depuis les immenses fenêtres.

Le vol de New York aux Fidji avait duré plus de quinze heures, puis il avait fallu monter dans un hydravion pour atteindre l'île louée pour l'occasion, à quarante-cinq minutes de la côte. Ayant dû aider sa sœur à achever des préparatifs de dernière minute la veille, Phoenix n'avait pratiquement pas fermé l'œil. Après s'être assurée de la réception du voile de la mariée, elle était rentrée chez elle en coup de vent pour faire sa valise. Épuisée comme elle l'était, elle avait bien essayé de dormir dans l'avion. En vain. Sans doute était-elle trop nerveuse pour ça.

Son corps courbatu s'affala sur le matelas moelleux comme une barre de plomb. Si elle voulait survivre au cocktail d'accueil prévu plus tard, elle allait avoir besoin d'une bonne sieste. Elle avait hâte de se laisser emporter par le tourbillon de la fête, même si la présence de Carter, son ex-fiancé, la mettait un peu mal à l'aise. Bien sûr, elle avait tourné la page sur leur histoire depuis un moment, mais il était étrange de songer qu'ils allaient passer plus d'une semaine ensemble. Elle avait réussi à lui dire bonjour et à lui sourire, quand ils s'étaient retrouvés à l'aéroport ; et là s'était arrêtée toute tentative de conversation entre eux… Leurs familles vivaient dans le même quartier et fréquentaient les mêmes cercles depuis leur enfance, mais depuis leur rupture, Carter et elle avaient réussi à s'éviter.

Elle sentit le matelas l'envelopper comme de la guimauve et trouva encore la force de vérifier l'heure sur son téléphone. L'apéritif ne commencerait pas avant plusieurs heures. Soulagée, elle roula sur le dos et se laissa bercer par la douce brise des Fidji.

Elle fut réveillée en sursaut par quelqu'un qui tambourinait à la porte. Elle crut d'abord l'avoir imaginé, puis comprit qu'elle s'était profondément endormie. Elle s'étira, bâilla et entendit sa sœur appeler depuis le jardin.

— J'arrive !

Elle ouvrit à Savannah, puis la précéda sur le balcon de sa spacieuse villa.

— Que se passe-t-il ? demanda-t-elle.

— Tu ne répondais pas, alors j'ai frappé plus fort en pensant que tu t'étais peut-être endormie. On a un petit problème, frangine.

Phoenix se retourna vivement, bien réveillée à présent.

— Que s'est-il passé ?

— Asseyons-nous, répondit Savannah, clairement surprise par son ton farouche et protecteur. Je vais t'expliquer.

— OK… Tu me rends nerveuse, tu sais.

Elles prirent place sur le balcon traversé par un agréable souffle d'air. Savannah ferma les yeux et leva le menton pour profiter de la caresse du soleil avant de parler.

— Je viens d'avoir des nouvelles d'Ethan et Zoe. Apparemment, ils ne pourront pas venir, en fin de compte.

— Oh non ! Zoe va bien ?

— Le médecin l'a envoyée faire quelques examens à l'hôpital et lui a ordonné de rester alitée pour les prochains jours, répondit Savannah.

— Oh… La pauvre. J'espère que tout se passera bien. Elle avait l'air tellement heureuse d'être enceinte, quand je l'ai rencontrée à ta fête de fiançailles.

— Oui. Ethan dit qu'elle a très peur, mais sa mère et lui resteront avec elle. Son père viendra seul.

— Mince, quelle malchance ! Jax n'est pas trop déçu ?

— Il va s'en remettre. Il regrette qu'ils ne soient pas avec nous, mais il tient surtout à ce que Zoe et le bébé aillent bien.

Un long silence suivit.

— Phoenix.

La manière dont sa sœur avait prononcé son nom fit tressaillir la jeune femme. Elle attendit, mais rien ne suivit.

— Vas-y, lança-t-elle. Crache le morceau.

Savannah ferma les yeux et dit très vite :

— Jax veut que Carter soit son témoin, à la place d'Ethan.

Phoenix sentit tout son corps se figer. Elle fit de son

mieux pour rester impassible. C'était le mariage de sa sœur et elle n'avait aucune envie de le gâcher… Mais laisser l'homme qui l'avait quittée la veille de leur propre cérémonie l'accompagner devant l'autel pour un autre couple avait quelque chose de malsain.

— Phoenix ?

Incapable de prononcer les paroles qui l'étouffaient, elle serra les dents.

— Fifi ?

Ça faisait longtemps que sa sœur ne l'avait pas appelée par son surnom. Elle la dévisageait à présent avec insistance.

— Oui, Savannah ?

— Dis quelque chose. S'il te plaît.

— Quand tu t'es fiancée à Jax, je t'ai dit de ne pas t'en faire pour moi. C'est *ton* mariage. Ne te préoccupe que de ton bonheur. Je vais bien. J'étais sincère quand je te l'ai dit à l'époque, et je le suis encore maintenant.

Savannah se pendit à son cou en s'écriant :

— Oh ! merci Fifi ! J'étais tellement inquiète. Je t'aime ! Je ne veux pas que tu sois gênée… Jax est allé parler à Carter, pour s'assurer qu'il soit d'accord aussi.

Elle avait dit cela si vite qu'elle eut besoin de reprendre son souffle. Phoenix lui rendit son câlin.

— Merci de me comprendre, reprit sa sœur. Je n'apprécie peut-être pas beaucoup Carter, mais Ethan et lui ne sont pas que de simples cousins de Jax. Ce sont aussi ses meilleurs amis. Je vais aller le rassurer. De toute manière, je lui ai déjà dit que tu as tourné la page sur ton ex !

Elle se leva.

— Le cocktail doit bientôt commencer et il faut que je me change, poursuivit-elle. Ne t'en fais pas : tout va bien se passer.

Au moment de sortir, elle se retourna néanmoins une dernière fois.

— Es-tu sûre que ça va ?

— Oui, répondit Phoenix avant de fermer la porte et de s'adosser au bois en soupirant.

Elle ne savait pas vraiment comment elle se sentait, au fond, mais elle ne pouvait pas le dire à sa sœur. Aurait-elle vraiment la force de faire bonne figure au bras de Carter ?

Après tout, qu'est-ce qui pourrait mal tourner ?

- 4 -

Carter faisait les cent pas dans son bungalow en front de mer. Il n'arrivait pas à croire ce qui venait de se passer. Bien sûr, il s'était préparé à revoir Phoenix pendant le mariage, mais ils n'avaient jamais vraiment discuté, depuis cette soirée terrible, juste avant leur propre cérémonie. Quand il lui avait annoncé qu'il ne pouvait pas l'épouser, elle avait refusé d'entendre ses explications. Cela s'était passé cinq ans plus tôt, et elle ne savait toujours pas pourquoi il avait dû annuler à la dernière minute.

Ils avaient beau vivre dans le même quartier et se voir de temps à autre, Phoenix avait mis des années avant d'oser croiser son regard. Puis ils avaient peu à peu réussi à se saluer nerveusement, sans rien se dire de plus. De nombreuses fois, il avait été sur le point de tout lui raconter, mais il était trop tard, à présent. La douleur était trop bien ancrée – chez eux deux. Renoncer à leur mariage avait été la chose la plus difficile qu'il ait jamais eue à faire. Seulement il n'avait pas eu le choix…

Il se figea, le temps de jeter un coup d'œil à son cousin, assis sur le canapé.

— Phoenix est-elle au courant ?

Jaxon retint un instant son souffle, puis grogna.

— Savannah est allée le lui dire.

— Je ne veux pas qu'elle soit mal à l'aise, reprit Carter avec fermeté.

Jax se leva et haussa les épaules.

— Moi non plus, mais sans Ethan, je ne vois pas qui d'autre je pourrais choisir comme témoin.

Carter soupira à son tour en se massant les tempes.

— Tu sais qu'elle me hait, pourtant.

— Non, elle ne te hait pas, le rassura Jax.

Surpris, Carter le dévisagea un instant.

— D'accord, elle te hait peut-être un peu, mais c'était il y a longtemps…

— Pas assez longtemps, rectifia Carter.

— Cinq ans, mon vieux ! Vous avez tous les deux tourné la page. Vous avez eu d'autres histoires. Je te demande juste de lui prendre le bras pour aller à l'autel avec nous. Ce n'est rien ! Deux minutes, et tout sera terminé. Tu peux bien survivre à ça, non ?

— Et toutes les autres activités que Savannah et toi avez prévues ? Cette histoire de… familiarisation… ou je ne sais quoi ? De toute évidence, on va devoir passer bien plus que deux minutes ensemble !

Jax baissa la tête.

— Savannah voulait juste que tout le monde apprenne à se connaître avant le mariage. On tenait à vous faire passer un bon moment.

Devant le regard perplexe de Carter, il s'avança et baissa la voix :

— Ose me dire que tu ne vas pas aimer ça. Quad ? Tyrolienne ? Kayak ? Fête sur un yacht ?

Oui, Carter adorait ce genre de choses.

— Bien sûr que je vais aimer, admit-il.

— Bref, blague à part, j'ai besoin de toi, vieux. Sans Ethan, tu es le seul qui puisse être mon témoin.

— Tu sais que je ferais tout pour toi, lâcha Carter, vaincu. C'est juste que… argh ! Ça ne va vraiment pas être une partie de plaisir. Savannah et toi allez devoir nous aider. Je ne sais même pas comment Phoenix va réagir !

— Elle est intelligente et raisonnable. Je suis sûr qu'elle comprendra.

Carter en doutait. Certes, son ex était brillante, mais elle s'était aussi sentie trahie et elle avait trop souvent prouvé qu'elle ne voulait plus le moindre lien entre eux.

— Penses-y, reprit Jax, interrompant le fil de ses pensées. Peut-être que vous arriverez à vous entendre et qu'elle te laissera enfin lui dire pourquoi tu as annulé votre mariage.

— Oh ! oui ! gloussa Carter. Quoi de mieux pour nous gâcher les vacances ?

— Ça te permettrait de clore ce chapitre de ta vie…

Il dévisagea son cousin, puis balaya sa remarque d'un geste.

— Il est clos depuis longtemps.

— Je sais, tu as passé l'éponge ; mais tu comprends ce que je veux dire. Elle ne sait rien. Notre famille est la seule au courant. Je n'ai même jamais rien dit à Savannah. Toutes les deux pensent que tu as pris peur, que tu as agi par lâcheté. Peut-être qu'elle te pardonnerait enfin, si tu le lui disais…

Carter se laissa tomber sur le canapé, désemparé.

— Sais-tu combien de fois j'ai essayé de lui parler ? Elle refuse de m'écouter ! Elle ne voit pas ce qui m'aurait poussé à tout envoyer valser au dernier moment et elle ne m'a pas laissé la moindre chance de le lui expliquer.

— Je sais. Elle a été blessée. Elle…

Jax chercha un instant ses mots.

— Elle s'est sentie rejetée, acheva Carter.

— Et humiliée.

— Oui…

— Écoute, tout ce que je dis, c'est que ces vacances pourraient vous permettre d'avoir une conversation posée. Elle mérite de savoir, tu ne crois pas ?

— Possible.

Carter n'osait pas espérer. Il lui faudrait beaucoup de temps pour convaincre Phoenix de le laisser parler – et dix jours aux Fidji ne suffiraient sans doute pas. De toute manière, pourquoi prendre cette peine, après tout ce temps ? N'avaient-ils pas avancé, chacun de leur côté ?

— J'ai déjà du mal à me dire qu'Ethan ne sera pas là et je m'inquiète pour Zoe. Je n'aurais jamais cru devoir me marier sans lui, mais le bébé est plus important, murmura Jax. Alors, tu acceptes ?

Carter se leva, serra la main tendue de son cousin et l'enlaça.

— J'accepte. Espérons juste que tout se passe bien.

— Oui. Quoi qu'il en soit, on s'en sortira ensemble.

Jaxon s'écarta et retrouva le sourire.

— Mec ! On est aux Fidji et je vais me marier !

— Il est temps de commencer la fête, répondit Carter, amusé malgré lui.

Il remplit deux verres de whisky et en tendit un à Jax. Quand il voulut trinquer, son cousin l'arrêta.

— Pas de toast solennel, c'est trop tôt.

Ils burent ensemble et reposèrent leurs verres.

— Il est temps de nous préparer. Je vais rentrer dans ma villa avant que ma fiancée lance les flics à mes trousses…

Au moment de partir, il se retourna vers Carter et rit.

— Tu sais, c'est peut-être un signe du destin.

— Quoi ?

— Sinai a décidé de ne pas venir. Ethan est retenu chez lui. Et maintenant, Phoenix et toi allez vous retrouver ensemble devant l'autel. Je pense que c'est un signe…

— Arrête ! cria Carter en lui lançant un coussin.

Jax l'évita et se précipita vers la porte en riant. Carter ne pouvait pas vraiment lui en vouloir : si la situation avait été inversée, il se serait probablement moqué de lui aussi. Il se servit un second verre et s'assit sur le balcon donnant sur l'océan scintillant. Cette fois, il prit le temps de savourer son whisky en se demandant ce que ces vacances lui réservaient.

Il n'avait pas eu de relation sérieuse depuis sa rupture avec Phoenix. Il l'avait quittée parce que c'était la bonne chose à faire, mais elle avait eu le cœur brisé. Hélas, il ne pouvait rien changer au passé. Il avait encore toute sa vie devant lui et des problèmes plus pressants à régler. Il allait simplement devoir trouver un moyen de profiter de son séjour ici et de s'amuser. Il avait *besoin* de cette pause.

Quand il rentrerait aux États-Unis, de grandes décisions l'attendraient et il voyait ces vacances comme une bouffée d'air frais avant d'entamer un nouveau chapitre de sa vie. Un chapitre excitant, même si son père n'approuverait pas. Il devait encore trouver un moyen de lui annoncer qu'il allait quitter Blackwell Wealth Management, alors que Bill avait espéré pouvoir léguer son cabinet de placements à ses fils. Carter avait d'autres projets et il avait sacrifié assez d'années à son père. Il était temps pour lui de faire cavalier seul, de réaliser *son* rêve. Il rentra et abandonna son verre vide dans le petit évier du bar. Il n'avait pas le temps de songer au passé : son avenir proche allait lui réserver assez de défis comme ça. Pour l'instant, il était en congé aux Fidji et il allait célébrer comme il se devait le mariage de son cousin. Il n'était pas du genre à se poser des milliers de questions. Il était temps de s'amuser !

- 5 -

Phoenix se changea pour le cocktail d'accueil prévu sous une paillote, sur la plage. Sa maxi-robe bustier légère était parfaite pour l'occasion. Elle referma son tube de gloss rose pâle et se contempla dans le miroir avant de prendre une profonde inspiration. Les dents serrées, elle se répéta :

— Tu le fais pour Savannah.

Le mariage de sa sœur était la chose la plus importante, pour le moment, pas ses propres sentiments pour Carter. Après tout, ce ne serait pas si terrible : prendre son bras, marcher quelques mètres à ses côtés. Rien de plus.

Elle lâcha un grognement frustré. Si seulement Jax avait choisi quelqu'un d'autre ! Cinq ans plus tôt, Carter et elle avaient prévu de se passer la bague au doigt et ça n'était pas arrivé parce que son fiancé avait tout annulé la veille. Jamais elle n'aurait cru que le destin puisse être si cruel… Quoi qu'il en soit, de l'eau avait coulé sous les ponts et elle n'avait plus aucune envie de fréquenter son ex. Avant ce voyage, ils n'avaient même jamais passé plus de quelques minutes ensemble.

— Tu le fais pour Savannah, répéta-t-elle en glissant son maquillage dans sa trousse. Et tu vas t'amuser.

Elle rangea ses affaires, se redressa et quitta la villa. Tout en traversant le parc fleuri, elle décida de ne pas se laisser troubler par la situation. Elle avait oublié Carter depuis longtemps et une simple marche jusqu'à l'autel pour le mariage de sa sœur n'y changerait rien. Les rares fois où ils s'étaient croisés, ces cinq dernières années, ils s'étaient contentés de se saluer poliment. Elle n'avait qu'à continuer comme ça et le considérer comme un simple ex.

En atteignant la plage où était organisé le cocktail, elle souriait de nouveau. Était-ce la caresse de la brise océanique, le décor de rêve ou le fait qu'elle commençait enfin à se sentir en vacances ? Quoi qu'il en soit, elle fut heureuse de sentir ses angoisses se dissiper. Les dix jours à venir allaient être passionnants, amusants et paisibles. Juste ce dont elle avait besoin.

Un beau serveur lui tendit un cocktail sous la paillote dressée pour la réception. Elle l'accepta, fit un petit signe à Lincoln et Ivy, frère et sœur de Carter, puis poursuivit sa route. Les invités venus en avance n'étaient pas nombreux : il n'y avait là que la famille des mariés et quelques amis proches. Six personnes, dont Carter.

Phoenix embrassa Maya, l'ancienne colocataire de Savannah, à la fac. À les voir ensemble, on aurait pu croire qu'elles étaient amies depuis l'enfance alors qu'elles ne se connaissaient que depuis quelques années… Elle échangea ensuite quelques mots avec les autres. Carter n'était pas encore arrivé, ce qui était un soulagement.

Elle savait déjà qu'elle allait passer son séjour entourée de tout ce monde, mais elle avait aussi besoin d'un peu de solitude, ce soir. Elle alla donc s'installer dans un fauteuil confortable, un peu à l'écart, en attendant l'apparition des fiancés – qui n'avaient rien de calme ou de silencieux !

Elle songea de nouveau à leurs rapides fiançailles. Jaxon et Savannah se connaissaient depuis l'école primaire et n'avaient pas eu envie de perdre du temps avant de se marier. Ils avaient arrêté la date le lendemain de la demande de Jax et avaient passé les mois suivants à tout préparer. La sœur de Phoenix avait toujours rêvé de se marier sous les tropiques.

Buvant une nouvelle gorgée, la jeune femme ferma les yeux. Elle sentait le parfum de la mer et pouvait goûter son sel sur ses lèvres. Pendant un instant, elle eut l'impression que les vagues balayaient tous ses soucis. Une musique traditionnelle animait la soirée et elle se balança en rythme.

— Je vois que tu apprécies l'ambiance.

Le son inattendu de cette voix la crispa sans prévenir. Elle rouvrit les yeux pour découvrir son ex campé devant elle. Son cœur se mit à battre plus vite. Pas parce que son arrivée la dérangeait, mais parce qu'il était plus beau que jamais, dans ce décor paradisiaque.

— Bonsoir, Carter, dit-elle avant de se redresser un peu pour l'observer par-dessus le bord de son verre. Je suis contente de te voir.

Elle ne trouva rien d'autre à dire. En fait, elle n'avait pas vraiment prévu de lui parler.

— Puis-je ? demanda-t-il en montrant le fauteuil voisin.

— Bien sûr.

Elle se laissa de nouveau aller contre le dossier et ils gardèrent le silence. Combien de temps comptait-il rester là, avec elle ? Phoenix ferma les yeux une seconde fois et tenta de se laisser bercer par la musique. Son cœur ralentit et sa tension s'évanouit lentement. Les choses n'allaient peut-être pas être aussi compliquées qu'elle l'avait craint…

Au bout de quelques minutes, il reprit la parole :

— Cette île est magnifique.

— Oui, répondit-elle sans rouvrir les yeux.

Nouvelle pause.

— Je voulais juste te saluer et…

Il s'interrompit et elle se tourna vers lui, surprise. Il avait le regard lointain, comme à chaque fois qu'il cherchait ses mots.

— Je sais que te montrer à mon bras pendant la cérémonie est sans doute la dernière chose que tu désires. Je voulais te dire que je comprends que cela te mette mal à l'aise. Je ne fais ça que pour dépanner mon cousin, et je ne compte pas traîner dans tes pattes.

— Pareil, répondit-elle avec un sourire poli. Tu n'as pas à venir me voir, tu sais. Je suis sûre que Jax et toi avez eu la même conversation que ma sœur et moi. Nous devons leur faire plaisir, c'est tout.

— Content de voir qu'on est d'accord.

Elle acquiesça et le silence reprit ses droits. Une certaine gêne se fit sentir aussi. Devait-elle se lever pour aller chercher un second verre ? Carter allait-il dire autre chose ? Ils n'avaient plus l'habitude de rester ensemble, sans parler. Tranquilles. Phoenix fut tentée de se rabattre sur des banalités pour chasser cette tension.

— Tu es magnifique, tu sais, murmura finalement Carter.

Sans savoir pourquoi, elle sourit. Un tel compliment, ça fait toujours plaisir, même venant d'un ex…

— Merci.

— Bonsoir, tout le monde ! cria soudain Savannah, qui venait d'apparaître au bras de Jaxon.

Soulagée, Phoenix se tourna vers eux. Sa sœur paraissait ravie et Jax la couvait d'un regard amoureux.

— Est-ce que vous êtes prêts à faire la fête ? lança encore la future mariée d'une voix musicale.

— Ouais ! répondirent les invités en levant leurs verres.

— Dans ce cas, trinquons aux Fidji ! Et je tiens à tous vous remercier d'être venus plus tôt pour nous !

— Oui, renchérit Jaxon. On est tous loin de chez nous et nous tenions à prendre le temps de vous montrer à quel point votre présence compte pour nous. Donc, nous avons prévu plein d'aventures pour ces quelques jours !

Tout le monde but à la santé des mariés.

— Comme vous le savez, poursuivit Savannah, Ethan et Zoe ne pourront finalement pas venir. Nous leur avons parlé : Zoe va bien, mais elle doit rester à l'hôpital pour le moment. Ayons une pensée pour eux…

Clairement, cette nouvelle en déçut plus d'un.

— Puisqu'ils ne seront pas là, j'aimerais remercier mon cousin Carter d'avoir accepté d'être mon témoin au pied levé. Merci, vieux ! déclara Jaxon en levant de nouveau son verre en direction de Carter.

Le regard d'Ivy passa des fiancés à Lincoln. De toute évidence, ils n'avaient pas encore entendu parler de ce changement de programme.

— De rien. Je ferais tout pour mon petit cousin, dit Carter.

— Ça va, on sait que tu es l'aîné, plaisanta Jax. Et on te le rappellera dans quelques années…

Quelques éclats de rire fusèrent. Les fiancés leur expliquèrent ensuite le programme des prochains jours – que Phoenix connaissait déjà, puisqu'elle les avait aidés à tout planifier. Elle avait hâte de s'amuser, mais prit soudain peur en songeant aux activités prévues en duo. Allait-elle devoir les faire avec Carter ? Non, elle ne le supporterait pas. Elle avait besoin de garder ses distances avec lui.

Perdue dans ses pensées, elle n'écouta pas la suite et entendit juste Jaxon inviter tout le monde à profiter de la soirée. Elle jeta un regard en direction de son ex et vit qu'il la dévisageait avec attention.

Elle se tourna ensuite vers sa sœur et son chéri, emportés sur leur petit nuage d'amour et de bonheur ; puis regarda de nouveau Carter discrètement. Il ne la contemplait plus, mais ne semblait pas s'amuser non plus. Avait-il l'impression de manquer quelque chose, lui aussi, en voyant à quel point Savannah et Jaxon paraissaient heureux ensemble ?

- 6 -

Carter envoya un rapide texto à Ethan pour demander des nouvelles de Zoe. Sur le moment, il ne songea plus au décalage horaire : le jour se levait sur les Fidji, et on devait approcher de minuit à New York. Heureusement, Ethan était un couche-tard. Il lui répondit immédiatement pour dire que rien n'avait changé. Zoe était toujours en observation, mais elle gardait le moral.

Il sortit ensuite pour aller frapper à la porte voisine – celle de la villa de Lincoln. En attendant que son frère ouvre, il prit le temps de profiter du lever de soleil. Lincoln sortit enfin, tout sourire.

— Je suis prêt !

— Tu as l'air fatigué, remarqua Carter.

— Je me suis couché tard pour avoir le temps d'appeler Brit et les enfants. Ils ont hâte de nous rejoindre. J'ai vu que Phoenix et toi avez réussi à vous entendre, hier soir.

— Bien sûr. Tu en doutais ?

— Ça doit tout de même être un peu gênant pour vous.

— Oui…

Soudain, Lincoln se figea dans un petit cri.

— Attends ! Où est Sinai ? Je croyais qu'elle devait venir avec toi.

Carter soupira et gloussa.

— On… n'est plus ensemble.

— Depuis quand ?

— Elle m'a quitté juste avant mon départ. Elle a dit qu'elle ne voulait pas venir, si je n'étais pas prêt à m'engager dans une relation sérieuse avec elle.

— Ha ! lâcha Lincoln avec un sourire triomphant.

— Qu'y a-t-il de si drôle ?

Hélas, Carter n'avait pas vraiment besoin qu'il réponde. Ses frères le connaissaient mieux que personne et il se surprit à rire à son tour.

— N'est-ce pas ce qu'a dit la dernière ? demanda Lincoln.

— Je suis donc si facile à démasquer ?

— Ne t'en fais pas. Quand tu rencontreras la bonne, tu le sauras tout de suite.

Ils rejoignirent le bâtiment principal et retrouvèrent Jaxon dans le hall. Il s'approcha en se frottant les mains avec excitation.

— Alors ? Vous êtes prêts ?

— Oui, répondit Carter.

Lincoln acquiesça.

Jaxon jeta un coup d'œil autour de lui et reprit :

— Je vois que les filles ne sont pas encore là. Je vais dire au chauffeur que nous avons besoin d'un peu plus de temps.

Il s'éloigna pour parler à l'homme qui attendait près d'une navette, dans l'allée. Au même instant, Phoenix et Savannah firent leur apparition. Carter fut sans voix : son ex était splendide. Elle avait toujours eu une beauté envoûtante à ses yeux et il fit de son mieux pour ne pas avoir l'air de la dévisager. Elle avait rassemblé ses cheveux en queue-de-cheval pour dégager son joli visage. Autrefois, il avait aimé suivre du doigt le creux de ses fossettes. Ça la faisait sourire… Oui, il avait été responsable de son bonheur pendant si longtemps. Elle portait un dos-nu et un short en jean qui la rajeunissaient, sur des sandales dorées. Carter parvint enfin à se détourner pour s'assurer que personne ne l'avait surpris. Il y avait tant d'autres belles femmes, parmi le personnel ; et sans doute étaient-elles moins têtues qu'elle !

— Bonjour, dit-il quand les filles arrivèrent à sa hauteur.

— Bonjour, répondit simplement Phoenix.

— Salut, les gars ! claironna Savannah. Où est Jax ?

— Avec le chauffeur.

— Merci ! On se retrouve dehors, reprit-elle avant de s'éloigner.

Derrière Phoenix, Ivy, la sœur de Carter et Maya approchèrent à leur tour. Angel, une autre amie de la mariée, n'allait sans doute pas tarder. Il leur fit signe et sortit pour prévenir son cousin.

Le groupe s'installa dans le petit bus. Carter avait espéré profiter de leur trajet d'une heure pour dormir, mais les fiancés avaient d'autres projets : ils se lancèrent dans un jeu de questions-réponses pour voir à quel point leurs invités se connaissaient. Ce fut étrangement distrayant.

— Ce n'est pas juste ! cria Maya au bout d'une dizaine de questions. Vous vous fréquentez depuis toujours ! Vous avez toutes les réponses !

— Elle a raison, consentit Jax. Laissez Maya et Angel tenter leur chance avant de parler.

— Alors… Où Jaxon et moi nous sommes-nous rencontrés ? reprit Savannah.

Maya bondit sur son siège.

— Je sais ! En primaire !

— Quelle classe ?

— Pr… commença Carter.

— Chut ! cria Savannah. Bien sûr que tu sais : on était tous ensemble, dans la même école. Laisse Maya essayer !

— Euh… Au cours préparatoire ?

— Presque ! répondit Jaxon. Je t'accorde un point !

— Tu vois ? lança Maya en se tournant vers Carter. Je sais certaines choses.

Son regard lui parut soudain plus sensuel qu'amusé. Il avait déjà eu l'impression qu'elle passait beaucoup de temps avec lui, pendant la fête de la veille, mais il n'y avait pas prêté attention. Ne savait-elle pas qu'il était sorti avec la sœur de sa meilleure amie ? *Sorti*… Le mot était faible. Flirter avec lui devait être une entorse au code de conduite des filles, non ? Il jeta un coup d'œil à Phoenix, mais elle semblait perdue dans ses pensées. Tant mieux, parce qu'il n'y avait plus rien entre eux et, si l'on en croyait le passé, les chances qu'elle accepte enfin de lui parler étaient faibles. D'un autre côté, Maya était certes jolie, cependant il était hors de question de s'intéresser à elle. Elle était trop proche de son ex.

Avait-il une chance de redevenir ami avec Phoenix ? Non, c'est absurde. Il repoussa bien vite cette idée et écouta les autres jouer en attendant d'arriver à destination.

— Nous y sommes ! lança Savannah tandis que la navette se garait. Oh ! je sens qu'on va bien s'amuser ! Surtout toi, Carter : Phoenix et toi avez toujours adoré l'aventure.

Il jeta un coup d'œil à son ex, qui sourit très vite avant de se détourner.

La guide engagée pour la journée monta dans le bus et délivra ses instructions. Tout en l'écoutant, Carter sentit son excitation monter. L'excursion prévue serait parfaite pour chasser la tension qu'il subissait depuis des semaines. Le groupe, équipé de sacs à dos, descendit, visita une boutique de souvenirs près du parking, puis rejoignit un corral où on leur assigna des chevaux qui devaient les conduire au sommet de la montagne.

Carter choisit un étalon noir et ne fut pas surpris de voir Phoenix grimper sur une bête grise et blanche, presque identique à celle qu'elle montait dans son adolescence. Elle l'avait baptisée Étincelle, à cause des pointes de gris disséminées sur sa robe.

Il leur fallut près d'une demi-heure pour accomplir leur ascension. Les chevaux, bien dressés, se suivaient paisiblement sur le sentier, encadrés par la guide et un employé de l'hôtel.

Carter se laissa porter, fermant parfois les yeux pour inspirer profondément l'air salin. Les flancs de la montagne, luxuriants et verts, ressemblaient à un tableau naturel. Il observa les feuilles agitées par la brise et oublia bien vite ses soucis. Lorsqu'ils mirent pied à terre, il avait également oublié ses bonnes résolutions vis-à-vis de Phoenix et s'approcha d'elle, heureux.

— C'était agréable, dit-elle.

Surpris de la voir entamer la conversation, il hésita un instant avant de répondre :

— Oui, très agréable.

— J'avais besoin de ça…

— Moi aussi.

— Comment allez-vous ? demanda la guide.

On répondit avec enthousiasme, mais Maya soupira.

— Le sentier était assez étroit. Je suis contente que ce soit terminé. Attendez ! Ne me dites pas qu'on va devoir reprendre les chevaux pour descendre !

Savannah éclata de rire et lui prit le bras.

— Calme-toi, tu auras bien le temps d'y penser tout à l'heure.

— Ce n'est pas drôle. J'ai eu peur. Mon cheval s'est

beaucoup trop approché du bord de la falaise et j'ai dû prier pour qu'il ne tombe pas. Je sais que Dieu n'a pas entendu parler de moi depuis longtemps, mais quand même.

Son amie gloussa de plus belle, imitée par les autres.

— Maya, tu es folle… Allez, venez : on n'a pas terminé !

Carter les regarda s'éloigner en souriant. Maya était certes jolie, mais elle paraissait trop fantasque pour lui. Même sans la présence de Phoenix, il n'aurait pas pu se résoudre à la draguer. Elle n'était pas son genre.

— Peut-être que je pourrais redescendre avec Carter, reprit-elle. Il a l'air de savoir maîtriser son étalon.

Le jeune homme haussa un sourcil en entendant cette voix si charmeuse. Il ne s'était pas attendu à ça – pas plus que les autres, à en croire leurs expressions. Ivy lâcha un grand éclat de rire. Lincoln haussa un sourcil. Angel gloussa. Jax secoua la tête… Mais Phoenix ne réagit pas.

Heureusement, la guide intervint à point nommé.

— Nous allons faire une petite randonnée le long de la crête, annonça-t-elle.

Ils atteignirent rapidement une plate-forme et une tyrolienne. La guide leur expliqua qu'il faudrait en emprunter plusieurs pour atteindre le sommet, à près de 1 200 mètres d'altitude.

— 1 200 ! Oh non ! cria Maya. Je ne peux pas monter si haut !

— Bien sûr que si, la rassura Savannah. Tu peux grimper avec un partenaire, si ça te rassure.

— Carter ? Veux-tu être mon partenaire ?

— Je t'accompagne ! coupa précipitamment son amie.

De nouveau, Carter fut abasourdi. Il avait l'habitude des femmes et trouvait en général de bonnesréparties, mais cette fois, c'était différent. Il n'aimait pas l'idée de flirter en présence de Phoenix.

— Mais tu ne voulais pas monter avec Jaxon ? protesta Maya avec une moue.

Se sentant obligé de dire quelque chose, Carter s'avança.

— Si tu as vraiment peur, je veux bien t'accompagner.

— C'est bon, dit Savannah avec fermeté. Elle va crier et te rendre sourd, si tu montes avec elle.

— OK.

Il jeta un nouveau coup d'œil à Phoenix, qui n'avait toujours pas réagi. Maya ignorait-elle vraiment leur passé commun ? Elle n'avait rencontré Savannah qu'après leur rupture, donc c'était une possibilité…

La guide leur donna quelques consignes de sécurité, puis arrima les baudriers de Savannah et de Maya à la tyrolienne pour les faire partir en premier le long du câble. Comme prévu, Maya poussa des hurlements hystériques qui amusèrent tout le monde.

— Sauvé par le gong, hein ? glissa Lincoln à l'oreille de son frère.

— Fais attention, elle a l'air tenace, ajouta Ivy avant de regarder Phoenix. Elle ne doit pas être au courant pour vous.

Carter rit nerveusement. L'attitude distante de son ex réveillait des sensations étranges en lui, sans qu'il puisse les définir clairement.

Pendant l'heure qui suivit, toute la troupe vola de tyrolienne en tyrolienne, passant au-dessus des arbres pour admirer à loisir le paysage somptueux de l'île, au milieu de l'océan. Puis on les conduisit dans des grottes magnifiques, foisonnantes de vie.

Enfin, la guide les emmena dans une clairière pour leur faire prendre un bain de boue thérapeutique. Une bataille fit bientôt rage entre Savannah et son fiancé, puis Phoenix les rejoignit en riant. Cible d'un tir de sa sœur, elle esquiva dans un grand cri et Carter reçut une grosse poignée de boue en plein visage.

— Oh mon Dieu ! lâcha Phoenix, une main plaquée sur ses lèvres. Je suis désolée !

Ivy éclata de rire à son tour.

— Qu'est-ce qui t'amuse ? demanda son frère en lui lançant à son tour de la boue, qui l'atteignit, ainsi que Lincoln.

Très vite, tout le monde fut recouvert de la tête aux pieds. On sortit du bassin pour laisser la boue sécher avant de se rincer dans une source chaude délicieuse. Après un authentique repas des Fidji, ils redescendirent et prirent de nouveau place dans la navette, épuisés.

Maya s'assit sur le siège voisin de celui de Carter qui, sans se soucier d'elle, somnola pendant tout le trajet. À un moment, il ouvrit vaguement les yeux pour se rendre compte qu'elle avait posé la tête sur son épaule – et que Phoenix les observait. Leurs regards se croisèrent un instant, puis son ex gloussa, secoua la tête et se détourna.

Ils arrivèrent à l'hôtel peu avant le coucher du soleil. Carter observa un instant le ciel avant de secouer sa voisine. Le bus était silencieux. Tout le monde s'était assoupi. Il sourit à Maya, gentiment, tout en cherchant un moyen poli de lui faire comprendre qu'il n'était pas intéressé par elle. Sa rupture avec Sinai était encore trop récente et il ne voulait pas séduire qui que ce soit devant Phoenix. Ça ne lui paraissait pas correct.

Maya s'étira et bâilla.

— Tu retournes à ta villa ? demanda-t-elle.

Elle avait beau se montrer particulièrement directe depuis la veille, il crut avoir mal entendu.

— Pardon ?

Sa compagne entortilla une mèche de cheveux autour de son doigt avec un sourire engageant.

— Est-ce que tu retournes à ta villa ? Je peux te tenir compagnie, tu sais…

— Merci, mais ce ne serait pas une bonne idée.

— Pourquoi ? Tu as peur ?

— Pas du tout. Mais sache que je suis flatté.

Cette fois, Maya prit un air franchement séducteur.

— Tu sais où je suis logée, si jamais tu changes d'avis…

Carter se contenta de hausser un sourcil et de sourire tandis que tout le monde descendait du bus. Il prit soin de laisser Maya passer avant lui.

— J'ai besoin d'une douche, déclara Ivy. À tout à l'heure !

Alors que Lincoln attendait Carter pour rentrer avec lui, celui-ci lui fit signe.

— Accorde-moi un instant.

Puis il s'approcha de Phoenix, qui le regarda venir avec un demi-sourire moqueur.

— Phoenix, je… Il ne se passe absolument rien entre Maya et moi, tu sais…

— Pourquoi me dis-tu ça ? demanda-t-elle.

— J'ai pensé que tu devais le savoir.

— Il ne se passe rien non plus entre nous. Ce que tu fais avec d'autres femmes ne me regarde pas.

— Pas la peine d'être aussi sèche.

— Je ne suis pas sèche ! protesta-t-elle. Je dis juste que tu n'as pas besoin de te justifier.

— Ce n'est pas ce que je fais. J'essaie simplement de rendre la situation moins… embarrassante.

— Parfait !

Il lâcha un soupir frustré.

— Tu pourrais peut-être essayer d'être plus gentille.

— Vraiment ? Tout ce que je fais, c'est pour ma sœur et Jax. *Tu* n'entres pas en ligne de compte ! s'écria-t-elle d'une voix forte qui retint l'attention de Lincoln et des autres.

Carter jeta un coup d'œil gêné au groupe.

— Je n'ai pas dit ça, murmura-t-il. Je voulais être honnête, rien de plus.

— Merci, mais ce n'est pas nécessaire.

— Tu sais quoi ? Laisse tomber ! Oublie ce que j'ai dit.

Puis, se tournant vers son frère, il l'entraîna sur le sentier.

- 7 -

Le lendemain matin, Phoenix faillit ne pas entendre les coups discrets frappés à sa porte. Elle jeta un coup d'œil par la fenêtre et laissa entrer sa sœur, qui portait un maillot de bain blanc et un paréo assorti. En fait, presque toutes les tenues qu'elle avait emportées étaient blanches. Entre ça et sa tiare diamantée qui proclamait fièrement « Mariée », il était difficile de ne pas la remarquer…

Phoenix se laissa tomber sur le canapé, une jambe repliée sous elle, et sirota son café instantané. Savannah vint s'asseoir près d'elle.

— Tout va bien, Fifi ?

— Bien sûr, répondit Phoenix, surprise. Pourquoi ?

— Je pensais à Maya…

La jeune femme leva les yeux au ciel.

— Pourquoi est-ce que tout le monde s'inquiète pour Carter et moi ? Elle peut l'avoir, si ça l'amuse !

Savannah eut une moue incrédule.

— Que veux-tu dire par « tout le monde » ?

Phoenix soupira, ferma les yeux quelques secondes, puis répondit :

— Carter et toi paraissez convaincus que je suis jalouse de Maya. Franchement, je m'en moque.

— Sors ce baratin aux autres, mais pas à moi, frangine.

— C'était il y a…

Sa sœur la coupa d'un geste.

— Oui, oui. Il y a longtemps, je sais. Mais même en ayant tourné la page, personne n'aime voir son ex flirter avec quelqu'un d'autre.

— Je ne…

— Si ! Encore une fois, je *sais* que tu ne ressens plus rien pour lui, répliqua Savannah avant de s'adoucir.

— Quoi ?

— Je suis désolée, dit-elle en posant une main sur sa cuisse. Je sais que tu n'aimes pas l'idée de le revoir, mais il est très proche de Jax et on était obligés de l'inviter. Je ne pensais pas que sa présence te troublerait autant.

— Qu'est-ce que tu essaies de dire ? Je. Vais. Bien !

Phoenix posa brutalement sa tasse sur la table basse pour faire bonne mesure.

— Et je ne te crois pas. Personne ne te connaît mieux que moi, Fifi. Tu n'es pas toi-même, depuis notre arrivée. Tu essaies de paraître indifférente, mais je sens ta tension et ça me met horriblement mal à l'aise.

Cette fois, Phoenix se leva pour se camper devant la fenêtre.

— Tout va bien, crois-moi, dit-elle sans se retourner.

Sa sœur s'approcha en douceur.

— J'ai bien vu tes grimaces, quand Maya a essayé de draguer Carter, hier…

— Savannah !

Phoenix s'en voulut immédiatement d'avoir hurlé. Elle n'avait pas eu l'intention de se montrer si colérique, mais elle aurait été prête à tout pour mettre fin à cette conversation.

Bien qu'elle ne l'eût pas admis à voix haute, la trahison de Carter la faisait encore souffrir – d'autant plus qu'elle ne savait toujours pas pourquoi il l'avait quittée ainsi, sans prévenir. Elle ne voulait pas tant se soucier de ça, mais elle n'arrivait pas à s'en empêcher.

— Savannah, reprit-elle avec plus de douceur, je t'en supplie, arrête de t'en faire. Ce voyage *te* concerne. Certes, la situation est un peu gênante pour moi, mais je vais survivre. Carter et moi ne nous sommes presque pas revus en cinq ans, il est normal qu'on ait besoin de temps pour s'adapter. Et je me moque de savoir qu'il plaît à Maya. Ce qu'ils font ou non n'est pas mon problème.

Sa sœur croisa obstinément les bras.

— Ce n'est pas aussi simple et je le sais.

— Viens, nous allons être en retard, coupa Phoenix en détournant les yeux. Une nouvelle journée d'aventures nous attend.

— Très bien, mais nous en reparlerons, répondit Savannah avant de rejoindre la porte. J'ai dit à Maya que Carter est ton ex, sans rentrer dans les détails. Essaie de t'amuser un peu plus aujourd'hui, d'accord ?

— Je te le promets.

Phoenix ferma la porte sur sa sœur et soupira, adossée au mur. Elle pensait avoir mieux réussi à cacher son énervement, la veille… Il allait vraiment falloir qu'elle fasse des efforts. Qu'elle obtienne ou non des réponses de la part de Carter ne changerait rien. Ils étaient séparés, point. À cette pensée, son estomac se noua subitement. Elle aurait aimé tourner la page ; mais comment faire, quand il restait encore tant de zones d'ombre entre eux ? Cinq ans plus tôt, elle avait été trop durement atteinte par les événements pour écouter ce que son ex avait à lui dire. Comment aurait-il pu atténuer sa douleur ? Il avait détruit tous ses espoirs en annulant leur mariage à la dernière minute. Elle avait ensuite tout fait pour garder ses émotions sous contrôle, afin de convaincre tout le monde qu'elle allait bien. La présence de Carter ici était-elle en train de réveiller sa rage ? Pouvait-elle lui soutirer des réponses ? Non, pas sans devoir se livrer aussi – chose qu'elle n'était pas prête à faire. Et puis, quel bien en retirerait-elle, maintenant ? Mieux valait se taire.

Elle s'habilla pour rejoindre les autres dans le hall de l'hôtel. Elle se sentait un peu stupide d'avoir si mal réagi, la veille, alors que Carter essayait de se montrer attentionné et de la rassurer. À la vérité, les avances que Maya lui avaient faites la *dérangeaient*. Seulement, elle ne voulait pas l'admettre ou trahir sa jalousie. Elle décida soudain d'ignorer son amertume – autant que possible – et de passer un bon moment. Elle n'avait aucune raison de se priver, après tout !

En arrivant dans le hall, elle s'approcha de Carter et lui demanda de lui accorder un instant.

— Qu'y a-t-il ? demanda-t-il d'un air frustré et bougon.

Il avait essayé d'arrondir les angles, et elle l'avait repoussé. Le moment était venu de s'amender.

— Je voulais m'excuser pour hier. Je n'aurais pas dû m'énerver. On fait la paix ? dit-elle en lui tendant la main.

Carter hésita un instant avant de la serrer.

— D'accord. Je vais continuer à garder mes distances, pour ne pas te gêner.

— Inutile. Nous sommes grands et je pense que nous serons capables de rester courtois, en dépit de notre passé. Je suis sûre que tu as autant envie que moi de passer de bonnes vacances.

— Ouais, notre « passé », gloussa-t-il.

— C'est ça, renchérit-elle avant de voir Maya couler un regard dans leur direction. Et je connais quelqu'un qui aimerait sans doute égayer ton présent…

Carter n'eut évidemment pas besoin de se retourner pour savoir de qui elle parlait.

— Certainement pas ! dit-il avec fermeté.

— Ha ! Elle n'est pas ton genre, hein ?

Phoenix fut incapable de réprimer un éclat de rire : elle était bien placée pour connaître les préférences de son ex... Carter l'imita sans se faire prier. D'un seul coup, l'atmosphère parut se détendre.

— Notre prochaine excursion nous attend ! cria soudain Jaxon, attirant l'attention de tout le monde.

Tandis que le groupe suivait les fiancés jusqu'à la navette, Maya s'attarda un instant pour s'approcher de Phoenix.

— Salut. Est-ce que je peux te dire un mot ?

— Bien sûr...

— Savannah m'a dit que Carter et toi êtes sortis ensemble, autrefois.

— Oui, répondit Phoenix. On peut dire ça.

— Je l'ignorais complètement. Sans doute parce qu'on s'est rarement vues, toi et moi.

— Oui, sans doute.

— C'était avant que je devienne proche de ta sœur, c'est ça ? reprit-elle avant de sourire. Carter est vraiment mignon.

— Mmm-hmm, lâcha vaguement Phoenix.

— Maintenant que je sais la vérité, je me demandais si ça t'a gênée de me voir... tu sais... flirter avec lui. Je ne pensais pas à mal.

Une flopée de réponses traversa l'esprit de Phoenix. Elle ne parvint à murmurer que : « Ce n'est rien » et « Tant qu'il est célibataire... » Le visage de Maya s'illumina.

— Il l'est ? J'ai remarqué qu'il est venu seul.

Phoenix leva les yeux au plafond et réfléchit un moment.

— En fait, je ne sais pas s'il sort avec quelqu'un.

— OK. Merci ! lança Maya avant de s'enfuir presque en courant.

Phoenix prit une profonde inspiration et la relâcha lentement, pour retrouver son calme.

Après un court trajet dans le petit bus, toute la troupe se prépara à faire du quad en bord de mer.

— Mettez-vous en équipes pour la course de relais, ordonna Savannah.

— Les garçons contre les filles ! cria Phoenix.

— Quoi ? s'étrangla Maya. Non ! Ce n'est pas juste : les filles vont perdre !

— Comment ? lancèrent Phoenix et Ivy en même temps.

Elles se regardèrent et gloussèrent.

— On ne craint personne, sur le terrain, ajouta la sœur de Carter.

— Navrée, Maya, mais le premier tour sera bien garçons contre filles, reprit Savannah.

— Le relais aura lieu d'ici au gros rocher, expliqua Jaxon. Pour la deuxième manche, vous serez en équipe avec la personne qui vous a été assignée pour la cérémonie.

— Donc, Phoenix sera avec Carter. Lincoln, avec Maya. Angel, avec Ivy. Et moi, déclara Savannah en donnant un petit coup d'épaule à Jax, je serai avec toi, mon amour…

— Je veux être avec Carter, protesta Maya.

Puis, surprenant sans doute le regard de Phoenix, elle s'empressa de baisser la voix :

— Désolée.

Phoenix et Carter échangèrent un regard entendu.

Jaxon bondit sur son quad, près de celui de sa fiancée.

— Bébé, est-ce qu'on s'excuse tout de suite, vu qu'on va gagner ?

Savannah éclata de rire.

— Oui, ce serait mieux.

— Hors de question ! lança Phoenix. C'est nous qui allons gagner, hein, Carter ?

— Bien sûr !

Ils avaient l'habitude du quad : ça avait été un de leurs passe-temps préférés.

À cause de Maya, les filles perdirent la première manche. Elle n'était clairement pas douée pour ce genre de sport et ne cessa de se plaindre de la boue collée à ses chaussures. Lors de la seconde manche, la compétition fit rage. Phoenix et Carter finirent tout de même par l'emporter haut la main, tandis que Lincoln et Maya arrivèrent bons derniers. Et les caprices de celle-ci firent rire tous les autres.

Phoenix avait oublié à quel point son ex pouvait être amusant. Soudain, en se tournant vers lui, elle fut choquée de voir son marcel épouser à la perfection la forme de ses abdominaux fermes. La boue qui le recouvrait presque de la tête aux pieds lui donnait un air plus sexy, plus sauvage. Quelque chose s'échauffa dans son ventre et elle se détourna rapidement. Il ne fallait pas qu'elle se laisse séduire par sa confiance, ses muscles ou son sourire triomphant. Bien sûr, il était beau et avait gardé son rire mélodieux, mais… Elle ravala péniblement sa salive.

— On fait une dernière course ?

— Non ! crièrent ensemble Lincoln et Maya.

— Oui ! renchérirent tous les autres.

Savannah gloussa.

— La majorité l'emporte, dit-elle.

— Et on va l'emporter aussi, Carter, ajouta Phoenix en levant le poing.

— Oh oui !

— On ne fait que s'échauffer, attention…

Maya resta silencieuse. Sans doute avait-elle conscience qu'elle avait fait perdre son équipe.

Cette troisième course fut la plus serrée de toutes. Savannah et sa sœur furent au coude à coude sur presque tout le parcours. Voyant la ligne d'arrivée approcher, Phoenix accéléra, doubla Savannah, mais son quad heurta un gros caillou et bascula sans prévenir. Éjectée du siège, elle atterrit lourdement sur un genou en poussant un cri.

Sa sœur bondit de son véhicule et se précipita vers elle, tout comme les autres. Tenant son genou d'une main, Phoenix lâcha un gémissement étouffé. Carter arriva le premier et s'accroupit près d'elle.

— Phoenix ! Est-ce que ça va ? Tu es blessée ?

— M… mon… genou, balbutia-t-elle, traversée par un raz-de-marée de douleur.

Regardant tous ces visages inquiets penchés sur elle, Phoenix tenta de reprendre son souffle. Hélas, la souffrance était si aiguë qu'elle ne parvenait plus à répondre aux questions des autres. Carter la prit dans ses bras et la souleva avec soin pour la porter comme un bébé.

— Nous devons aller chercher de l'aide, dit-il en marchant rapidement jusqu'à son quad pour l'asseoir derrière lui. Accroche-toi.

Elle fit ce qu'il lui avait demandé et s'agrippa à sa taille, appuyée contre son dos en gémissant. Les autres les suivirent tandis que Carter conduisait prudemment jusqu'au bus.

— Tiens bon, dit-il, aussi essoufflé qu'elle et clairement paniqué. Je suis là.

Elle gémit de plus belle – c'était tout ce qu'elle parvenait à faire. Des larmes lui échappèrent, roulant sur sa joue et mouillant le débardeur de Carter. Elle enfouit son visage dans son dos et pleura.

— Tout va bien se passer, répéta-t-il plusieurs fois.

Sur le parking, il la souleva de nouveau et elle sut instinctivement qu'il allait prendre soin d'elle. Le passé et Maya n'avaient plus d'importance. Elle se sentit soudain en sécurité avec cet homme, comme lorsque l'on retrouve son foyer après un long voyage…

- 8 -

Carter et les autres firent les cent pas dans la salle d'attente tandis que le médecin de l'île examinait le genou de Phoenix. Personne ne parlait. Heureusement, ils n'avaient pas été obligés de rejoindre le continent pour l'amener dans un hôpital…

Savannah avait refusé de quitter sa sœur. Carter avait voulu l'accompagner, lui aussi. Il avait senti son cœur s'arrêter quand il l'avait vue chuter de son quad et avait couru le plus vite possible pour la rejoindre. L'accident avait été si violent qu'il avait presque été soulagé de l'entendre crier. À présent, une seule chose comptait : s'assurer qu'elle allait bien.

Tout en patientant, il réfléchit à sa réaction instinctive. Il n'avait pas pensé, juste agi. Il avait vu Phoenix en danger et il s'était précipité pour l'aider. Bien sûr, si Ivy – ou même Maya – avait été à sa place, il aurait agi de la même manière. Mais il sentait que la douleur de Phoenix l'avait poussé à tout faire pour être le premier sur les lieux. La culpabilité, sans doute.

Enfin, Savannah sortit de la salle d'examen. Tous les regards se tournèrent vers elle et Carter s'avança fébrilement.

— Alors ? Qu'est-ce qu'il a dit ? Elle s'est cassé quelque chose ? Est-ce qu'elle va bien ? demanda-t-il d'une traite.

Jaxon enlaça sa fiancée.

— Oui, elle va bien. C'était une mauvaise chute, mais il n'y a pas de fracture. Son genou a enflé et elle souffre. Elle va devoir garder la jambe en l'air un moment et le médecin a péniblement réussi à lui faire accepter une béquille.

— Je la reconnais bien là…

Aussi belle et délicate qu'elle puisse apparaître, Phoenix était une dure à cuire.

Un soupir collectif accueillit cette annonce.

— On lui a donné un antidouleur et le médecin insiste pour qu'on s'arrête à la pharmacie avant de rentrer à l'hôtel afin qu'elle ait ce qu'il lui faut, poursuivit Savannah. Il est en train de lui faire un bandage.

— Crois-tu qu'elle pourra participer à la soirée-jeux ? demanda Maya.

— Je ne sais pas. Les pilules pourraient la faire dormir et elle a besoin de repos.

Se nichant contre l'épaule de son fiancé, elle murmura :

— Je n'arrive pas à le croire…

Jax la serra contre lui et lui caressa le dos. Carter fut ému par ce simple geste de réconfort. Ils s'aimaient, c'était certain. Serait-il un jour capable d'éprouver ce genre de sentiments pour une femme ? D'un seul coup, la peur le saisit de nouveau. Cet accident aurait pu être mortel. La vie était une chose si fragile, si vite gâchée.

La porte de la salle d'examen s'ouvrit et Phoenix en sortit, appuyée sur sa béquille, soutenue par le médecin. Carter se précipita vers eux pour l'aider à marcher aussi.

— Pourquoi avez-vous l'air si sombres ? lança-t-elle avec un grand sourire. On ne se débarrasse pas de moi si facilement !

Tout le monde parut soulagé. C'était bien elle : faire comme si son accident n'avait rien eu de grave.

— Tu m'as fait une peur bleue, protesta Savannah en l'enlaçant avec prudence. Bien essayé, mais tu es quand même obligée d'assister à mon mariage, sœurette !

— Ah zut ! répliqua Phoenix. Qu'est-ce que je vais devoir faire pour y échapper ?

— Heureusement, ta robe est longue et on ne verra pas ton genou. Je ne veux pas t'entendre refuser la moindre photo sous prétexte que tu es blessée.

Toutes les femmes éclatèrent de rire. Savannah secoua encore la tête d'un air faussement frustré.

— Attends un peu que je raconte à maman que tu as essayé de te défiler au dernier moment…

Ces quelques plaisanteries mirent tout le monde à l'aise. Quelques minutes plus tard, on reprit place à bord du bus. Phoenix étendit sa jambe sur la banquette et Carter s'assit près d'elle pour la garder à l'œil. Elle s'endormit très vite, épuisée par le quad et toutes ces émotions. L'un après l'autre, les autres l'imitèrent – à l'exception de Carter. Troublé par tout ce qui s'était passé, il n'arrivait pas à se détendre. Au lieu de ça, il se mit à songer à sa vie et à son avenir.

Beaucoup d'importantes décisions l'attendraient à son retour. Les dernières remarques amères de Sinai revinrent aussi résonner à ses oreilles.

D'un seul coup, il comprit quel était son problème, en matière de relations sérieuses : il ne pouvait pas les contrôler. Sa nature de leader le poussait à vouloir garder la mainmise sur tout ce qu'il entreprenait et il n'aimait pas sentir les choses lui échapper. Peut-être était-ce aussi pour ça qu'il tenait tant à quitter l'entreprise familiale. Toute sa carrière avait été dominée par son père. Lorsqu'il offrait son cœur à une femme, c'était la même chose… Il perdait toute maîtrise de ce qui se passait ensuite.

- 9 -

Phoenix laissa sa tête reposer contre le coussin gonflable et coula un peu plus dans sa grande baignoire thalasso. Elle ajouta à l'eau quelques gouttes des huiles essentielles qu'elle avait emportées dans ses bagages. La lavande et l'eucalyptus étaient son mélange préféré – et exactement la combinaison dont elle avait besoin après la journée qu'elle venait de passer. Elle était rentrée dans sa chambre sale et fatiguée. Tout son corps lui faisait mal, mais ce n'était pas tout… Sa volonté avait été mise à rude épreuve, aujourd'hui.

Elle revit Carter courir vers elle, la porter jusqu'à son quad. Elle songea à l'instant où elle avait fondu en larmes contre lui. Elle s'était sentie en sécurité, dans ses bras. À sa place. Cela la dérangeait plus que tout le reste.

Elle avait prévu de laisser le passé en paix et de s'amuser, mais elle n'avait pas songé un seul instant qu'elle pourrait autant apprécier la compagnie de son ex. Elle n'avait pas vécu autant d'aventures depuis bien longtemps. Autrefois, Carter et elle adoraient s'offrir ce genre d'excursions et aucun des hommes qu'elle avait pu fréquenter depuis n'avait autant apprécié l'adrénaline. Avec Carter, sa vie avait été si amusante…

Elle poussa un gémissement. Il fallait qu'elle arrête de penser à lui, mais son visage se dessinait sur tout ce qu'elle regardait. Bien sûr, elle ne voulait pas rester fâchée avec lui à tout jamais ; cependant, elle ne tenait pas non plus à devenir son amie. Ses blessures restaient trop profondes pour ça.

Elle prit tout son temps pour se frotter avec son savon parfumé. Son genou lui faisait encore mal mais, grâce aux antidouleur, ça restait supportable. Une fois de plus, Carter s'invita dans ses pensées. Qu'il était étrange de discuter de nouveau avec lui. Bien sûr, ils avaient grandi ensemble et avaient été amis longtemps avant leur premier rendez-vous. Mais tout avait changé, la veille de leur mariage, quand il l'avait quittée sans prévenir. Quel genre d'hommes faisait cela ? Elle avait été si choquée qu'elle avait refusé d'entendre la moindre justification. Rien n'aurait été suffisant pour elle. Elle avait crié, l'avait chassé de sa maison et avait juré de ne plus jamais le voir. Il avait dit qu'elle pouvait garder sa bague de fiançailles mais elle la lui avait jetée au visage.

Le lendemain était censé être le plus beau jour de sa vie. Ils avaient invité plus de trois cents personnes dans l'un des hôtels les plus luxueux des Hamptons. Sa mère avait même fait venir la presse – contre l'avis de Phoenix. L'annulation avait donc fait les gros titres et son humiliation était devenue une attraction publique… Chaque fois qu'elle avait dû répéter à un proche que le mariage n'aurait pas lieu, la douleur s'était ravivée. Ses parents, furieux, s'étaient éloignés de la famille de Carter pendant plusieurs années et Phoenix avait coupé les ponts avec Ivy, alors qu'elles avaient été les meilleures amies du monde. Tendue, elle serra les dents et s'obligea à ne plus penser à cette époque.

Elle avait fait couler ce bain pour se relaxer, pas pour ruminer son passé.

— Bon sang, Carter !

Elle était censée lui en vouloir, le tenir à distance. Ça aurait été plus simple. Elle préférait gérer sa colère plutôt que les sentiments qui l'envahissaient depuis peu. Elle ne savait pas exactement de quelle nature ils étaient, mais elle ne les aimait pas ! Tout ce qu'elle avait essayé de faire était de se montrer souriante et savourer ses vacances. Elle ne voulait pas se souvenir de l'amour qu'elle avait eu pour cet homme ou remarquer sa beauté, apprécier toutes les choses qu'ils avaient autrefois partagées. Ce n'était pas censé se passer comme ça. Le Carter qu'elle découvrait depuis la veille était celui qu'elle avait aimé. Fiable. Mature. Différent. Elle appréciait cette version de lui et s'en voulait pour ça.

Lorsqu'ils étaient rentrés à l'hôtel, ce soir, il avait insisté pour la porter jusqu'à sa villa, puis était resté le temps qu'elle prenne ses marques. Toutes ces attentions l'avaient plus touchée qu'elle n'était prête à l'admettre. Il avait fait son possible pour qu'elle ne manque de rien – comme avant… Il n'avait même pas hésité un instant et avait agi d'instinct, comme s'ils étaient toujours ensemble. Elle avait fini par devoir insister pour qu'il s'en aille.

Elle se rinça, agacée par ses pensées. Il était hors de question qu'elle paresse dans sa chambre toute la soirée en pensant à lui. Elle allait s'habiller et retrouver les autres dans le bungalow de Savannah et Jaxon pour la soirée-jeux ; même si elle devait s'y rendre à cloche-pied !

Elle émergea prudemment de la baignoire, banda son genou et enfila une maxi-robe confortable. Puis, appuyée sur sa béquille, elle traversa le parc à pas lents.

Tout le monde était déjà arrivé au bungalow. Carter se précipita pour l'aider quand il la vit passer la porte, mais elle le repoussa avec fermeté.

— Je peux me débrouiller, tu sais.

Il s'écarta et leva les bras avec un soupir frustré. Elle n'avait pas eu l'intention de se montrer si sèche…

— Merci, ajouta-t-elle donc avec douceur avant de s'asseoir à un bout du canapé. J'ai besoin de faire ça seule.

— Fifi ! gronda sa sœur. Tu devrais te reposer.

— Je me *suis* reposée dans un bon bain, répondit-elle sans oser regarder son ex. Puis, j'ai eu besoin de prendre l'air. À quoi joue-t-on ?

Ivy lui expliqua les règles. Les participants devaient se poser des questions thématiques par équipes et les adversaires devaient répondre le plus vite possible.

— J'adore ce genre de choses, s'écria Phoenix. Allons-y !

Elle se sentait mieux, entourée par les autres. Peu lui importait que Carter soit présent ; tout était préférable à une soirée en solitaire, hantée par ses souvenirs. Les filles se montrèrent vite expertes et remportèrent toutes les manches.

— Comment font-elles ? soupira Jaxon.

— On est plus intelligentes que vous, répondit Phoenix triomphalement.

Emportée par l'ambiance festive de la soirée, elle parvint peu à peu à oublier Carter. Néanmoins, à chaque fois qu'il parlait, sa voix la faisait frissonner. Elle ne pouvait s'en empêcher. Et il la regardait bien trop souvent… Lorsque son genou se fit de nouveau sentir, elle se souvint qu'elle avait oublié ses cachets dans sa villa.

— Bon, c'était amusant et je suis contente d'être venue, mais je vais rentrer. Ma blessure se réveille.

— Je te raccompagne, proposa son ex en se levant.

— Non ! cria-t-elle malgré elle. Je veux dire : merci, mais ça ira. Je vais prendre tout mon temps, promis.

Il soupira et sourit.

— D'accord, Wonder Woman.

Ce surnom réveilla soudain de nouveaux souvenirs enfouis. Il avait l'habitude de l'appeler comme ça quand elle refusait son aide, autrefois. Seulement, elle était bien décidée à prouver qu'elle n'avait pas besoin de son soutien. Elle s'appuya d'une main sur le dossier du canapé, cala sa béquille sous son autre bras, voulut se lever… Mais son genou la lâcha au dernier moment et elle retomba lourdement sur le siège. Carter se précipita pour lui tendre la main.

— Allez, viens, dit-il.

Elle leva les yeux au ciel, tout en prenant son bras à contrecœur. Savannah rit dans son dos. Le bras solide de Carter passé autour de sa taille, elle put tenir debout, cette fois. Elle grimaça quand son poids se porta sur son genou blessé et se laissa entraîner jusqu'à la porte.

Tout le monde lui souhaita une bonne nuit et ils sortirent. Le chemin du retour parut durer une éternité. Ils durent s'arrêter plusieurs fois pour qu'elle puisse se reposer et un silence gêné les enveloppait. Les courbatures de Phoenix l'obligèrent à marcher plus lentement encore qu'elle l'avait prévu.

Lorsqu'ils arrivèrent enfin devant son bungalow, Carter l'aida à ouvrir la porte, puis s'effaça pour la laisser entrer. Piétinant sur le paillasson, il attendit qu'elle soit assise sur son divan.

— Tu ne veux pas te coucher ?

— Je serai très bien ici, répondit-elle.

Elle aurait bien eu besoin de son aide pour atteindre son lit, c'était vrai, mais elle avait hâte qu'il s'en aille. Sa présence la troublait plus que jamais. Plus elle passait de temps avec lui, moins elle était en colère et plus elle se souvenait de l'homme qu'elle avait aimé…

— Où sont tes cachets ? demanda-t-il encore.

— Sur ma table de chevet.

Il alla les chercher, puis attrapa une bouteille d'eau dans le frigo.

— Merci, dit-elle en avalant ses médicaments.

Soudain, elle se rendit compte qu'elle mourait de faim. Elle commanderait un repas dès que Carter serait parti. Il attrapa la télécommande et la posa à sa portée.

— As-tu besoin d'autre chose ?

— Non, je pense que c'est bon. Merci, murmura-t-elle avec un sourire, dans l'espoir qu'il la laisse enfin. Tu peux y aller. Tout va bien.

Au même instant, son estomac gargouilla bruyamment dans le silence du salon. Elle le regarda. Il fit de même. Puis ils éclatèrent de rire ensemble.

— Depuis quand n'as-tu pas mangé ?

Elle se tut assez longtemps pour y réfléchir et grimaça. Entre l'accident et la douleur, elle avait oublié de déjeuner et n'avait rien avalé depuis le matin.

— Un moment, admit-elle.

Son ex attrapa la carte du service de chambre et la parcourut des yeux.

— Qu'aimerais-tu, pour ce soir ?

— Je peux passer ma commande toute seule, comme une grande ! protesta-t-elle.

— Je sais, mais comment iras-tu la chercher, quand ils la poseront devant ta porte ?

— Je marcherai.

— Tu plaisantes ? Tu as mis dix minutes, rien que pour traverser le hall de l'hôtel !

— Bon, d'accord…

Elle tendit la main et Carter lui donna la carte. Elle s'empressa de faire son choix.

— On a faim, hein ? dit-il en l'entendant passer commande au téléphone.

Elle lui jeta l'un des coussins et il le repoussa d'un geste. Puis il alluma la télé et s'assit sur le divan, à bonne distance d'elle. Ils zappèrent quelques minutes en silence.

— Comment te sens-tu, à part la faim ? demanda-t-il au bout d'un moment.

— J'ai connu mieux. Tout ira bien quand le cachet aura fait effet…

— Tu te souviens du jour où on a essayé de faire du roller ?

Phoenix, qui venait de boire une gorgée d'eau, manqua de s'étouffer.

— Oh ! mon Dieu ! Tu as descendu cette colline si vite que je n'ai pas pu te rattraper !

— Et j'ai eu mal pendant des jours après ma chute. Je ne comprends toujours pas pourquoi on a fait une chose pareille.

— C'est toi qui as insisté ! Tu voulais un défi…

— Ah oui. Je voulais te prouver que je savais encore faire, renchérit-il en riant. J'avais tort, mais c'était amusant.

— Toi et tes défis stupides… Tu aimes trop la compétition, tu sais.

— Quoi qu'il en soit, on ne s'est jamais ennuyés.

Elle leva les yeux au ciel et gloussa.

— Oui, je te l'accorde.

Ils restèrent plongés dans leurs souvenirs jusqu'à ce que le repas soit livré. Carter récupéra les paquets et déposa le tout devant Phoenix, sur la table basse.

— Merci. J'apprécie ton aide.

C'était vrai. Elle avait peut-être envie qu'il s'en aille, mais il avait su se montrer utile, ce soir.

— De rien, répondit-il.

Leurs regards se croisèrent un instant, et ils se détournèrent très vite.

— Hmm. As-tu besoin d'autre chose ?

— Non, je ne pense pas. Merci encore.

Elle fit de son mieux pour ne pas lever les yeux sur lui.

— OK.

Ils ne bougèrent pas. Carter ne s'approcha pas de la porte et Phoenix ne toucha pas à son repas. Les mains dans les poches, son ex resta campé devant elle. Le temps parut s'arrêter. C'était agréable. Finalement, elle n'était plus si pressée de le renvoyer, mais n'osa rien dire. Lui non plus ne paraissait pas prêt à la quitter.

— Bon, dit-il enfin. Je pense que je vais rentrer. Appelle-moi, s'il y a un problème.

— D'accord.

Soudain, une chose très inattendue se passa : son ex se pencha pour déposer un baiser sur son front.

— Repose-toi. Je reviendrai te voir demain matin.

Sur ce, il sortit, laissant Phoenix seule et perdue.

Elle aurait voulu lui dire que ce n'était pas la peine de revenir, mais elle ne pensait qu'à son baiser. Ça n'avait pas été un geste romantique. Ça avait été tendre. Normal. Familier. Une chose qu'ils faisaient autrefois sans y songer. Elle regarda la porte qui s'était refermée sur lui, les lèvres pincées. Elle avait laissé passer l'instant et à présent, elle se sentait prise de vertige. Carter l'avait embrassée. Elle n'avait pas senti ses lèvres sur sa peau depuis cinq ans. À présent, ses émotions lui échappaient, comme un nuage qui aurait lentement envahi toute la pièce autour d'elle.

- 10 -

Carter fut hanté par le baiser qu'il avait donné à Phoenix pendant toute la nuit. Il s'était penché sur elle sans réfléchir et avait embrassé son front… Il avait même été surpris qu'elle ne proteste pas, qu'elle ne le repousse pas. Pourquoi avait-il fait ça ? Sur le moment, ça lui avait paru si naturel…

Depuis leur arrivée sur l'île, il avait tout son possible pour se montrer poli avec elle, bien qu'elle ait été froide et distante. Tout comme elle, il n'avait pas envie de se montrer à son bras pendant la cérémonie. Il était étrange de penser qu'ils allaient se rejoindre devant l'autel pour un mariage qui n'était pas le leur, alors qu'ils avaient autrefois été fiancés. Quand Jaxon lui avait demandé d'être son témoin au pied levé, il avait eu l'impression que le karma lui jouait une farce cruelle.

Ces vacances étaient censées lui faire oublier ses soucis, pas en ajouter ! Certes, Phoenix et lui étaient adultes et mûrs, mais leur passé semblait les talonner et il ne savait pas comment s'en défaire. Il avait deviné que son ex ne serait pas heureuse du changement de programme. Ce qu'il n'avait pas anticipé, par contre, c'était à quel point il s'amuserait encore avec elle. Il n'avait pas pensé être si sensible à sa beauté et à son rire. Il ne s'était pas attendu à courir ainsi quand elle avait eu besoin d'aide après l'accident. Quelque chose s'était réveillé en lui lorsqu'il avait vu son quad basculer. Il avait eu peur. Il n'avait pas voulu la voir souffrir. Quelques années plus tôt, il l'avait aimée et il se sentait encore une responsabilité vis-à-vis d'elle…

Jaxon et Savannah avaient prévu une nouvelle journée d'activités avant le mariage et, cette fois, Phoenix allait être obligée de s'abstenir. Jamais elle ne pourrait les suivre sur l'eau. Elle avait besoin de se reposer avant de les rejoindre pour la fête sur le yacht, ce soir.

Leurs parents et le reste des invités devaient arriver dans le courant de la journée et la cérémonie aurait lieu le lendemain. Cela ferait bien assez d'agitation pour une blessée…

Il décida de s'arrêter chez elle avant de retrouver le groupe à l'hôtel. Savannah sortait de sa villa quand il arriva.

Voyant son visage tendu, il demanda :

— Quelque chose ne va pas ?

— C'est Phoenix, répondit-elle dans un soupir. Je me sens si coupable !

— Y a-t-il eu un problème dans la nuit ?

— Non, mais elle n'est pas en état de nous accompagner, aujourd'hui. Je voulais rester avec elle. Hélas, elle a insisté pour que je m'amuse avec vous comme prévu… Je crois que je vais quand même passer la journée ici, pour l'aider. Tu devrais la voir boiter dans tout son salon ! Jax va devoir s'occuper de vous sans moi.

— Savannah, c'est ton mariage. Tu *dois* y aller.

— Je ne peux pas ! Pas quand ma sœur est dans cet état.

— Je vais rester, moi. Je pourrai l'aider : elle n'aura qu'à m'appeler si elle a besoin de quoi que ce soit.

— Non, Carter. Je ne peux pas te demander ça.

— J'ai déjà été là pour elle hier, je peux recommencer.

Et puis, je crois qu'un peu de calme me fera du bien. Je trouverai de quoi m'occuper ici et on se verra sur le yacht plus tard, insista-t-il.

— Vraiment ? Tu ferais ça pour moi ? Pour elle ?

— Ce n'est vraiment pas un problème. File et profite de ta journée !

Savannah se jeta à son cou et l'enlaça très fort.

— Merci !

— De rien.

Elle commença à s'éloigner, puis se retourna au dernier moment.

— Entre nous, je dois t'avouer que j'ai été heureuse de te voir si bien t'entendre avec ma sœur, hier…

Carter ne put s'empêcher de sourire.

— Moi aussi.

— Merci encore !

Il hocha la tête et la regarda s'éloigner avant de frapper à la porte du bungalow. La voix de Phoenix lui parvint de l'intérieur :

— Savannah ! Je t'ai dit que je n'avais pas besoin d'une baby-sitter !

— Ce n'est pas Savannah, répondit Carter.

— Attends un instant…

Il patienta, imaginant son ex sautiller pour atteindre la porte. Enfin, elle ouvrit lentement. Il entra tandis qu'elle retournait jusqu'au canapé où elle se laissa tomber lourdement.

— Comment te sens-tu ? demanda-t-il.

— Bof.

— Pas de jet-ski, aujourd'hui ?

— Je pourrais y aller, si je voulais !

— C'est ça… Wonder Woman est de retour, plaisanta-t-il en s'asseyant près d'elle.

Il fut ravi de l'entendre rire.

— Je préfère me reposer pour faire bonne figure demain. Après tout, je suis la demoiselle d'honneur.

— C'est une bonne idée.

Elle jeta un coup d'œil à son portable et demanda :

— Tu ne devrais pas être avec les autres ? La navette va partir dans quelques minutes.

— Je n'y vais pas.

— Carter !

Il s'empressa de s'expliquer :

— J'ai proposé à ta sœur de rester pour qu'elle profite de sa journée.

— Non ! Tu n'es pas obligé de tout rater à cause de moi. Je suis une grande fille : je m'en sortirai.

Elle essaya de se lever, péniblement.

— Va rejoindre les autres.

— J'ai pris ma décision, répondit-il d'une voix ferme. Je reste. Si tu as besoin de quoi que ce soit, tu n'as qu'à demander.

— Tu restes… dans ma villa ?

— Si tu veux. Après les émotions d'hier, j'ai besoin de me reposer, moi aussi.

— Non, Carter, protesta-t-elle encore. Tu n'es pas obligé.

— Ce n'est pas à toi de décider, coupa-t-il.

— Argh !

Son grondement résonna dans le salon. Carter se leva pour ouvrir la porte-fenêtre et laisser entrer le chant des vagues. Il inspira l'air salin à pleins poumons et ferma les yeux.

— Ça va nous faire du bien, à tous les deux. Je n'ai pas soufflé depuis l'avion. C'est la première fois que je prends le temps de profiter de la vue…

Il se retourna vers elle.

— Est-ce que tu as pris ton petit déjeuner ?

— Non, j'étais sur le point d'y aller.

— Aimerais-tu marcher un peu ? On pourrait y aller ensemble, ou bien commander quelque chose et manger sur ta terrasse.

Elle réfléchit un instant.

— Je crois que j'ai besoin de quitter cette pièce.

— Parfait.

Il prit le téléphone de la villa et demanda une voiturette de golf pour la conduire jusqu'à l'hôtel.

— Ta voiture sera avancée dans quelques minutes, dit-il en la saluant comme un valet d'antan.

Elle le dévisagea un instant, sans sourire.

— Je crois que tu es encore pire que ma sœur ! Aide-moi à attraper mes affaires.

Il la soutint le temps qu'elle se lève, puis la regarda disparaître dans la chambre. Elle revint bientôt avec un sac garni d'un livre et d'une serviette. Elle avait aussi mis ses lunettes de soleil. Il remarqua alors qu'elle avait enfilé un maillot de bain sous une longue robe de plage qui flottait dans son dos. Elle était à la fois sexy et impériale, dans cette tenue… Soudain, un coup de klaxon les rappela à la réalité et il tint la porte de la villa ouverte pour elle.

Le petit déjeuner fut servi à l'extérieur, face à l'océan. Carter et Phoenix gardèrent d'abord le silence, tout en mangeant, puis ils finirent par discuter de choses et d'autres. Comme la veille, ils se surprirent bientôt à rire, comme si aucun drame n'avait entaché leur passé. Il était étonnant de voir avec quelle facilité ils retrouvaient leurs vieilles habitudes… Carter songea soudain à sa conversation avec Jax. À présent que Phoenix acceptait de lui parler, il brûlait de lui dire à quel point il était désolé de l'avoir tant fait souffrir. Il tenait à ce qu'elle sache que ça n'avait jamais été son intention, qu'il avait juste essayé de faire le bon choix, cinq ans plus tôt. Peut-être était-ce sa dernière chance de s'expliquer… Il avait certes besoin de soulager sa conscience mais il devait être certain que le moment soit approprié.

Approprié ? Il n'y aura jamais de bon *moment pour ce genre de conversations…*

— Alors, demanda-t-il entre deux gorgées de jus d'orange, qu'as-tu l'intention de faire, aujourd'hui ?

— Je vais siroter des cocktails sur la plage, lire, bronzer… Ce sera agréable, après toutes ces excursions.

— Très bien, je t'accompagnerai après manger et je te laisserai bouquiner en paix. Si jamais tu as besoin de quoi que ce soit, envoie-moi un texto. Je ne serai pas loin.

— Et toi ? Que vas-tu faire ?

Elle repoussa son assiette avec un soupir de contentement.

— Je ne sais pas encore. Je vais voir ce que l'hôtel propose à ses clients.

— Tu pourrais…

Elle s'interrompit, hésita, puis reprit :

— Tu pourrais boire un verre avec moi sur le sable, tout à l'heure.

— D'accord, avec plaisir.

Ils achevèrent leur petit déjeuner, puis trouvèrent un bout de plage ensoleillé où s'installer. Carter courut chez lui le temps d'enfiler un maillot de bain. La matinée fut aussi agréable qu'il l'avait espéré. Phoenix lut tandis qu'il nageait, ou bien faisait un tour sur un jet-ski de location, sans la quitter des yeux. En début d'après-midi, ils burent quelques cocktails ensemble et finirent de se détendre sous le soleil des tropiques.

Phoenix leva son verre vide pour faire signe à la

serveuse et sourit quand la jeune femme vint déposer deux nouvelles boissons près d'eux.

— Exactement ce dont j'avais besoin ! dit-elle. C'est pour ça que j'ai évité de prendre mes cachets, ce matin.

Elle offrit son visage au soleil, les yeux fermés ;

— J'aimerais pouvoir passer un mois entier ici. Trop de soucis m'attendent, à la maison.

— Toi aussi ? demanda Carter avec une grimace.

— Oui. Le travail, la maison, tout…

— Je te comprends. Mon associé et moi allons lancer notre entreprise et nous avons encore pas mal de détails à régler avant l'inauguration.

— C'est une très bonne nouvelle, Carter ! Félicitations.

— Merci.

Elle se redressa et le dévisagea un instant.

— Tu n'as pas l'air excité. Qu'est-ce qui ne va pas ?

— J'ai juste un peu peur d'annoncer à mon père que je quitte sa compagnie.

— Il ne le sait pas ? Aïe !

Elle se laissa de nouveau aller dans sa chaise longue.

— Il a toujours rêvé que ses fils lui succèdent, expliqua Carter. Il ne va pas apprécier mon départ. J'ai aussi d'autres décisions à prendre en rentrant ; et la fille avec qui je sortais m'a quitté la veille de mon départ. Elle a prétendu que j'étais allergique aux relations sérieuses – comme mes deux ou trois autres copines avant elle.

— Ha !

Phoenix plaqua soudain une main sur sa bouche pour éviter de recracher son cocktail.

— Désolée… Je n'aurais pas dû rire. J'en sais long sur tes problèmes relationnels.

— Vraiment ?

Ils rirent ensemble, puis Phoenix retrouva son sérieux.

— C'était une blague, mais c'est vrai. Au fond, je ne devrais pas me moquer de toi. Ta vie a l'air de ressembler à la mienne. Deux jours avant mes vacances, ma patronne a annoncé que notre entreprise avait été rachetée et déménageait en Californie. L'acquéreur refuse que les salariés travaillent à distance… Comment espèrent-ils que nous abandonnions nos vies en quelques semaines pour nous installer à l'autre bout du pays ?

— Mince. Tu penses y aller ?

D'un seul coup, Carter prit peur. Si elle partait, il n'aurait plus l'occasion de lui parler… C'était maintenant ou jamais.

Elle secoua lentement la tête, pensive.

— Je ne sais pas. Mon père doit être opéré et maman aura besoin d'aide pendant sa convalescence. Je veux être présente pour eux. Je n'ai pas envie de quitter New York non plus. D'un autre côté, ce genre d'opportunités n'arrive pas souvent, dans mon métier. Ma patronne a besoin d'une réponse sous un mois. C'est si soudain !

— Waouh…

Carter sirota un instant son verre.

— Oh ! et le type que je fréquente a aussi claqué la porte, reprit-elle en riant. Apparemment, j'ai également des problèmes avec la vie de couple.

— Qui l'aurait cru ? gloussa-t-il, soulagé qu'elle l'admette si facilement.

Puis, sans hésiter plus longtemps, il décida de se jeter à l'eau.

— Phoenix…

— Oui, Carter ?

Il chercha un instant les mots justes.

— J'étais sur le point d'avoir un bébé.

Elle le regarda d'un air choqué.

— Quoi ?

— C'est pour ça que j'ai annulé le mariage.

— Non ! Je ne veux pas en parler, cria-t-elle en se redressant, cherchant son sac à l'aveuglette.

Carter s'assit face à elle.

— Je t'en supplie…

Il lui prit les mains avant qu'elle ait pu remballer ses affaires.

— Non ! C'est du passé, Carter !

— Je t'en supplie, écoute-moi. Tu mérites de savoir. Pendant nos quelques mois de séparation, avant qu'on décide de se marier, je suis sorti avec Taylor.

Les paroles lui échappaient d'elles-mêmes, maintenant. Il devait tout lui dire d'un coup, sans lui laisser la moindre chance de fuir.

— La semaine précédant notre mariage, elle est venue me voir – enceinte. Elle était sûre que le bébé était de moi, et j'étais d'accord. Le timing paraissait bon.

— Je ne veux pas entendre ça, coupa Phoenix avec force.

— Il le faut. Je n'aimais pas Taylor, mais j'étais prêt à assumer mes responsabilités et à être là pour l'enfant. Te quitter a été la décision la plus déchirante que j'aie jamais prise. Je pensais que c'était la bonne chose à faire.

— Et où est ce bébé, maintenant ? Hein ?

— Au final, ce n'était pas le mien. Je ne l'ai découvert que plusieurs mois plus tard. Je suis vraiment désolé.

Il la vit secouer la tête, les yeux fermés.

— Désolé, répéta-t-il. Ça fait des années que j'essaie de tout t'avouer. Je n'ai jamais voulu te faire du mal.

Il la regarda cligner des yeux plusieurs fois, le visage défait. Il avait l'impression de lui briser le cœur de nouveau.

Ce n'était pas son intention. Il avait juste eu besoin de lui dire la vérité, pour en finir. Hélas, le mal était fait.

— Je dois y aller, dit-elle finalement en se levant, avant de passer son sac sur son épaule.

Comme elle bataillait avec sa béquille, Carter voulut l'aider, mais elle le repoussa.

— Je n'ai pas besoin de toi !

Il s'écarta donc et la regarda disparaître lentement dans l'hôtel. Elle avait sans doute besoin d'être seule un moment. Il irait la voir plus tard, si elle le lui permettait.

Bien sûr, il ne s'était pas attendu à ce que leur conversation se passe bien, mais il avait eu besoin de lui parler. Il se sentait plus léger, sans le poids du secret, et il avait été sincère en lui disant qu'elle méritait de tout savoir.

Il avait eu besoin de soulager sa conscience.

- 11 -

Phoenix évita soigneusement Carter jusqu'au soir. Au lieu de bronzer sur la plage, elle resta sur son balcon, profitant d'une vue sur la mer un peu différente. Les amis et familles des mariés étaient attendus en fin de journée, mais elle préféra rester dans sa villa, pour calmer ses émotions. Elle écouta de la musique, lut, mais rien de tout cela ne lui permit d'oublier les révélations choquantes de Carter.

— Bon sang ! grommela-t-elle tandis que ses pensées s'évadaient une fois de plus vers lui.

Elle reposa son roman sur la table basse, près de sa chaise longue. Ça faisait vingt minutes qu'elle tournait les pages sans même savoir de quoi le texte parlait. Elle ne pensait qu'à son ex. Pourquoi lui avait-il avoué tout ça *maintenant* ? Un bébé. Il l'avait quittée à cause d'un bébé… Non, c'était plus qu'elle n'en pouvait supporter !

Elle se souvenait de Taylor, la seule constante pendant toute sa relation fragmentaire avec Carter, à la fac. À croire qu'elle attendait impatiemment chacune de leurs ruptures. Quelques jours plus tard, elle ne manquait jamais de s'afficher au bras de Carter sur le campus. Le fait qu'il soit sorti avec elle n'était pas un problème en soi. La grossesse, par contre…

Quelques larmes roulèrent sur ses joues et elle les

chassa avec une grimace. Les confidences de son ex avaient réveillé d'anciennes blessures. Était-il réellement obligé de lui dire ça ? Au moment où elle se faisait à l'idée de l'accompagner jusqu'à l'autel pour le mariage de sa sœur ? La tension entre eux s'était évanouie et elle commençait même à apprécier sa compagnie. À présent, elle n'était plus sûre de rien.

Elle ouvrit la bouteille de vin qu'elle avait commandée et se servit un verre avant de s'allonger sur sa chaise pour profiter du soleil bas. Le ciel, animé de couleurs et de reflets changeants, aurait dû l'apaiser – mais non. Elle renifla.

Au moins, elle avait enfin obtenu une réponse à ses questions – une réponse qu'elle avait fuie pendant cinq ans. Son cœur s'était brisé lorsqu'il avait annulé leur mariage, et il se brisait de nouveau, ce soir. À l'époque, elle avait refusé de l'écouter car cela n'aurait rien changé pour elle. Abandonnée, rejetée, elle n'avait plus voulu le voir ou l'entendre. Des scènes de cette soirée atroce lui revinrent. Elle avait été choquée, furieuse. Elle l'avait poussé. Elle avait crié, l'avait insulté et lui avait ordonné de quitter sa chambre. Elle avait hurlé qu'elle le haïssait et qu'elle ne voulait plus jamais croiser son chemin. Puis, avec le temps, elle avait commencé à se demander pourquoi il avait fait une chose pareille ; et la réponse avait toujours été la même. Ça n'avait aucune importance. Il l'avait *fait*. Point.

Les jours qui avaient suivi avaient été les pires de sa vie. Ils étaient censés passer leur lune de miel à Belize. Elle y était allée seule, mais n'avait presque pas quitté son hôtel. Elle avait eu besoin de cette retraite, en dépit des efforts de sa famille pour la dissuader, puis pour l'accompagner. Là-bas, au moins, personne ne lui posait des questions ou ne lui parlait de son mariage. Elle n'aurait pas supporté de répéter cette histoire une fois de plus.

Les douleurs récentes se mêlaient à présent aux anciennes. À l'époque, elle avait été en colère, anesthésiée. Ce soir, elle était perdue. L'aveu de Carter changeait tout… Elle fit un effort pour ne pas s'en vouloir de sa réaction pathétique.

Bien sûr, il était logique qu'il n'ait pas voulu la mettre mal à l'aise en lui disant la vérité sur le moment – il fonctionnait ainsi. Il était honnête et responsable ; même s'il avait profité de son succès auprès des étudiantes pendant leurs nombreuses ruptures. Après tout, il avait toujours été beau, musclé, bronzé, comme ses frères. Les filles les suivaient tous comme des groupies.

Soudain, une flopée de questions la traversa. Et si… ? Et s'ils avaient parlé à cœur ouvert, ce soir-là ? Et si elle avait su qu'il allait devenir père ? Et si elle lui avait aussi avoué son secret ? Les choses auraient sans doute été différentes. Ils se seraient peut-être mariés tout de même – ou peut-être pas.

— Argh ! lâcha-t-elle en se secouant pour étouffer de nouvelles larmes.

Elle devait cesser de ressasser le passé. Rien de tout ça n'importait, maintenant. Elle avait pris sa décision à l'époque et il était trop tard pour changer quoi que ce soit. Elle venait de passer l'après-midi à réfléchir à la bombe que Carter venait de lui dévoiler, mais la fête sur le yacht n'allait pas tarder à commencer. Elle devait à tout prix se ressaisir. Elle ne pouvait pas se permettre de manquer la soirée, même si son cœur restait lourd.

Elle termina son verre et se glissa sous la douche tandis que sa chanson préférée emplissait la salle de bains, depuis le haut-parleur de son téléphone. Après s'être séchée, huilée, elle enfila une robe de plage rose pâle. Elle dompta ses boucles, enfila des sandales plates et se regarda dans le miroir. Elle était presque prête. Elle ajouta juste une touche de maquillage pour cacher ses yeux rougis, de peur qu'on devine qu'elle avait pleuré. Puis elle sourit à son reflet. Refouler la douleur. Avoir l'air heureuse. Cacher les émotions qui bouillonnaient sous la surface et tenir bon pour sa sœur… Quand de nouvelles larmes montèrent, elle les ravala, sourit encore et prit une profonde inspiration.

Lorsqu'elle quitta sa villa, elle aperçut Carter sur le sentier. Il s'avançait vers elle. Elle sentit immédiatement un vertige la saisir et inspira plusieurs fois, très vite, pour se calmer. Elle s'était préparée à affronter tous les autres, mais pas lui. Se mordant la lèvre, elle s'efforça de sourire.

— Salut ! lança-t-il.

— Salut.

— Je voulais juste m'assurer que tu n'aies pas de problèmes pour rejoindre le bateau.

— Merci, répondit-elle en s'appuyant sur sa béquille pour marcher. Je me sens mieux : la douleur n'est plus aussi violente.

Elle parlait vite, d'une voix légère. Étrangement, sa souffrance semblait s'être juste déplacée de son genou à son cœur…

— Je vais m'en sortir, ne m'attends pas.

— D'accord, je te laisse faire, Wonder Woman.

Oh ! pourquoi fallait-il qu'il dise ça ? Tout à l'heure, ce surnom lui avait paru amusant. Maintenant, il déversait du sel dans ses plaies. Elle se sentait vulnérable et avait horreur de ça !

— OK.

Marchant à quelques mètres derrière elle, Carter la suivit jusqu'au quai où ils rejoignirent Lincoln, puis Savannah.

— Par ici ! cria-t-elle en leur faisant signe.

Elle était ravissante, dans sa robe blanche dos-nu, ses cheveux flottant dans la brise. Jaxon était là aussi, un bras passé autour de sa taille. Ils formaient un tableau parfait et Phoenix put enfin sourire avec sincérité. Sa sœur était heureuse et sa joie contagieuse allait l'aider à survivre à cette soirée. Carter la suivit sur la passerelle, s'assurant qu'elle ne tombe pas. Lorsqu'elle posa le pied sur le pont, tout le monde l'acclama.

— Tu as réussi ! s'écria Savannah, avant de s'assombrir en voyant ses yeux. Est-ce que tout va bien ?

Phoenix fit de son mieux pour sourire.

— Oui.

— Tu en es sûre ? insista sa sœur, puis, comme elle ne répondit pas, elle ajouta : Tu as encore mal ?

— En fait, je me sens beaucoup mieux. Je crois que j'avais juste besoin de repos.

— Super ! Essaie de t'amuser sans trop bouger, ce soir.

— Promis.

Jaxon et les autres vinrent aussi s'assurer qu'elle se remettait et Phoenix dut les repousser avec douceur.

— Merci, tout le monde, mais ne vous inquiétez pas pour moi. Nous sommes ici en l'honneur de ma sœur et de son fiancé ! Où est le buffet ?

Elle jeta un bref coup d'œil en direction de Carter. Il ne la quittait pas des yeux. À quoi pensait-il ? Savait-il qu'elle avait pleuré ? Comme lors de leur arrivée sur l'île, ils semblaient tous les deux bien décidés à s'éviter.

Une fois le mariage passé et ces vacances terminées, Phoenix retrouverait le cours de sa vie et pourrait enfin oublier son ex – ou toutes les questions que ses confidences avaient réveillées. Elle allait s'en sortir.

- 12 -

Carter ne sut pas vraiment comment interpréter la froideur de Phoenix, pendant la fête. Elle ne lui parla pas, le regarda à peine. Il ne s'était évidemment pas attendu à ce que ses aveux la fassent sourire, mais il n'avait pas pensé qu'elle puisse être affectée à ce point. Ne prétendait-elle pas qu'elle avait tourné la page ? Au bout de cinq ans, elle lui parlait enfin et, dès leur retour aux États-Unis, ils ne se reverraient sans doute pas. Il avait été *obligé* de lui confier la vérité maintenant.

Peu à peu, ses pensées remontèrent dans le temps. Quitter Phoenix avait été une décision pénible. Il avait tenté de trouver une autre solution, pour éviter ça. Taylor était amusante, facile à vivre, mais il n'était pas aussi proche d'elle que de Phoenix. Ils étaient sortis ensemble plusieurs fois à la fac sans pour autant avoir une relation sérieuse.

D'un autre côté, Carter avait été amoureux de Phoenix depuis le collège et ils avaient échangé leur premier baiser au lycée. Il avait toujours su qu'il voulait l'épouser, mais il avait eu besoin de profiter de sa jeunesse avant. Taylor et lui s'étaient séparés juste avant qu'il reprenne sa liaison avec elle, qu'il la demande en mariage et qu'ils organisent la cérémonie pour l'été suivant. Puis il avait découvert qu'il allait, selon toute apparence, devenir père.

Il avait passé des mois à lutter contre ses émotions,

après la rupture. Il avait eu du mal à manger, avait perdu du poids. Hélas, il n'avait pas pu s'attarder sur ce qu'il ressentait : Taylor et le bébé avaient eu besoin de lui. Il n'aimait pas cette femme, mais il avait tout fait pour la rendre heureuse. Son père l'avait approuvé : c'était la bonne chose à faire. Carter avait espéré qu'un amour finirait par naître entre eux. Plus important encore, il voulait être là pour son enfant. Les Blackwell ne se détournaient pas de leur famille.

Il avait accompagné la future maman chez le médecin, était sorti acheter de la glace à minuit, lui avait massé les pieds et l'avait aidée à décorer la chambre du petit. Lorsque l'obstétricien avait annoncé que ce serait un garçon, son orgueil avait chanté comme un coq. En dépit de leur vie commune, ils étaient néanmoins restés discrets vis-à-vis de la famille de Carter. Sa mère, qui avait un sixième sens pour certaines choses, n'avait jamais apprécié Taylor.

Finalement, sous son insistance, il avait demandé un test ADN peu après la naissance et avait découvert que l'enfant n'était pas le sien. Hors de lui, il avait dit ses quatre vérités à Taylor. Le pire, c'était qu'il s'était habitué à la vie sans Phoenix et à l'idée d'avoir un fils. Il était tombé sous le charme de ses grands yeux noisette dès la sortie de la salle d'accouchement. Cette révélation l'avait brisé – d'autant plus quand on lui avait précisé qu'il aurait pu demander le test *avant* la naissance. S'il avait su ça, il n'aurait pas été contraint de quitter Phoenix. À présent, il devait vivre avec ce poids sur la conscience.

— À quoi penses-tu, frangin ? lança soudain la voix de Lincoln, tout près de lui.

Tiré de ses pensées, Carter vit que son frère lui tendait un verre et le prit avec reconnaissance.

— À trop de choses, soupira-t-il.

— Tu veux en parler ?

— Pas maintenant.

— OK. Phoenix a l'air d'aller mieux. Elle nous a fait peur ! Je suis content qu'elle ne se soit rien cassé.

— Oui, elle est coriace. Depuis toujours, murmura Carter.

— Allez, viens ! Tu ne peux pas passer la soirée ici, tout seul, avec une tête de six pieds de long, reprit son frère en riant de bon cœur.

— Tu as raison. J'ai juste beaucoup de soucis, en ce moment, mais je te promets d'essayer de m'amuser.

Ils rejoignirent les convives sur le pont. Carter profita de cette courte marche pour se ressaisir.

— Bienvenue, cousin par alliance ! s'écria Savannah quand elle le vit. Contente que tu sois des nôtres.

— Oui, Carter. Qu'est-ce qu'il y a ? demanda Ivy. À te voir, on dirait que ton chien vient de mourir !

Faisant de son mieux pour rire à la blague de sa sœur, il jeta un coup d'œil à Phoenix, puis baissa les yeux de peur d'être surpris en train de la dévisager.

— Je pensais juste à des choses, dit-il. Et l'océan est magnifique. Ai-je manqué quelque chose ?

— Juste les blagues débiles de Jax, répondit Ivy. Je comprends pourquoi il tient à épouser Savannah : elle rit, même quand ce n'est pas drôle.

— C'est ma chérie ! gloussa Jaxon, d'une voix déjà marquée par les cocktails qu'il avait bus.

— Et si on se lâchait un peu ? proposa Carter avant de s'approcher du DJ pour lui demander de passer sa chanson préférée.

La musique envahit le pont et tout le monde se mit à danser – sauf Phoenix, bien sûr. Elle se contenta de se dandiner sur sa chaise et d'agiter sa béquille en rythme.

La soirée se passa bien, tout le monde rit beaucoup ; et quand le yacht revint s'amarrer au quai, l'humeur générale était excellente – grâce à l'alcool, sans doute. Carter avait presque réussi à oublier ses souvenirs amers, jusqu'à ce qu'il voie Phoenix lutter pour descendre la passerelle. Apparemment, tout le monde s'attendait à ce qu'*il* se précipite pour l'aider.

Cette fois, Phoenix ne protesta pas ; mais elle ne lui adressa toujours pas la parole pour autant. Carter l'accompagna lentement jusqu'à sa villa, troublé par le retour en force de cette gêne entre eux – mêlée d'une tension palpable… Le trajet lui parut interminable.

Enfin, arrivant devant sa porte, il se décida à briser ce silence pesant :

— Écoute, je ne voulais pas te bouleverser, tout à l'heure.

— N'y pense plus, coupa-t-elle en ouvrant.

— Je pensais que le moment était venu. On s'entendait bien, et…

— De toute évidence, tu ne sais toujours pas reconnaître un bon moment d'un mauvais !

Sa réplique, si froide, lui fit du mal. Il prit une profonde inspiration, puis relâcha son souffle. Mieux valait ne pas perdre patience : ce serait pire que tout.

— Bien, dit-il d'une voix neutre avant de reculer d'un pas.

— Je suis désolée. Je n'aurais pas dû te parler sur ce ton.

Elle se campa sur le seuil, face à lui.

— Je suis désolé aussi, répondit-il. Avec un peu de chance, nous allons pouvoir tourner la page, maintenant. J'aimerais bien être de nouveau ton ami, un jour.

Elle se détourna et, quand elle leva de nouveau les yeux sur lui, ils étaient emplis d'une émotion qu'il ne sut déchiffrer. Avait-elle été plus affectée par ses aveux qu'il l'avait cru ? Leurs regards se croisèrent et il s'avança presque malgré lui.

— Nous devons juste survivre à ce mariage, demain, dit-elle. Ensuite, nous retrouverons le cours de nos vies et nous ne nous reverrons plus.

— Tu as raison…

Hélas, au fond de lui, il n'aimait pas l'idée de ne plus la croiser. Ces derniers jours avaient éveillé quelque chose, chez lui : le souvenir du passé.

Il ne la quitta pas des yeux. Elle fit de même. D'anciennes sensations oubliées refirent surface. Ces sentiments avaient-ils seulement disparu, ou bien étaient-ils restés en sommeil pendant toutes ces années ? Son cœur s'accéléra et un flot de désir monta en lui. Que ferait Phoenix, s'il l'embrassait ? Elle le regardait toujours. Attendait-elle qu'il parte ? Voulait-elle au contraire sentir ses lèvres sur les siennes, elle aussi ? Était-elle hantée par les mêmes pensées folles, les mêmes émotions ?

Il fit un pas de plus. Elle ne bougea pas. Sa poitrine se soulevait plus vite à chaque inspiration. Encore un pas. Il la vit ravaler sa salive, sentit son parfum frais. Sa peau aurait-elle le goût de la brise saline ?

Carter ne savait pas réellement ce qu'il éprouvait, mais le trouble était là. Ce n'était pas qu'une envie physique. Phoenix lui manquait. Son absence le bouleversait. Soudain, il se rendit compte que toutes les femmes qu'il avait fréquentées depuis leur rupture avaient été de pâles copies – et c'était pour ça qu'aucune de ces relations n'avait duré. Hélas, Phoenix ne voudrait jamais de lui. Plus maintenant.

Soudain, des idées dangereuses le traversèrent. Et si Taylor n'avait pas été enceinte ? S'il avait su que le bébé n'était pas le sien avant d'annuler le mariage ? Aimait-il encore Phoenix ? En cet instant, il en avait l'impression.

Arrivé devant elle, il sentit son souffle sur son visage. Il lui caressa la joue du dos de la main et murmura :

— Je suis désolé.

Phoenix ferma les yeux, laissant échapper une larme.

Le cœur de Carter se serra. Il se sentit soudain plus vulnérable. Pourquoi pleurait-elle ? Il aurait tant voulu l'apaiser, la rassurer. Il essuya sa joue humide et effleura sa pommette du bout des lèvres. Phoenix se crispa. Il recommença, incapable de s'en empêcher. Elle ne réagit pas mais, au moins, elle ne le repoussa pas non plus. D'un seul coup, il eut de nouveau envie d'être avec elle et ce désir le submergea. Lorsqu'il l'embrassa de nouveau, il osa se rapprocher de ses lèvres.

Glissant une main dans sa nuque, avec douceur, il l'attira à lui et répéta :

— Je suis désolé.

Il déposa un baiser au bout de son nez avant d'appuyer son front contre le sien. Le poids de la douleur de Phoenix s'entendait dans son souffle trop court, trop rapide. Il se sentit obligé de tout faire pour la réconforter. Il avait besoin d'elle. Pouvait-il effacer le passé, réécrire leur histoire ?

— J'aurais aimé que tout ça n'arrive jamais, dit-il, enflammé par son désir.

Il s'écarta, le temps de se ressaisir, mais elle pleurait toujours et chaque larme était comme un poignard. Il les huma sur sa peau, sentit son corps se détendre. Elle renifla. Oh ! si seulement il pouvait l'empêcher de souffrir à tout jamais ! Il continua à l'embrasser, trouvant peu à peu le chemin de sa bouche. Elle entrouvrit les lèvres, avec hésitation, puis lui rendit son baiser. Affamée.

Pressée. Tout comme lui. Quand ils se redressèrent, ils étaient tous les deux essoufflés.

— Pardon, dit-il, pour s'excuser d'avoir pris trop de libertés, cette fois.

Une seule pensée le hantait : elle ne l'avait pas repoussé. Cela seul suffisait à son bonheur. Ils venaient de franchir une limite et il avait encore du mal à y croire. Jusqu'à cet instant, il ne s'était pas rendu compte de la puissance de son désir pour elle. Était-ce seulement possible ?

— Arrête de t'excuser, chuchota-t-elle.

Cette fois, ce fut elle qui vint à lui – et il se laissa faire avec joie. La douceur de ses lèvres chaudes faillit lui faire perdre la tête. Ils entrèrent ensemble dans la villa et refermèrent la porte sur eux. Carter sentit son sexe se dresser dans son pantalon et s'écarta un peu. Phoenix baissa les yeux. Elle l'avait sentie aussi…

Il ne voulait pas aller trop vite. Si elle acceptait enfin de lui ouvrir son cœur de nouveau, il ne devait pas la brusquer. On ne joue pas avec les sentiments des autres, ou les siens. Ils avaient déjà surmonté trop d'épreuves.

— Je ferais mieux d'y aller, dit-il donc.

Elle se mordilla la lèvre, puis acquiesça.

— Oui, sans doute.

Il aurait voulu l'embrasser encore, la soulever et la porter jusqu'à son lit mais se retint. C'était trop tôt.

— Bonne nuit, Phoenix.

— Bonne nuit, Carter, souffla-t-elle.

Il recula, sans la quitter des yeux. Lorsqu'il fut sorti, elle vint refermer la porte sur lui. Lentement.

- 13 -

Phoenix se réveilla dans un rayon de soleil matinal. Son esprit encore embrumé eut du mal à émerger et ses souvenirs lui paraissaient flous. Avait-elle réellement embrassé Carter, la veille ?

Après l'avoir laissé partir, elle s'était adossée à la porte un long moment, le temps que son pas se soit évanoui sur le chemin. Elle en avait été soulagée. Il lui avait fallu toute sa volonté pour ne pas sortir et lui crier de revenir…

Carter l'avait embrassée pour étouffer ses larmes. Et elle l'avait laissé faire. Pourtant, elle était persuadée d'avoir tourné la page ! Le revoir, ces derniers jours, était en train de saper ses bonnes résolutions et elle n'était plus sûre de rien. Ses lèvres avaient su l'apaiser, éveiller une douce chaleur en elle. Ça avait été bon et elle en voulait plus. Argh ! Que faire, à présent ?

Elle avait été surprise de pleurer devant lui. Elle n'en avait pas eu envie mais avait été incapable de se retenir. Elle l'avait cru, quand il s'était excusé. Son remords avait réveillé tous ses doutes et tout son trouble de la journée. De nouveau, elle se laissait aller à penser que les choses auraient pu être très différentes entre eux, si elle avait accepté de l'écouter plus tôt.

Elle soupira, agacée. Il fallait qu'elle arrête de penser à lui : elle devait rejoindre sa famille pour le petit déjeuner. Les derniers invités allaient arriver dans la matinée et il restait beaucoup à faire pour préparer la cérémonie. Un mariage pendant lequel elle allait devoir remonter jusqu'à l'autel au bras de Carter Blackwell… Une part d'elle avait hâte de le revoir, tandis que son esprit le plus rationnel avait peur de cette confrontation et des sentiments qu'elle pourrait raviver.

Elle posa sa béquille et se rendit prudemment dans la salle de bains. Elle avait moins mal et parvenait même à faire quelques pas seule. C'était un progrès. Tout en s'habillant, elle fit de son mieux pour ne plus penser à son ex et au baiser qu'ils avaient échangé. En vain. Qu'allait-elle ressentir, quand elle le verrait, tout à l'heure ? Serait-elle gênée ?

Elle passa un coup de fil à ses parents pour savoir si Savannah et eux étaient prêts. Pendant tout le petit déjeuner, sa mère ne cessa de parler, excitée d'assister au mariage de sa fille. Leur père, Christopher, se contenta de rester assis et de sourire en silence.

— J'ai quelque chose à t'annoncer, maman, dit soudain Savannah.

— Qu'y a-t-il, ma chérie ? demanda Nadine en buvant une gorgée de son cocktail léger.

Jetant un coup d'œil à sa sœur, Savannah lâcha :

— Carter est le nouveau témoin de Jax.

Chris se redressa d'un coup et soupira, tandis que sa femme se figea, son verre en l'air.

— Quoi ? !

— Ethan n'a pas pu venir. Zoe est à l'hôpital… Et tu sais à quel point Jaxon est proche de ses cousins…

Elle poursuivit ses explications, mais sa mère ne quittait plus Phoenix des yeux.

— Ma chérie, lui dit-elle en posant son verre avec calme.

Savannah se tut. En fait, tout semblait s'être soudain arrêté, autour de la table.

— Oui, maman ? répondit Phoenix, encore hantée par le baiser de la veille.

Un flot de panique lui monta à la gorge. Nadine avait été très contrariée lorsque Carter l'avait quittée. Elle avait même refusé de voir ses parents pendant plusieurs mois, le temps de se remettre.

— Que penses-tu de ce changement de programme ?

— Ça ne me gêne pas vraiment. Après tout, je savais que Carter serait présent, puisque Jax est son meilleur ami. Je m'y étais préparée.

Elle sourit à sa mère dans l'espoir de mettre fin à la conversation, mais Nadine restait perplexe.

— Tu es sûre que ça ira ?

— Oui, dit-elle avec un sourire un peu tremblant. Je vais bien, je te le promets.

— Si tu le dis…

Tandis que sa mère reprenait son verre, Chris se pencha et demanda à son tour :

— Es-tu vraiment certaine que ça va, ma puce ?

— Oui, papa. Certaine.

Allait-elle réussir à les convaincre ? Elle ne pouvait pas leur parler des sentiments que Carter avait fait remonter à la surface : ils la croiraient folle. Ils ne savaient pas ce qu'elle savait. Ses parents échangèrent un regard sceptique, puis changèrent de sujet.

Après le petit déjeuner, tous les invités se retrouvèrent dans la salle de réunion de l'hôtel. Phoenix, Savannah, Maya et Ivy les quittèrent pour aller se préparer au spa, se faire coiffer et recevoir leurs manucures. On avait décidé que les habillages auraient lieu dans la villa de la demoiselle d'honneur. Elles y allèrent donc ensemble et achevèrent de transformer la mariée pour son grand jour. Enfin, Savannah se laissa tomber sur le canapé, excitée à l'idée d'être bientôt appelée « Mme Blackwell ».

— Si ça ne dérange pas, Phoenix, je n'aurais rien contre devenir une Blackwell aussi, un jour. Ce Carter est une perle ! gloussa Maya, avant d'être sévèrement rappelée à l'ordre par Savannah.

Elle baissa les yeux et reprit :

— Quoi ? Phoenix fait comme si tout était fini entre eux, mais je ne suis pas aveugle : je les ai vus se regarder, hélas…

— Si j'étais toi, je garderais mes distances, Maya, coupa Ivy. Ils ont un passé plus chargé que tu le crois.

— Il m'a déjà repoussée en douceur, soupira-t-elle avec une grimace. Un vrai gentleman. À mon avis, il ne restera pas célibataire bien longtemps…

— Ça suffit, intervint Savannah avec fermeté.

— Je plaisante !

Phoenix sourit. Les commentaires de Maya ne la troublaient pas du tout. Elle était la mieux placée pour savoir qu'on ne pouvait rester indifférente à Carter…

— Fais attention à ce que tu souhaites, dit-elle.

— Oui, renchérit Ivy en riant. Tu ne connais pas mon frère…

Elles échangèrent un regard entendu. Elles avaient déjà repris contact depuis quelques années et ce voyage semblait les rapprocher encore plus.

— Allez, les filles ! Il est temps de finir de préparer la mariée !

— *Rejoins-moi à l'autel et porte ta robe blanche*, chanta Phoenix à mi-voix, bien vite imitée par les autres.

Savannah fit tourner sa jarretelle au-dessus de sa tête et Maya se précipita sur son téléphone.

— Je vais trouver la chanson !

En quelques clics, le morceau emplit le salon. La playlist les accompagna tandis qu'elles achevaient leur ouvrage. Enfin, les trois filles contemplèrent Savannah et poussèrent un soupir d'admiration.

— Tu es…

Phoenix plaqua une main sur ses lèvres et chercha le mot juste, les larmes aux yeux.

— Magnifique !

— Stupéfiante, ajouta Ivy.

— Ma chérie, je ne pensais pas que tu pouvais être encore plus belle que d'habitude, glissa Maya. Et pourtant…

Savannah se leva et tourna sur elle-même. Elle était rayonnante, dans son élégante robe bustier au décolleté princesse. La dentelle soulignait ses courbes et tombait en cascade jusqu'au sol pour former une courte traîne. Ses boucles soignées coulaient sur son épaule et son maquillage faisait briller son teint parfait. Elle se mordit soudain la lèvre, les yeux humides.

— Non ! Non ! crièrent les filles en se jetant sur les boîtes de mouchoirs.

— Ne fais pas couler ton mascara !

— Retiens-toi, conseilla Phoenix.

Sa sœur éclata de rire et Ivy tamponna ses paupières avec soin.

— C'est l'heure, annonça-t-elle avec un grand sourire.

On frappa à la porte et Nadine passa la tête par l'entrebâillement. Elle poussa un petit cri.

— Oh mon Dieu, ma puce ! Tu es splendide !

Portant une main à son cœur, elle ravala ses larmes.

— Je venais juste pour te dire que la photographe est là.

— Fais-la entrer, répondit Savannah.

La petite femme armée de son appareil prit quelques

clichés de la mariée et de ses amies, au milieu du fouillis de leurs préparatifs, puis on accompagna Savannah jusqu'à la plage où était dressé l'autel pour la cérémonie. Phoenix les précéda pour s'assurer que tout le monde était prêt. Jaxon attendait, sous une arche blanche ornée de fleurs. Carter était là aussi, plus beau que jamais. Le soleil couchant et l'océan formaient une toile de fond parfaite…

Sur un signe de Phoenix, la musique s'éleva. Les mariés avaient choisi *You Are*, de Charlie Wilson. Nadine s'avança d'abord entre les sièges, suivie par les parents de Jax, Benjamin et Sabrina. Les demoiselles d'honneur prirent place à leur tour, au bras de leurs cavaliers. Enfin, les témoins des mariés s'avancèrent jusqu'à l'autel. La musique changea et les invités se levèrent. Chris prit le bras de sa fille, clairement ému. Tout le monde retint son souffle, émerveillé.

Phoenix regarda sa sœur marcher lentement, les yeux fixés sur son fiancé. Jaxon semblait sur le point de pleurer, lui aussi. L'instant vibrait d'amour et de bonheur… Troublée, elle commit l'erreur de jeter un coup d'œil en direction de Carter. Il la regardait aussi – avec insistance – et elle sentit quelque chose se coincer dans sa gorge. Qu'aurait-elle ressenti, si ça avait été *leur* mariage ? D'un seul coup, son cœur s'alourdit et elle dut lutter pour rester de marbre.

Heureusement pour elle, la cérémonie ne dura pas longtemps et la procession se mit en place pour quitter l'autel. Phoenix fut saisie de vertige quand Carter prit de nouveau son bras. Le simple contact de ses doigts réveillait une foule de sensations en elle, et elle eut soudain très envie de l'embrasser de nouveau. Elle se concentra, comptant les pas pour ne pas chanceler. Son genou blessé risquait de la lâcher d'une minute à l'autre. Enfin, les mariés s'arrêtèrent, entourés par leurs invités pressés de les féliciter et Phoenix se rendit compte qu'elle retenait sa respiration. Elle soupira. Encore quelques pas, et elle put abandonner le bras de Carter. Elle avait survécu. Il ne restait plus que les photos officielles et la réception…

La soirée fut agréable et tout le monde s'entendit bien, en dépit des soucis du passé. Tout le monde paraissait prêt à oublier la gêne entre Phoenix et son ex – à part eux… Assise à la table d'honneur, elle regarda les autres danser. Elle aurait aimé les rejoindre, mais sa jambe commençait à lui faire mal et la fatigue la rattrapait. Elle avait laissé sa béquille dans sa villa et devait garder des forces pour rentrer.

Carter était là-bas aussi, sur la piste. Elle ne lui en voulait plus de lui avoir avoué les raisons qui l'avaient poussé à la quitter. Il avait fait le bon choix : elle avait eu *besoin* de savoir. Elle s'était posé bien trop de questions, depuis cinq ans, et était heureuse de pouvoir enfin tourner la page. À son retour chez elle, elle n'aurait plus à y penser. Au moins, elle était soulagée qu'il ait eu une explication sensée à lui donner. Le doute qui l'avait rongée l'avait empêchée d'avoir une vraie relation pendant trop longtemps. Peut-être qu'elle allait enfin pouvoir s'engager avec quelqu'un, maintenant…

— Comment vas-tu ?

La voix profonde de Carter la fit sursauter. Elle leva les yeux et le découvrit près d'elle. Immédiatement, son cœur s'emballa.

— Bien, répondit-elle. La journée a été longue.

— La danse doit te manquer. Je sais que tu adores ça… Tu veux essayer quand même ? demanda-t-il en lui tendant la main avec un sourire.

Un frisson la parcourut. Elle avait presque l'impression d'être une ado tout juste invitée à son bal de promo. Bon sang, ce n'était que Carter ! Néanmoins, elle hésita, craignant la réaction de ses parents.

— Je ne suis pas sûre d'en être capable.

Elle aurait aimé, pourtant. Elle avait envie de le sentir près d'elle de nouveau. Il s'assit sur la chaise voisine.

— Ce qui s'est passé hier soir… J'espère que ça ne t'a pas dérangée. Je n'avais pas l'intention d'être aussi familier.

— Tout va bien, le rassura-t-elle.

— OK.

Ils restèrent silencieux un long moment. Phoenix retrouva le doux confort d'être avec lui, sans parler.

À la fin de la réception, les filles allèrent chercher leurs affaires dans la villa et Phoenix y resta seule. Elle ne parvenait pas à chasser son ex de ses pensées. Il l'avait escortée avec douceur depuis l'autel, s'était privé de quelques danses pour lui tenir compagnie. Bref, il avait pris soin d'elle, sans effort. Leur baiser échauffait encore ses lèvres et cette journée n'avait fait qu'attiser son désir pour lui.

Elle le revit soudain, debout près de l'autel avec Jaxon. Il avait été si beau, face à la mer… Elle avait discrètement pris un instant pour admirer ses chaussures italiennes, son costume beige, sa silhouette musclée, son visage. Les garçons d'honneur avaient porté de simples vestons sur leurs chemises blanches et leurs cravates aux couleurs de l'océan. Le soleil couchant avait donné un éclat unique à son teint mat. Quand leurs regards s'étaient croisés, une étincelle avait pétillé dans ses yeux. Il avait eu quelque chose de… divin.

Elle soupira. Et si elle allait frapper à sa porte, ce soir ? Que penserait sa mère ? Elle avait bien vu les regards blessés de Nadine. De toute évidence, elle en voulait encore à Carter d'avoir brisé le cœur de sa fille – et il ne fallait pas s'attaquer à ses bébés ! Malgré tout, Phoenix avait quand même envie de lui. Plus que jamais. Sans doute était-ce un effet secondaire du mariage : les Fidji avaient été si romantiques, ce soir. Elle ne comprenait peut-être pas d'où venait cette passion, mais elle ne pouvait l'ignorer.

Peut-être devrait-elle se contenter de prendre un bain… Alors qu'elle se dirigeait vers sa chambre, on frappa à la porte. Pourvu que ce soit lui ! Elle courut ouvrir, tant bien que mal. Il était bien là, adossé au montant, une bouteille de champagne dans une main et deux flûtes dans l'autre, la cravate dénouée. Oh ! il était si sexy !

— Fatiguée ? demanda-t-il d'une voix qui l'embrasa de la tête aux pieds.

Un petit sourire lui échappa et elle s'effaça pour le laisser entrer, puis referma la porte derrière lui.

— Je voulais m'assurer que tu ailles bien.

— Avec du champagne ? glousssa-t-elle. Merci, ça va…

Ils se regardèrent un instant, si près l'un de l'autre que Phoenix sentit des flammes la parcourir. Ils ne dirent rien. Carter semblait attendre qu'elle fasse le premier pas, qu'elle l'autorise à aller plus loin. Sans hésiter, elle se hissa sur la pointe des pieds et l'embrassa, les paupières closes. Elle eut l'impression de tomber au milieu des nuages. Sans lâcher la bouteille et les verres, il l'enlaça et la serra fort contre lui. Elle s'abandonna dans ses bras. Elle se sentait à sa place, ici, et ce fut encore meilleur que ce qu'elle avait imaginé.

Enfin, ils s'écartèrent lentement.

— Et si tu m'accordais cette danse ? murmura-t-elle.

Carter sourit, posa son chargement sur la table et tira

son téléphone pour mettre un peu de musique. Puis il la souleva de terre et dansa en la portant.

— Je ne voudrais pas que tu te fasses mal, dit-il.

À la fin de la chanson, il la reposa avec soin. Lui prenant la main, elle le conduisit dans la chambre et il l'allongea sur le lit.

— Tu me manques, tu sais, chuchota-t-il. Je ne m'en étais pas rendu compte avant de te revoir…

Passant ses bras autour de son cou, elle l'attira à elle. Il goba ses lèvres et déposa une série de baisers le long de sa gorge, de ses épaules nues. Puis il l'aida à se débarrasser de sa robe.

— Tu es sûre de vouloir faire ça ? demanda-t-il lorsqu'elle fut nue devant lui.

Elle plaqua un doigt sur ses lèvres.

— Ce qui se passe aux Fidji reste aux Fidji.

Elle déboutonna ensuite sa chemise pour glisser les doigts sur son torse avant d'atteindre sa ceinture. Il rejeta la tête en arrière tandis qu'elle libérait son sexe dressé de sa prison de tissu. Sans un mot, il abandonna son pantalon par terre et continua à embrasser la peau frémissante de Phoenix. Les yeux fermés, elle se cambra.

Carter voulut parler de nouveau, mais elle l'en empêcha d'un hochement de tête. Elle ne voulait pas rendre la situation compliquée. Ils se désiraient et, pour l'instant, rien d'autre ne comptait.

Il la fit remonter plus haut sur le lit pour s'agenouiller, la tête entre ses cuisses. Sa langue trouva sa perle gorgée d'envie et la lécha jusqu'à ce que Phoenix pousse un gémissement, les mains crispées sur le drap. Elle attrapa un oreiller pour étouffer son cri. La jouissance la fit trembler violemment. Quand elle put enfin reprendre son souffle, Carter se redressa et l'embrassa. Prudemment, elle roula sur le côté et referma ses lèvres sur son sexe palpitant. Elle voulait lui offrir le même plaisir à son tour.

Avec gourmandise, elle lécha son membre et l'embrassa. Carter gémit, soupira, puis se retira brusquement le temps d'enfiler un préservatif. Il s'allongea de nouveau sur elle pour la pénétrer d'un puissant coup de reins. Elle retint son souffle, tellement crispée sur le bord du drap qu'elle l'arracha aux coins du matelas. Depuis quand ne s'était-elle pas sentie aussi bien ? Son corps accompagna de lui-même les mouvements de Carter jusqu'à ce qu'il pousse un long grondement guttural. Il la maintint contre lui et s'enfouit encore plus en elle. Elle referma les jambes autour de ses hanches, sentant ses convulsions. Il ferma les yeux et poursuivit vaillamment ses efforts jusqu'à ce qu'elle atteigne aussi l'orgasme. Incapable de se contrôler plus longtemps, elle trembla, gémit. Enfin, sur un dernier coup plus rapide que les autres, ils crièrent ensemble et se laissèrent retomber, épuisés. Carter la serra contre lui et elle se nicha avec bonheur au creux de ses bras.

— Est-ce que ça va ? demanda-t-il.

— Oh ! oui. Je n'arrive pas à croire qu'on ait fait ça…

— Moi, j'en suis heureux, répondit-il en caressant le bout de son nez. La seule question qui reste, c'est : que fait-on, maintenant ?

Phoenix n'était absolument pas prête à répondre à cela. Elle le massa sans un mot, le temps de le préparer pour le prochain round.

- 14 -

Ces trois dernières nuits, Carter n'avait rejoint son lit qu'à l'aube après avoir dormi avec Phoenix. Ils passaient leurs journées sur la plage, s'amusant avec leurs familles, leurs amis, puis se retrouvaient seuls le soir. De peur d'être surpris ensemble, ils se séparaient au petit jour ; et jamais, ils ne parlaient de ce qu'ils étaient en train de faire. Ils préféraient rire, discuter du passé, plaisanter. Même autrefois, ils avaient toujours su communiquer, parlant de tout : littérature, politique, leurs dessins animés d'enfance préférés… Peu à peu, ce confort familier leur revenait, aussi doux qu'avant.

Ils aimaient aussi le secret qui entourait leurs retrouvailles, et Carter essayait de ne pas pousser Phoenix dans ses retranchements. Bien sûr, il n'attendait rien, une fois leurs vacances terminées. Il avait déjà bien assez à faire. Quant à Phoenix, elle allait peut-être déménager à l'autre bout du pays ! Au moins, elle ne le haïssait plus. C'était tout ce qui importait. Il avait porté sa culpabilité trop longtemps et, enfin, il découvrait la joie de s'en libérer.

Parvenaient-ils réellement à se cacher aussi bien qu'ils le croyaient ? Lincoln avait clairement eu des soupçons, au début ; mais depuis que sa femme et ses enfants les avaient rejoints, il était trop occupé pour penser à eux.

Chaque matin, Carter appelait Ethan et Zoe pour leur demander des nouvelles. Aujourd'hui ne faisait pas exception et il prit son téléphone pour leur parler en se promenant sur la plage baignée de lumière au lever du soleil. Ensuite, il poursuivit sa marche le long de la côte, pensif. Ses nuits avec Phoenix avaient été merveilleuses, mais ce soir serait la dernière. Quand la reverrait-il, après leur retour ? Il n'en savait rien. Néanmoins, il chérirait longtemps les souvenirs de ce voyage.

Il rit doucement en se souvenant de ses paroles : *ce qui arrive aux Fidji reste aux Fidji*... Oui, ce serait leur petit secret et lorsqu'ils se croiseraient de nouveau, il imaginait déjà les sourires entendus entre eux.

Poursuivant son chemin, il découvrit une petite plage isolée, loin des villas. Quelques gros rochers la protégeaient et formaient une sorte de crique. Il faudrait qu'il la montre à Phoenix, plus tard. Sa jambe allait mieux et elle pourrait marcher sans peine jusque-là. Ravi de sa trouvaille, il rentra à l'hôtel pour rejoindre sa famille.

— Oncle Carter ! s'écrièrent les enfants de Lincoln en le voyant entrer dans la salle à manger, prête pour le petit déjeuner.

Il les souleva dans ses bras et les fit tournoyer dans les airs, l'un après l'autre, puis il salua les adultes – sa sœur, sa belle-sœur, son frère et son père. Leur mère lui manquait. Elle avait refusé de quitter Ethan et Zoe jusqu'à ce que le bébé soit là, en bonne santé.

Après avoir passé près d'une semaine à courir d'une activité à l'autre, les Blackwell avaient décidé de se détendre, en ce dernier jour. Ils profitèrent de cocktails au bord de la piscine, bronzèrent sur des chaises longues. Carter était secrètement pressé de voir le soir arriver pour retrouver Phoenix chez elle. Il n'avait fait que la croiser, depuis le matin. Visiblement, ses parents et elle étaient aussi restés près de l'hôtel pour se relaxer.

Enfin, le soir arriva et Carter se retrouva au bar avec Ivy, Maya, Angel et Phoenix. Ils regardèrent les autres se relayer au karaoké, avec plus ou moins de succès. Petit à petit, tout le monde alla se coucher, le laissant seul avec sa sœur, qui partit quelques minutes plus tard pour boucler sa valise avant de dormir.

Sans perdre un instant, il alla frapper à la porte de Phoenix, lui dit de prendre des serviettes et lui prit la main pour la conduire dans la crique.

— Est-ce que tu peux le croire ? demanda-t-elle en s'appuyant contre son épaule. Ma sœur en mourrait, si elle savait ce que nous faisons.

Carter lui jeta un petit coup d'œil et lui caressa la joue.

— Et que sommes-nous en train de faire, exactement, mademoiselle Jones ?

— Ha ! lâcha-t-elle en riant. Avez-vous besoin que je vous l'explique, monsieur Blackwell ?

— Non, pas vraiment…

Riant aussi, il serra sa main dans la sienne et poursuivit sa route à pas lents. Les vagues venaient s'écraser sur la plage, rompant leur silence. La lune jetait son reflet à la surface de l'océan et, au-delà, l'horizon noir avait quelque chose d'hypnotique. Enfin, ils arrivèrent à la petite crique. La nuit leur offrait juste assez de lumière pour voir où ils mettaient les pieds.

— Donne-moi les serviettes, dit-il.

Phoenix en tira deux de son sac de plage et il les étendit sur le sable pour leur permettre de s'asseoir face à la mer. Elle se nicha près de lui, la tête posée sur son épaule.

— J'ai beaucoup aimé ces vacances avec toi.

— Je suis heureux que tu ne me détestes plus, tu sais.

— Quoi ?

Elle lui donna une tape amicale dans le bras.

— Je ne t'ai jamais détesté – pas vraiment. En tout cas, je ne l'aurais pas appelé comme ça. Je souffrais, c'est tout.

— Je sais. Et c'était à cause de moi…

Elle eut soudain l'air plus grave et se détourna de lui.

— Ai-je dit une bêtise ? demanda-t-il, surpris.

— Oh non. Je… pensais à autre chose.

— Quoi ?

— Ce n'est rien… Alors, que comptes-tu faire, quand tu rentreras chez toi ?

— Mieux vaudrait s'intéresser à ce que je ne vais *pas* faire : la liste est plus courte, gloussa-t-il. J'ai du pain sur la planche.

— Je te comprends ! J'ai encore quelques semaines pour me décider entre déménager en Californie ou chercher un nouveau boulot. Je m'inquiète pour mon père. J'en ai parlé à maman et à Savannah. Ma mère insiste pour que je ne me pose pas de questions et que je me soucie de moi. En fait, si je pars, elle dit qu'elle a hâte de me rendre visite. Ma sœur et elle ne s'intéressent qu'au shopping, sur la côte Ouest.

— De mon côté, j'ai une montagne de papiers et des discussions pénibles qui m'attendent. Ça me donne presque envie de rester une semaine de plus.

— Ouais…

Un long silence s'éleva. Phoenix se mit à dessiner dans le sable, pensivement.

— J'adore cette île, reprit-elle, mais j'ai hâte de rentrer pour retrouver mon lit.

— On n'est vraiment bien que chez soi, hein ?

— Oui, murmura-t-elle en contemplant la mer. Les choses vont reprendre leur cours normal.

Elle parlait sans doute de leur relation. Et s'ils décidaient de continuer à se voir ? Non. Impossible.

— C'est notre dernière nuit, dit-il.

Elle se retourna vers lui et effleura son menton.

— Oui. Qui l'aurait cru ?

Carter se pencha sur elle et l'embrassa tendrement. Entre chaque baiser, il lui répéta qu'elle allait lui manquer. Il la caressait aussi, pressant ses seins dans ses paumes et l'attirant plus contre lui. Elle finit par grimper à cheval sur ses genoux. Son sexe dressé dans son short se nicha entre ses cuisses et il se laissa envelopper par sa présence.

Sans cesser de l'embrasser, il dégrafa son soutien-gorge, retroussa sa jupe et écarta sa culotte pour glisser les doigts en elle jusqu'à ce qu'elle soit frémissante et humide pour lui. Elle ouvrit la braguette de son short, libéra son membre brûlant et le caressa. Oh ! comme il avait besoin de le sentir en elle ! Heureusement, il s'y était préparé... Il tira un préservatif de sa poche et l'enfila rapidement. Phoenix gémit quand il la pénétra, guidant ses hanches à deux mains.

— Tout va bien ? demanda-t-il.

— Oui, répondit-elle dans un souffle avant de lécher ses lèvres avec gourmandise.

Elle le chevaucha lentement, ondulant des hanches, et il accompagna son mouvement. Il aurait voulu la regarder dans les yeux, mais ses paupières étaient closes, sa tête rejetée en arrière. Peu à peu, ils accélérèrent. Elle rouvrit les yeux. L'intensité de l'instant se fit plus palpable, leurs gestes plus brusques. Il aimait tant qu'elle le regarde ainsi, pendant qu'ils faisaient l'amour. Elle ne cillait pas, agrippée à son cou pour mieux le contempler.

Quand il sentit ses muscles se crisper autour de son sexe, il faillit crier. Il se retint, la fixant de plus belle pour graver chaque instant de cette soirée dans sa mémoire. Il aurait voulu que cela dure toujours. Une vague de plaisir le submergea. Non. C'était trop tôt. Il n'était pas encore rassasié ! Il la souleva pour l'agenouiller devant lui et la prendre par-derrière.

— Oui ! cria-t-elle quand il entra en elle. Oh ! Carter…

— Ph… Ph… Phoenix, murmura-t-il, presque trop enivré pour prononcer son nom.

Retenant l'orgasme à grand-peine, il la retourna de nouveau, l'allongea et plongea entre ses jambes pour lécher sa perle si sensible. En quelques secondes, elle se mit à trembler et gémit, le souffle court. Mais il ne s'arrêta pas. Il voulait lui offrir toute la jouissance possible. Il remonta pour gober ses lèvres, ses tétons, son cou, et la pénétra de nouveau.

Elle poussa un grognement animal, griffa son torse, plongea les doigts dans le sable pour mieux se cambrer contre lui. Bientôt, il ne put plus se contrôler et accéléra, donnant de puissants coups de reins. Son corps se crispa. Son dos se redressa de lui-même. Il ferma les yeux et alla plus vite encore. Sous lui, Phoenix criait de plus belle et il l'accompagna d'un gémissement grave. Dans un dernier assaut, la digue céda et le plaisir l'envahit pour de bon.

Il ravala un spasme, s'efforçant de tenir encore, mais ses muscles ne lui obéissaient plus. Au même instant, Phoenix passa les bras dans sa nuque, referma ses jambes autour de ses hanches et l'attira brutalement en elle. Dans un soupir commun, ils s'écroulèrent enlacés et restèrent immobiles le temps que leurs cœurs retrouvent un rythme plus normal.

Puis ils s'étendirent côte à côte, les yeux perdus dans le ciel étoilé.

— Tu me donnes envie de rester là pour toujours, dit-elle enfin.

— Nous pourrions retarder notre départ d'une journée,

juste pour profiter de la mer ensemble sans avoir à nous cacher, suggéra-t-il en riant.

— Si seulement…

Au bout d'un moment, Carter se tourna vers elle.

— Prête à rentrer ?

— Viens-tu dans ma villa ou veux-tu qu'on aille chez toi ?

— À toi de choisir.

Ils se levèrent. Carter secoua les serviettes avant de les plier et ils rentrèrent main dans la main, ne se lâchant qu'en approchant des lumières. Carter crut voir Lincoln se diriger vers son bungalow, mais il n'y prêta pas attention.

Arrivant chez lui, ils se glissèrent dans la villa discrètement, pour ne pas être surpris. Ils prirent une douche ensemble, pour se débarrasser du sable, et firent l'amour sous l'eau chaude. Ils recommencèrent une troisième fois dans le lit. Carter n'aurait jamais pu se lasser de ces moments. La sensation du corps de Phoenix contre le sien lui faisait perdre la tête. À chaque fois qu'elle le faisait jouir, il avait l'impression que ce bonheur ne finirait jamais. Il avait presque oublié à quel point elle le rendait heureux…

— Je ne peux pas rester jusqu'au matin, dit-elle. Je dois faire mes bagages.

— D'accord. Laisse-moi te raccompagner.

— C'est bon, je vais m'en sortir. Et puis, je ne veux pas qu'on nous voie.

Carter crut sentir un changement, chez elle. Peut-être parce que c'était un adieu.

— Embrasse-moi encore.

Elle obtempéra et il la serra longtemps contre lui, sous le drap. Il commençait déjà à s'endormir quand elle l'appela avec douceur.

— Carter ?

Sa voix semblait différente. Interrogative. En un éclair, il sentit l'inquiétude monter en lui. Il se redressa sur un coude.

— Qu'y a-t-il ?

— J'ai quelque chose à te dire.

Cette fois, il s'assit et Phoenix l'imita, les jambes pendant au bord du lit. Elle resta là un moment, songeuse, puis se leva et fit les cent pas dans la chambre. Elle se tordait les mains tout en marchant. Il voulut l'enlacer mais elle l'arrêta d'un geste.

— Que se passe-t-il, Phoenix ?

Regrettait-elle ce qu'ils avaient fait ? Ou bien voulait-elle continuer à le voir ? Était-ce seulement possible ? S'il prenait ce risque, il avait intérêt à être sûr de lui : il ne pouvait pas lui briser le cœur une seconde fois.

— Phoenix ! lança-t-il pour qu'elle le regarde enfin.

Puis, la voyant tressaillir, il s'adoucit.

— Désolé… Que voulais-tu me dire ?

Elle s'arrêta et ferma les yeux, le temps de prendre une profonde inspiration. Quand elle le regarda, ce fut pour annoncer d'une voix mal assurée :

— J'étais enceinte aussi.

Carter n'en crut pas ses oreilles.

— Enceinte ? Quoi… ? Quand ?

— J'étais enceinte quand tu m'as quittée. Je voulais te faire la surprise et te le dire pendant notre nuit de noces.

— Qu… ? Non. Non. Non. Non. Non !

Abasourdi, il s'approcha en bafouillant.

— Dis-moi que ce n'est pas vrai !

— Hélas, si. Et il est temps que tu le saches. Je portais ton enfant quand tu as annulé notre mariage. C'est pour ça que je t'en ai tant voulu et que j'ai refusé de t'écouter.

Le temps parut s'arrêter. Bouleversé, Carter se laissa tomber au bord du lit, la tête dans ses mains.

— Que dis-tu ? Qu… Qu'est-il arrivé au bébé ? Phoenix. Où est le bébé ?

Il avait du mal à parler, à respirer. Elle ne répondit pas tout de suite et il leva les yeux pour voir qu'elle pleurait.

— Je… l'ai perdu, chuchota-t-elle, les mains croisées contre son estomac. C'est arrivé à mon retour de Belize. Le docteur a dit que ça pouvait être le stress. Je ne mangeais pas assez. Je… Je n'y arrivais pas. J'ai… Je…

Carter bondit et la serra contre lui. Elle sanglota bruyamment, nichée dans le creux de son torse.

— J'ai perdu le bébé, Carter !

Que dire ? Son premier mouvement de colère disparut, remplacé par une atroce culpabilité.

— Pourquoi ne m'as-tu rien dit ? demanda-t-il.

Phoenix s'écarta de lui.

— Tu m'avais quittée ! La veille de notre *mariage*. Tu es parti. Je t'ai laissé faire parce que j'étais en colère, je souffrais. Tu m'as fait beaucoup de mal, Carter, et j'étais au trente-sixième dessous. Je ne voulais plus te voir. J'ai pensé te l'annoncer à mon retour de Belize, après avoir remis de l'ordre dans mes idées, mais tu étais déjà avec Taylor alors je me suis tue. Je croyais que tu m'avais abandonnée pour une autre femme et je ne savais pas qu'elle était aussi enceinte jusqu'à ce que tu me le dises, l'autre jour. J'ignorais que nous portions toutes les deux un enfant de toi !

Cette accusation l'atteignit en plein cœur.

— Hélas, le bébé de Taylor n'était pas le mien. Le tien, si. Tu étais ma fiancée, tu prévoyais de m'épouser et tu n'as rien dit, protesta-t-il.

— Et toi, tu m'as rejetée !

— Je ne serais jamais parti, si j'avais su… J'aurais trouvé une autre solution. Bon sang ! J'essayais juste de bien agir.

Il se mit à faire les cent pas autour du lit, lui aussi. Phoenix sécha ses larmes, prit son sac et tourna les talons. Il la suivit jusqu'à la porte. Elle s'arrêta un instant avant de sortir et murmura d'une voix déchirante :

— Je devais t'en parler.

Elle partit sans un mot de plus, laissant Carter seul. Que devait-il faire ? Ils avaient tous deux commis une erreur et le prix à payer avait été atroce…

Retournant dans sa chambre, il s'allongea sur le lit, les yeux au plafond, et réfléchit à tout ce qu'il venait d'apprendre.

- 15 -

Phoenix était soulagée de retrouver sa maison, mais le décalage horaire et les nuits blanches qu'elle avait passées dans les bras de Carter l'avaient épuisée. Elle aurait voulu dormir pendant vingt-quatre heures d'affilée… Hélas, le travail n'attendait pas. Elle quitta donc son immeuble au matin et se fraya un chemin parmi la foule des employés qui encombrait la rue. Elle aimait l'ambiance de son nouveau quartier, si vivant. Tous les commerces dont on pouvait rêver se trouvaient à portée de main, et son déménagement de Long Island à Brooklyn avait raccourci son trajet pour aller au bureau. Elle aimait même le brouhaha de la ville – discussions, chiens, voitures. Tout ça créait un rythme particulier, presque musical ; si différent des grandes propriétés calmes bordées d'arbres dans lesquelles elle avait grandi.

Tout en marchant, elle regretta néanmoins de ne plus être aux Fidji avec Carter. Hélas, il ne partageait sans doute pas ce sentiment : elle n'avait pas reçu de nouvelles de lui, depuis qu'elle lui avait parlé du bébé, quelques jours plus tôt. À chaque fois qu'elle revoyait son expression choquée, peinée, son estomac se nouait. Elle pensait avoir banni ces souvenirs et sa douleur de son existence, mais Carter avait rouvert ces anciennes blessures en lui avouant les raisons qui l'avaient poussé à la quitter. Vivre de nouveau ce jour sombre avait été pénible. Lui révéler le secret qu'elle avait gardé pendant cinq ans était pire. Si seulement elle l'avait écouté, ce jour-là, si elle lui avait tout dit sur le moment, les choses auraient pu être si différentes ! Devait-elle être en colère contre lui, ou elle-même ? La culpabilité qui la hantait depuis son retour était si lourde à porter…

Même ses parents n'avaient pas su qu'elle était enceinte. Elle n'avait pas voulu leur en parler sans Carter – mais Carter lui-même n'en avait jamais rien su. Seule Savannah avait été témoin de sa fausse couche. Phoenix l'avait appelée quand les crampes l'avaient saisie, quand le sang s'était mis à couler, puis elle lui avait fait jurer de garder le secret.

Son téléphone sonna et elle le tira de son sac, espérant que ce soit Carter. Mais hélas, le nom de son ex, Brent, s'afficha sur l'écran. Elle refusa l'appel avec un mouvement d'humeur. Il ne cessait de la harceler, depuis qu'elle l'avait quitté, exaspérée par sa jalousie maladive.

Elle parvint enfin à son bureau, en avance. Indra et Dean étaient sans doute sur place. Allumant son ordinateur, elle mit de la musique douce et se plongea dans ses dossiers. Si ces deux semaines de vacances l'avaient reposée, les quatre cents e-mails en attente qu'elle reçut lui firent regretter de ne pas avoir vérifié sa boîte au moins une fois pendant son voyage.

On frappa à sa porte, la tirant de sa lecture, et Indra entra.

— Salut ! Alors, comment étaient les Fidji ?

— C'était…

Phoenix songea à tout ce qui s'était passé, à Carter et à ce qu'elle avait appris bien malgré elle.

—… à la fois merveilleux et très… intéressant.

— Tu as un beau bronzage, en tout cas.

— Merci. Je ne me suis pas encore remise du jet lag, alors si je commence à marcher en dormant, pas de blagues !

Indra éclata de rire.

— Je voulais juste te faire un coucou. Dean et moi partons en Californie pour une réunion. On devrait rentrer en milieu de semaine. Je sais que tu reviens à peine, mais as-tu une réponse à me donner ?

Elle la regarda un instant, gravement, et ajouta :

— On aimerait vraiment que tu restes parmi nous.

Phoenix sentit soudain sa gorge se nouer.

— J'y réfléchis encore.

— OK. Appelle-moi si tu as besoin de quoi que ce soit. On a prévu une vidéoconférence avec tout le monde dès que la réunion sera passée. On se voit dans quelques jours.

— Bon voyage ! répondit Phoenix avec un sourire – qu'elle perdit dès qu'Indra fut sortie de la pièce.

Il lui restait à peine deux semaines pour prendre l'une des plus importantes décisions de sa vie. Elle avait déjà passé des vacances en Californie et aimait la région... Mais y vivre ? D'un autre côté, si elle restait, elle allait devoir trouver un nouveau travail et elle n'avait pas hâte de se jeter dans l'arène au milieu des autres demandeurs d'emploi.

Au même instant, son téléphone sonna. C'était sa mère qui lui annonça que l'opération de son père venait d'être avancée. Il avait en effet paru faible, pendant le mariage. Nadine tenait à ce que toute la famille soit présente le jour J et Phoenix s'empressa de noter la date sur son agenda. Puis elle se replongea dans ses e-mails, sans pour autant parvenir à empêcher le visage de Carter de revenir danser devant ses yeux. Il lui manquait. Comment avait-il accueilli la nouvelle, au sujet du bébé ? Ils n'avaient pas échangé un seul mot depuis, pas même dans l'avion. Il avait mal. Elle aussi. Regrettait-il, comme elle, d'avoir gardé son secret si longtemps ? Elle en avait assez d'envisager tous les scénarios possibles… S'ils avaient discuté, cinq ans plus tôt, ils seraient peut-être mariés, aujourd'hui.

Une fois de plus, elle fut interrompue par trois coups à la porte. Indra entra de nouveau en s'excusant, accompagnée par Dean. Ils avaient des airs de conspirateurs.

— Est-ce que tout va bien ? demanda Phoenix, surprise.

Ils entrèrent, fermèrent la porte en silence, et la regardèrent un moment.

— Nous savons que tu n'as pas encore pris ta décision, commença Dean en jetant un coup d'œil à son associée, mais nous voulions t'annoncer quelque chose.

Indra s'avança.

— Nous voulons vraiment te garder dans l'équipe, alors…

— Si jamais tu décidais de nous suivre, nous aimerions te confier le service Recherche et Développement. Ça te fera plus de responsabilités et un salaire plus important.

— Nous espérons que ça t'aidera à choisir, renchérit Indra en lui tendant un dossier. S'il te plaît, penses-y d'ici notre retour.

Stupéfaite, Phoenix resta figée quelques instants avant de saisir le dossier.

— Merci. Je vais lire tout ça avec attention.

— C'est tout ce que nous te demandons, répondit Indra avant de serrer ses mains dans les siennes. Merci.

— De rien.

Dès qu'ils furent sortis, la jeune femme poussa un grognement frustré. Ils faisaient tout leur possible pour la convaincre de partir. Devait-elle prendre le risque, essayer pendant quelques mois et voir comment les choses allaient tourner ? Serait-elle seulement heureuse, en Californie ?

Elle passa le reste de la journée noyée dans son flot d'e-mails en attente puis rentra chez elle. Le silence de son appartement lui parut plus lourd que jamais, sans Carter. Si seulement il avait pu apparaître à la porte, comme aux Fidji, pour lui faire oublier toutes ses préoccupations ! Malheureusement, elle commençait à craindre qu'il ne veuille plus jamais lui adresser la parole.

Leur bébé aurait eu cinq ans, cette année, s'il avait vécu. Et si elle avait accepté de discuter avec son fiancé, quand il était venu rompre avec elle…

- 16 -

Carter crut voir Phoenix entrer dans le café voisin de la bodega où il avait l'habitude d'acheter son sandwich, tous les matins. Il accéléra le pas pour la rattraper mais, bien sûr, ce n'était pas elle. C'était la troisième fois, cette semaine, qu'il pensait l'apercevoir à Brooklyn. Pourtant, il n'avait pas entendu dire qu'elle ait quitté Long Island… Non, son esprit devait lui jouer des tours.

Sans doute était-ce à cause du choc, quand elle lui avait appris qu'elle avait porté son enfant et que le bébé n'était pas arrivé à terme. Il l'avait quittée pour une femme qui lui avait menti au sujet de sa propre grossesse. Que la vie était cruelle et injuste ! Au fond de lui, il en voulait à Phoenix de lui avoir caché la vérité. Comment pouvait-on souffrir à ce point de la perte d'un enfant que l'on n'avait pas connu ? Plus les jours passaient, plus sa colère se teintait de culpabilité. S'il n'avait pas annulé leur mariage, elle n'aurait pas été aussi stressée et aurait peut-être pu éviter cette fausse couche. Hélas, que pouvait-il faire, à présent, à part se torturer à force de regrets ?

Il avait des soucis plus immédiats. L'un de ses investisseurs menaçait de renoncer à soutenir la nouvelle compagnie qu'il comptait créer avec son ami Harris Cooper. Il devait à tout prix le faire changer d'avis. Ce n'était pas qu'une question d'argent, mais de connexions : cet homme était la pierre angulaire de leur projet. Il était si soucieux que son père l'avait même rabroué pour sa distraction au bureau – il ne savait pas encore que Carter avait l'intention de démissionner. S'il parvenait à convaincre son investisseur, son entreprise pourrait voir le jour en quelques semaines. Harris et lui avaient même déjà signé le bail de leurs locaux.

Depuis son retour des Fidji, il dormait de nouveau mal et, comme ses soirées avec Phoenix l'avaient privé de sommeil là-bas, les choses devenaient compliquées…

Ses retrouvailles avec son ex avaient réveillé un flot d'émotions enfouies. Il aurait tant voulu qu'elle vienne le rejoindre, ce soir, pour le libérer de toutes ses angoisses. Mais ils avaient décidé de ne plus se voir après leur retour : trop de problèmes avaient été soulevés par leurs confessions et il ne savait pas vraiment où ils en étaient. Malgré cela, elle lui manquait. Il lui en voulait. Il tenait à elle. Il était navré pour tout ce qu'il lui avait fait subir.

Dans un soupir, il consulta sa montre. Si son sandwich n'arrivait pas très vite, il allait finir par être en retard. Une importante réunion l'attendait au bureau. Tous les directeurs régionaux de Blackwell Wealth Management seraient là, à l'exception d'Ethan. Il passait encore ses journées à l'hôpital, au chevet de Zoe, espérant qu'on la laisse sortir et priant pour que leur bébé aille bien.

Soudain, son téléphone sonna. C'était Harris.

— Salut ! Quoi de neuf ?

— Roberts se retire du projet.

— Quoi ? cria-t-il, assez fort pour s'attirer des regards dans la file d'attente.

Baissant la voix, il reprit :

— Bon sang… Que s'est-il passé ? Je vais l'appeler.

— Je pense que tu perdrais ton temps, répondit Harris.

— On doit au moins essayer.

— OK. Préviens-moi, si tu arrives à le joindre.

Carter raccrocha, puis composa le numéro de son investisseur. En vain. Il fit une nouvelle tentative, laissa un message, récupéra enfin son sandwich et se précipita vers la station de métro.

Il arriva à son bureau juste à temps. Comme Bill, son père, il tenait à être toujours ponctuel. Le retard était un manque de respect à ses yeux. La réunion trimestrielle devait passer en revue les comptes et les stratégies financières des trois prochains mois ; un exercice complexe qui allait lui demander plus d'attention qu'il n'en était capable. Il était épuisé, avait trop de préoccupations et – maintenant – un problème urgent à régler pour la création de son entreprise. Si Harris et lui ne trouvaient pas d'autre investisseur aussi bien placé que Roberts, ils risquaient d'échouer en beauté…

Son cerveau surchauffait déjà en songeant à un moyen de combler cette défection. Leur start-up demandait d'importants fonds pour démarrer : il leur fallait les meilleures technologies pour attirer les clients huppés qu'ils visaient, et ça coûtait cher. D'après leurs études de marché, ils se plaçaient dans une niche et avaient de bonnes chances de s'imposer, s'ils agissaient vite.

Il s'enferma dans son bureau et rappela son ami.

— J'ai essayé de le joindre, mais il ne répond pas, dit-il. Il est encore tôt et je tenterai de nouveau à ma pause.

— En attendant, nous devons établir un plan B.

Désemparé, Carter téléphona de nouveau avant de rejoindre la salle de réunion.

— Roberts ! s'écria-t-il, surpris, quand l'autre décrocha.

— Blackwell ?

— Nous devons parler.

— Je ne suis pas sûr que ce soit encore nécessaire, Carter.

— Je dois assister à une réunion, ce matin, mais j'ai une idée pour renégocier notre accord…

Il entendit Roberts soupirer dans le combiné.

— D'accord, parlons. On se rappelle à midi ?

— Parfait ! s'écria Carter en levant le poing triomphalement.

— Je n'aurai qu'une heure à vous accorder, prévint Roberts. Je dois partir pour Seattle dans l'après-midi.

— Je pense que vous serez prêt à nous rejoindre, quand vous aurez entendu ma proposition.

— Nous verrons.

Carter raccrocha, le sourire aux lèvres. Il ne laisserait pas ce gros poisson s'échapper si facilement. Il avait l'habitude d'obtenir tout ce qu'il voulait, par n'importe quel moyen ! Au moins, cela faisait un souci de moins et il allait pouvoir se recentrer sur ses autres affaires.

Il rassembla son ordinateur portable et quelques dossiers, mais n'eut pas le temps de quitter la pièce. Son père entra en trombe sans frapper.

— Carter, c'est Zoe !

D'un seul coup, son estomac se noua.

— Que s'est-il passé ?

Son père était pâle et une voile de sueur recouvrait son front. C'était mauvais signe…

— Ethan vient d'appeler. Il était dans tous ses états et je n'ai pas compris tout ce qu'il a dit, mais nous devons aller à l'hôpital. Les autres nous y rejoindront.

Le cœur battant, Carter ravala un flot de panique. Il glissa ses affaires dans un sac et pria en silence. Pourvu que tout se passe bien… Il ne supporterait pas de voir son frère et sa femme perdre leur bébé.

- 17 -

Phoenix ouvrit une nouvelle fois le dossier que ses patrons lui avaient confié et étala les documents sur son bureau. Leur offre était exceptionnelle. Elle aimait son travail. Elle avait déjà un bon salaire. Mais les bonus qu'ils lui proposaient étaient incroyables : une promotion, un véhicule de fonction, une compensation pour son déménagement, des actions dans la société et bien plus encore... Ils lui accordaient même un délai supplémentaire pour prendre sa décision, ce qui la soulageait un peu. Jusqu'à présent, les candidatures qu'elle avait envoyées restaient lettres mortes. Certes, elle n'avait pas envie de quitter New York, mais plus Indra et Dean ajoutaient d'avantages sur la table, plus elle hésitait. Elle pouvait toujours essayer, voir si ça lui convenait. Ce qui la retenait le plus était la santé de son père...

Elle était heureuse que son opération soit avancée ; hélas, on avait aussi découvert quelques caillots, et ça rendait sa situation plus complexe. Sa mère restait calme, sans pour autant parvenir à cacher ses cernes. Elle ne dormait plus, c'était évident. C'était aussi pour cela que Phoenix avait décidé de passer la nuit à l'hôpital avec son père à sa place.

Ses parents vieillissaient. Savannah était mariée. Il était logique que Phoenix prenne le relais, et elle ne pourrait pas le faire depuis la Californie. Elle venait aussi d'acheter son appartement et adorait son quartier. La Silicon Valley n'avait rien en commun avec Brooklyn… Le moment était-il venu pour elle de prendre un risque ? De sortir de sa zone de confort ? Si sa sœur avait reçu une telle proposition, elle aurait déjà fait ses cartons ! Elle était spontanée, insouciante. Phoenix, elle, était rationnelle et réfléchie.

Elle partit en avance pour éviter les bouchons et trouva son père endormi dans sa chambre d'hôpital. Ne voulant pas le réveiller, elle entreprit d'écouter un livre audio.

Enfin, une voix pâteuse émergea des couvertures.

— Ma chérie…

— Bonsoir, papa.

Elle se pencha pour l'embrasser sur le front et approcha une chaise.

— Comment te sens-tu ?

— J'ai connu mieux, soupira Chris.

— Veux-tu parler ? Ou juste m'écouter ?

— Je suis toujours prêt à t'écouter, ma puce. Qu'est-ce qui te tracasse ?

Elle lui fit un résumé de la situation et de ses angoisses à l'idée de déménager.

— Ne t'inquiète pas pour ta mère et moi, nous nous en sortirons. Quelque chose d'autre te retient ?

— J'aime ma maison, cette ville. À part mes collègues, je ne connaîtrai personne, là-bas, et la vie sur la côte Ouest est si différente…

— Tu as une existence confortable, dit-il simplement.

— Oui !

Elle n'en était pas peu fière, d'ailleurs.

— Et sais-tu que le confort peut être un frein au progrès ?

— Bien sûr…

— Crois-moi, la stagnation ne te fera pas de bien. Elle t'empêchera de t'épanouir.

— Je sais, papa. Mais pour m'épanouir, dois-je vraiment partir à des milliers de kilomètres ?

— Pas forcément. Il y a plein d'options. Tu pourrais te mettre à ton compte !

— Hmm.

Phoenix réfléchit un instant. Elle avait déjà pensé à cela, mais jamais sérieusement.

— Merci, papa.

Soudain, son téléphone vibra et le nom de sa sœur s'afficha sur l'écran.

— Salut ! Je suis avec papa.

— Bonjour, papa ! claironna Savannah, assez fort pour que Chris l'entende et sourie. Fifi, as-tu parlé à Carter ?

— Moi ? Non. Pourquoi ?

— Jaxon m'a dit qu'on avait emmené Zoe pour une césarienne d'urgence. Ethan est effondré. Ils vont devoir faire sortir le bébé en avance.

— Oh non ! Quand est-ce arrivé ? Pourquoi ?

— Dans la matinée et je ne sais pas pourquoi. Ils n'ont rien dit. J'espère que tout ira bien…

Savannah soupira.

— Jax essaie d'en savoir plus et je tenais à te le dire. On va passer à l'hôpital, plus tard.

— OK. Tiens-moi au courant.

— Promis. À tout à l'heure. Embrasse papa.

Phoenix attendit un moment puis sortit dans le couloir pour téléphoner à Carter. Elle hésita un instant avant d'appuyer sur le bouton. Ils n'avaient pas parlé depuis leur dernière soirée aux Fidji…

— Allô ? lança-t-il en décrochant, d'une voix fatiguée.

— Salut. Hum… J'ai appris, pour Zoe. Elle va bien ?

Carter se racla la gorge.

— On l'espère. Elle est au bloc et je tiens compagnie à Ethan. Il s'inquiète beaucoup.

Phoenix plaqua une main sur son cœur.

— Pourvu que tout se passe bien.

— Oui, souffla Carter.

— Tu as l'air épuisé.

— Ouais…

Ils gardèrent le silence quelques instants.

— Je suis vraiment désolée, murmura Phoenix. Dis-leur que je pense à eux. Tu veux bien me prévenir, s'il y a du changement ?

— Sans problème. Merci.

Une nouvelle pause, plus longue.

— Carter ? reprit Phoenix.

— Oui ?

— Dis-moi si je peux faire quoi que ce soit pour toi.

— Il y a bien quelque chose…

— Oh. D'accord. Quoi ?

— Laisse-moi venir te voir, ce soir.

- 18 -

Carter resta assis dans sa voiture, face à l'adresse que Phoenix lui avait donnée. Devait-il réellement monter ? Il était plus de 22 heures… Il lui avait demandé cette faveur sans réfléchir, et elle avait dit oui. Il en avait été le premier surpris. Il restait encore tant de zones d'ombre entre eux. Seulement, il avait besoin d'elle. Il avait besoin de retrouver le bonheur qu'il avait goûté pendant leurs vacances, dans ses bras. Il avait su que leur aventure aux Fidji était temporaire, comme le serait ce qui allait se passer ce soir.

Cette journée avait été l'une des pires de sa vie. Angoissé pour Ethan et Zoe, il avait complètement oublié de rappeler Roberts à midi et craignait d'avoir gâché sa dernière chance de le convaincre. Jamais encore il n'avait eu autant de soucis à gérer de front. Rentrer chez lui seul était bien la dernière chose qu'il désirait…

Il avait quitté l'hôpital dès que Zoe avait été reconduite dans sa chambre. Le bébé et elle allaient avoir besoin de temps pour se remettre. La petite fille, née prématurée, avait été installée en soins intensifs et elle y resterait sans doute plusieurs mois. En quittant l'hôpital, Carter avait laissé Ethan endormi près du lit de sa femme. Ils se tenaient toujours la main. Depuis combien de temps Carter n'avait-il pas vu son frère pleurer ? Bien sûr, il ne pouvait comprendre ce qu'il traversait, en ce moment, mais cela lui avait rappelé son propre passé… Il avait souffert de devoir quitter le fils de Taylor, après avoir appris qu'il n'était pas le sien. Il avait eu le temps de se lier à lui. Et apprendre que Phoenix avait perdu leur enfant, avait dû gérer ce deuil seule, était encore plus douloureux.

Il jeta un coup d'œil à sa montre. 22 h 30… S'il voulait la voir, c'était maintenant ou jamais. Après quelques secondes d'hésitation, il sortit enfin de sa voiture et pénétra dans le hall de l'immeuble d'acier et de verre, si incongru au milieu des bâtisses plus anciennes. Le concierge lui indiqua l'ascenseur et lui expliqua comment rejoindre l'appartement.

Arrivé devant la porte, Carter prit une profonde inspiration et frappa timidement. Phoenix ouvrit très vite. En un éclair, il sentit le poids de ses soucis s'évaporer. Elle était ravissante, même avec son chignon fait à la va-vite, son pantalon large et son débardeur. Les pantoufles en fausse fourrure colorée qu'elle portait le firent sourire. Elle le laissa entrer.

— Salut, dit-elle.

— Salut.

Il observa le salon simple, élégant, féminin et cosy. Les murs gris perle étaient ornés de tableaux qui apportaient de petites touches de couleur. Un panier garni de plaids était posé dans un coin et un jeté de canapé tricoté avait été abandonné sur le divan.

Hésitant encore, il piétina au milieu de la pièce. Avait-il eu raison de venir ?

— Tout va bien ? demanda Phoenix.

Il secoua la tête, incapable de répondre et elle s'approcha. Elle le regarda un instant dans les yeux avant de l'enlacer. Il la serra contre lui comme s'il ne devait plus jamais la lâcher. Il était à sa place, avec elle. Elle leva de nouveau les yeux sur lui et le temps parut s'arrêter. Une fois de plus, la tension du désir les attirait l'un à l'autre. Il avait envie de sentir ses lèvres contre les siennes… Sans réfléchir, il se pencha et l'embrassa. Une vague de chaleur primale monta en lui. Même pour une seule nuit, il avait besoin d'elle. Pas uniquement son corps, mais le réconfort qu'elle seule savait lui apporter.

Les bras passés autour de sa taille, il déversa toute sa passion dans leur baiser. Très vite, elle s'agrippa à sa nuque et il se pressa contre elle. Elle ne résista pas, bien au contraire, et la flamme qui le hantait se fit plus pressante.

— J'ai besoin de toi, murmura-t-il contre ses lèvres.

Elle se contenta d'acquiescer. C'était tout ce dont il avait besoin. Il la souleva de terre et traversa l'appartement à tâtons jusqu'à la chambre – qu'il trouva sans peine, comme s'il était déjà venu chez elle. Il l'allongea avec douceur sur le lit puis tous deux entreprirent de se déshabiller mutuellement, affamés. Il prit un instant pour admirer son corps, laissant ses doigts glisser sur sa peau, depuis sa gorge jusqu'à son nombril. Il déposa quelques baisers mutins au coin de ses lèvres et sur sa poitrine.

La chair de Phoenix était brûlante. Elle attisait son désir. Sans un mot, elle tira un préservatif de sa table de chevet et le lui tendit. Carter se redressa, la laissant l'enfiler sur son membre déjà dressé. Puis elle s'allongea, offerte, et il entra en elle. En quelques coups de reins puissants, il se retrouva enveloppé par sa chaleur. Déjà, le plaisir montait…

Il sentit les ongles de Phoenix dans son dos, la douleur des griffures se mêlant aux autres sensations plus douces. Il lui fit l'amour avec lenteur, sans la quitter des yeux. Elle avait les paupières closes et la bouche entrouverte. L'extase se lisait sur ses traits et Carter eut une envie folle de la voir crier de plaisir. Soudain, elle se mordit la lèvre et un spasme involontaire le parcourut. Jamais il n'avait vécu d'instant aussi parfait. Il aurait voulu rester en elle, mais la tension était trop forte.

Il se retira, embrassa tout son corps avant d'enfouir son visage entre ses cuisses pour la lécher jusqu'à ce qu'elle se mette à trembler. Mordant son oreiller, elle poussa une série de gémissements délicieux.

Au moment où la jouissance refluait, Carter la pénétra de nouveau, réveillant l'orgasme une seconde fois. Il la serrait fort contre lui et elle s'accrocha à ses épaules, désespérément, tandis que le plaisir l'envahissait de nouveau. Cette fois, ils crièrent ensemble, submergés par les vagues violentes qui les traversaient. Ils ne se lâchèrent qu'après avoir retrouvé leur calme, la respiration enfin posée.

Carter resta sur elle et la contempla. Pendant un long moment, il se contenta de ce spectacle, savourant chaque frisson, de plus en plus faible.

Elle caressa sa joue d'un air presque inquiet.

— Est-ce que ça va ? demanda-t-elle.

Carter fut surpris par sa question. Il était venu en quête de réconfort et n'avait pas prévu de finir dans son lit… Il s'abandonna à la paix que sa présence lui apportait.

— Ne crois pas que je ne voulais que ça, ce soir.

— Je sais, répondit-elle en levant les yeux au ciel. On n'a qu'à dire que c'était un accident de parcours.

Il l'embrassa de nouveau avec un petit rire.

— Un heureux accident, dans ce cas.

— J'imagine que nous devrions parler, maintenant.

Elle se leva et s'enferma quelques minutes dans la salle de bains. Carter resta sur le lit, les mains croisées derrière sa nuque et les yeux au plafond. Il songea de nouveau à sa journée. Il était heureux d'avoir eu le courage de venir. Hélas, la conversation qui les attendait le rendait un peu nerveux…

Lorsqu'elle revint, en passant par la cuisine, Phoenix avait enfilé un peignoir et tenait deux verres de vin. Elle posa celui de Carter sur la commode le temps qu'il se rafraîchisse à son tour.

Il la retrouva sur le balcon. Enfilant son pantalon et sa chemise qu'il laissa ouverte, il se saisit de son verre et la rejoignit. Ils se contentèrent d'abord de s'asseoir côte à côte pour admirer le ciel étoilé, sous une douce brise. Carter soupira d'aise.

— Merci de m'avoir laissé venir, dit-il au bout d'un moment.

— Comment vont Zoe et Ethan ?

— Elle se repose et le bébé est au service néonatal. Elle ne pèse qu'un kilo et va devoir rester plusieurs mois en observation.

— Mon Dieu ! Heureusement, tout s'est bien passé. Je n'ose pas imaginer…

Elle s'interrompit brusquement. Carter sut pourquoi. Ce qu'elle avait vécu était très différent, mais tout aussi angoissant.

— En parlant de ça…

Comme il cherchait ses mots, Phoenix se redressa et s'assit face à lui.

— J'aurais dû te le dire, murmura-t-elle. Je m'en rends compte, à présent. J'étais juste en colère, désemparée. Terrifiée.

Il bascula aussi ses jambes sur le côté de sa chaise longue pour mieux la regarder.

— Tu n'aurais jamais dû traverser cette épreuve seule.

Ce n'était juste ni pour toi, ni pour moi. Je me sens si coupable que je ne t'en veux même pas, tu sais…

— Coupable ?

— C'est à cause de moi que tu as été si stressée et que tu as perdu le bébé. *Je* suis responsable.

Une boule se forma dans sa gorge et il la ravala avec peine, les yeux humides.

— Qui est au courant ?

— Juste Savannah.

Phoenix se rallongea et contempla le ciel.

— Je suis parti pour un enfant qui n'était pas le mien et j'ai perdu celui qui aurait dû l'être.

— Si je t'ai laissé partir, c'est parce que je ne savais pas que Taylor était enceinte.

Il se rallongea à son tour. Un long silence les enveloppa.

— Nous avons commis une horrible erreur, dit-il enfin.

— Oui.

- 19 -

— Tu es parti tôt, dit Phoenix quand elle décrocha son téléphone.

Encore allongée dans son lit, elle profitait des premiers rayons du soleil.

— J'ai des rendez-vous urgents et je ne voulais pas te réveiller, répondit Carter.

— Je suis épuisée…

— Je sais, c'est pour ça que je t'appelle : pour être sûr que tu ne sois pas en retard au travail.

— Merci, murmura-t-elle dans un bâillement, mais je suis une grande fille. J'ai le droit de me coucher tard.

Elle sourit, profondément heureuse.

— OK, Wonder Woman. On se voit tout à l'heure ?

— Pourquoi pas ?

Elle raccrocha en riant. Elle adorait le taquiner.

Et voilà ! Tout recommençait. C'était la troisième nuit qu'ils passaient ensemble chez elle – toujours en secret.

Phoenix avait encore du mal à croire qu'elle avait une liaison avec son ex-fiancé. Bien sûr, personne ne devait le savoir. Sa mère aurait perdu la tête en l'apprenant. D'un autre côté, Carter et elle étaient si bien ensemble. Jamais Phoenix n'avait ressenti un tel épanouissement avec un autre homme. Hélas, cela ne pourrait durer.

Sa joie la suivit sous la douche et sur le chemin du bureau. Elle avait prévu d'arriver en avance pour un entretien téléphonique avec un potentiel employeur. Elle n'avait pas été sur le marché du travail depuis longtemps et se sentait un peu tendue ; mais la conversation se passa bien. Si jamais l'entreprise rappelait, le prochain rendez-vous aurait lieu dans leurs locaux. Elle était heureuse de recevoir enfin des réponses aux nombreuses candidatures qu'elle avait envoyées ces derniers jours…

Quelques minutes après qu'elle eut raccroché, Indra frappa à sa porte.

— Bonjour ! lança-t-elle en entrant.

— Bonjour, répondit Phoenix.

— Je venais te dire qu'on est en train d'arranger le départ de toute l'équipe, dans deux semaines. As-tu une réponse à me donner, concernant ta décision ?

— Bientôt, je te le promets.

— Parfait. Comment va ton père ?

— Il lutte… Il est toujours à l'hôpital. On lui a découvert un nouveau caillot.

— Oh non ! Je suis désolée, soupira Indra. Je sais que tu as beaucoup de soucis, en ce moment, et je ne veux pas te mettre la pression ; mais nous avons besoin de savoir ce que tu as décidé. Est-ce que le délai que nous t'avons accordé t'aide un peu ? Si jamais tu ne peux pas venir en même temps que les autres, nous pourrons toujours te réserver un vol plus tard. Seulement, le temps nous est compté.

— Je comprends. Laisse-moi encore quelques jours.

Indra secoua la tête d'un air soucieux, mais accepta.

Lorsqu'elle quitta le bureau, Phoenix songea à Carter. Elle ne lui avait pas parlé de cette affaire depuis leur retour des Fidji. Une boule se forma au creux de son ventre. Ils couchaient ensemble, certes, mais ils n'avaient pas encore discuté de l'avenir. Ils se contentaient de réparer lentement les blessures du passé et elle appréciait sa compagnie. Elle était bien, avec lui. Si jamais elle partait, leur relation prendrait fin et elle n'était pas certaine de le vouloir…

Ils avaient prévu de dîner ensemble, ce soir, et elle décida d'aborder enfin le sujet. Le simple fait de penser à lui la rendit plus impatiente encore de finir son travail. Elle se dandina sur sa chaise en songeant à ce qu'ils avaient fait la veille, aux fraises qu'ils avaient partagées entre deux baisers, dans son salon. Plus ils passaient de temps ensemble, plus ils devenaient audacieux au lit et plus ils s'amusaient. La promesse de leur rendez-vous fit fleurir un sourire sur ses lèvres jusqu'à la fin de l'après-midi.

Elle rentra chez elle en coup de vent pour se changer avant de se rendre au restaurant, à mi-chemin entre sa maison et celle de Carter. Alors qu'elle attendait son Uber, Brent l'appela une nouvelle fois. Agacée, elle lui raccrocha au nez. N'allait-il donc jamais comprendre que tout était fini entre eux ?

Quelques minutes plus tard, elle descendit du taxi devant la façade illuminée du restaurant et retrouva avec joie Carter à l'intérieur. Ils s'embrassèrent avant même d'être conduits jusqu'à leur table. Carter tira sa chaise pour elle. Elle aimait sa manière de toujours la traiter comme une lady… Brent, lui, n'avait jamais eu de telles attentions pour elle.

— Tu es magnifique, dit-il.

Elle sourit. Elle avait fait un effort, enfilant une robe de dentelle noire moulante et agrémentant son maquillage de faux cils qui lui donnaient l'impression d'être plus sexy à chaque fois qu'elle battait des paupières. Savannah aurait été fière d'elle. Et tout ça, pour Carter ! Elle ne put réprimer un petit rire.

— Merci. Tu es très beau aussi.

Elle aurait préféré dire « délicieux », mais elle gardait ça pour plus tard…

— Alors, est-ce enfin un rencard officiel, monsieur Blackwell ?

— Phoenix.

Elle sursauta, surprise. Était-ce Carter ? Non.

— Phoenix !

Cette fois, elle reconnut la voix qui l'appelait. Elle se retourna et vit Brent s'avancer vers elle à grands pas. Étouffant un soupir de frustration, elle ferma les yeux et fit de son mieux pour rester calme.

— Qui est ce type, Phoenix ? lâcha l'intrus en arrivant près de la table. Est-ce à cause de lui que tu refuses de me parler ?

— Brent ! s'écria-t-elle.

Puis, voyant son compagnon se lever, elle bondit de sa chaise.

— Carter, non !

Tous les regards étaient tournés vers eux, à présent. Le serveur s'approcha d'un air inquiet.

— Comment savais-tu que je serais là ? reprit Phoenix.

Mais Brent ne lui répondit pas. Il toisait Carter avec un mépris flagrant.

— Qui êtes-vous ?

Carter serra les poings. Il se serait sans doute jeté sur lui si Phoenix ne s'était pas interposée entre eux à temps. Coupé dans son élan, il se contenta de passer un bras autour de sa taille – un geste qui n'échappa pas à Brent.

— Alors, est-ce à cause de lui que tu ne réponds plus à mes appels ?

— Brent, je t'ai déjà dit que c'était fini, entre nous, répondit Phoenix aussi calmement que possible. Accepte-le et laisse-moi tranquille.

— Vous l'avez entendue, intervint Carter sur un ton glacial. Je vous conseille de partir, maintenant.

Brent secoua la tête et voulut s'avancer, mais Carter l'en empêcha.

— Partez, répéta-t-il avec fermeté.

Hélas, l'autre resta planté devant eux. Son regard passait de Phoenix à Carter. Pourvu qu'il ne fasse pas de scène ! La situation était déjà assez embarrassante comme ça…

— C'est terminé, Brent. Depuis des semaines. Va-t'en ! dit-elle en faisant de son mieux pour contrôler sa colère.

Quelques secondes passèrent, puis Brent lâcha un hoquet rageur et, bousculant le serveur, tourna les talons. Avec un peu de chance, il ne reviendrait plus à la charge, cette fois.

Après son départ, elle se laissa tomber sur sa chaise, la tête dans les mains, frémissante de rage.

— Veux-tu qu'on aille ailleurs ? suggéra Carter avec douceur.

— Oui…

Il déposa quelques billets sur la table et, quand Phoenix se leva, lui prit le bras pour l'accompagner dans la rue. Ils rejoignirent la voiture de Carter en silence et roulèrent longtemps. Phoenix ne savait pas où ils allaient et elle ne posa pas de questions. Enfin, son compagnon se gara près du quai de Canarsie. Il sortit, ouvrit la portière de Phoenix et lui tendit la main. Elle l'accepta, se laissant guider jusqu'à la rambarde, au bord de l'eau.

— Je viens souvent ici quand j'ai besoin d'un peu de calme, expliqua-t-il.

Elle sourit.

— Merci.

— De rien.

Ils se turent pendant quelques minutes et, déjà, Phoenix se sentait un peu mieux.

— Où as-tu trouvé ce type ? finit par demander Carter.

Surprise, elle leva les yeux et le vit glousser. Elle rit aussi.

Son amant passa un bras autour de ses épaules et elle se laissa aller contre lui. Ils contemplèrent un instant la lune, qui se reflétait sur les vagues. Une fois de plus, elle était dans les bras de cet homme. En sécurité.

Très vite, ils commencèrent à bavarder, parlant de leur journée, d'Ethan, Zoe et de leur bébé. Phoenix lui donna les dernières nouvelles concernant la santé de son père.

— Alors, lança Carter au bout d'un moment, combien d'ex timbrés caches-tu encore dans tes placards ?

— Ha ! cria Phoenix en lui frappant le bras.

— Je préfère savoir à quoi m'en tenir, maintenant qu'on sort ensemble…

— Qui a dit qu'on sortait ensemble ?

Elle gloussa, ce qui gâcha l'air sévère qu'elle avait tenté de prendre, et Carter haussa les épaules. Néanmoins, cette remarque avait atteint Phoenix au cœur. Non seulement elle allait peut-être déménager très bientôt, mais en plus sa famille n'accepterait jamais le retour de son ex-fiancé dans sa vie.

— Appelle ce que nous faisons comme tu veux, mais sache que j'aime ça, murmura-t-il avait de l'embrasser. J'ai même racheté des fraises pour ce soir.

— Chez toi ou chez moi ?

Il la provoquait et elle entra joyeusement dans son jeu.

— Chez moi…

Il lui prit la main, déposa un baiser sur ses doigts et l'entraîna de nouveau jusqu'à la voiture. Ils atteignirent l'appartement de Carter en un temps record et attendirent à peine que la porte soit refermée pour commencer à s'embrasser. Ils laissèrent une traînée de vêtements de l'entrée à la cuisine et se retrouvèrent nus devant son frigo d'où il tira une barquette de fraises. Il les lava, puis étendit Phoenix sur le large bar. La surface froide la fit frissonner.

— C'est l'heure du dessert, dit-il de sa voix si sensuelle.

Il prit un fruit, mordit dedans et tendit la seconde moitié à Phoenix. Très vite, il la souleva de nouveau pour la porter jusqu'à son lit.

Lorsqu'ils eurent enfin assouvi leur désir brûlant, leurs deux estomacs gargouillaient. Un peu gênée, la jeune femme tenta de faire taire le sien en plaquant une main dessus ; puis elle éclata de rire.

Ils commandèrent un plat, choisirent une comédie à regarder et mangèrent au lit. La tête posée contre le torse musclé de son amant, Phoenix se souvint soudain du sujet qu'elle avait voulu aborder, ce soir. Elle se redressa, le regarda un instant comme si une part d'elle avait tenu à mémoriser chacun de ses traits.

— Carter…

— Oui ? demanda-t-il, sans quitter l'écran des yeux.

— Il se pourrait que je quitte New York. Très bientôt.

- 20 -

— Je vous remercie tous pour votre beau travail, dit Carter à ses collègues de la branche de Brooklyn.

Ainsi s'acheva la dernière d'une longue série de réunions que son équipe avait organisées pour apaiser les angoisses de leurs clients, face aux fluctuations de la Bourse. Pourvu que cela suffise à empêcher certains d'entre eux de l'appeler à chaque fois que les marchés baissaient d'un point… Ses clients les plus riches avaient l'habitude de ce genre de choses ; mais les plus jeunes, encore novices en matière de placements, avaient souvent besoin d'être rassurés.

L'équipe partit mais Carter s'attarda dans son bureau pour répondre à quelques e-mails. Il cherchait encore un moyen de recontacter Roberts pour s'assurer de sa participation financière. Il n'avait pas encore reçu de nouvelles de lui, depuis leur rendez-vous manqué. Plus cela traînerait, plus Carter aurait du mal à le convaincre de conclure leur accord. Harris et lui avaient pourtant besoin de cet argent pour se lancer… Plus important encore, sans un accord solide avec Roberts, Carter n'osait pas affronter son père. Assis dans son grand fauteuil, il poussa un soupir. Bill ne serait pas heureux d'apprendre son départ, mais au moins, il serait rassuré de savoir que son fils avait un plan.

Il avait toujours été difficile d'apaiser Bill Blackwell.

Ethan avait travaillé pendant des années pour gagner son approbation ; mais c'était une tâche trop lourde pour Carter. Bien sûr, il savait que son père les aimait. Seulement, celui-ci avait toujours été très dur avec ses enfants – c'était sa manière de les préparer à naviguer dans le monde. La pression était souvent trop forte à supporter et il avait l'intention de transmettre son cabinet à tous ses fils. Comme Lincoln avait fait cavalier seul quelques années plus tôt, le poids de cet héritage était tombé sur Ethan et Carter. Qu'allait-il dire, quand il apprendrait qu'un autre de ses fils refusait de lui succéder ? Mieux valait se préparer à supporter sa déception… Néanmoins, il n'empêcherait pas Carter de tenter sa chance et de bâtir son propre empire, de le rendre fier à sa manière. Il ne pouvait pas vivre dans son ombre jusqu'à la fin de ses jours !

Renonçant à l'idée d'obtenir un rendez-vous de son investisseur, Carter décida soudain de changer de tactique et décrocha son téléphone.

— Harris ! lança-t-il dans le combiné.

— Salut. Des nouvelles de Roberts ?

— Non, il ne m'a pas recontacté mais je viens d'avoir une idée. Au lieu d'essayer de le voir dans son bureau, pourquoi ne pas lui proposer un repas d'affaires ? Chez Louie, par exemple.

Il s'agissait d'un élégant restaurant de grillades apprécié par les financiers de Manhattan.

— OK. Dis-moi quel jour et je m'arrangerai pour y être.

— Parfait. Je t'appelle dès que Roberts aura accepté.

— Croisons les doigts !

Carter raccrocha. Avec les soucis liés au lancement de son entreprise et l'annonce que Phoenix avait lâchée comme une bombe, l'autre soir, il se sentait plus stressé que jamais.

Décidément, cette femme avait un étrange sens du timing quand il s'agissait de partager de mauvaises nouvelles... Il ne s'était certes pas attendu à ce que leur relation dure aussi longtemps, mais il commençait à entrevoir un avenir pour eux. Apprendre qu'elle allait peut-être s'installer en Californie lui avait fait comprendre à quel point il tenait encore à elle. Voulait-il juste *être* avec elle ? Ou bien désirait-il une relation plus solide ? Depuis leurs retrouvailles, aucune autre femme ne l'avait intéressée. Que ferait-il, si elle partait ? Il ne voulait pas d'une liaison à distance. Il voulait la savoir là, avec lui. Pourvu que ses recherches d'emploi débouchent vite sur une opportunité qui lui permettrait de rester. Ne méritaient-ils pas une seconde chance, elle et lui ?

Il l'appela pour lui proposer un rendez-vous. Avec l'approche de l'été, les soirées s'allongeaient et Carter allait en profiter. Il passa quelques coups de fil, demanda une ou deux faveurs, puis éteignit son ordinateur et quitta son bureau.

Arrivé chez lui, il se doucha, appela un service de voiturier pour ne pas avoir à conduire dans toute la ville et pouvoir mieux se concentrer sur Phoenix, puis enfila un costume noir assorti d'une chemise blanche. Il avait une mission, ce soir, et il tenait à mettre toutes les chances de son côté.

Une fois dans la voiture, il guetta impatiemment l'immeuble de Phoenix. Il avait encore du mal à croire qu'elle vivait si près de lui. Finalement, c'était bien elle qu'il avait vue une ou deux fois, à son retour des Fidji...

Il sortit du véhicule, lissa sa veste et monta jusque chez elle. Elle ouvrit immédiatement quand il frappa.

— Waouh ! s'écria-t-elle quand elle le vit, encore occupée à fermer sa seconde boucle d'oreille. Je crois que je vais devoir me changer pour être à la hauteur…

— Tu es magnifique, mais change-toi, si tu préfères.

Elle disparut dans sa chambre et revint vêtue d'une splendide robe noire dont l'unique bretelle venait se draper sur son épaule. Carter en eut le souffle coupé.

— Et maintenant, tu es *plus* que magnifique, dit-il.

Elle sourit et lui adressa un clin d'œil.

— Je me sens plus à l'aise comme ça. Alors ? Où allons-nous ?

— C'est une surprise, mais je te conseille de prendre un gilet pour la soirée.

— D'accord.

Elle attrapa un châle et le rejoignit sur le palier.

— Une surprise, hein ?

— Oui, et une bonne, tant qu'aucun de tes ex ne vient gâcher la soirée…

— Oh ! je pense que Brent a compris le message.

Il lui tendit le bras et elle le prit pour descendre avec lui. Dehors, le ciel se parait de reflets orange et roses. La nuit serait sans doute tombée lorsqu'ils arriveraient à destination, dans Manhattan. Ils profitèrent du trajet pour parler de leurs journées.

Lorsque la voiture s'arrêta, Phoenix en sortit et leva des yeux ébahis sur la structure contemporaine, coincée entre deux immeubles plus classiques. Prenant le bras de Carter, elle le suivit dans le hall, l'ascenseur, et jusqu'au dernier étage où ils furent accueillis pas un homme en smoking.

— Monsieur Blackwell ! Quel plaisir de vous voir, dit-il en le saluant.

— Bonsoir, Jeff. Comment allez-vous ?

— Bien, monsieur.

Puis, se tournant vers Phoenix, il inclina la tête.

— Et vous êtes ravissante, ce soir, madame.

— Merci, répondit-elle avec un sourire.

Elle adressa un rapide coup d'œil à Carter et ajouta :

— Impressionnant…

Il lui fit un clin d'œil. Le serveur les accompagna sur la terrasse, sur le toit. Quelques tables étaient occupées, mais si éloignées les unes des autres que l'on avait presque l'impression d'avoir l'endroit pour soi. Carter avait réservé la meilleure place, dans un coin, avec vue sur Gramercy Park. Le serveur tira la chaise de Phoenix, puis celle de Carter.

— Quelqu'un viendra bientôt prendre vos commandes pour l'apéritif.

— Merci, Jeff.

Lorsqu'il fut parti, Phoenix le dévisagea un instant, clairement stupéfaite.

— Quel endroit magnifique ! Est-ce une occasion si spéciale ?

— Je voulais juste qu'on réessaie de passer une bonne soirée au restaurant.

Elle rosit, les yeux baissés.

— Merci…

— Carter, mon vieux ! cria soudain une voix.

Le célèbre chef Chase Williamson, propriétaire de l'établissement, vint les saluer, une serviette passée sur son épaule.

— Chase, dit Carter en se levant pour enlacer son ami.

— Et cette demoiselle doit être la fameuse Phoenix, reprit le chef en lui faisant un baisemain.

— Bonsoir, dit-elle en riant. Je crois que je vous ai déjà vu… à la télé.

— Possible. Ce soir, je vous ai préparé ma spécialité : curry de saumon à la noix de coco sur lit de riz pour toi, mon ami. Et pour la demoiselle, homard braisé et risotto aux choux de Bruxelles, nappés de beurre persillé.

— J'ai déjà hâte. Merci, Chase.

— Désirez-vous une assiette de palourdes à l'origan et de crevettes grillées, pour vous mettre en appétit ?

Carter adressa un coup d'œil à Phoenix, qui acquiesça sans hésiter.

— Parfait ! s'écria Chase en s'éloignant. Bon appétit !

— Décidément, tu as fait les choses en grand, murmura Phoenix. Que se passe-t-il ?

Il sourit, puis retrouva vite son sérieux. Il avait répété cet instant tellement de fois, déjà…

— Je veux que nous soyons ensemble de nouveau.

Phoenix se figea, son verre d'eau en l'air, et le reposa avec soin.

— Carter… C'est vrai ? dit-elle avec un froncement de sourcils furtif.

— Je sais que nous avons traversé beaucoup d'épreuves et j'assume la responsabilité de mes erreurs. Je suis désolé. J'aimerais que tu me pardonnes… Je ne voulais pas te faire de mal et jamais je n'aurais cru que nous passerions tant d'années sans nous parler.

Il lui prit la main, par-dessus la table.

— Depuis que nous nous sommes retrouvés, j'ai compris pourquoi je n'ai jamais refait ma vie avec quelqu'un d'autre. Toutes les femmes que je rencontrais n'étaient simplement pas *toi*.

— Carter, répéta-t-elle, dans un murmure.

— Je sais, à présent, que je n'ai jamais cessé de penser à toi.

— Waouh…

Elle but une gorgée d'eau et s'éclaircit la voix d'un air gêné.

— Je vais peut-être devoir déménager. Je te l'ai dit.

— Ce n'est pas une obligation. Tu pourrais te mettre à ton compte, lancer ton entreprise.

— Et nos familles ? Mes parents ne seront pas ravis...

— Ils s'y feront, dit-il avec plus de fermeté. C'est ce que *nous* voulons qui importe. Je viens de t'ouvrir mon cœur, et toi ? Que désires-tu ?

— Je... Je ne sais pas. Je n'aurais jamais cru que nous en serions là un jour, moi non plus. Je suis désolée de ne pas t'avoir parlé du bébé plus tôt, mais je souffrais tant que j'étais incapable de penser...

— Si tu me laisses une chance, je te promets de me racheter.

Il la contempla un moment, puis Phoenix baissa les yeux.

— Je sais que c'est beaucoup demander, lâcha-t-il avant de contourner la table pour la relever et l'obliger à le regarder. Accorde-moi cette seconde chance.

Il l'embrassa.

— Laisse-moi te montrer à quel point je tiens à toi.

Un second baiser suivit. Elle finit par se laisser aller contre lui. Ses lèvres avaient un goût si doux !

— Et le déménagement ?

— Il sera toujours temps de s'en préoccuper quand ça arrivera. *Si* ça arrive.

Le plus dur était fait... À présent, il ne lui restait plus qu'à la convaincre de rester.

- 21 -

— Phoenix ! s'écria la voix angoissée de Nadine au téléphone. Oh ! Seigneur, Phoenix !

La jeune femme se redressa vivement dans son lit, le cœur battant.

— Maman ! Que se passe-t-il ?

Carter s'assit aussi et la regarda avec inquiétude.

— C'est ton père ! Mon Dieu… Il est tombé, Phoenix. Nous allions dans la salle de bains et il est tombé. Il ne réagit plus quand je l'appelle, Fifi !

— Maman !

D'un bond, elle quitta le lit, sans souci des couvertures qu'elle repoussa, et chercha d'une main une culotte et un legging. Carter l'imita et enfila rapidement son jean.

— Appelle une ambulance, Maman, dit-elle en s'habillant. Je te rejoins tout de suite. Je t'appellerai en route pour savoir dans quel hôpital on l'aura amené.

Elle entendit sa mère renifler dans le combiné.

— J'arrive, maman ! Papa va s'en sortir.

Elle voulait y croire, en dépit des larmes qui inondaient déjà ses joues.

— J'arrive, répéta-t-elle en masquant ses sanglots de son mieux.

— Dépêche-toi, Fifi. Je t'en supplie…

— C'est promis.

Elle passa un vieux sweat-shirt par-dessus sa tête, sans lâcher le téléphone.

— Attends ! As-tu appelé Savannah ?

— Non, pas encore.

— Ne raccroche pas.

Elle mit l'appel en attente et composa le numéro de sa sœur. Le réveil indiquait deux 2 du matin. Il lui fallut deux essais pour arriver à réveiller Savannah.

— Bonjour, répondit sa voix empâtée.

— Savannah ! C'est papa.

— Quoi ? ! Que se passe-t-il ?

La voix de sa sœur était bien réveillée, à présent – et paniquée. En quelques mots, elle fut mise au courant et promit de rejoindre leur mère. Repassant sur l'autre appel, Phoenix reprit :

— Savannah arrive, maman. Préviens-moi dès que tu connaîtras le nom de l'hôpital. À tout de suite !

Dès qu'elle eut raccroché, elle s'écroula sur le lit, en larmes. Pourvu que son papa s'en sorte !

Heureusement, sa sœur habitait encore Long Island et avait moins de route à faire pour se rendre chez leurs parents. Phoenix passa dans la salle de bains, le temps de se faire un chignon de fortune et, quand elle revint, Carter était entièrement habillé, l'attendant près de la porte.

— Alors, où doit-on aller ? demanda-t-il.

— Nous ?

— Oui, et ne proteste pas. Tu n'es pas en état de conduire. Maintenant, fais-moi le plaisir d'enlever ce sweat et de le remettre à l'endroit…

Elle baissa les yeux et constata que son pull était en effet à l'envers. Elle glousse entre deux larmes, puis se remit à pleurer. Elle s'était tant retenue, au téléphone, pour ne pas angoisser sa mère davantage… Carter la prit dans ses bras et apaisa de son mieux ses hoquets. Enfin, elle s'écarta et essuya ses yeux d'un revers de manche.

Quand elle fut rhabillée correctement, il lui prit la main et annonça :

— Je conduis.

Phoenix ne protesta pas. Elle avait les yeux si mouillés qu'elle avait du mal à voir où elle posait les pieds. Jamais elle n'aurait pu aller de Brooklyn à Long Island seule. Il lui suffirait de dire à Carter de rester dans la voiture – elle n'était pas prête à expliquer à sa famille ce qu'il faisait avec elle, en pleine nuit.

Elle rappela sa mère depuis la voiture. Nadine était visiblement dans l'ambulance avec son père : on entendait les voix des urgentistes en arrière-plan. Nadine sanglotait, tout en encourageant son mari. Entre deux sanglots, elle lui donna le nom de l'hôpital. Phoenix téléphona ensuite à sa sœur, qui suivait l'ambulance de près avec Jaxon.

Pourquoi fallait-il que Brooklyn soit si loin ? Ils avaient encore vingt-cinq minutes de route…

Une fois son portable rangé dans son sac, elle se laissa aller contre le dossier et pleura de plus belle. Tout en conduisant aussi vite que possible d'une main, Carter posa l'autre sur son bras. Dans n'importe quelle autre situation, elle l'aurait supplié de ralentir ; mais elle avait besoin de retrouver sa famille.

Ils arrivèrent enfin. Phoenix bondit sur le parking et courut jusqu'à l'entrée des urgences. Son cœur tambourinait dans sa poitrine et sa bouche était plus sèche qu'un désert.

Je vous en supplie, songea-t-elle, *faites que rien n'arrive à mon papa !*

Elle donna le nom de son père à l'infirmière de garde et celle-ci, très patiente, lui indiqua une salle remplie de lits séparés par des rideaux. Elle crut entendre la voix de Nadine et appela :

— Maman !

— Phoenix ! répondit sa mère en ouvrant l'un des rideaux.

Toute sa famille était là… mais pas son père.

Nadine se jeta dans ses bras et Savannah les enlaça toutes les deux. Jaxon caressait doucement le dos de sa femme.

— Où est papa ? demanda enfin Phoenix en s'écartant.

— Ils font des tests.

La jeune femme crut soudain manquer d'air. Son père *devait* s'en sortir. Ravalant de nouvelles larmes, elle contempla sa mère. Les yeux rouges et le teint pâle, Nadine semblait ne pas avoir fermé l'œil depuis des jours.

— Qu'ont dit les médecins ?

— Ça pourrait être une crise cardiaque. Nous en saurons plus quand ils auront fini de l'examiner.

Seigneur ! Cela pourrait prendre toute la nuit. Savannah fondit en larmes à son tour, dans les bras de Jax.

— OK, fut tout ce que Phoenix parvint à répondre en serrant la main de sa mère entre les siennes.

De nouveau, elle pria en silence. Elle s'assit enfin, sur la chaise que Jaxon lui avait avancée. Quelques minutes plus tard, elle entendit quelqu'un l'appeler. C'était Carter. Elle se figea. Elle avait oublié de lui demander de rester dans la voiture en arrivant. À présent, il était là, à 3 heures du matin. Avec elle. Comment allait-elle expliquer ça aux autres ?

— On dirait Carter, murmura Jax d'un air surpris.

Nadine grimaça.

— Qu'est-ce qu'il fait ici ?

Phoenix ne répondit pas, ne bougea pas.

— Phoenix ? appela encore Carter, de l'autre côté du rideau.

Enfin, Jaxon sortit à sa rencontre.

— Salut, vieux. Que fais-tu là ?

— J'ai accompagné Phoenix.

— Oh… OK.

Nadine parut confuse. Savannah, elle, ouvrit lentement de grands yeux, comprenant la situation. Les deux hommes réapparurent. Il n'y avait plus rien à expliquer – pas maintenant. Phoenix s'occuperait de sa famille plus tard.

— Bonsoir, madame Jones, dit Carter avec respect.

— Bonsoir, répondit Nadine sans quitter sa fille des yeux. Merci d'avoir conduit Phoenix jusqu'ici.

Elle avait parlé sèchement et se tourna à peine vers lui le temps de le saluer de la tête. Carter, lui, embrassa Savannah avant de se rapprocher de Phoenix. Nadine ne manquait rien de la scène.

Enfin, un médecin se présenta et détourna l'attention. Grand, les yeux bleus et les cheveux poivre et sel, il avait une présence rassurante. Il se présenta et Phoenix fit de son mieux pour garder son calme. Les nouvelles n'étaient pas bonnes : son père allait être opéré en urgence pour dégager ses artères encombrées. L'homme les invita à rentrer se reposer, promettant de les appeler dès que Chris quitterait le bloc.

— Je ne vais nulle part, dit Nadine avec une fermeté polie. Rentrez, les filles. Je vous donnerai des nouvelles dès que possible.

Puis, se tournant vers le médecin :

— Où puis-je patienter, docteur ?

Phoenix sentit son cœur se briser en voyant l'angoisse de sa mère.

— Il y a une salle pour les familles. Je peux demander à quelqu'un de vous y conduire.

— Nous restons aussi, déclara la jeune femme, imitée par Savannah.

Les garçons échangèrent un regard entendu. Eux non plus ne partiraient pas.

— Très bien, répondit le docteur. Une infirmière va vous accompagner.

En effet, une petite femme brune les escorta bientôt dans une salle d'attente et les y laissa. Ils parlèrent peu pendant les heures qui suivirent, dormant sur les chaises à tour de rôle jusqu'au lever du soleil. Nadine faisait les cent pas, les bras croisés. Avait-elle seulement fermé les yeux ? Elle s'approcha timidement du distributeur de nourriture.

— Madame Jones, lança soudain Carter. Jaxon et moi pouvons aller vous chercher quelque chose de meilleur à manger, si vous voulez.

— Merci, mais je n'ai pas faim, dit-elle avec plus de douceur – et une pointe de reconnaissance. J'ai besoin de boire, c'est tout.

Carter glissa des pièces dans la machine, en tira cinq bouteilles d'eau et les distribua. Puis il se rassit près de Savannah et Jaxon tandis que Phoenix restait à côté de sa mère. Quelques minutes plus tard, les garçons se levèrent et insistèrent pour aller chercher un petit déjeuner. Les trois femmes se retrouvèrent seules pour la première fois.

Nadine dévisagea Phoenix, sans un mot, la mettant plus mal à l'aise que jamais.

— Inutile d'en parler maintenant, finit-elle par murmurer. Concentrons-nous sur ton père.

Phoenix soupira, surprenant un sourire en coin de sa

sœur. Celle-ci profita de l'absence de leur mère, qui se rendit aux toilettes, pour demander :

— Alors, que se passe-t-il ?

— À ton avis ? répondit Phoenix dans un souffle.

— Je le savais ! Et je suis assez contente, d'ailleurs…

— Pourquoi ?

— Pour rien. Lui as-tu parlé du bébé ?

Phoenix se mordilla un instant la lèvre avant d'admettre :

— Oui…

— Et comment t'es-tu sentie ?

— J'ai eu l'impression d'être libérée d'un poids.

Elle baissa les yeux. Sa sœur lui prit la main avec douceur.

— Tu sais, s'il a annulé le mariage, c'est à cause de son ex. Taylor était enceinte et elle a prétendu qu'il était le père. Ils sont sortis ensemble quand nous étions séparés, avant nos fiançailles… Après la naissance, il a appris que l'enfant n'était pas de lui. Il dit qu'il a juste voulu être là pour le bébé et qu'il m'a quittée pour ne pas m'imposer un enfant-surprise quelques mois après notre mariage.

Savannah plaqua sa main libre sur sa bouche.

— Oh ! mon Dieu ! As-tu l'intention d'en parler à maman ?

— Non, pourquoi ? Carter et moi sommes juste… C'est une passade. Ça ne durera pas.

Sa sœur la dévisagea d'un air peu convaincu.

Phoenix, elle, repensa à son travail. Son père. Carter. Elle ravala péniblement sa salive. Tout cela était trop lourd pour elle et elle préférait ne plus en parler pour l'instant. Néanmoins, elle était heureuse que Carter soit là pour elle.

Nadine revint, mettant fin à la conversation ; mais un

regard de Savannah lui fit comprendre qu'elle reviendrait à la charge dès qu'elle le pourrait.

Assises de part et d'autre de leur mère, elles posèrent la tête sur ses épaules et attendirent.

- 22 -

— Roberts, lança Carter en serrant la main de son invité. Toujours aussi élégant, à ce que je vois.

En effet, l'homme avait opté pour un costume et une chemise noirs assortis d'un mouchoir en soie colorée glissé dans sa poche de poitrine : il avait tout d'un homme d'affaires policé, avec une once de luxe tape-à-l'œil. Comme un vendeur de voitures prétentieux…

— Bonsoir, Blackwell.

— Cooper devrait nous rejoindre bientôt, l'informa Carter.

Il avait déjà remarqué que son gros poisson préférait qu'ils s'appellent par leurs noms de famille et il tenait à le mettre à l'aise.

La lumière tamisée et le décor en bois sombre du restaurant avaient quelque chose de très masculin. Des empires avaient été créés ici, autour de ces tables ; et Carter avait bien l'intention d'ajouter le sien à la liste : la start-up Weller, combinaison de son nom et de celui d'Harris…

Il s'assit et posa sa serviette sur ses genoux, puis échangea quelques banalités avec Roberts en attendant son ami. Celui-ci arriva bientôt, le serveur prit leurs commandes et les deux associés se lancèrent dans le vif du sujet.

— Alors, Roberts, dites-nous pourquoi vous hésitez

tant à investir dans notre projet, commença Carter. Vos ressentis sont très importants à nos yeux.

— Blackwell Wealth Management ne vous soutient pas. Je suis surpris de voir que votre père n'a pas choisi d'investir lui-même, alors qu'il est l'un des acteurs majeurs de la finance, dans ce pays.

— Je vois.

Carter fit de son mieux pour garder son calme.

— En avez-vous parlé à mon père ?

— Pas directement. J'ai cru comprendre qu'il n'est même pas au courant, et cela m'inquiète encore plus.

— Ah. Dans ce cas, laissez-moi vous assurer que Blackwell nous épaulera en temps voulu.

Même si ce soutien ne viendra probablement pas de Bill lui-même…

— Vous auriez pu me confier vos doutes et je vous aurais rassuré, ajouta-t-il.

— Peut-être, répondit Roberts. D'un autre côté, j'ai été approché par trois autres structures et, pour être honnête, elles semblent avancer plus vite que vous. J'ai dû choisir. L'une de ces firmes, spécialisée dans les IA, est déjà sur le point de se lancer sur le marché. Bien sûr, si votre père investissait, cela changerait la donne ; mais comme il paraît tout ignorer de vos projets… Vous parler n'aurait rien changé à ma décision.

— Pourquoi avoir accepté ce dîner, si votre décision est prise ? demanda Harris.

— Je tenais à vous le dire en face.

— Et je vous comprends, enchaîna Carter, plus nerveux.

Roberts avait-il réellement dévoilé son secret à son père ? Bill n'en avait pas fait mention.

— Quant à nous, nous vous avons invité pour vous

faire une nouvelle offre dans l'espoir de vous faire changer d'avis.

Roberts mâcha lentement son filet mignon et acquiesça. Carter prit cela pour un signe d'intérêt.

— Je ne nierai pas que votre implication serait un énorme avantage pour nous. Je sais que vous êtes un fin stratège et j'ai conscience qu'investir dans cette autre firme limitera les fonds que vous pourrez allouer à Weller. Mais nous ne comptons pas uniquement sur votre argent : votre connaissance du milieu nous serait très précieuse. Ainsi, nous sommes prêts à faire un geste. Je tiens aussi à vous répéter que Blackwell nous soutiendra et je peux vous fournir le numéro de personnes qui vous le confirmeront.

Il avala une bouchée de steak, attendant la réponse de l'autre. Il était important de lui laisser le temps de réfléchir – son père le lui avait appris. Le silence dura longtemps, au point qu'il en devint presque insoutenable, mais il fallait tenir bon. C'était un combat.

— Je vous écoute, finit par dire Roberts.

Harris eut un bref sourire de triomphe.

— Nous souhaitons vous allouer 15 % des parts de Weller, ainsi qu'une place au conseil d'administration. Comme vous le voyez, nous sommes prêts à payer pour bénéficier de votre grande influence.

Le sourire de Roberts indiqua à Carter qu'ils avaient réussi à flatter son ego. Tant mieux. Cette offre allait faire de lui le second actionnaire, juste après Harris et lui.

— Mais nous avons besoin d'une réponse ce soir.

Le presser à accepter, voilà quelle était sa stratégie. Roberts aimait être désiré. Carter coupa un nouveau morceau de steak et prit le temps de le savourer.

En face de lui, son homme s'essuya les mains et hocha la tête lentement.

— Vous êtes rusé… Votre père vous a bien formé, dit-il.

Il lui tendit la main par-dessus la table, et Carter la serra. Harris fit de même.

— Très bien, messieurs, reprit Roberts. Nous avons un accord.

Carter sourit, résistant à l'envie de pousser un cri de joie.

— J'ai hâte de travailler avec vous.

Puis il appela le serveur.

— Garçon, une bouteille de votre meilleur cabernet, s'il vous plaît, dit-il avant de se tourner vers son invité. C'est toujours votre préféré, n'est-ce pas ?

— Et vous avez une bonne mémoire, gloussa Roberts.

Le reste du repas fut plus détendu et les trois hommes parlèrent de choses et d'autres. Soudain, Carter se souvint d'un détail.

— Cette autre firme, dans laquelle vous investissez, se penche donc sur la recherche en intelligence artificielle ?

— Oui, répondit Roberts. Ils mettent sur pied une technologie révolutionnaire dont je ne peux hélas pas vous parler ce soir.

— J'ai une amie qui travaille dans ce domaine. Elle est brillante et recherche actuellement un nouvel emploi…

— Dans ce cas, dites-lui de m'appeler : l'équipe est justement en cours de recrutement.

Carter leva son verre avec joie.

— Parfait !

De retour dans sa voiture, le jeune homme eut l'impression d'être sur un petit nuage. Il avait enfin un accord avec Roberts ! À présent, le plus dur serait de parler à son père. Il allait devoir être prudent, surtout si son investisseur avait déjà dévoilé quelques informations à Bill. Il aurait préféré lui annoncer la nouvelle lui-même…

Il démarra, pressé de retrouver Phoenix et de tout lui raconter. Elle serait sans doute épuisée, après avoir passé la journée au chevet de son père. Elle avait d'ailleurs insisté pour qu'il ne revienne pas à l'hôpital – sans doute sa mère avait-elle été choquée par sa présence. Carter n'oublierait jamais son regard révolté, lorsqu'il s'était montré. Savannah avait très vite compris, mais Jaxon avait paru stupéfait. Ni lui, ni les frères de Carter ne savaient qu'il revoyait son ex. Jusque-là, Phoenix avait été son petit secret – mais il avait hâte de s'afficher enfin au grand jour. Depuis quelques semaines, il comprenait qu'il l'aimait encore, et elle semblait ressentir la même chose. Seulement, aucune de leurs familles ne serait ravie de l'apprendre. Ils allaient devoir trouver un moyen de surmonter cette épreuve…

Nadine avait dû comprendre qu'il ne l'avait pas simplement conduite jusqu'à l'hôpital à 2 heures du matin parce qu'elle n'avait pas trouvé de taxi. Leur relation avait dû lui sauter aux yeux.

Carter obtenait enfin tout ce dont il avait rêvé. Il ne lui restait plus qu'à convaincre Phoenix de rester. La santé de son père et une opportunité professionnelle pèseraient plus lourd dans la balance que lui, et il le comprenait. Certes, aucune de ses candidatures n'avait été acceptée jusqu'à présent, mais peut-être que Roberts saurait régler ce problème. C'était à espérer, en tout cas.

Il se gara devant son immeuble et monta jusque chez elle en courant. Il était trop excité pour marcher. Hélas, quand elle ouvrit la porte, sa mine défaite le fit immédiatement redescendre sur terre.

— Salut, dit-elle en l'embrassant mécaniquement.

— Salut, répondit-il avant de la prendre dans ses bras. Comment va ton père ?

— Il est sorti des soins intensifs, mais il n'est pas encore sauvé… Ma pauvre mère refuse de le quitter. Elle ne mange presque rien.

— Je suis désolé.

Elle poussa un profond soupir et s'écarta de lui.

— J'ai de bonnes nouvelles, annonça Carter.

— Raconte-moi tout.

Elle se laissa tomber dans son canapé et coupa le son de la télévision.

— Roberts est avec nous. Nous avons enfin un accord.

— Merveilleux ! dit-elle avec une pointe d'excitation factice. As-tu parlé à ton père ?

— Je le ferai cette semaine, quand tout sera prêt. De ton côté, as-tu reçu des nouvelles de tes candidatures ?

Elle pinça les lèvres et secoua la tête.

— Toujours rien depuis le dernier appel d'un recruteur. Ils disent vouloir me rencontrer, mais ils n'ont pas encore fixé de rendez-vous…

Elle replia ses jambes sous elle, la joue appuyée contre le dossier. Elle paraissait sur le point de perdre espoir.

— Et que dit Indra ?

— J'ai réussi à gagner un peu de temps en leur annonçant l'hospitalisation de papa. Hélas, si rien ne se profile, je vais devoir partir le mois prochain au plus tard. Ils me cherchent déjà un appartement. Je n'ai plus qu'à espérer que mon père se remette avant…

Carter s'assit en face d'elle.

— Reste.

— Carter. Je ne peux pas. J'aime ce boulot et même si je n'aurais jamais choisi la Californie, ça ne peut pas être si terrible que cela, si ?

— Je comprends.

Oui, il comprenait. Phoenix devait rester maîtresse

de sa barque, tout comme lui. D'un seul coup, il décida de ne pas lui parler de la proposition de Roberts. Il se renseignerait en sous-main et essaierait d'attirer l'attention de la firme sur Phoenix par un autre moyen.

— Tu as l'air épuisée. Je vais te laisser te reposer et je reviendrai demain, quand tu auras vu ton père, dit-il en l'embrassant.

Il se leva, mais Phoenix le retint par le bras.

— Non ! Ne pars pas.

Sa voix trahissait un mélange de fatigue et de sensualité. Carter ne put s'empêcher de sourire. Il la souleva de terre – elle adorait qu'il la porte – et l'entraîna dans la chambre. Se déshabillant, il se coucha près d'elle et la serra fort dans ses bras. Elle s'agrippa à lui jusqu'à ce qu'ils s'endorment ensemble.

- 23 -

— Bonjour, maman, chuchota Phoenix en décrochant son téléphone.

Elle s'extirpa du lit avec soin, pour ne pas réveiller Carter.

— Tu te lèves à peine ? Je comprends pourquoi je n'ai pas réussi à te joindre ! Je voulais t'inviter pour le petit déjeuner. Il faut qu'on parle.

Phoenix quitta la chambre sur la pointe des pieds et jeta un coup d'œil à l'horloge du salon.

— On peut se retrouver pour midi, si tu veux. De quoi voulais-tu parler ?

— Pourquoi chuchotes-tu ? Est-ce que Carter est là ? Phoenix ! répondit Nadine comme si elle la prenait en pitié. Que fais-tu avec lui ?

— Maman…

— Non, pas de « maman ». As-tu oublié ce qu'il t'a fait ? La douleur, la honte, l'argent du mariage perdu ?

— Je n'ai pas oublié, répliqua Phoenix.

— Que vont dire nos proches, nos amis, s'ils vous voient de nouveau ensemble ? As-tu une idée de l'image que nous allons donner ?

— *Nous* ? répéta la jeune femme avec une moue.

— Oui. Nous. Tu n'es pas la seule à avoir été humiliée. Je n'ai jamais rien connu de tel !

Cette fois, Nadine criait presque.

— Je ne veux pas en parler, coupa sa fille.

— Et ce type, que tu voyais ? Comment s'appelle-t-il ? Bob ?

— Brent, et il est bien pire que Carter, crois-moi.

— Oh ! bon Dieu, Phoenix. Je ne te comprends pas !

— Je sais, maman, mais ce n'est pas grave.

— Pas grave ? ! s'étrangla sa mère. Dis-moi que tu plaisantes ! Jamais je n'accepterai cet homme chez moi.

Phoenix vit Carter se glisser dans la salle de bains, par la porte restée ouverte. Si sa mère savait qu'ils passaient presque toutes leurs nuits ensemble, elle aurait une attaque.

— Je suis désolée, maman. Je dois y aller, dit-elle. Je t'aime.

Quand elle raccrocha, Nadine criait encore…

Bien sûr, Phoenix s'était attendue à ce genre de réactions. C'était pour ça qu'elle avait caché sa liaison avec Carter. Elle avait même tout fait pour ne pas lui ouvrir son cœur – mais ça n'avait pas marché. Elle tombait de nouveau amoureuse de lui et elle aurait voulu pouvoir passer tout son temps avec lui. Il était tout ce que ses autres amants n'étaient pas. Jusqu'à leurs retrouvailles, elle n'avait pas compris à quel point il lui avait manqué… Cependant, être avec lui risquait de creuser un gouffre entre elle et sa mère – voire toute sa famille. Comment pouvait-elle choisir ?

Il la rejoignit et s'assit près d'elle, devant l'îlot de la cuisine.

— Tu te sens mieux ? demanda-t-il.

— Un peu.

— Des choses de prévues, aujourd'hui ?

— J'ai des courses à faire avant d'aller voir mon père.

Je dois aussi commencer à emballer mes cartons et ma mère m'a invitée à déjeuner.

— Oh… Les cartons.

— Ne commence pas, Carter.

Il recula, les mains levées.

— Je n'ai rien dit. Je dois me rendre à Long Island aussi, aujourd'hui : ma famille a organisé un brunch et nous avons prévu d'aller voir le bébé à l'hôpital.

— Comment vont ton frère et Zoe ?

— Bien. Zoe est rentrée depuis quelques jours et elle s'est remise. Leur fille va encore devoir passer deux ou trois semaines au service néonatal, mais elle s'accroche. Elle a déjà du caractère…

— Quelle bonne nouvelle !

— Veux-tu qu'on prenne une douche avant de partir ?

— OK.

Elle descendit de son tabouret et posa une main sur son bras quand il voulut la précéder dans la salle de bains.

— Attends ! Porte-moi.

Il eut un petit rire mais s'exécuta.

Elle aimait tant être avec lui et voulait profiter de chaque instant avant son départ. Une chose était sûre : il allait terriblement lui manquer. Elle aurait l'impression de le perdre une fois de plus… Inutile de le lui dire, d'ailleurs : il savait. Alors qu'ils entreprenaient de se déshabiller, la sonnette retentit. Phoenix lâcha Carter, surprise par cette interruption. Qui cela pouvait-il être ? Les quelques coups frappés à la porte ensuite lui répondirent. Seule Savannah s'annonçait de cette manière. C'était leur signal secret.

— C'est ma sœur, dit-elle en abandonnant Carter dans la douche. Je reviens !

— D'accord, répondit-il avant de l'embrasser.

Savannah insistait et Phoenix se précipita.

— C'est bon ! J'arrive !

Elle ouvrit. Sa sœur entra dans l'appartement comme une bourrasque.

— Tu en as mis, du temps ! dit-elle, aussi énergique que d'habitude.

Elle tendit l'oreille en entendant l'eau couler.

— Oh ! tu allais te doucher ? Parfait. Je voulais t'inviter à déjeuner pour qu'on puisse discuter.

— Comme maman, ce matin ? lâcha Phoenix dans un soupir, les yeux au ciel.

— Elle t'a appelée, hein ? Elle ne décolère pas depuis qu'elle a vu Carter à l'hôpital. Elle me pose des milliers de questions et se met à hurler quand je lui dis que je ne sais rien. Elle prétend que j'essaie de te couvrir.

— Aïe ! Ne t'en fais pas, j'ai aussi eu droit à quelques cris, tout à l'heure.

— On en parlera en mangeant. File te doucher !

— Humm, murmura Phoenix, les yeux baissés.

— Quoi « humm » ?

La jeune femme indiqua la salle de bains d'un signe de tête un peu gêné.

— Oh ! Il est là. C'est pour ça que maman a pété un câble ?

Puis, se penchant, elle cria :

— Salut, Carter !

Elle sourit et se dirigea tranquillement vers la cuisine.

— Je t'attendrai sur le balcon avec une bonne tasse de café, reprit-elle avant d'ouvrir le frigo. Tu as de la crème ? Ne t'en fais pas, je vais trouver.

Phoenix se glissa dans la salle de bains, non sans crier par-dessus son épaule :

— Dans la porte, étagère du bas !

Après leur douche, Carter et elle s'habillèrent rapidement avant de rejoindre Savannah, qui les regarda approcher avec un sourire entendu.

— Salut, cousine, dit-il en riant. Comment va la jeune mariée ?

— Je suis sur un nuage. Et vos retrouvailles ?

— Savannah, coupa Phoenix, embarrassée.

— Je plaisante, sœurette. Au fond, je suis plutôt contente pour vous : ça se passe toujours mieux, la deuxième fois. Tout ce qui compte, c'est que vous soyez heureux, quoi que les autres puissent penser !

Phoenix se tourna vers Carter et sourit.

— On se voit plus tard ?

— Oui, appelle-moi quand tu seras rentrée.

Il l'embrassa, s'attirant un cri faussement choqué de la part de Savannah.

— Allez-y ! Faites comme si je n'étais pas là !

Carter rit de plus belle et sortit en leur faisant un dernier signe de la main. Phoenix se retourna vers sa sœur.

— Tu es intenable.

— Et toi, tu es transparente. J'ai toujours su que tu avais encore un faible pour lui. Tu étais juste en colère – moi aussi, d'ailleurs ! Il a quitté ma sœur, après tout ! Mais je savais que tu ne cesserais jamais de l'aimer…

— C'est faux ! protesta Phoenix, un peu trop vite.

Savannah la dévisagea, soudain plus sérieuse.

— Tu sais bien que je vois plus de choses que toi, surtout les choses que tu *refuses* de voir. Ça fait cinq ans que tu te protèges, et tu t'ouvres enfin de nouveau.

Phoenix ne répondit pas. Comment l'aurait-elle pu ? Sa sœur avait raison, et c'était pour ça qu'elle devait partir en Californie le plus vite possible. Si elle restait, elle ne cesserait pas de voir Carter et si elle le gardait, elle perdrait sa famille. Sa mère avait été très claire sur ce point.

- 24 -

Carter prit quelques jours de congé pour préparer le lancement de Weller. L'accord avec Roberts était signé, les fonds avaient été transférés. Harris s'occupait du recrutement tandis qu'il se chargeait de l'aménagement de leurs nouveaux bureaux. L'inauguration approchait et il devenait urgent pour Carter de parler à son père. Il tenait à lui laisser au moins un mois pour le remplacer avant son départ.

Lorsqu'il reprit le travail, toute l'équipe dirigeante dut se retrouver au siège pour la réunion mensuelle de gestion. Carter décida donc de parler à Bill juste après. En attendant, il en profita pour appeler Roberts.

— Bonjour. Je voulais vous parler de cette opportunité dans le domaine de l'IA, dont nous avions discuté, dit-il.

— Oh oui. Vous deviez m'envoyer le CV de votre amie.

— C'est vrai, mais je préférerais trouver un moyen de la présenter directement à vos associés. Je ne veux pas lui donner l'impression d'interférer.

— Je vois, répondit Roberts. Dans ce cas, je peux vous mettre en contact par e-mail, et je vous laisse vous charger du reste.

— Ce serait parfait. Merci beaucoup !

— De rien.

De cette manière, Carter pourrait parler de Phoenix au recruteur et le laisser libre de la contacter ou non.

Une fois qu'il aurait lu son CV, il la voudrait forcément dans son équipe… Et si quelque chose en découlait, il avouerait à Phoenix qu'il avait joué un modeste rôle dans l'affaire. Tout ce qui comptait pour lui était qu'elle trouve une bonne raison de rester à New York.

Ils avaient une chance de reconstruire quelque chose de solide. Même s'ils n'en avaient pas encore parlé à leurs parents, Carter n'était pas inquiet. Il était amoureux de Phoenix. Il voulait passer sa vie à réparer ses erreurs et il sentait qu'elle partageait ses sentiments. Mais si elle s'installait à l'autre bout du pays, qui pouvait prédire ce qui se passerait ?

Finalement, tout le conseil d'administration de Blackwell Wealth Management vint s'installer dans la salle en discutant, un café à la main. Ethan fit son apparition, sous les applaudissements. C'était la première fois qu'il se présentait au bureau depuis l'accouchement de Zoe.

— Merci à tous, dit-il avec un grand sourire.

Dillon, le directeur de la branche de Westchester, le prit dans ses bras.

— Félicitations ! Nous étions inquiets pour vous. Dites à Zoe qu'elle nous manque !

— Bonjour, lança soudain la voix puissante de Bill.

Il avait beau ne pas être grand, son aura imposait le respect et tout le monde le salua avant de s'asseoir.

— C'est bon de te revoir, fils, dit-il à Ethan.

— Oui, je suis content de revenir.

— Papa, es-tu occupé, après la réunion ? demanda Carter. J'aimerais te parler de quelque chose.

— J'ai toujours un moment pour mes enfants.

— Merci.

Enfin, Bill s'éclaircit la voix et tout le monde se tut.

— C'est un plaisir de vous voir tous réunis. Je voulais

commencer par féliciter mon fils Ethan, qui revient parmi nous, et lui dire que Zoe nous manque également. Je remercie aussi Bella, qui l'a remplacée avec brio pendant son congé maternité. Blackwell se porte mieux que jamais et nous avons du pain sur la planche, ce matin. Alors, au travail !

Toute l'équipe entreprit de faire le point sur les chiffres du mois précédent, les objectifs et les rapports provenant des diverses branches.

— En dépit des fluctuations du marché, nous avons réussi à calmer les inquiétudes de nos clients et à élargir notre base, dit Carter. Nos réunions d'information ont été essentielles pour assurer ce succès.

Enfin, l'heure du déjeuner arriva et le jeune homme, soudain anxieux, songea à la conversation pénible qui l'attendait.

— Avant de nous séparer, annonça Bill, j'ai une nouvelle à partager avec vous. Comme vous le savez sans doute, je vais bientôt avoir soixante ans… Cet anniversaire me pousse à envisager mon avenir sous un angle neuf. J'ai souvent répété que je souhaitais transmettre ma compagnie à mes fils, Ethan et Carter. Ils se sont montrés très capables, ces dernières années et je pense entamer très vite le processus de transition. Désormais, Blackwell Wealth Management reposera sur leurs solides épaules !

Un tonnerre d'acclamations résonna dans la salle.

— Je tiens aussi à renouveler ma confiance à toute l'équipe, poursuivit Bill. Je suis sûr que certains d'entre vous, comme Bella, sont prêts à endosser de nouvelles responsabilités. Nous allons envisager un cursus de formation pour les volontaires, afin de vous préparer à l'avenir de vos carrières, parmi nous ou ailleurs.

Tout le groupe parut extatique – sauf Carter. Sans le prévenir, son père venait de transmettre l'entreprise à Ethan et lui, le jour où il avait envisagé de donner sa démission…

Alors que tout le monde se séparait, Bill s'approcha de ses fils, tout sourire.

— Alors, les garçons, prêts à diriger Blackwell ?

— Tant que nous ne sommes pas obligés de partager un bureau, plaisanta Ethan.

— Oui, partager une chambre quand nous étions petits a été assez dur comme ça, renchérit Carter, sans conviction.

Bill éclata de rire et posa ses mains sur leurs épaules.

— Vous n'imaginez pas à quel point je suis fier de vous. J'ai toujours rêvé de ce moment. Votre héritage vous attend ! Oh ! Carter… Tu voulais me parler, n'est-ce pas ?

Le jeune homme sentit son sourire faiblir.

— Ce n'est pas urgent. Je dois rentrer : j'ai prévu de passer à nos bureaux du Queens avant de déjeuner.

Il jeta un coup d'œil à sa montre, puis embrassa son frère et son père.

— On se voit plus tard, Ethan. Et papa, à ce week-end !

Il parlerait à son père, certes, mais pas aujourd'hui. Il n'avait aucune envie de gâcher sa joie en cet instant si important pour lui…

- 25 -

— Tu emportes ça ? demanda Savannah en montrant une paire de bottines à talons noires. On ne sait jamais, tu pourrais avoir un rencard avec un beau geek, un de ces quatre…

Phoenix éclata de rire.

— Ne dis pas de sottises !

Puis, réfléchissant un instant, elle reprit :

— Mets-les quand même dans le carton, au cas où.

— J'espère que tu trouveras un homme bien, murmura Nadine. Je suis soulagée que tu t'éloignes enfin du fils Blackwell.

— Maman, ne commence pas.

Nadine haussa les épaules. Savannah souleva un carton avec une grimace et le porta dans le salon, de plus en plus encombré.

— Quand les déménageurs doivent-ils passer ?

— Vendredi, répondit Phoenix.

Nadine abandonna un instant les vêtements qu'elle empilait dans une valise et s'assit au bord du lit.

— Et quand pars-tu, déjà ?

— Lundi prochain.

— Oh ! soupira sa mère, une main sur son cœur. Tu vas tant me manquer !

Phoenix la serra dans ses bras.

— Toi aussi, maman. Merci d'être venue m'aider à faire mes cartons.

— Tu manqueras aussi à ton père. Vous ne vous êtes jamais éloignées de nous, toutes les deux.

Les yeux de sa mère s'emplirent de larmes. Elle prit une profonde inspiration et se secoua.

— Je sais, dit Phoenix avec douceur en s'asseyant près d'elle.

Elles gardèrent le silence un instant.

— Je suis contente qu'il soit enfin rentré à la maison, poursuivit-elle. Je ne voulais pas partir avant qu'il ait quitté l'hôpital.

— Tu sais, il a essayé de venir pour nous donner un coup de main, aujourd'hui, dit sa mère avec une moue amusée.

— C'est bien papa !

Interrompant leurs rires, Savannah se campa face à elles.

— Dites, vous comptez m'aider, ou discuter toute la journée pendant que je fais tout le boulot ?

Phoenix leva les yeux au ciel et sa sœur se précipita pour les enlacer en criant :

— Câlin de groupe !

Un nouvel éclat de rire les secoua.

— Bon, si on arrêtait pour cette fois ? suggéra ensuite Phoenix. Je meurs de faim.

— Moi aussi, renchérit sa mère. Autant commander quelque chose. Je vais bientôt devoir rentrer, de toute manière. Je n'aime pas laisser votre père seul trop longtemps…

Elles se firent livrer des sushis et les mangèrent sur la terrasse en bavardant. Nadine et Savannah rentrèrent ensuite chez elles et Phoenix s'installa sur une chaise longue avec un verre de vin. La soirée était magnifique, piquetée d'étoiles. Une brise venait lui caresser les joues et la rumeur de Brooklyn montait jusqu'à elle depuis la rue, loin au-dessous d'elle. Tout cela formait une symphonie qui la berça.

Cela faisait des semaines que Phoenix n'avait pas passé de samedi soir seule chez elle. En général, si elle n'était pas chez Carter, il venait à son appartement. Mais pas aujourd'hui. Il était avec sa famille. Pourrait-elle un jour l'accompagner chez ses parents, comme autrefois ? Serait-elle bien accueillie ?

Jusqu'au mariage de Savannah, elle avait gardé une distance prudente avec les Blackwell. Elle avait su que Nadine et Chris n'auraient jamais approuvé son amitié avec son ex et elle avait connu des gens dont les conjoints n'étaient pas appréciés par leur famille. C'était un poids qu'elle n'était pas prête à porter. Malgré tout, elle aimait passer du temps avec Carter. Si seulement la situation pouvait être plus simple pour eux…

Elle songea de nouveau à leurs vacances aux Fidji. Pendant quelques jours, ils étaient redevenus le couple d'autrefois – aventureux et insouciant. Ils avaient été prêts à tout essayer pour s'amuser. Carter la *comprenait*, bien plus que tous les autres hommes qu'elle avait fréquentés.

Mais Nadine avait raison. Que penseraient les gens, s'ils les savaient de nouveau ensemble ? Phoenix ne s'était jamais vraiment souciée de l'avis des autres, contrairement à sa mère ou à sa sœur. Néanmoins, une telle nouvelle causerait des remous. Elle imaginait déjà les regards choqués, si Carter et elle s'affichaient en public et rit doucement. Il y aurait sans doute des yeux écarquillés, des bouches grandes ouvertes. Puis des murmures. Certaines personnes, plus courageuses que les autres oseraient peut-être leur demander franchement s'ils étaient vraiment en couple.

Au fond, qui importait le plus ? Eux ou elle ? Si elle voulait réellement Carter, pourquoi se soucier de l'avis général ? Une grimace lui échappa. Plus facile à dire qu'à faire ! Son déménagement aurait au moins l'avantage de régler le problème pour elle. Elle avait l'occasion de prendre un nouveau départ, de ne revenir à New York que pour les vacances. Peut-être en profiterait-elle pour faire signe à Carter et passer un week-end avec lui, discrètement. Non, cela n'avait aucun sens. De qui se cacherait-elle, à qui mentirait-elle, si elle faisait une chose pareille ?

Elle-même.

Elle ferma les yeux, prit une profonde inspiration et soupira. Elle savait très bien ce qui était en train de se passer. Elle était tombée amoureuse de Carter Blackwell – encore. Hélas, que pouvait-elle y faire ? Dans moins de dix jours, elle serait dans un avion, en route pour sa nouvelle vie. Et, même si elle choisissait de rester, les choses seraient trop complexes pour lui permettre de vivre pleinement son histoire avec Carter : Nadine avait été très ferme. Oh ! pourquoi se souciait-elle tant de tout cela ? Elle était proche de sa mère et ne voulait pas se brouiller avec elle ; mais elle était aussi une adulte et n'avait jamais laissé ses parents dicter sa vie. Pourquoi commencer maintenant ?

Elle se leva et s'approcha de la rambarde de son balcon. Par la fenêtre des voisins s'échappaient les notes d'un classique de R & B des années 1990. Elle avait toujours adoré cette musique et ses parents lui avaient souvent répété que c'était la meilleure : les chansons d'amour d'aujourd'hui ne les émouvaient pas autant que les anciennes. C'était pareil pour Phoenix. Ces mélodies pénétraient son âme mieux que n'importe quoi d'autre.

Elle s'appuya à la barrière, se laissant bercer. Puis la chanson s'acheva, laissant place à un autre morceau. Elle entendit quelques paroles. « Si tu te crois seule, attends ce soir… » Elle leva son verre et rit amèrement. Oui, elle était seule et, jusqu'à aujourd'hui, elle n'en avait encore jamais souffert. L'absence de Carter laissait un vide en elle.

Soudain, son téléphone sonna. Pourvu que ce soit lui ! Elle n'avait pas osé l'appeler, de peur de le déranger… Elle se pencha vers la table où elle avait posé son portable et le prit. C'était bien lui ! Un sourire irrépressible lui monta aux lèvres.

— Salut, toi.

— Que fais-tu ? demanda-t-il d'une voix si douce qu'elle sentit son cœur se serrer.

Il allait tellement lui manquer.

— Je me détends sur mon balcon, répondit-elle.

— J'aimerais tant être là, avec toi.

— Comment se passe la fête d'anniversaire de ton père ?

Elle entendait des voix et des rires, en arrière-plan.

— Oh ! très bien. Il s'amuse beaucoup. Ma mère et ma sœur se sont surpassées : elles ont loué une salle sur l'eau, la vue est splendide, le repas est succulent et il est entouré par tous ceux qu'il aime. Que demander de plus ?

— C'est super !

Elle s'obligea à sourire. Cette soirée paraissait formidable et l'idée d'être à nouveau entourée par sa famille et ses amis la rendit soudain triste. En Californie, elle n'aurait que ses collègues.

— Je suppose que tu vas rentrer tard, reprit-elle.

— Oui, sans doute.

Il y eut une petite pause.

— Est-ce que tu as continué à faire tes cartons ?

— Oui, maman et Savannah sont venues m'aider.

— Bien… Tu sais, j'aimerais vraiment que tu restes.

— Carter ! répliqua-t-elle sévèrement.

— Je sais, je ne devrais pas dire ce genre de choses, mais c'est la vérité. Il va falloir qu'on s'arrange pour passer le plus de temps possible ensemble, ces prochains jours. Je t'ai aussi déjà proposé de t'accompagner, pour t'aider à t'installer…

— Et je t'ai dit que ça irait, répondit-elle avec fermeté.

Elle avait besoin d'une coupure nette. Plus elle s'attarderait avec Carter, plus ce serait douloureux. Elle avait déjà bien assez de mal à survivre à cette unique soirée de solitude… Il était hors de question qu'elle se torture en le laissant venir la voir de temps à autre. Le fait d'avoir dû se cacher avait été plus dur à supporter qu'elle l'aurait cru. En ce qui concernait Carter, elle voulait tout ou rien. Et, vu la situation, ce serait forcément « rien ».

— Dans ce cas, arrangeons-nous pour rendre cette dernière semaine inoubliable, dit-il.

— Oui, ça me ferait plaisir.

— Bon… Je ferais mieux de retourner avec les autres.

— Amuse-toi bien.

Dans d'autres circonstances, elle lui aurait demandé d'embrasser sa famille pour elle.

— On se voit demain ? suggéra-t-il.

— D'accord.

— OK. Bonne nuit.

Hélas, aucun d'eux n'eut la force de raccrocher. Phoenix se laissa aller dans sa chaise longue, le téléphone à l'oreille. Au bout de quelques minutes, elle reprit :

— Appelle-moi sur la route, si tu veux parler.

— Promis, répondit Carter, sans couper l'appel pour autant.

Ils s'écoutèrent respirer pendant une minute ou deux. Enfin, Carter lâcha dans un murmure :

— Je t'aime.

Phoenix ferma les yeux, très fort, les rouvrit et raccrocha.

- 26 -

Tout en conduisant dans le quartier où vivaient ses parents, Carter songea qu'il avait passé une très bonne soirée, entouré par toute sa famille. Long Island était très différent de Brooklyn et de son appartement ancien assez petit. Il observa les maisons étalées à flanc de colline, de part et d'autre de la rue, les jardins intimes, les arbres.

Certes, ce week-end avait été plaisant, mais Carter avait hâte de retrouver Phoenix. Elle lui manquait. Il avait pensé lui proposer de l'accompagner pour la fête, mais elle aurait refusé. Qu'il avait été étrange de se réveiller seul, ce matin… Il pensait à elle tous les jours. Elle partait dans une semaine et il gardait l'espoir qu'un miracle vienne annuler ce départ. Le simple fait de voir ses cartons déjà fermés le perturbait.

Les derniers mots qu'il avait prononcés au téléphone, la veille, revenaient chanter à ses oreilles. Il avait admis ses sentiments pour Phoenix depuis longtemps mais n'avait encore jamais osé les avouer à haute voix. Pourtant, ces petits mots – *je t'aime* – lui avaient échappé le plus naturellement du monde. Il n'y avait même pas songé et s'en était rendu compte après avoir raccroché.

Il ne voulait pas lui mettre la pression. Ils avaient traversé trop d'épreuves, tous les deux. Si elle décidait de rester, si elle l'aimait, c'était à elle de choisir. Seule. Il n'avait appelé Roberts que pour l'aider, mais elle avait déjà fait des démarches pour trouver un nouveau travail. Si ça marchait, tant mieux. Sinon, il allait devoir accepter son départ. Peut-être même pourrait-il refaire sa vie, un jour, mais ce ne serait pas la même chose. Leur passé semblait rendre leur couple encore plus solide qu'avant.

Il s'engagea sur l'allée de l'immense maison de ses parents et se gara à côté des autres voitures. Contrairement à la soirée de la veille, le brunch prévu pour ce matin serait informel. Carter devait à tout prix parler de Weller à Bill, avant de rentrer chez lui. Cette conversation ne pourrait avoir lieu ni au bureau, ni au téléphone. Il allait donc attendre le départ des derniers invités pour aborder le sujet avec Bill. Il passa par la porte du garage et alla saluer ses parents, ainsi que ses oncles et sa tante. Ses frères et sa sœur, ses cousins, toute la famille mangea bruyamment, échangeant des plaisanteries. Plusieurs fois, Carter songea à Phoenix, qui aurait pu être là avec lui, s'ils s'étaient mariés comme prévu…

— Carter ! lança soudain Lincoln.

— Oui ?

— Mec ! Ça fait trois fois que je t'appelle. À quoi penses-tu ? gloussa son frère.

— Au boulot, répondit mécaniquement Carter.

— Ah non ! s'écria un autre de ses cousins. C'est le week-end !

— Tu as raison, admit-il à contrecœur.

Enfin, toute la famille acheva le repas et on se sépara. Carter embrassa les autres, l'esprit encore hanté par la conversation pénible qui l'attendait. Il s'assit dans la cuisine et attendit, nerveux. Enfin, Bill rentra par la porte-fenêtre du jardin et son fils se leva.

— Tu rentres déjà, mon grand ?

— Oui, mais j'aimerais te parler avant de partir…

— Bien sûr.

Son père fronça les sourcils.

— Est-ce que tout va bien ?

— Très bien, ne t'en fais pas. Allons dans ton bureau.

Bill ouvrit la voie et Carter le suivit, refermant la porte sur eux.

— Ai-je besoin d'un verre pour me remonter ? demanda son père.

— Eh bien…

— Qu'y a-t-il, Carter ?

Le jeune homme prit une profonde inspiration.

— Je vais quitter Blackwell.

En un éclair, le visage de Bill se rembrunit. Un mélange de colère et de déception passa dans ses yeux.

— Carter !

— Je sais que tu te prépares à prendre ta retraite et je te suis reconnaissant pour tout ce que tu m'as appris… Mais j'ai besoin de faire cavalier seul et de monter ma propre entreprise.

Son père serra les dents. Tous ses muscles semblaient crispés. Il se laissa lourdement tomber dans son grand fauteuil. Une main massant son menton, il garda le silence quelques instants, songeur. Il ne regarda pas son fils. Ne parla pas.

Plus les minutes s'écoulaient, plus Carter se sentit tendu et mal à l'aise.

— J'ai construit Blackwell pour vous. Pour mes enfants, finit par soupirer Bill. Pour vous laisser un bel héritage et placer mon succès entre vos mains après mon départ.

— Je suis désolé, papa. Je désire la même chose : bâtir un legs solide pour mes futurs enfants.

— Pour que tes gosses te déçoivent à leur tour et te

rejettent ton dur labeur au visage ? D'abord, Lincoln… Maintenant, toi ! Ethan va devoir tout gérer seul !

Tout en parlant, Bill s'était relevé et faisait à présent les cent pas. Carter encaissa tant bien que mal cette attaque. Il s'était douté que son père ne serait pas ravi, mais ce commentaire lui fit du mal. Finalement, Bill se campa face à lui.

— Quand penses-tu partir ? demanda-t-il.

— Dans un mois.

— Et que vas-tu faire, ensuite ?

— Harris et moi avons mis sur pied une start-up. Nous venons de signer un accord avec notre dernier investisseur. L'entreprise sera baptisée Weller et nous visons le secteur des nouvelles technologies.

— C'est un domaine risqué et cher.

— Tu m'as appris à ne jamais renoncer face au danger.

Bill le dévisagea froidement.

— Papa, insista Carter, j'ai *besoin* de faire ça. Si jamais j'échoue, j'espère avoir encore une place au sein de Blackwell, mais je dois au moins essayer. Mon cœur, mon argent et toutes mes ressources sont placés sur ce projet.

— Et pourquoi ne m'en as-tu pas parlé plus tôt ?

— Je savais que ça ne te plairait pas.

Son père se rassit et réfléchit un long moment. Plus déterminé que jamais, Carter tint bon, en dépit de la tension qui régnait dans le bureau et rendait l'air pratiquement irrespirable. Il avait bien agi et le savait. Se taire plus longtemps n'aurait pas été juste pour son père – ou pour lui.

— Il va falloir que nous te trouvions un remplaçant, finit par murmurer son père. Nous annoncerons ta démission demain.

Sur ce, il quitta la pièce.

Carter essuya d'un revers de la main la sueur qui perlait sur son front. Le plus dur était fait. Il avait parlé à son père. Il allait lancer son entreprise. À présent, il devait trouver un moyen de garder Phoenix…

- 27 -

Le premier e-mail que Phoenix lut, ce lundi matin, provenait d'une recruteuse. Apparemment, on souhaitait lui parler d'une opportunité d'emploi dans une nouvelle entreprise new-yorkaise… Elle relut le message, en faisant de son mieux pour contenir son excitation, puis alla fermer la porte de son bureau pour téléphoner en privé. En temps normal, elle se serait contentée de répondre par écrit, mais elle était si nerveuse qu'elle ne pouvait se résoudre à patienter.

— Leah Dresner, répondit une voix très enjouée.

— Bonjour, madame Dresner. Phoenix Jones à l'appareil. Je vous appelle suite à votre e-mail concernant une offre d'emploi…

— Oui ! Madame Jones. Je suis contente de vous parler. Nous avons récemment eu vent de votre recherche d'emploi et je dois dire que votre CV est impressionnant. Il pourrait convenir à l'un de nos clients. Je peux vous donner plus de détails immédiatement et, si vous êtes intéressée, nous fixerons un rendez-vous pour nous rencontrer.

— Bien sûr, avec plaisir !

Phoenix écouta attentivement. Plus Leah Dresner lui parlait de cette entreprise, plus son excitation grimpait. Il s'agissait d'une start-up soutenue par des investisseurs solides ; et l'offre qui lui était faite dépassait de loin celle d'Indra… L'idée de participer à la création de ce nouvel acteur des technologies avait quelque chose d'exaltant.

— Alors, conclut Leah, êtes-vous intéressée par notre proposition ?

— Tout à fait !

— Parfait. Dans ce cas, je vous propose un entretien mercredi prochain.

D'un seul coup, l'euphorie de Phoenix retomba.

— Hélas, je dois quitter la ville lundi. Pourrions-nous avancer le rendez-vous ?

— Je ne sais pas… Je vais vérifier et je vous rappelle.

— Merci. J'ai hâte de recevoir de vos nouvelles.

Phoenix raccrocha et poussa un petit cri de joie. Avec un peu de chance, cette opportunité serait la bonne ! Elle jeta un coup d'œil au site Internet de l'entreprise et trouva en ligne quelques articles commentant son lancement. De toute évidence, cette société était jeune mais solide. Elle prit alors le temps de réfléchir. Elle n'avait pas envoyé de CV à cette recruteuse. Comment l'avait-on trouvée ? Peu importait, au fond…

Trop excitée pour tenir en place, elle appela Carter.

— Bonjour, ma belle ! Tu m'as manqué, hier.

— Toi aussi. J'ai de bonnes nouvelles ! Enfin, c'est un peu tôt, mais il fallait que je t'en parle.

Elle lui raconta tout en quelques mots.

— Super ! Si ça marche, tu ne seras pas obligée de partir.

— *Si*… Et c'est un grand *si*. Je ne suis même pas sûre d'obtenir un entretien avant mon départ…

— Veux-tu qu'on déjeune ensemble, pour fêter ça ?

— Hélas, j'ai des réunions toute la journée. On peut se voir au dîner ?

— Ça marche. Bonne chance, en tout cas. Je croise les doigts.

— Merci !

Sur son petit nuage, elle rouvrit la porte du bureau. Les locaux n'étaient plus occupés que par quelques collègues qui avaient décidé de rester. Indra et Dean, eux, étaient déjà en Californie depuis deux semaines. Toujours souriante, Phoenix prépara ses réunions et sa joie la porta toute la matinée. Elle ne commença à s'inquiéter que vers 14 heures, en voyant que Leah Dresner ne l'avait pas encore recontactée. Heureusement, son téléphone finit par sonner.

— Phoenix Jones, répondit-elle.

— Madame Jones, c'est Leah. Je vous annonce que nous avons une petite fenêtre pour vous recevoir demain matin. Est-ce possible pour vous ?

— Je devrais pouvoir me libérer.

— Parfait. 9 h 30 ?

— Je note. Où cela ?

La recruteuse lui donna une adresse proche de son bureau. En raccrochant, la jeune femme ne put s'empêcher de danser dans toute la pièce. Pourvu que ça marche ! Plus son déménagement approchait, plus elle se rendait compte qu'elle n'avait aucune envie de quitter cette ville. Son seul soulagement aurait été de pouvoir tourner la page sur Carter et toutes les difficultés que leur relation soulevait. Elle avait envie de rester avec lui, mais elle ne pouvait pas se résoudre à s'opposer à sa famille… Si elle trouvait un nouveau travail à New York, le problème se poserait, tôt ou tard.

Soudain, les derniers mots de Carter, l'autre soir, lui revinrent en mémoire. Il avait dit qu'il l'aimait. Certes, elle le savait déjà : elle le connaissait mieux que personne.

Et elle l'aimait aussi. L'entendre prononcer cette phrase le lui avait fait comprendre.

Elle repoussa ces pensées déconcertantes. Ce n'était pas le moment. De toute manière, rien ne lui disait que son entretien déboucherait sur un contrat de travail. Qu'elle reste ou parte, elle allait devoir affronter ses émotions – soit en quittant son amant, soit en affrontant le regard de ses parents.

Enfin, à 17 heures, elle éteignit son ordinateur et se prépara à rejoindre Carter, qu'elle n'avait pas vu du week-end. Il la retrouva un peu plus tard, adossé à sa voiture au pied de son immeuble, et elle ne put s'empêcher de sourire.

— Que fais-tu déjà là ?

— Es-tu prête à faire la fête ?

— Oui !

Elle se nicha dans ses bras pour l'embrasser avec fièvre.

— Tu m'as manqué, murmura-t-il avant d'ouvrir la portière pour elle.

— Où allons-nous ?

Il ne répondit pas et se contenta de s'engager dans la rue. Phoenix profita du trajet tandis que Carter lui racontait son week-end en famille, puis lui posait des questions au sujet de son entretien téléphonique avec Leah Dresner. Il traversa bientôt le pont de Brooklyn et entra dans Manhattan.

— Si j'ai bien compris, tu vas devoir te coucher tôt, ce soir, dit-il avec un clin d'œil.

— En effet, répondit-elle, tout sourire.

Ils finirent par arriver dans Midtown et se garèrent près de la Sixième Avenue. Attrapant un sac dans son coffre, Carter confia ses clés au voiturier du garage et entraîna Phoenix dehors.

— Qu'as-tu caché là-dedans ? demanda-t-elle, en indiquant le sac.

— Tu verras bientôt…

Ils passèrent les grilles de Bryant Park et se retrouvèrent soudain au milieu d'une foule de personnes assises sur des couvertures, au milieu de la vaste pelouse. Un immense écran blanc était dressé à quelques pas de là.

— Oh ! Carter ! s'écria Phoenix en l'embrassant. J'ai toujours rêvé d'une soirée cinéma en plein air !

— C'est la dernière séance de la saison, tu sais.

Trouvant un espace libre, il sortit un plaid de son sac et l'étendit par terre. Il déposa dessus deux verres, une bouteille de vin et un peu de charcuterie. Attendant le début du film, ils se servirent et trinquèrent. Le regard de Carter était si intense que Phoenix avait l'impression de se retrouver nue devant lui…

— Tu as entendu ce que j'ai dit, l'autre soir, murmura-t-il soudain d'un air détaché.

— Oui, admit-elle.

— J'ai besoin de savoir si c'est mutuel.

— Je n'aurais jamais pensé prononcer ces mots de nouveau, mais je t'aime aussi, Carter. Néanmoins, la situation est compliquée. Je n'ai jamais voulu d'une relation longue distance.

— Si tu obtiens ce boulot, tu pourras rester.

— Et après ? soupira-t-elle. Je veux être avec toi mais… Ma famille. Ma mère est toujours en colère, depuis l'autre nuit, et je ne veux pas choisir entre elle et toi.

— Je parlerai à tes parents. Je leur dois bien ça.

— Carter…

Phoenix l'aima d'autant plus, en cet instant, mais sa bonne volonté suffirait-elle à effacer le passé ?

— Je ne sais pas, ajouta-t-elle.

— Alors, quoi ? Nous continuerons à nous voir en secret ? Je te veux tout entière. Je veux assister à des fêtes avec toi, voir nos amis ensemble. Je veux retrouver notre relation d'autrefois, mais en mieux.

— Est-ce seulement possible ?

— Nous ne le saurons qu'en essayant. Veux-tu que nous tentions notre chance ?

Elle leva les yeux au ciel. Oui, elle voulait essayer. Hélas, la réalité n'était pas aussi simple que cela.

— J'en ai envie, Carter, mais…

— Dans ce cas, laisse-moi parler à tes parents.

Elle l'attira dans ses bras et l'embrassa. Peu lui importait qu'ils fussent en public, au milieu d'un parc. Carter avait réussi à la convaincre, une fois de plus. Il savait encore lui donner l'impression que tout allait bien se passer.

- 28 -

Carter faisait les cent pas dans son bureau, en attendant l'appel de Phoenix. Son avenir avec elle dépendait de cet entretien d'embauche et il lui avait souhaité bonne chance, ce matin, avant de quitter son appartement.

Soudain, son père apparut dans l'encadrement de la porte.

— Tout va bien, fils ? demanda-t-il. Tu as l'air angoissé… As-tu un souci avec ta nouvelle entreprise ?

— Non, ce n'est pas ça.

— Voudrais-tu me parler de ce qui te tracasse ?

— Tu sais quoi ? Je crois que oui.

Il invita Bill à s'asseoir et referma la porte avant de lui raconter toute son histoire avec Phoenix.

— La seule chose qui importe, c'est votre amour, dit son père après l'avoir écouté. Le reste du monde devra s'adapter, c'est tout. Si ton cœur bat pour elle, alors tu dois agir. Je suis aussi d'accord sur le fait que tu devrais parler à Christopher et Nadine. Ils le méritent. Veux-tu que je vienne avec toi ?

— C'est gentil, mais je crois qu'il vaut mieux que je le fasse seul, répondit Carter.

— D'accord.

Bill réfléchit quelques instants, puis reprit :

— J'ai beaucoup pensé à notre dernière conversation. Certes, je suis un peu déçu, mais je suis aussi très fier de toi. Tu as raison de vouloir construire ton propre empire, je te soutiens et je te souhaite bonne chance. Si tu as besoin de quoi que ce soit, n'hésite pas à me le dire. J'ai confiance en toi : tu es travailleur, tu sais ce que tu veux. Je suis sûr que tu vas réussir.

Carter soupira, soulagé.

— Merci, papa. Ton soutien compte beaucoup pour moi.

— Tiens-moi au courant, pour Phoenix, dit encore Bill en se levant. Et prends bien soin d'elle.

— Je te le promets.

Une vingtaine de minutes plus tard, son téléphone sonna enfin. C'était Phoenix.

— Alors ? lança-t-il, n'y tenant plus. Comment ça s'est passé ?

— C'était incroyable ! Ils m'ont offert le poste et m'ont demandé quelques jours, le temps de rédiger les contrats. Un autre recruteur m'a recontactée aussi. Je vais rester !

— Oui ! cria-t-il en levant le poing. Maintenant, il ne nous reste plus qu'à parler à ta famille.

Phoenix se tut un long moment, puis murmura :

— D'accord. Je vais arranger ça.

— J'ai quelque chose à te dire avant…

Il s'éclaircit la voix, un peu embarrassé.

— Quoi ? Je n'aime pas entendre ce ton sérieux. Tu me fais peur, Carter.

— J'ai une… confession à te faire. Je ne veux plus qu'il y ait de secret entre nous. C'est moi qui ai envoyé ton CV à Leah Dresner pour qu'elle te contacte.

— Quoi ? Comment ?

— J'ai parlé de toi à l'un de leurs investisseurs et il a accepté d'étudier ton profil, expliqua-t-il.

Phoenix garda le silence un long moment.

— Je savais que tu ne voulais pas partir en Californie,

ajouta Carter, de plus en plus nerveux. Je ne voulais pas te perdre non plus, mais je ne pouvais pas être égoïste. Je t'ai peut-être aidée à obtenir cet entretien, je l'admets. Néanmoins, *tu* as su les impressionner et les pousser à te faire une offre si vite. Tout cela vient de toi.

Enfin, Phoenix soupira, sans répondre pour autant.

— Je suis désolé de ne pas t'en avoir parlé plus tôt. Tu n'aurais pas aimé que je me mêle de tes affaires, mais je ne regrette rien. J'espère juste que tu me pardonneras. Je te promets de ne plus jamais te cacher quoi que ce soit.

— Carter…

Qu'allait-elle dire ? Cette attente était intenable !

— Merci, murmura-t-elle enfin, d'une voix souriante.

Une vague de soulagement le traversa.

— De rien.

— Désormais, plus de secrets !

— Promis. Je t'aime, Wonder Woman.

— Moi aussi.

Ils se garèrent ensemble devant la maison des parents de Phoenix, quelques jours plus tard. La jeune femme avait rarement paru plus nerveuse – ou plus pâle. Carter avait insisté pour que Savannah et Jax assistent à la conversation, mais cela n'apaisait pas ses propres angoisses. Il lui prit la main et la guida jusqu'à la porte. En entrant, elle lança :

— Maman ! Papa !

— Nous sommes dans le salon, répondit Nadine d'une voix tendue.

Phoenix hésita un instant avant de les rejoindre.

— Bonsoir, monsieur et madame Jones, dit Carter en entrant sur ses talons.

Leurs réponses furent brèves, froides. Phoenix et lui prirent place sur le canapé, ensemble.

— Que voulais-tu nous dire, fils ? demanda Chris.

— Monsieur, je tenais à vous présenter mes excuses. Phoenix et moi avons décidé d'effacer le passé, de nous accorder une nouvelle chance, et je tenais à vous parler. J'aime votre fille. Je n'ai jamais cessé de l'aimer. Je ne suis plus le même homme qu'il y a cinq ans…

Il leur parla de Taylor, du bébé, des raisons qui l'avaient poussé à annuler le mariage à la dernière minute.

— Je comprends que tu aies essayé de bien agir, mais ce n'était pas la meilleure solution, remarqua Chris. Tu as fait du mal à notre fille, tu nous as humiliés et tu nous as fait perdre beaucoup d'argent.

— Je sais. Je compte bien me racheter.

— M… Maman. Papa, intervint Phoenix. J'ai aussi quelque chose à vous avouer.

Nadine fronça les sourcils.

— Ne me dis pas que tu es enceinte !

— Non, mais je l'étais, à l'époque.

— Quoi ? s'écrièrent ses parents en même temps.

— J'*étais* enceinte. Je voulais l'annoncer à Carter pendant notre nuit de noces, mais il m'a quittée et j'ai été tellement en colère que je n'ai rien dit. Je ne l'ai même pas laissé s'expliquer.

Nadine et Chris la dévisagèrent, bouche bée. Phoenix ravala sa salive, puis expliqua le reste : son voyage à Belize, sa fausse couche. Au même instant, Savannah et Jaxon apparurent à la porte.

— Étais-tu au courant ? lança Nadine à sa seconde fille.

Celle-ci acquiesça.

— Je ne savais pas quoi faire, reprit Phoenix, les larmes aux yeux et Carter lui serra la main pour la réconforter.

J'aurais dû parler. Si j'avais accepté de discuter avec lui, ce soir-là, les choses auraient pu être si différentes…

— Monsieur et madame Jones, poursuivit-il à sa place. Phoenix et moi avons une chance de nous retrouver et nous souhaitons la saisir. Je vous promets de prendre le plus grand soin de votre fille.

— Phoenix, intervint Chris. Est-ce ton désir ?

— Oui, papa.

Elle jeta un coup d'œil à Carter et il sentit son cœur s'emplir d'un amour sans bornes.

— Dans ce cas, je crois que vous allez devoir travailler vos talents de communication, conclut son père en riant.

En un éclair, la tension qui régnait parut s'alléger.

— Mais… Que vont penser les gens ? balbutia Nadine.

— Ma chérie, répondit son époux, cela n'a aucune importance. Leurs sentiments comptent plus que les ragots, et tout ce qui m'intéresse, c'est le bonheur de Fifi. Si elle est heureuse avec lui, qu'il en soit ainsi.

Puis il se tourna vers Carter, plus gravement.

— Tu es responsable de son cœur, désormais. Ne l'oublie pas. Je t'ai à l'œil.

— Je n'oublierai pas. D'ailleurs, avec votre bénédiction…

Il tira un écrin de la poche de sa veste.

—… j'aimerais demander de nouveau à Phoenix si elle accepte de me faire l'honneur de devenir ma femme.

Elle ouvrit tout grand la bouche, d'un air incrédule.

— Oh ! mon Dieu ! Carter !

Ses parents se turent, acceptant enfin que l'avenir ne dépende plus d'eux. Phoenix, elle, se tourna vers sa sœur, qui souriait d'un air complice.

— Tu étais au courant ?

— Bien sûr, répondit Savannah. Allez, réponds-lui !

— Phoenix, veux-tu m'épouser ? demanda de nouveau Carter.

Elle le dévisagea encore un instant, puis se jeta à son cou.

— Oui ! Oui, j'accepte !

Il l'embrassa, soudain très pressé de ramener sa fiancée chez lui…

Vous avez aimé *Une seconde chance aux Fidji* ?
Retrouvez l'histoire d'Ethan, le frère de Carter,
sur Harlequin.fr !

1. *Intimes négociations*
2. *Une seconde chance aux Fidji*

Retrouvez prochainement,
dans votre collection

PASSIONS

La mariée de papier, d'Yvonne Lindsay - N°1007

Après une incroyable nuit dans les bras de Gabriel Carrington, Rosalind découvre avec stupéfaction qu'elle est enceinte ! Si le riche rancher lui propose sans attendre une union de convenance, elle hésite à accepter cet arrangement insensé. En effet, alors que Rosalind a toujours rêvé d'un mariage heureux, peut-elle seulement renoncer à l'espoir d'être aimée ?

Un papa pour ses jumeaux, de Melissa Senate

Brooke est débordée : maman célibataire, elle se démène pour maintenir à flot sa société d'organisation de mariages. Alors quand Nick Garroway arrive dans sa vie, elle accepte volontiers son aide ! Ce dernier s'occupe si bien de ses jumeaux que sa présence lui devient vite indispensable. Troublée par les doux sentiments que Nick éveille en elle, Brooke se prend même à rêver d'un avenir avec lui…

Une héritière si secrète, de Barbara Dunlop - N°1008

Qui est Sophie Crush ? se demande Nathaniel Stone. Est-elle réellement la fille biologique de son patron, comme elle le prétend, ou ne cherche-t-elle qu'à intégrer la riche famille d'Alaska pour mieux l'escroquer ? Alors qu'il se rapproche d'elle pour faire la lumière sur cette affaire, Nathaniel finit par baisser sa garde, un peu trop dangereusement. Car bientôt, il fait de Sophie sa maîtresse…

Enceinte de son rival, de Teri Wilson

Si Avery est de retour à Rust Creek Falls, c'est pour annoncer à Finn Crawford que leur brève liaison a eu des conséquences imprévues… Elle attend un bébé ! Parce que leurs familles sont rivales depuis toujours, Avery redoute la réaction de Finn. Mais elle tombe des nues quand il lui propose de l'épouser !

Indéniable attirance, de Maureen Child - N°1009

Série : Intrigues à Orange County 3/4

Quand Bennett Carey lui demande de rénover son restaurant, Hannah Yates, directrice d'une entreprise de bâtiment, n'hésite pas une seconde. Elle fera tout pour satisfaire ce client exigeant et respecter ses délais impossibles. Or si elle veut pouvoir remplir sa part du contrat, Hannah devra faire preuve de professionnalisme, et ignorer l'attirance indéniable qu'elle ressent pour Bennett…

Idylle avec un play-boy, de Maureen Child

Série : Intrigues à Orange County 4/4

Un an plus tôt, Sadie a vécu une idylle passionnée avec Justin Carey, avant qu'il la quitte sans un au revoir. C'est donc une épreuve pour elle que de devoir aujourd'hui vendre son hôtel familial à ce play-boy qu'elle n'a pas réussi à oublier. Furieuse et amère, elle sait en outre qu'il est temps pour elle de révéler à Justin son secret : elle a eu un enfant de lui…

Ce ténébreux patron, de Shannon McKenna - N°1010

Série : Liaisons à Seattle 2/3

Embauchée chez Maddox Hill, Sophie doit se montrer discrète si elle veut prouver que le fondateur du cabinet est son père biologique… Or elle a toutes les peines du monde à garder le secret face à Vann Acosta, son patron aussi sexy que perspicace. Et lorsqu'il exige qu'elle parte en voyage d'affaires seule avec lui, Sophie redoute plus que jamais d'être découverte…

Le jeu de la passion, de Reese Ryan

De retour dans sa ville natale, Renee découvre avec stupeur que son nouveau voisin est Cole Abbott, son amour de jeunesse qui l'a éconduite autrefois. Pire, il lui fait toujours autant d'effet ! Résolue à prouver qu'elle n'est plus la jeune fille naïve de l'époque, Renee propose à Cole une liaison sans attache. Mais prise au jeu de la passion, elle se rend compte qu'elle a mis son cœur en danger…

Son amant du désert, de Kristi Gold - N°1011

En allant au Bajul, Sunny ne s'attendait pas à ce que tous ses repères volent en éclats. Elle était venue se reposer et oublier ses malheurs récents. Au lieu de cela, sa rencontre avec le cheikh Rayad Rostam la bouleverse totalement. Cet homme ténébreux n'a de cesse de déployer toutes ses armes de séducteur! Malgré elle, Sunny est envoûtée, et c'est contre toute raison qu'elle accepte de passer avec lui une journée dans le désert...

Quelques semaines pour te résister, de Kristi Gold

Tarek Azmar. En passant une nuit torride avec ce séduisant homme d'affaires, Kira ne s'attendait pas à ce que sa vie soit définitivement chamboulée. Leurs étreintes ont été intenses, et surtout... Kira est enceinte. Elle rêve de garder cet enfant qu'elle aime déjà. Mais Tarek est-il capable de devenir père? Pour le savoir, le plus sage est d'accepter le poste d'assistante qu'il lui propose et de vivre à ses côtés pendant quelques semaines... tout en lui résistant!

Un refuge près de l'océan, de Charlene Sands - N°1012

Moonlight Beach : l'endroit idéal pour soigner une peine de cœur. Spontanément, Jessica n'aurait pas choisi de se réfugier dans la villa de Zane pour retrouver des forces. Mais celui-ci prend très au sérieux sa convalescence et la comble d'attentions qui adoucissent peu à peu sa peine. Trop, peut-être. Très vite, elle ne peut plus se passer de la présence de Zane à ses côtés, ni des caresses de cet homme qui lui est interdit...

Leur enfant, son secret, de Sheri WhiteFeather

Elle est enceinte ! Carol est bouleversée. La nuit passionnée qu'elle a passée avec Jake Wate, son patron, ne devait être qu'une simple parenthèse de plaisir. Bien sûr, elle est secrètement amoureuse de Jake depuis qu'elle a intégré son agence immobilière, mais envisager une relation avec ce don Juan invétéré ne pourrait que la faire souffrir. Elle prend alors une grave décision : elle démissionnera, en emportant son secret...